GEFAHR IN DEN WOLKEN

DEN STROMAUSFALL ÜBERLEBEN, BUCH 1

JUDITH A. BARRETT

WOBBLY CREEK LLC

Gefahr in den Wolken

Den Stromausfall Überleben, Buch 1

Veröffentlicht in den Vereinigten Staaten von Amerika durch Wobbly Creek, LLC

2019 Florida

wobblycreek.com

ISBN 978-1-967288-02-1 E-Book Deutsche Ausgabe

ISBN 978-1-967288-31-1 Deutsche Taschenbuchausgabe

ISBN 978-1-7322989-4-1 E-Book Englische Ausgabe

ISBN 978-1-7322989-5-8 EnglischeTaschenbuchausgabe

WIDMUNG

Gefahr in den Wolken ist der Farbe Blau und all den wundervollen Kindern gewidmet, die sich im Autismus-Spektrum befinden.

KAPITEL EINS

Während Major Dave Elliott auf der hinteren Veranda seines alten Bauernhauses schaukelte und in den blauen Himmel blickte, überkam ihn ein Gefühl der Beklemmung. Er runzelte die Stirn, als er sich vorbeugte, um seinem Hund die Ohren zu kraulen. »Manchmal zieht mich die Einsamkeit runter, Shadow. Ich bin wirklich froh, dass mein Sohn und seine Familie uns nächsten Monat besuchen werden. Es ist schon zu lange her.«

Das klingelnde Telefon unterbrach ihre Nachmittagspause. Der pensionierte Beamte der Florida Highway Patrol streckte sich, bevor er aus seiner bequemen Position aufstand und nach drinnen ging. Seine Augen weiteten sich. *Warum ruft der Anwaltskollege meines Sohnes mich an?*

»Major Elliott, ich habe traurige Neuigkeiten über Ted und Merilee. Sie waren in einen Massenunfall auf der Interstate nahe ihres Zuhauses verwickelt und wurden getötet, aber zum Glück hat Ihre Enkelin nur leichte Verletzungen. Ted war ein enger Freund; ich kann Ihnen gar nicht sagen, wie leid mir das tut.«

Major runzelte die Stirn und schüttelte den Kopf, um sich auf die nächsten Worte des Anwalts konzentrieren zu können.

»Sie sind der Vormund Ihrer siebzehnjährigen Enkelin. Ich nehme an, Sie wissen, dass sie Autismus hat. Ich muss Ihnen sagen, Aimee Louise ist eine brillante, entzückende junge Frau.«

Nachdem er aufgelegt hatte, erschauderte Major. *Der eine Anruf,*
den kein Elternteil erhalten will.

»Wie werden wir das schaffen, Shadow? Was wissen zwei
Junggesellen wie wir schon über Teenager-Mädchen?«

Der junge Schäferhund lehnte sich an Majors Bein und legte seinen
Kopf auf Majors Knie.

»Das letzte Mal, als ich Aimee Louise gesehen habe, war sie sechs
Jahre alt.« Majors Stimme brach, und er rieb sich die Stirn. »Trish lebte
noch. Ted und seine Familie besuchten uns für zwei Wochen in diesem
Sommer. Trish liebte die kleine Aimee Louise. Die beiden waren etwas
Besonderes; sie waren unzertrennlich. Trish und ich waren aufgeregt,
als Ted uns wegen ihres nächsten Besuchs anrief, aber Trish starb.
Danach sagte Ted, er könne eine Weile nicht herkommen.«

Major räusperte sich und kraulte die Ohren seines Hundes. »Wir
müssen ein Zimmer für Aimee Louise vorbereiten.«

Shadow folgte Major, als er die Treppe zum zweiten Stock seines
Drei-Zimmer-Bauernhauses hinaufstieg. Als Major die Tür zu Teds
altem Schlafzimmer öffnete, nieste er. »Ist schon lange her, dass wir hier
drin waren. Lass uns die Fenster öffnen und das Zimmer lüften.«

Major zog die Bettwäsche von den beiden Einzelbetten und trug sie
nach unten, dann lehnte er sich gegen die Waschmaschine. »Das ist alles
falsch. Trish sollte das machen, und Ted sollte herkommen.« Er warf die
Laken in die Maschine und schluchzte.

Am Ende des Tages fiel Major auf seinen Stuhl auf der hinteren
Veranda, und Shadow ließ sich neben ihm nieder. Die Sonne verweilte
am Horizont, und der Himmel wechselte von Rosa zu Orange. Als
die Dunkelheit hereinbrach, zögerte Major, als er ins Haus ging. *Wie*
viele neue Rekruten der Staatspolizei habe ich in meiner Karriere
ausgebildet? Hunderte, aber darauf bin ich nicht vorbereitet.

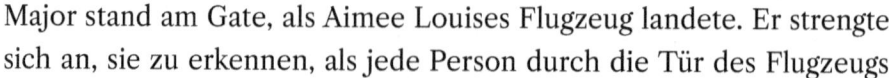

Major stand am Gate, als Aimee Louises Flugzeug landete. Er strengte
sich an, sie zu erkennen, als jede Person durch die Tür des Flugzeugs

kam, dann sah er sie. *Diese blauen Augen würde ich überall erkennen.* Ihre Augen weiteten sich, und sie erstarrte in der Türöffnung. *All die Menschen, die sich in dem kleinen Flughafen in Florida drängen, haben sie überfordert.* Der Strom der Passagiere hinter ihr stieß und rempelte sie an, und sie hielt sich die Ohren zu und drückte ihren Rucksack schützend an ihre Brust, als sie die Wand erreichte.

Major drängte sich durch die Menge, als sie zum Terminal eilten, und rief dann mit seiner dröhnenden Stimme: »Aimee Louise.«

Ihre Stimme war schwach, aber er hörte sie. »Opa?«

Major trug ein olivgrünes T-Shirt, ausgebleichte blaue Jeans und abgeschabte Arbeitsschuhe und erreichte sie in drei großen Schritten. »Ich bin froh, dass du in Sicherheit und hier bist«, sagte er.

Während sie an der Gepäckausgabe auf ihr Gepäck warteten, sagte Major: »Aimee Louise, wusstest du, dass deine blauen Augen dieselbe Farbe haben wie die von Oma? Du bist groß und schlank wie dein Vater, und das Haar deiner Mama war dunkelbraun, fast schwarz, wie deins. Ich hätte dich überall erkannt.«

Aimee Louise blickte über seinen Kopf hinweg. »Du auch, Opa. Ich hätte dich überall erkannt.«

Als sie zum Truck gingen, sagte Aimee Louise: »Florida ist heiß. Ich kann die Hitze durch meine Stiefel spüren.« Major nickte, als sie ihre Kapuze hochzog, um ihren Nacken vor der sengenden Sonne zu schützen.

»Ich habe einen Parkplatz in der Nähe gefunden«, sagte Major. »Heute ist es wärmer als üblich für diese Jahreszeit; es muss sich für dich wirklich warm anfühlen. Ich hoffe, du magst Hunde, denn Shadow konnte es kaum erwarten, dich kennenzulernen. Du bist nicht allergisch oder so, oder?«

»Kann ich nicht Spritzen bekommen, wenn ich allergisch bin?« Sie zupfte und verdrehte das Halsbündchen ihres Sweatshirts. »Ich mag Hunde, aber in der Wohnung waren keine Haustiere erlaubt.«

Major hob ihre Koffer in die Ladefläche des weißen Trucks, bevor er die Türen aufschloss. »Ich hatte die Wohnungsregeln vergessen.

Ich habe den Motor laufen lassen, um die Klimaanlage für Shadow eingeschaltet zu lassen.«

Als Aimee Louise die Beifahrertür öffnete, erschreckten sie der Schwall kalter Luft und der starke Hundegeruch. Sie streckte ihre Hand aus, damit Shadow daran schnuppern konnte, wie Dad es ihr gezeigt hatte. Shadow schnüffelte an ihrer Hand, ihrem Arm und ihrem Ohr, und er schlich einen kleinen Schleck an ihrem Hals ein. Aimee Louise kicherte, weil es kitzelte. Nachdem Shadow sich verschoben hatte, um ihr Platz zu machen, stieg sie in den Truck. »Ich mag Hundegeruch«, sagte sie.

Shadow rückte näher an Aimee Louise heran und legte seinen Kopf auf ihren Schoß; Sie rieb seine Ohren und streichelte seinen Nacken.

Major manövrierte durch den Flughafenparkplatz und zeigte auf das Mickleton-Airport-Schild. »Das ist unser nächstgelegener Flughafen. Wir brauchen etwas mehr als eine Stunde, um nach Hause zu kommen. Die Farm liegt in der Nähe der Stadt Plainview.«

Aimee Louise starrte auf die vorbeiziehenden Felder und Straßenränder. »Es ist alles Sand. Wie kann in Sand überhaupt etwas wachsen?«

»Einige Sachen wachsen hier nur schwer, aber es gibt Nutzpflanzen, die hier gedeihen«, sagte Major.

Als sie die Außenbezirke von Plainview erreichten, suchte Aimee Louise am Horizont nach hohen Gebäuden.

»Diese Stadt ist klein. Es sieht aus, als könnte die ganze Stadt in unsere Wohnsiedlung in Cincinnati passen«, sagte sie.

Major schmunzelte. »Ich vermute, du hast recht.«

Sie begaffte den Supermarkt, die Bibliothek, das Büro des Sheriffs und die wenigen Geschäfte. Major zeigte auf das Krankenhaus und, die Straße vom Krankenhaus hinunter, auf Pete's Diner.

»Das Diner ist der Ort, wo alle zum Frühstück, Kaffee und für die lokalen Neuigkeiten hingehen«, sagte er.

Major fuhr zurück zur Stadtmitte und dann weiter auf eine Landstraße. Die Straße war asphaltiert, aber schmal und hatte kaum einen Seitenstreifen.

Aimee Louise spannte sich an, um sich auf einen Unfall vorzubereiten. »Ist diese Straße sicher?«

Sie umklammerte die Armlehne mit ihrer rechten Hand und legte ihren linken Arm um Shadows Hals. Shadow lehnte sich an sie, und sie holte tief Luft, atmete aus und entspannte sich.

Nach etwa zehn Kilometern bog Major auf einen Kiesweg ein, wobei die Reifen knirschten, während der Truck holprig vorwärts fuhr. »In gut drei Kilometern biegen wir auf einen Feldweg ab«, sagte er.

Nachdem Major seinen Truck verlangsamt hatte und dann abbog, sagte Aimee Louise: »Das ist nicht gerade ein Feldweg. Es ist ein Sandweg mit Flecken aus weißerem Sand.«

»Dieser weiche weiße Sand wird Zuckersand genannt. Reifen sinken ein und drehen durch, weil sie keine Traktion bekommen«, erklärte Major. »Ich habe Bretter und eine Schaufel auf der Ladefläche für den Fall, dass wir stecken bleiben.«

»Ich würde ihn Schneesand nennen, weil er wie fluffiger Schnee aussieht, umgeben von braunem Sand«, meinte Aimee Louise.

Als sie bei dem zweistöckigen Farmhaus mit Metalldach und geräumiger Veranda ankamen, weiteten sich ihre Augen. »Pops, wo sind die anderen Häuser?«

Major lachte leise. »Häuser stehen auf dem Land nicht so dicht wie in der Stadt, oder? Unsere Farm hat viel Land drumherum.«

Ein Holzzaun umgab die Farm an der Vorderseite, und an der Seite ging ein Drahtzaun in den Wald hinein. Ein breites Metalltor stand an der Einfahrt offen. Der Hof vor dem Haus bestand aus Sand und Gras, hauptsächlich Sand, und jenseits des Hofes standen hohe Bäume und Bäume mit dicken Ästen.

»Pops, das sieht fast wie ein Campingplatz aus. Ich bin immer gerne mit Papa und Mama campen gegangen.«

Major parkte auf einem sandigen Fleck neben dem Farmhaus. »Dies ist ein Florida Cracker House; ursprünglich war es ein quadratisches Haus, wie eine altmodische Cracker-Box. Ich habe Räume an den Seiten, eine zweite Etage und die umlaufende Veranda hinzugefügt.«

Major und Shadow begleiteten Aimee Louise ins Innere. Major hielt den Atem an, als sie den charakteristischen Geruch des alten Farmhauses einatmete. *Wie würde dieses Haus für ein junges Mädchen riechen, das sein ganzes Leben in einer Stadtwohnung verbracht hat?*

»Pops, Mama mochte es, wenn die Wohnung nach Blumen roch. Papa sagte immer, wenn er seine Männerhöhle bekommt, braucht sie einen Männergeruch. Jetzt weiß ich, was er meinte: Hundegeruch und keine Blumen.«

Major lächelte, als er nach links zeigte. »Das ist das Wohnzimmer, aber ich nenne es mein Computerzimmer. Auf der anderen Seite des Flurs ist mein Schlafzimmer.«

Aimee Louise folgte dem Flur zum Familienzimmer und atmete den Geruch des Kamins ein, und Major runzelte die Stirn. *Hasst sie den anhaltenden Geruch von Kohlen und Kreosot an der Feuerbüchse?*

»Pops, kann ich das Feuer schüren? Ich habe zu Hause immer die Asche gereinigt und das Anzündholz und Feuerholz vorbereitet.«

»Ich finde, das wäre großartig. Es wird schön sein, hier ein paar Aufgaben zu teilen.«

Der lange Holzesstisch diente als Trennung zwischen dem Familienzimmer und der geräumigen Küche. »Ich dachte, Herde sollten elektrisch sein; dein Herd ist riesig und sieht aus wie ein Antiquität.«

Major schmunzelte. »Es ist ein Gasherd. Ich habe einen großen Propantank hinter dem Haus. Oma hat ihren Gasherd immer geliebt, und wenn deine Mama zu Besuch kam, liebte sie es auch, darauf zu kochen. Dein Papa sprach immer davon, ein Haus auf dem Land zu bauen, und deine Mama erinnerte ihn stets daran, dass sie einen großen, übergroßen Gasherd mit zwei Backöfen brauchte.«

Die Küchentür führte nach draußen zu einer großen Hinterveranda mit fünf hölzernen Schaukelstühlen. Aimee Louise wählte den mittleren und schaukelte.

»Ist das der Platz, wo du sitzt, um den Sonnenuntergang zu beobachten? Jetzt weiß ich, warum Mama sagte, sie wollte eine Veranda mit Schaukelstühlen.«

»Bereit, das Obergeschoss zu sehen?« fragte Major.

Aimee Louise klopfte auf die breite Armlehne des Stuhls und stand auf, um nach drinnen zu gehen. »Ich komme zurück, Stuhl.«

Sie stiegen die Treppe zu den Schlafzimmern und dem Badezimmer im zweiten Stock hinauf, und Shadow folgte Aimee Louise. Major zeigte auf ein geräumiges Schlafzimmer auf der linken Seite.

»Das war das Zimmer deines Vaters. Es ist nicht fancy, aber wir können die Wände streichen oder ändern, was immer du möchtest, oder du kannst das andere Schlafzimmer haben. Es ist kleiner, aber wir können es für dich herrichten. Was auch immer du willst. Wir können es machen.« Major runzelte die Stirn, während er Aimee Louise beobachtete.

Aimee Louise schaute sich im Zimmer um. Sie setzte sich an den alten Holzschreibtisch und fuhr mit den Fingern über ein in die Tischplatte geschnitztes Flugzeug.

»Hat Papa das geschnitzt, als er ein Kind war? Es sieht aus wie das Flugzeug, das mich hergebracht hat.« Aimee Louise blickte über Majors Kopf. »Papa hat mir ein Flugzeug hinterlassen, oder? Danke, Papa.«

Ein geflochtener Teppich in der Mitte des Holzbodens dominierte den Raum. Aimee Louise kniete nieder, um über die dunklen Dielen zu streichen. »Glatt und seidig.«

Sie legte sich auf das Einzelbett neben dem Fenster, vergrub ihr Gesicht in der abgenutzten, handgemachten Steppdecke und atmete ihren Duft ein. »Die Decke riecht so *gemütlich*, und ich liebe, dass sie so weich ist und verschiedene Blautöne hat.«

Major stand in der Türöffnung. »Meine Mutter hat die Decke für deinen Vater gemacht, als er erst fünf oder sechs Jahre alt war. Sie sagte, es sei ein Cloud-Nine-Muster. Wir können dir eine neue Tagesdecke für das Bett besorgen, wenn du möchtest.«

»Papa sagte, du hast die Einzelbetten selbst gebaut; sie sehen aus, als gehörten sie in einen alten Western.«

Aimee Louise streckte die Hand aus und fuhr mit den Fingern über die glatte, wagenradförmige Kurve des Kopfteils. Das niedrige Fußteil und die Seitenbretter waren aus Scheunenplanken. Sie drehte sich um und schaute durch das kahle Fenster. Der blaue Himmel mit seinen flauschigen Wolken hieß sie willkommen.

»Ich brauche keine Veränderungen, weil dieses Zimmer perfekt für mich ist; es ist meins.«

»Deine Mama hat mir einmal erzählt, dass du, wenn du in all deinen Gedanken nicht die richtigen Worte finden konntest, einfach gesagt hast: Mir geht's gut oder ich bin okay.«

»Mir geht's gut«, sagte Aimee Louise.

Major schmunzelte und wartete, während Aimee Louise das Zimmer erkundete. Shadow lag auf dem Teppich und beobachtete sie, als sie ihren Plüschhasen aufs Bett legte.

»Soft Bunny ist bei mir, solange ich denken kann«, sagte sie.

»Oma hat dir Soft Bunny geschenkt, als du drei warst«, sagte Major leise.

Aimee Louise umarmte ihren Hasen. »Oma hat dich mir geschenkt; ich wusste immer, dass du etwas Besonderes bist.«

Major folgte ihr und Shadow auf die Veranda, als sie die Treppe hinunterstürmten.

Als er die Veranda erreichte, fragte er: »Lust auf eine Tour durch die Farm?«

Sie begannen mit dem Brunnen und der Pumpe hinter dem Haus.

»Unser Wasser kommt aus einer unterirdischen Quelle. Wenn das Wasserversorgungssystem der Stadt ausfallen würde, hätten wir immer noch Wasser.«

»Kann Wasser aus dem Boden überhaupt sicher sein?«

Major sagte: »Unser Wasser ist genauso sicher wie Stadtwasser, vielleicht sogar sicherer. Unser Wasser geht nicht durch kilometerlange unterirdische Rohre.«

»Ich muss über Brunnenwasser lesen«, sagte Aimee Louise.

»Ich finde das klug. Die hohen Bäume rund um das Haus«, er schwenkte seinen Arm in einem weiten Bogen, »sind Langnadel-Kiefern, und die Bäume mit den ausladenden Ästen sind Eichen.«

Als sie die Hühnerställe erreichten, sagte Pops: »Drei mögen wie viele Ställe erscheinen, aber es dauert eine Weile, bis sich ältere Hühner an jüngere Hühner gewöhnen. Wir haben drei verschiedene Altersgruppen von Hühnern: ältere Hennen, Teenager und Küken. Zwei der Ställe haben Hähne. Keine Hähne im Küken-Stall, es sei denn, ein Küken ist ein Hahn. Das werden wir erst wissen, wenn eines kräht.«

Major öffnete die Tür zum größten Stall. Aimee Louise spähte hinein. Ihre Nase zuckte, und sie nieste wegen des Geruchs von Stroh in den Nestkästen, der Kiefernspäne auf dem Boden und des Kots in den Behältern unter den Stangen. Major lächelte. *Zumindest wurde ihr von dem Geruch nicht schlecht.*

Die Hühner gurrten und glucksten, während sie im Laub scharrten.

»Ich mag Hühner; es klingt, als würden sie ihre eigene Sprache sprechen«, sagte Aimee Louise. »Glaubst du, ich kann lernen, sie zu verstehen?«

»Pawwwp«, sagten die Hühner, und Aimee Louise lachte.

»Sprechen sie mit mir oder über mich?«, fragte Major.

»Darüber muss ich nachdenken«, sagte sie.

Als sie an der Scheune vorbeigingen, sagte Major: »Ich würde gerne irgendwann ein paar Ziegen anschaffen.«

Als sie den Geräteschuppen erreichten, kletterte Aimee Louise auf den Traktor und umfasste das Metallsteuerrad mit ihren Händen.

»Ich möchte eines Tages den Traktor fahren.«

»Das können wir auf jeden Fall möglich machen. Die Farm ist groß, aber der größte Teil davon ist Wald: Eichen, Kiefern und Unterholz. Hier leben viele Wildtiere. Deine Oma wollte einen Ort mit Wildtieren. Der Nationalwald umgibt den größten Teil der Farm.«

Aimee Louise schaute sich um. »Hier sind also die Pioniere früher gelaufen.«

»Da hast du recht.« Er winkte nach Westen. »In dieser Richtung ist die Stromtrasse. Sie verläuft parallel zu unserer Grundstücksgrenze, und jenseits der Trasse ist eine weitere Staatsstraße. Das Haus, an dem wir vorbeigekommen sind, als wir auf die Schotterstraße eingebogen sind, gehört den Gastons. Sie sind unsere nächsten Nachbarn.«

Als Shadow neben Aimee Louise stand, beugte sie sich hinunter und kraulte seine Ohren.

»Es gibt keine Häuser in der Nähe, und das ist ein bisschen unheimlich, aber ich bin sicher bei dir und Shadow«, sagte Aimee Louise.

»Das bist du auf jeden Fall, und ich bin froh, dass du das weißt.«

Gegen Ende des Tages bereitete Major das Abendessen vor. »Möchtest du den Tisch decken?« Er zeigte darauf. »Die Teller sind in diesem Schrank und das Besteck in dieser Schublade.«

Nachdem sie gegessen hatten, fragte Major: »Bereit für ein bisschen Schaukelstuhlzeit?«

Die drei machten es sich auf der hinteren Veranda gemütlich, als der Himmel von Rosa und Orange in das gedämpfte Grau der Dämmerung überging.

Major schaukelte in seinem Stuhl. »Hörst du die Zikaden? Diese leichte Brise hält die Mücken fern. Die Luft ist aber immer noch schwül.«

Aimee Louise übernahm seinen Schaukelrhythmus. »Mama sagte, ich komme mit Gesprächen nicht so gut klar, aber ich rede viel über Dinge, die ich mag oder wirklich gut kenne.«

Major schmunzelte. »Ich bin auch nicht besonders gut bei Unterhaltungen. Ich rede über Shadow, die Farm und das Wetter; genau wie du sagtest: Dinge, die ich mag und wirklich gut kenne.«

Aimee Louise blickte über seinen Kopf hinweg. »Papa würde wollen, dass ich dir von den Wolken erzähle. Du hast eine starke Wolke.«

Sie lehnte sich in ihrem Schaukelstuhl zurück und holte tief Luft, während Major wartete. Sie schaukelte nach vorne und sah Shadow an.

»Ich sehe die Gesichter der Menschen nicht: keine Augen, keine Nasen und keine Münder. Wenn Leute sagen, dass ein Hund lächelt, sehe ich die Zähne des Hundes und seine heraushängende Zunge, deshalb dachte ich in der zweiten Klasse, dass Menschen wohl so lächeln wie Hunde. Weißt du, die Zähne zeigen und die Zunge raushängen lassen. Ich hab's einmal versucht, aber es fühlte sich komisch an; meine Freundin sagte, es sei ein gutes albernes Gesicht, aber kein Lächeln.«

Major nickte, während er sein Schaukeln verlangsamte.

»Wegen des Autismus ist mein Gehirn nicht so verdrahtet wie bei anderen Menschen. Mama sagte, ich hätte eine Gabe. Menschen haben Wolken, und ich sehe sie. Die Wolken verdecken irgendwie ihre Gesichter. Es gibt verschiedene Wolken. Glückliche, starke, fürsorgliche.« Aimee Louise seufzte.

Shadow legte sein Kinn auf ihr Knie, und sie kraulte seine Ohren. »Menschen verhalten sich nicht immer wie ihre Wolken. Ich habe traurige Wolken bei Menschen gesehen, die lachten und Worte sagten, von denen Mom mir sagte, dass sie fröhlich sein sollten. Früher war ich verwirrt, aber ich habe gelernt, dass die Wolken echt sind und nicht falsch, weil Mama meinte, Menschen können beim Reden schwindeln.«

Aimee Louise schaukelte in ihrem Stuhl und blickte zum Himmel. »In Florida kann ich weiter sehen. Es gibt keine hohen Gebäude im Weg.«

Major räusperte sich. »Ich glaube, deine Mama hatte recht; deine Wolken sind eine Gabe. Danke, dass du mir davon erzählt hast.«

»Ich höre gerne von Shadow und der Farm.«

»Gut. Dann erzähle ich von Shadow und der Farm, wenn mir nach Reden ist, und du kannst über alles reden, worüber du möchtest, wenn dir nach Reden ist.«

Aimee Louise nickte.

Major fuhr fort: »Es könnte eine Weile dauern, bis ich die Wolken verstehe, aber das ist okay. Wir haben Zeit.«

Nachdem die Mücken sie ins Haus getrieben hatten, fiel plötzlich der Strom aus, und es wurde dunkel.

»Geht es dir gut, Aimee Louise? Gib mir eine Minute, dann zünde ich eine Laterne an. Ich bewahre eine auf dem Kaminsims auf, damit ich sie leicht finden kann.«

»Mir geht's gut.«

Nachdem Major die Laterne angezündet hatte, sagte er: »Wir verlieren unseren Strom nicht sehr oft, aber ich möchte besser vorbereitet sein, als ich es bin. Vielleicht kannst du mir dabei helfen. Ich hatte vor, den Brunnen mit Solar auszustatten, aber ich habe es einfach noch nicht gemacht. Ich habe zwar einen großen Kraftstofftank für die Traktoren und meinen Farmtruck, um auf dem Grundstück herumzukommen und für meine Generatoren, falls wir für längere Zeit keinen Strom haben, aber es gibt noch viele andere Dinge, die ich tun könnte und einfach noch nicht getan habe.«

»Wir hatten einmal in der Wohnung während eines schrecklichen Schneesturms drei Tage lang keinen Strom. Wir hatten unseren Kamin zum Heizen, aber Mama wusste nicht wirklich, wie man an einem Kamin kocht. Der Aufzug funktionierte nicht, also benutzte Dad die Treppe, als er zum Laden ging, um Essen zu holen, aber als er nach Hause kam, erzählte er uns, dass die Regale leer waren. Mama und ich blieben in der Wohnung. Nachdem das Licht wieder anging, sagte sie ihm, dass sie das nicht noch einmal erleben wolle, und da begannen sie, über den Bau eines Hauses auf dem Land zu sprechen.«

»Dein Vater hat mir erzählt, dass er seinen Job wirklich mochte, aber nicht gerne in der Stadt lebte.«

»Pops, Papa hat mir immer gesagt, dass es mir gefallen würde, auf einem Bauernhof zu leben, aber ich mache mir Sorgen wegen der Schule.« Aimee Louise zupfte an ihrem Hemdausschnitt.

Die Lichter flackerten und gingen kurz vor der Schlafenszeit wieder an, und Major löschte die Laterne.

»Was, wenn der Strom für lange Zeit nicht wiederkommt?«, fragte Aimee Louise.

»Darüber habe ich lange nicht nachgedacht; deine Oma war die beste Planerin, die ich je kannte; ich denke, wir müssen mehr so planen, wie sie es tun würde.«

KAPITEL ZWEI

Major wachte am nächsten Morgen früh auf und machte sich Sorgen um Aimee Louise und die Schule, während er Speck für ihr Frühstück briet. Als Aimee Louise die Treppe hinunter und in die Küche stürmte, trug sie ihre Jeans und ihren blauen Pullover; sie blieb stehen, um Shadow zu kraulen.

»Paps, ich kann von meinem Schlafzimmerfenster aus die Sonne aufgehen sehen. Ich mag den Sonnenaufgang in Florida; mein erster Morgen in Florida begann offiziell, als das Tageslicht aus der Dunkelheit hervorbrach.«

»Ich habe Eier mit Dottern, die so golden wie die Sonne sind. Ein oder zwei Eier?«

»Zwei, bitte.«

Sie aßen schweigend ihr Frühstück, und Major lächelte. *Trish mochte während der Mahlzeiten auch nicht viel Geplapper.*

Nach dem Frühstück sagte Major: »Es gibt einen Schulbus, der dich zur Schule bringen würde und hierher kommen könnte, wenn wir fragen, oder du könntest ihn am Haus der Gastons nehmen, aber heute Morgen werden Shadow und ich dich zur Schule bringen und dann wieder abholen. Wir können später über den Schulbus reden.«

Als sie die Schule betrat, konzentrierte sich Aimee Louise auf den gefliesten Boden und ihre Füße, um zu vermeiden, jemanden zu berühren und den überwältigenden Geruch von jugendlichen Körpern und das Dröhnen unverständlicher Gespräche auszublenden, während sie sich ihren Weg zum Englischunterricht bahnte. Sie zögerte kurz und manövrierte dann um eine Gruppe von Mädchen herum, die sich im Flur versammelt hatten und den Eingang zum Klassenzimmer blockierten. Ein Mädchen packte Aimee Louise am Arm, als sie an ihnen vorbeischlüpfte. »Hey, Neue. Warum sprichst du mit niemandem? Hasst du die Schule oder so?«

Aimee Louise zuckte bei der groben Berührung zusammen und riss ihren Arm weg, bevor sie zu ihrem Tisch weiterging.

Eines der anderen Mädchen sagte: »Cheryl, willst du sie einfach so weggehen lassen?«

Nachdem Aimee Louise ihren Rucksack an die Rückseite ihres Stuhls gehängt hatte und sich gesetzt hatte, marschierte Cheryl zu Aimee Louises Tisch. »Na ja, ich weiß, dass ich die Schule hasse und es nicht ausstehen kann, morgens aufzustehen, wenn es noch dunkel ist, und ich bin nicht zu eingebildet, um mit Leuten zu reden.«

Cheryl knallte ihre Bücher auf Aimee Louises Tisch und stützte ihre Hände auf die Tischplatte. Als sie sich über Aimee Louise beugte, murmelten die anderen anerkennend.

»Ich mag Morgen«, sagte Aimee Louise. »Die Sonne vertreibt die Dunkelheit.«

Cheryl höhnte: »Habt ihr das gehört, Mädels? Die Neue spricht. Sie mag Morgen. Und die Sonne.« Sie beugte sich näher an Aimee Louises Gesicht.

Interessant. Ihr Atem riecht nach schokoladigen Cerealien, Kaugummi-Zahnpasta und Zigarettenrauch. Zornige Wolke mit einem Hauch von Traurigkeit.

»Nun, *Sunny*, hier ist niemand sonst ein Morgenmensch. Irgendjemand? Morgenmensch?«

Ihre Gruppe schüttelte die Köpfe. Der Rest der Klasse ignorierte sie.

»Wir werden dich *Sunny* nennen. Sunny Sunshine. Ja, genau. Die Neue ist Sunny.« Cheryl grinste hämisch, als ihre Gruppe lachte.

Aimee Louise musterte die kleine Gruppe von Mädchen. *Einige Wolken sind wütend, andere einsam, wieder andere verängstigt.*

Als die Lehrerin ins Klassenzimmer kam, hasteten Cheryls Anhängerinnen zu ihren Plätzen.

»Gibt es etwas, das ich wissen sollte?«, die Lehrerin blickte zu den flüchtenden Mädchen und zu Cheryl, die ihre Bücher von Aimee Louises Tisch schnappte.

»Wir haben uns nur besser mit unserer neuen Freundin Sunny bekannt gemacht«, Cheryl schlenderte zu ihrem Platz. »Haben versucht, sie willkommen zu heißen.«

Die Lehrerin verengte ihre Augen und tippte mit dem Finger auf das offene Buch auf ihrem Tisch. »Da bin ich mir sicher; konzentrieren wir uns auf Englisch.«

Major und Shadow gingen zu Petes Diner, nachdem sie Aimee Louise abgesetzt hatten.

Während Major an der Theke saß und seinen Kaffee schlürfte, mit Shadow zu seinen Füßen, fragte Pete: »Wie kommst du bisher zurecht?«

»Ich weiß nicht; ich mache mir Sorgen um Aimee Louise und die Schule.«

Pete füllte Majors Tasse nach und goss sich selbst eine ein. »Die Eingewöhnung in eine neue Schule ist schon schwer genug, aber die High School ist besonders brutal. Hast du irgendwelche Spione, die ein Auge auf sie haben können? Ich habe das Gefühl, ihr Schutzengel wird heute Überstunden machen und hätte nichts gegen zusätzliche Hilfe.«

Major nickte. »Das ist eine gute Idee. Ich habe ein paar gutmütige Seelen im Sinn.«

———◆◇◆———

In der folgenden Woche fragte die Mathelehrerin: »Sunny, kannst du erklären, wie man Aufgabe vier löst?«

Aimee Louise hatte ihre Ellbogen auf dem Tisch, den Kopf gesenkt und die Hände über den Ohren, um das ständige Flüstern im Klassenzimmer auszublenden, damit sie sich auf Aufgabe vier konzentrieren konnte.

Die Lehrerin trat näher an Aimee Louise heran und erhob ihre Stimme, während sie auf ihren Tisch klopfte. »Ich habe dir eine Frage gestellt, Sunny. Kannst du erklären, wie man Aufgabe vier löst?«

Aimee Louise überlegte, auf welche verschiedene Arten sie Frage vier beantworten könnte. Es gibt drei Wege oder sechs, wenn jeder Schritt erklärt werden müsste. *Welchen soll ich wählen? Gibt es eine richtige Antwort?* Aimee Louise runzelte die Stirn, während sie einatmete und dann auf den Boden blickte. *Die Lehrerin riecht nach Kaffee mit einem Hauch von Körpergeruch, und ihr rechter Schuh zeigt starke Abnutzungsspuren an der Spitze.*

»Okay, ich glaube, du kannst nicht. Cheryl, kannst du antworten?«

Cheryl sagte: »Na ja, ich habe damit angefangen...«

Aimee Louise räusperte sich. »Mein Name ist Aimee Louise.«

»Entschuldige, Sunny«, sagte die Lehrerin. »Du hattest deine Gelegenheit zu sprechen. Jetzt ist Cheryl an der Reihe.«

Aimee Louise nickte. *Neue Regel. Kein Reden in der Schule.*

»Ist schon okay, Sunny.« Cheryl drehte ihren Kopf zu ihren Freundinnen und schnaubte. »Ich helfe dir später, wenn du willst.«

Die Lehrerin runzelte die Stirn. »Das reicht, Cheryl. Zurück zu Frage vier.«

Auf dem Weg zur nächsten Stunde kamen drei Mädchen von hinten an Aimee Louise heran und stießen sie gegen eine Wand. Eine von ihnen sagte: »Oh, Entschuldigung. Düster hat Sunny geschubst.« Sie kicherten, als sie an ihr vorbeihuschten.

Aimee Louise hob ihre Bücher auf, die sie fallen gelassen hatte, und starrte den Mädchen nach, die in der Menge im Flur verschwanden. *Das Dreibinden-Gürteltier rollt sich zum Schutz vor Raubtieren zusammen. Ich kann ein Dreibinden sein.*

Aimee Louise hörte heimliche Schritte hinter sich. Als eine Hand nach ihr griff, zog Aimee Louise instinktiv ihren Ellbogen an ihre Rippen, während sie zur Seite trat, um zu sehen, wer es war. Cheryl grinste höhnisch, während sie sich gegen einen Spind warf und zu Boden rutschte.

»Das neue Mädchen hat mich geschubst«, jammerte sie. Zwei Lehrer eilten zu dem gefallenen Mädchen, und der Mathelehrer sagte: »Komm mit mir, Sunny. Wir gehen ins Büro.«

Während sie am Ende der Woche vor dem Büro des stellvertretenden Schulleiters wartete, setzte sich eine Schulangestellte neben sie. »Aimee Louise, ich glaube nicht, dass dein neuer Plan, zu warten, bis niemand mehr auf dem Flur ist, bevor du zum Unterricht gehst, funktioniert hat. Das ist es doch, was du gemacht hast, oder? Cheryl und ihre Freundinnen lachen, weil du regelmäßig beim Nachsitzen bist. Haben sie es auf dich abgesehen? Ich werde deinen Großvater anrufen, aber du musst mit ihm sprechen.«

Aimee Louise blickte zur Schulangestellten. *Freundlichkeitswolke*

»Schon wieder, Sunny?« Die stellvertretende Schulleiterin schüttelte ihren Kopf. »Nachsitzen.«

An diesem Abend sagte Major: »Ein Freund von mir, der in der Schule arbeitet, hat mich wegen deines Nachsitzens angerufen und mir gesagt, dass die Schule ein Mobbing-Problem hat. Ist die Schule ein Problem für dich?«

Aimee Louise dachte darüber nach, wie sie geschubst wurde und dafür beschuldigt wurde, selbst zu schubsen, wie sie zu spät zum Unterricht kam, an den Lärm und die Menschenmassen, die wütenden Lehrer, keine Freunde und wie sie sich im Labyrinth der Flure verirrte. »Ja.«

»Ich bringe dich morgen zur Schule und spreche mit dem Schulleiter.«

Am nächsten Morgen trottete Shadow hinter Aimee Louise zum Truck.

»Tut mir leid, Junge«, sagte Major. »Du musst heute zu Hause bleiben. Ich werde Aimee Louise an der Schule absetzen, bevor ich bei Pete im Diner vorbeischaue; er sagte, er möchte meine Meinung zu etwas hören.«

Shadow kehrte in den Schatten der Veranda zurück und ließ sich fallen.

Nachdem Major Aimee Louise zu ihrer ersten Stunde begleitet hatte, schritt er zum Büro des Schulleiters.

»Sind Sie wegen Aimee Louise hier, Major?« Der Schulleiter deutete auf den Besucherstuhl in seinem Büro. »Ich höre, sie sei ein ziemliches Problem; ich wette, sie macht auch zu Hause viel Ärger.«

Major trat ins Büro, blieb aber stehen; er verengte seine Augen, und seine Stimme war kalt. »Sie hat Schwierigkeiten, sich an diese größere Schule zu gewöhnen. Vielleicht können wir ein paar Ideen entwickeln, um ihr bei der Eingewöhnung zu helfen.«

»Lassen Sie mich sehen, was los ist.« Der Schulleiter trat zum Aktenschrank und zog einen Ordner heraus. Er überflog die Papiere und runzelte die Stirn. »Major, mir war nicht bewusst, dass sie diese Woche sechsmal nachsitzen musste, weil sie zu spät zum Unterricht kam. Ich frage mich, ob sie sich verläuft. Wir werden ihr einen Plan geben, der ihr hilft, ihre Wege zu finden. Glauben Sie, das würde helfen?«

Der Schulleiter zeigte auf eine Seite in ihrem Ordner. »Ein Lehrer erwähnte, dass Aimee Louise wartet, bis alle den Raum und den Flur verlassen haben, bevor sie zu ihrer nächsten Stunde geht. Sie versucht offensichtlich, dem Gedränge aus dem Klassenzimmer und dem Gewühl auf den Fluren zu entgehen.«

Pops runzelte die Stirn. »Sie wartet, bis alle weg sind? Meine Erfahrung als Polizist zeigt, dass das ein Verhalten ist, um Mobbing zu vermeiden. Haben Sie so etwas hier in der Schule?«

Das Gesicht des Schulleiters rötete sich. »Natürlich nicht. Wir dulden überhaupt kein Mobbing an unserer Schule. Wir haben dieses Jahr einen Zuschuss erhalten, wegen des Erfolgs unseres Anti-Mobbing-Programms.«

Pops verschränkte die Arme und blickte finster. »Lassen Sie mich sofort wissen, wenn sie wieder zum Nachsitzen eingeteilt wird, und Sie sollten sicherstellen, dass Sie Ihren Zuschuss sinnvoll nutzen. Wenn Sie eine professionelle Bewertung der Einhaltung der Förderbedingungen für Ihr Programm benötigen, kenne ich einige gute Leute. Es ist keine Schande, sich zu verbessern.«

Als Major vor Petes Diner parkte, sah er seinen Nachbarn, Russell Gaston, der zur Tür des Diners ging. Russell trug ein weißes Kurzarmhemd und Krawatte. Russell hatte seine Kindheit in Plainview verbracht und war vor vier Jahren als Betriebsleiter für Southeastern Electric zurückgekehrt.

Major schüttelte den Kopf und lächelte. *Nur Russell erledigt Besorgungen in Bürokleidung. Schon als Kind wollte er sich immer professionell kleiden. Der einzige Vierjährige, den ich je kannte, der immer einen Anzug in der Kirche trug.*

Major kam herein, als Russell von der runden Nische aus begrüßt wurde, die inoffiziell für die Einheimischen reserviert war, die sich bei Pete's trafen. »Hey, Russell. Haben dich lange nicht gesehen. Setz dich zu uns. Wir haben gerade über diese verrückten Bezirkskommissare gesprochen. Hast du das Neueste gehört?«

Pete bedeutete Major, sich ans äußerste Ende der Theke zu setzen, weg von der Nische. »Major, ich habe etwas, das ich dir gerne zeigen möchte. Bin gleich zurück.«

Er nahm den Kaffee, den Pete ihm eingeschenkt hatte, und lehnte sich an die Theke, während er den Raum musterte, als Russell seinen Weg zu der Nische im hinteren Teil des Diners machte.

Die alten Männer rutschten herum, um Platz für Russell zu machen. Als er hineinrutschte, beugte er sich nach unten, und der Dampf des heißen Kaffees beschlug seine Brille.

»Jetzt einer von uns. Blinde führen Blinde.« Der Bauer neben Russell
stieß ihn mit einem Grinsen an, und Russell lachte.

Der Mann gegenüber von Russell schlürfte seinen Kaffee. »Sie
haben große Änderungen bei der Flächennutzung und Grundsteuern
im Bezirk vorgenommen. Gewaltiger Einnahmeverlust für den Bezirk
und nützt niemandem außer einem neuen Grundstücksentwickler von
außerhalb.«

»Der Stadtrat hat denselben Idioten Anreize gegeben, einen
Apartmentkomplex zu bauen. Der Rat ist auf die falsche Behauptung
hereingefallen, es sei gut für die Stadt, weil es mehr Arbeitsplätze
bedeutet«, sagte ein anderer Mann, »aber die Jobs sind hauptsächlich
im Bau, also vorübergehend. Und ich habe gestern gehört, dass sie ihre
eigenen Leute für die Arbeit mitbringen werden.«

Der Bauer schob den Sahnekännchen zu Russell hinüber. »Ja,
und ich habe gehört, sie haben einen großen staatlichen Kredit
bekommen. Ich frage mich, wen sie finden werden, um all diese
schicken Wohnungen zu mieten. Steht uns eine Bevölkerungsexplosion
bevor, von der ich nichts wusste?«

»Wollte dich schon länger fragen, Russell.« Der Mann ihm
gegenüber stellte seine leere Tasse an den Rand des Tisches, um sie
nachfüllen zu lassen. »Ich habe gelesen, dass eine große Stadt im
Westen einen riesigen Stromausfall hatte, und Tausende von Menschen
waren vier Tage lang ohne Strom. Könnte das hier passieren?«

»Es könnte, aber es ist unwahrscheinlich«, sagte Russell. »Unsere
kleineren Stromsysteme sind leichter zu verwalten, und wenn unseres
ausfallen würde, könnten wir uns mit einem unserer anderen kleineren
Systeme verbinden, bis unseres repariert ist oder was auch immer nötig
wäre.«

Der Bauer neben Russell nickte. »Das muss der Grund sein, warum
der Hof meines Bruders nördlich von hier nur dreißig Minuten ohne
Strom war, während die große Stadt nördlich von ihm sieben Stunden
lang keinen hatte.«

Während die alten Männer ihr Gespräch fortsetzten, kam Pete zurück und reichte Major ein Papier mit einem Grundstücksangebot. »Ich habe eine Option, dieses Grundstück zu kaufen. Was meinst du?«

Major las die Beschreibung. »Jagdland? Sieht nach einem vielversprechenden Grundstück aus. Schön, dass es an den Nationalwald grenzt. Du solltest vielleicht eine Hochwasserkarte prüfen, da der Bach so nah ist, aber das ist das Einzige, was mir einfällt.«

Russell entschuldigte sich und eilte aus dem Diner.

»Er hatte es schon immer eilig, selbst als Kind«, sagte der Bauer. Die anderen Männer nickten.

»Ich muss auch nach Hause«, sagte Major. »Hoffe, dass das Grundstück für dich klappt, Pete.«

An diesem Abend fragte Major: »Hat sich die Situation in der Schule verbessert?«

Aimee Louise dachte daran, dass es kein Schubsen mehr gab und die Lehrer nicht mehr so wütend waren. Es ist immer noch laut, und ich habe immer noch keine Freunde.

Von hundert Prozent schrecklich auf fünfzig Prozent schrecklich gesunken.

»Ja.«

KAPITEL DREI

Russell stürzte in sein Haus, schloss seine Schreibtischschublade auf und blätterte durch die Unterlagen, die er auf Bitte seines Stiefbruders an eine Firma geschickt hatte: Namen, Adressen, private Telefonnummern und die Namen der Ehepartner der Bezirkskommissare und Mitglieder des Stadtrats.

Er recherchierte die Firma im Internet und entdeckte, dass es sich um ein Briefkastenunternehmen ohne Vorgeschichte handelte. Eine Suche nach den Führungskräften führte nur zurück zur Firma selbst, sonst nichts. Er rief seinen Stiefbruder an, aber Lee ging nicht ran und seine Mailbox war voll. Russells Magen krampfte sich zusammen.

Ich hätte misstrauischer sein sollen. Lee geriet zwar immer in Schwierigkeiten, aber bis jetzt hat er mich nie mit hineingezogen. Warum sollte ich irgendjemandem öffentlich zugängliche Informationen geben müssen? Und ich habe sie ihnen geschickt und unterschrieben... als wäre ich Teil von was auch immer das ist. Vielleicht sollte ich mit dem Sheriff sprechen?

Seine Frau unterbrach ihn bei Sonnenuntergang. »Du hockst den ganzen Tag schon am Computer. Komm zum Tisch. Das Essen ist fertig.«

»Nur noch ein paar...«

»Russell, wir würden uns über deine Gesellschaft freuen.«

Er riss sich von seinem Computer los, schaufelte sein Essen hinunter und kehrte dann in sein Arbeitszimmer zurück und schloss die Tür.

Margo klopfte an die Tür, und Russell blickte auf die Uhr, als sich die Tür öffnete. *Fast zehn.*

»Die Kinder sind bettfertig. Kannst du ihnen gute Nacht sagen?«

Er rieb sich die Augen und streckte sich. »Ja. Ich muss meinen kleinen Floridianern gute Nacht sagen.«

Margo lachte leise. »Kannst du glauben, dass wir schon vier Jahre hier sind? Ich hatte solche Sorgen, dass eine Kleinstadt in Florida uns akzeptieren würde, und jetzt beschweren sich unsere in Michigan geborenen Kinder, wenn es kalt ist.«

Russell klappte seinen Laptop zu, küsste seine Frau im Vorbeieilen und nahm die Treppe mit großen Schritten nach oben.

Zwei Wochen später klingelte Russells Bürotelefon, und das Display zeigte *Privater Anrufer.* »Gaston«, sagte eine verzerrte Stimme, »der Vorstand braucht Ihre Mitarbeit. Sie müssen das für sich behalten. Wir haben Ihren Bruder. Wir werden ihm nichts antun, solange Sie bei ein paar Dingen kooperieren.«

Am nächsten Tag erhielt Russell ein Paket mit Lees altem Baseballhandschuh. Der Daumen des Handschuhs war grob abgeschnitten worden, und eine beigelegte Notiz lautete: *Ein Andenken für dich.* Russell erschauderte.

Die Person mit der verzerrten Stimme rief erneut an. »Haben Sie das Paket bekommen? Dachte, Sie würden eine kleine Vorschau zu schätzen wissen. Der Vorstand braucht Schaltpläne.«

Russell räusperte sich. »Sie wissen doch, dass Sie die Schaltpläne im Internet oder in jedem Grundlagenbuch der Elektrotechnik bekommen können.«

»Wir brauchen sie von Ihnen. Lassen Sie mich das nicht wiederholen müssen.«

Als Russell zu Bett ging, starrte er an die Decke. Nach zwei Stunden Hin- und Herwälzen von der linken auf die rechte Seite und wieder zurück, schlich er aus dem Bett und hielt inne, um auf die Atmung seiner Frau zu hören. *Immer noch am Schlafen.* Er tappte leise die Treppe hinunter und setzte sich in seinem Sessel im dunklen Wohnzimmer.

Was auch immer passiert, meine Familie hat Priorität.

Er schickte die Schaltpläne an die E-Mail-Adresse, die ihm die Stimme gegeben hatte. *Wenn ich mit dem Sheriff über eine hypothetische Situation spreche, wie formuliere ich das?* Er kochte eine Kanne Kaffee, setzte sich dann in seinen Sessel und nippte den Rest der Nacht an seinem Kaffee.

Am nächsten Morgen schlenderte er ins Büro des Sheriffs. »Können wir unter vier Augen sprechen, Sheriff?«

»Sicher, Russell. Gehen wir in mein Büro.«

Während der Sheriff die Tür hinter ihnen schloss, ließ Russell seinen Blick durch das Büro schweifen. *Warte. Diese Leute sind schlau. Was, wenn sie das Büro des Sheriffs verwanzt haben?*

Der Sheriff setzte sich an seinen unordentlichen Schreibtisch und räumte einen Bereich frei, um seine Kaffeetasse abzustellen. »Möchten Sie etwas Kaffee? Was liegt Ihnen auf dem Herzen?«

»Ich habe mein Tagespensum an Kaffee bereits erreicht. Das Frühlingsfest der Stadt ist in ein paar Monaten. Wollte Ihre Meinung dazu hören, ob mein Team einige Vorführungen machen könnte, um Kinder für Wissenschaft zu begeistern.« Russell lachte. »Ich weiß, das wurde noch nie gemacht.«

Der Sheriff lachte. »Da haben Sie Recht. Es wurde noch nie gemacht, und hier gibt es eine gewisse Zurückhaltung gegenüber neuen Dingen. Ich finde es eine großartige Idee, also haben Sie meine Unterstützung. Ich schlage vor, die beste Person, mit der Sie sprechen sollten, wäre Pete im Diner. Er wird Ihnen helfen, und ich werde helfen, so gut ich kann. Lassen Sie es mich wissen.«

Russell war entmutigt, aber nicht überrascht, als der nächste Anruf eine Warnung aussprach.

»Vorsicht mit dem, was Sie dem Sheriff erzählen, Gaston. Wir sind überall.«

Nachfolgende Anrufe forderten vertrauliche Dateien und Passwörter. Russells Schritte wurden langsamer, und er sackte an seinem Schreibtisch zusammen. *Das zunehmende Ausmaß dieser Drohungen gegen meine Frau und Kinder zieht mich runter.*

Nach zwei Wochen schlafloser Nächte starrte Russell in den Spiegel, während er sich die Zähne putzte. »Sieh es ein. Das wird nicht gut enden. Wer auch immer dieses Gremium ist, ich weiß zu viel.«

»Wie hast du letzte Nacht geschlafen?«, fragte Margo, während sie das Frühstück zubereitete.

Russell räusperte sich. »Ach, weißt du. Ich war etwas unruhig. Bei der Arbeit ist gerade viel los, aber mir geht's gut.«

Ihr Rücken versteifte sich.

Sie glaubt mir nicht.

Am nächsten Abend ging er zur Straße und um das Haus herum, um seinen Kopf freizubekommen. *Ich muss etwas unternehmen. Alles wäre besser als nichts, was ich tue, wenn ich die ganze Nacht in meinem Sessel sitze und mir Sorgen mache.*

Er fuhr seinen Computer hoch und dokumentierte alles, was sie ihn zu liefern gebeten hatten. In den folgenden Wochen kontaktierte er seine Kollegen in der Branche und deckte nicht nur die Sammlung zusätzlicher verwandter Daten auf, sondern verfolgte auch das Ziel der Informationen zurück.

Es fühlt sich gut an, meine Recherche- und Analysefähigkeiten einzusetzen.

Er arbeitete in einem fast manischen Tempo weiter, besessen von dem Zwang, das finstere Netz und seine Auswirkungen zu entwirren.

Nach drei Wochen lehnte er sich in seinem Stuhl zurück und starrte auf seinen Computer. »Ich würde es selbst nicht glauben, wenn ich nicht diese Papierspur hätte, die all meine Erkenntnisse untermauert. Ich werde es vielleicht nicht mehr erleben, aber ihr werdet untergehen, Gremium.«

Er kopierte alles von seinem Laptop auf zwei USB-Sticks, löschte seinen Computer, verkaufte ihn und kaufte einen neuen Laptop.

Spät in der nächsten Nacht saß Russell in seinem Arbeitszimmer. Das Leuchten des Bildschirms war das einzige Licht im Raum. Er steckte den USB-Stick ein und las alle seine Dokumente durch, obwohl er sie auswendig kannte. Er wischte sich den Schweiß ab, der sein Gesicht hinunterlief, aber er konnte die Angst nicht abwischen. Seine Hand zitterte.

Unbestreitbar. Aber wenn ich an die beteiligten Personen denke, an wen kann ich mich wenden? Vielleicht Major? Nein, ich würde ihn und seine Familie in diesen Kreis des Terrors hineinziehen. Diese Leute sitzen zu weit oben, und sie sind überall.

Er schlug mit der Faust auf seinen Schreibtisch.

Es ist, als wäre ich in einen Raum gegangen und hätte das Licht angemacht, und die Kakerlaken haben sich nicht einmal die Mühe gemacht wegzulaufen. Staatliche und föderale Regierungsbehörden, Strafverfolgung, Richter... alle sind beteiligt. Ich bin ein toter Mann. Alles, was ich tun kann, ist meine Familie zu retten.

Russell legte seinen Kopf auf seine Arme und schluchzte.

Am nächsten Morgen traf sich Russell mit einem seiner vertrautesten Kindheitsfreunde. »Ich habe einen USB-Stick, der eine Weile sicher aufbewahrt werden muss. Er ist streng vertraulich, und ich weiß, dass du Vertraulichkeit verstehst. Ich nehme meine Familie mit in einen kurzen Urlaub. Wir sehen uns, wenn wir zurückkommen.«

Russell rief seinen Stiefbruder erneut an und war überrascht, als Lee antwortete.

»Lee, wir müssen reden.«

»Klar. Jederzeit. Hab gerade was auf der Arbeit zu erledigen. Kann ich dich später zurückrufen? Grüß deine Frau von mir.«

Lee legte auf. Russell rief zurück. Keine Antwort.

Gott, hilf mir, meine Familie zu retten.

KAPITEL VIER

Margo Gaston klopfte an die Haustür der Teagues und biss sich auf die Lippe, während sie darauf wartete, dass Jolene öffnete. *Du kannst genauso gut aufmachen, Jolene; ich gehe nicht weg.*

Margo hielt den Atem an und atmete aus, als sie Bewegung im Haus hörte. Ohne die Tür zu öffnen, sagte Jolene: »Jetzt ist keine gute Zeit, Margo. Ich bin nicht wirklich für Besuch angezogen, und das Haus ist ein Durcheinander.«

»Das ist in Ordnung; ich bin deine Freundin, nicht der Weißhandschuh-Hausinspektor, also musst du dir keine Sorgen über ein bisschen Staub und Unordnung machen. Siehst du? Ich trage meine alte Jeans, keinen Rock, also bin ich definitiv nicht für einen Besuch angezogen.«

»Ich weiß nicht...«

»Es ist kalt hier draußen; kann ich hereinkommen, um mit dir zu streiten, bitte?« fragte Margo. *Frage mich, ob ich da eine Grenze überschritten habe.*

Jolenes Husten war feucht, als sie die Tür einen Spalt öffnete. »Margo, ich wusste nie, was für ein Quälgeist du bist; komm rein.«

Jolene stolperte zum Sofa und sank in ihren Sitz. »Habe mich erschöpft, nur um zur Tür zu kommen.«

»Ich habe bei der Bäckerei angehalten und Vanille-Scones gekauft. Soll ich Kaffee machen?« fragte Margo.

»Ich nehme an, du wirst kein Nein als Antwort akzeptieren, also mach, wie du willst.«

Margo lächelte, als sie in die Küche eilte, dann runzelte sie die Stirn über das schmutzige Geschirr auf dem Tisch und aufgetürmt in der Spüle.

»Ich bringe den Kaffee in Gang und räume hier ein bisschen auf, während wir darauf warten, dass er durchläuft.«

»In Ordnung«, murmelte Jolene.

Margo fand die Müllbeutel unter der Spüle und kratzte schnell das Essen von den Tellern in einen Beutel, spülte dann das Geschirr ab, lud den Geschirrspüler und startete die Maschine. Nachdem sie eine Flasche Reinigungsspray in der Speisekammer gefunden hatte, sprühte und wischte Margo die Arbeitsflächen und den Tisch ab, bevor der Kaffee fertig war. Sie holte zwei Kaffeetassen und zwei kleine Teller aus dem Schrank, die relativ sauber waren, und spülte sie aus.

»Kaffee ist fertig. Was nimmst du in deinen Kaffee?«

»Schwarz ist gut«, sagte Jolene.

Margo trug den Kaffee und die Teller ins Wohnzimmer; sie räumte schmutzige Kleidung von einem Stuhl und stellte Jolenes Tasse auf die Zeitschriften auf dem Tisch vor dem Sofa.

»Ich hatte vergessen, was für eine Dampfwalze du bist.« Jolenes Lächeln war schwach.

Margo kicherte. »Das ist meine beste Fähigkeit.«

Als Margo die Bäckertüte nahm, sagte Jolene: »Ich kann nichts essen.«

Margo legte die zwei Scones auf die Teller und brach einen Scone in der Mitte durch. »Vielleicht kannst du nach einem kleinen Schluck Kaffee einen Bissen probieren.«

Jolene nahm ihre Tasse mit beiden Händen und hielt sie nah an ihre Brust. »Mir ist in letzter Zeit so kalt; das tut gut.«

»Wie lange bist du schon krank?« Margo nahm einen Schluck ihres Kaffees und brach dann ein Stück von ihrem Scone ab. »Mmm, das ist gut.«

»Ich bin nicht wirklich krank; ich bin nur die ganze Zeit so müde. Marty sagt, ich müsse meine Vitamine nehmen.«

Margo winkte ab. »Ha, er ist ein Ehemann und ein Arzt; was weiß er schon?«

Ein weiterer Hustenanfall unterbrach Jolenes Kichern. Als sie wieder zu Atem kam, zuckte ihr Mund zu einem Lächeln. »Das ist ein lustiger Spruch von einer Apothekerin.«

»Es stimmt; es ist wie das alte Sprichwort über des Schuhmachers Kinder und Schuhe. Marty ist ein hervorragender Notfallarzt; ein Internist hat mehr Erfahrung in der Diagnose anhaltender medizinischer Probleme. Ich liebe die neue Ärztin hier; sie praktiziert seit fünfzehn Jahren in der Frauengesundheitsmedizin und nimmt sich immer Zeit, mir zuzuhören. Sag mir Bescheid, wenn du einen Termin hast; ich fahre dich gerne.«

Jolene verdrehte die Augen, während sie ein Stück ihres Scones abbrach und in den Mund steckte. »Mmm. Es ist gut. Du bist so subtil.«

»Subtile Dampfwalze.« Margo lächelte. »Das gefällt mir.«

Nachdem Jolene fast die Hälfte ihres Scones gegessen und ihren Kaffee getrunken hatte, legte sie ihren Kopf auf ihr Kissen, und Margo zog ihre Decke über sie.

»Ich ruhe nur kurz meine Augen aus«, murmelte Jolene.

Margo beendete ihren Scone und Kaffee, sammelte dann die schmutzige Kleidung im Wohnzimmer und die Handtücher aus dem Badezimmer im Erdgeschoss ein und warf sie in die Waschmaschine. Nachdem sie die Maschine gestartet hatte, fegte und wischte sie die Küche, räumte dann den Couchtisch ab, staubte ihn ab und stapelte die Zeitschriften auf einem Bücherregal. Als die Waschmaschine fertig war, warf sie die Kleidung in den Trockner und fegte dann das Wohnzimmer.

Sie stellte ihren Müllbeutel und den von unter der Spüle neben die Haustür und steckte einen frischen Müllbeutel in den Mülleimer.

Margo seufzte, als sie die schlafende Jolene betrachtete. *Du bist so krank, Schätzchen. Ich wünschte, ich könnte mehr tun.*

Als Jolene später am Nachmittag aufwachte, füllten sich ihre Augen, und die Tränen liefen über ihre Wange. *Margo ist so eine gute Freundin.*

Es ist so entspannend ohne das Durcheinander. Jolene machte sich auf den Weg in die Küche und lächelte. *Sogar die Küche glänzt; ich glaube, ich werde ein Sandwich essen und duschen.*

Am nächsten Morgen wachte Jolene auf, bevor Rosalie wach war. Sie zog schnell ihr blaues Kirchenkleid an und blickte dann stirnrunzelnd auf das einst figurbetonte Kleid, das jetzt an ihren knochigen Schultern hing. *Ich habe gar nicht bemerkt, wie viel Gewicht ich verloren habe.*

Sie holte einen Topf und die Schachtel Haferflocken heraus und lächelte, als sie hörte, wie Rosalie leise die Treppe herunterkam.

»Mama, du trägst dein Lieblingskleid. Gehen wir irgendwohin?«

Jolene drehte sich um und lächelte ihre sechzehnjährige Tochter an. »Nun, ich weiß nicht, Schätzchen; willst du den ganzen Tag herumstehen oder dich für die Kirche anziehen? Der Haferbrei ist fast fertig.«

»Mama, dein Lächeln ist das schönste Lächeln der Welt.«

Rosalie flitzte die Treppe hinauf; als sie in die Küche zurückkehrte, lachte Jolene.

»Du trägst dein rotes Kleid. Das ist mein Lieblingskleid von allen deinen Kleidern. Lass uns essen.«

Während sie frühstückten, sagte Jolene: »Rosalie, du bist mein ,Mini-Ich' mit deinem leuchtend roten Haar und den grünen Augen, und wir sind beide klein und schlank. Weißt du, meine Freunde nannten dich früher J.J. für Jolene Junior.«

»Das wusste ich nicht. Wann haben deine Freunde mich J.J. genannt?«

»Als du drei warst. Du warst damals genauso frech wie heute. Das hast du von mir.«

Nachdem sie in der Kirche angekommen waren, setzten sie sich in ihre Lieblingsbank nahe der ersten Reihe. Jolene legte ihren Arm um Rosalie und zog sie näher zu sich. Rosalie schloss die Augen, atmete ein und flüsterte: »Mama, ich liebe deinen süßen Duft nach Vanille und Himbeeren.«

Der Gottesdienst begann mit einem Kirchenlied, und Jolene sang Alt in Harmonie mit Rosalies klarer Sopranstimme. Jolene lächelte über die Geräusche der älteren Frauen hinter ihnen, die sich gegenseitig anstießen, um nah genug zu sein, um Rosalie singen zu hören.

Die Chorleiterin gesellte sich nach dem Gottesdienst zu Rosalie und Jolene. »Ich war amüsiert über den Wettbewerb in den Kirchenbänken, um nahe bei euch beiden zu sitzen. Habt ihr das bemerkt? Rosalie, was hältst du davon, im Chor zu singen? Oder vielleicht ein Solo zu Weihnachten? Ich würde mich freuen, wenn du ‚Hörst du, was ich höre?' singen würdest. Es ist perfekt für dich.«

Jolene sagte: »Oh, nein. Rosalie muss sich auf ihre...«

Jolene schaute Rosalie an und räusperte sich. »Könnte durchaus eine Möglichkeit sein. Es liegt natürlich an Rosalie.«

Rosalies Gesicht leuchtete auf, und die Chorleiterin strahlte, als sie Rosalies Hand drückte. »Klingt wunderbar. Wir sprechen später mehr darüber, Rosalie.«

Die Chorleiterin umarmte Jolene und flüsterte: »Lass mich wissen, wie ich helfen kann.«

Als sie nach Hause kamen, sagte Jolene: »Danke, dass du mit mir in die Kirche gegangen bist. Es war wunderbar, wieder mit dir zu singen, aber ich habe mich erschöpft.«

Am nächsten Tag wachte Jolene auf, als Rosalie nach der Schule nach Hause kam.

Jolene rieb sich die Stirn, als Rosalie fragte: »Kann ich dir erzählen, was heute in der Schule passiert ist?«

»Es tut mir wirklich leid, Schätzchen. Heute ist kein guter Tag für mich.« Jolene drehte sich um, um ihre Schmerzenstränen zu verbergen.

Bevor Rosalie an diesem Abend nach oben ins Bett ging, setzte sie sich auf das Sofa neben Jolene.

»Mama, die Nächte sind am schlimmsten für mich, weil ich allein oben bin und du allein hier unten.«

Ich wünschte, ich wäre stark genug, um etwas für meine Tochter zu tun. »Es tut mir so leid, Schätzchen. Vielleicht geht es mir bald besser.«

Jolene hielt Rosalie und summte ein altes Schlaflied, das sie ihrer kleinen Tochter früher vorgesungen hatte, und Rosalie entspannte sich. Nachdem Jolene die Melodie beendet hatte, sagte Rosalie: »Danke, Mama, das hat geholfen.«

Kurz nach Mitternacht weckte Jolene das Kratzen eines Türschlüssels im Erdgeschoss. *Marty kommt mitten in der Nacht nach Hause und verschwindet, bevor jemand anders aufsteht. Ich frage mich, ob er wieder in seine alten Gewohnheiten verfallen ist. Ich muss Rosalie beschützen.*

⎯⎯⎯◖○◗⎯⎯⎯

Jolene wachte am nächsten Morgen früh auf, als Marty mit den Fingern auf die Küchentheke klopfte, während die Kaffeemaschine gluckerte. Sie versuchte aufzustehen, als sie hörte, wie Rosalie die Treppe herunterstürmte, aber sie war zu schwach.

Rosalie räusperte sich. »Weißt du, Papa, manchmal sehe ich dich wochenlang nicht. Wo schläfst du, wenn du nicht nach Hause kommst?«

Marty fuhr sie an: »Das geht dich nichts an, aber wenn die Nachtschicht länger dauert, mache ich im Krankenhaus ein Nickerchen vor meiner nächsten Schicht.«

Rosalie fuhr fort: »Es geht mich sehr wohl etwas an. Ich mache mir Sorgen um Mama.«

Marty öffnete eine Schranktür, knallte sie zu und öffnete eine andere. »Stimmt etwas nicht? Ist sie krank?«

»Sie muss krank sein; ich weiß, dass sie mehr als nur müde ist«, sagte Rosalie.

»Klingt für mich nicht nach viel. Sie wird müde, wenn sie ihre Vitamine nicht nimmt. Nun, ich muss los; ich bin spät dran. Sag ihr, ich hätte gesagt, sie soll unbedingt ihre Vitamine nehmen.«

Als Rosalie ihre Stimme erhob, richtete sich Jolene in eine sitzende Position auf und kämpfte gegen die Übelkeit an.

»Du musst hier sein«, rief Rosalie. »Du musst sie selbst untersuchen.«

Marty knallte seine Tasse auf die Theke und knurrte: »Du bist kein Arzt. Ich muss los.«

»Ich habe nie behauptet, dass ich einer bin...«

Marty knallte die Tür zu, als er ging, und die Kaffeemaschine piepte, um das Ende des Brühvorgangs zu signalisieren.

Als Jolene Rosalie schluchzen hörte, rief sie mit schwacher Stimme: »Rosalie.«

Rosalie stolperte ins Wohnzimmer und ließ sich neben Jolene auf das Sofa fallen, die ihre zerbrechlichen Arme um ihre Tochter schlang, und sie schluchzten gemeinsam.

»Es tut mir so leid, Schätzchen; das ist so schrecklich für dich.«

Rosalie schniefte. »Ich weiß einfach nicht, wie ich helfen soll.«

»Ich verstehe dich. Keiner von uns kann deinem Vater helfen, weil er seine eigenen Probleme hat, die nur er lösen kann. Wir wissen, dass ich mehr als Vitamine brauche. Ich werde daran arbeiten, und ich werde daran arbeiten, die Dinge für dich besser zu machen. Geh zur Schule und lern fleißig. Ich werde mich heute Vormittag ausruhen, damit ich heute Nachmittag etwas Energie habe. Ich muss nur stärker werden.«

Jolene umarmte Rosalie, dann schnappte sich Rosalie ihren Rucksack und ging.

***

Als sie zur Schule rannte, versuchte Rosalie, dem kleinen Jungen auf seinem Fahrrad auszuweichen, der die Einfahrt heruntersauste, aber das Vorderrad des Fahrrads traf ihr Knie. Nachdem der Lenker gegen Rosalies Rippen knallte, schleuderte die Wucht des Fahrrads sie über den Gehweg auf den Bordstein.

Sie lag auf dem Boden und versuchte, wieder zu Atem zu kommen. *Ugh. An den Bordstein getreten. Nicht witzig.*

Das Fahrrad kippte in Richtung Rasen und warf den Jungen auf das nasse Gras. Der Junge nahm seinen Superhelden-Helm ab. Sein Gesicht war rot, und Tränen liefen über seine Wangen.

Er rieb sich den Ellbogen und schniefte. »Ich konnte nicht anhalten.«

Rosalie stützte ihre Rippen mit den Händen, als sie aufstand. »Ich weiß. Mach dir keine Sorgen, Kleiner. Es ist okay.«

Die Mutter des Jungen lief zu Rosalie. »Ist das Blut auf deiner Jeans? Ich kann deine Eltern anrufen. Wie ist deine Nummer?«

»Mir geht's gut. Ich habe nur eine kleine Beule am Knie«, sagte Rosalie. »Es wird schon in Ordnung sein.«

»Wenn du sicher bist.« Die Mutter wandte sich ihrem Sohn zu. »Du musst reinkommen, Logan. Wir müssen deine Kleidung wechseln. Du hast Grasflecken auf deiner neuen Hose.«

Rosalie wartete, bis der Junge und seine Mutter ins Haus gegangen waren, bevor sie davonhumpelte. Sie begann zu schwitzen, während sie versuchte, ihr rechtes Knie zu entlasten, ohne die Schmerzen in ihrer linken Hüfte durch den Aufprall auf den Beton weiter zu verschlimmern. Um die Schmerzen in ihren Rippen zu lindern, beugte sie den Arm und drückte ihn fest gegen ihre Brust.

Atme. Ganz langsam und ruhig.

Als Rosalie die Schule erreichte, stand eine kleine Gruppe von Mädchen in der Nähe der Vordertreppe.

»Was ist mit dir los?«, sagte Cheryl. »Versuchst du, dich vor dem Mathetest zu drücken? Du schreibst mit der Hand, nicht mit dem Fuß.«

Die Gruppe brach in Gelächter aus, und Rosalie funkelte sie an, während sie sich mühsam die Stufen zur Schule hochquälte. »Ha ha, sehr witzig.«

Später, als Rosalie sich durch einen fast leeren Flur zur Cafeteria schleppte, konzentrierte sie sich auf das Pochen ihres geschwollenen Knies, die Schmerzen in ihrer Hüfte und das schmerzende Gefühl in ihren Rippen.

Ein plötzlicher Stoß in den Rücken brachte sie aus dem Gleichgewicht, und sie stürzte auf den harten Fliesenboden. Rosalie blickte auf und sah gerade noch, wie eine Gruppe von Mädchen auseinanderstob. Sie blieb auf dem Boden liegen und schloss die Augen, während sie versuchte, durch den Schmerz zu atmen.

Wo ist ein Kind, das auf einem Fahrrad herumrast, wenn man es wirklich braucht? Hättest sie alle für mich umhauen können, Logan.

Jemand setzte sich neben sie auf den Boden. »Ich bin Aimee Louise. Was weißt du über Gürteltiere?«

Rosalie öffnete die Augen. Jeder in der Schule wusste, dass Aimee Louise nicht sprach. Rosalie kniff die Augen zusammen, um Aimee Louises Gesicht zu untersuchen, und richtete ihren Blick dann wieder auf den Boden.

Sie ahmte Aimee Louises Tonfall nach. »Ich bin Rosalie. Ich würde gerne etwas über Gürteltiere erfahren.«

»Nun, Freundin, nur eine Art von Gürteltier kann sich zu einer Kugel zusammenrollen, um sich vor Raubtieren zu schützen.«

Ich kann nicht glauben, dass Aimee Louise mit mir gesprochen hat. Sie hat mich Freundin genannt. Ich frage mich, ob sie sich keine Namen merken kann. Wen kümmert's? Ich habe eine Freundin.

Rosalie hörte zu, während Aimee Louise sagte: »Das Geheimnis des Dreigürteltiers ist, dass es sich zu einer Kugel zusammenrollt, um sich gegen Raubtiere zu verteidigen, sodass das Raubtier nichts findet, was es packen kann. Raubtiere wissen nicht, was sie tun sollen, wenn sie nichts zum Greifen finden.«

Rosalie nickte. *Das wird funktionieren. Gib einem Raubtier nie etwas zum Greifen. Absolut brillant.*

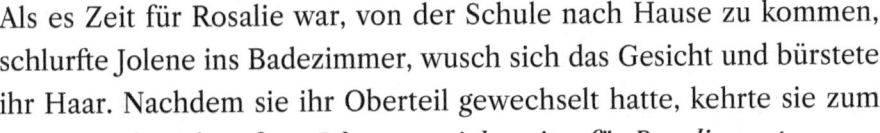

Als es Zeit für Rosalie war, von der Schule nach Hause zu kommen, schlurfte Jolene ins Badezimmer, wusch sich das Gesicht und bürstete ihr Haar. Nachdem sie ihr Oberteil gewechselt hatte, kehrte sie zum Sofa zurück und seufzte. *Ich muss mich weiter für Rosalie anstrengen.*

Rosalie grinste, als sie ins Wohnzimmer kam. »Mama, kann ich dir erzählen, was heute passiert ist? Ich habe eine neue Freundin; sie ist die Enkelin von Major Elliott.«

»Komm, setz dich zu mir und erzähl mir alles über sie.« Jolene klopfte auf das Sofa neben sich.

»Ein Kind hat mich auf dem Weg zur Schule mit seinem Fahrrad umgeworfen. Mir geht's gut, aber ich habe gehumpelt, als ich in der Schule ankam.«

Jolene schüttelte den Kopf, als Rosalie ihr von den Mädchen erzählte, die ihr auflauerten, und dann von Aimee Louises Geschichte über Kugelgürteltiere.

»Alle in der Schule sagen, dass Aimee Louise autistisch ist, und vielleicht ist sie das auch, aber sie ist auch brillant. Sie hat Probleme mit lauten Geräuschen, also haben wir unser Mittagessen draußen gegessen. Sie liebt es auch zu rennen, also laufen wir nach dem Essen.«

»Ich bin froh, dass du eine Freundin in der Schule hast, Schätzchen.«

Am nächsten Tag wachte Jolene auf, als ihr Telefon klingelte. *Warum ruft mich die Schule an?* Panik stieg in ihrer Brust auf. *Hoffentlich ist Rosalie nichts passiert.*

»Frau Teague, ich rufe im Namen des Kollegiums an, weil wir uns Sorgen um Rosalie machen. Sie und die Enkelin von Major Elliott sind draußen auf dem Spielplatz und essen zu Mittag, und es regnet.«

Jolene blickte aus dem Fenster. »Sie haben recht; es regnet. Sie hat sich schon immer sehr für das Wetter interessiert, also bin ich nicht überrascht, weil sie heute Morgen mit ihrer Regenjacke losgegangen ist. Es war nicht vorhergesagt, wissen Sie. Sie ist meine zuverlässigste Wetterquelle, seit sie fünf ist. Hat jemand ihre Regenjacke gestohlen? Sie hat mir von den Mädchen erzählt, die sie in der Schule mobben. Ich hatte angenommen, dass Sie das inzwischen im Griff hätten.«

»Mobbing ist an unserer Schule nicht erlaubt, Frau Teague. Sie müssen Rosalie sagen, dass sie ihr Mittagessen nicht draußen einnehmen darf. Sie muss mit allen anderen in der Cafeteria essen.«

»Was ist falsch daran, während ihrer Mittagspause draußen zu sein?«

»Es regnet sehr stark; einige von uns sind besorgt um ihr Wohlbefinden.«

»Nun, kümmern Sie sich um dieses Mobbing und bitten Sie den Schulleiter, mich anzurufen, um über Rosalies Wohlbefinden zu sprechen.«

Der Anrufer legte auf, und Jolene schüttelte den Kopf. *Überall diese Wichtigtuer.*

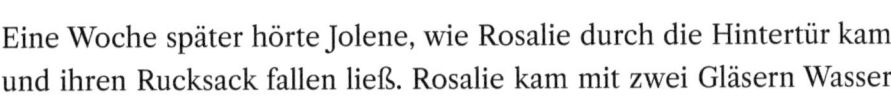

Eine Woche später hörte Jolene, wie Rosalie durch die Hintertür kam und ihren Rucksack fallen ließ. Rosalie kam mit zwei Gläsern Wasser ins Wohnzimmer und reichte eines davon Jolene.

Rosalie setzte sich neben Jolene. »Mama, Aimee Louise möchte, dass ich mit ihr nach Hause komme und ihren Hund kennenlerne.«

Jolene seufzte, als sie das Glas auf den Tisch neben ihr stellte und den Kopf schüttelte. »Ich bin wirklich froh, dass du eine Freundin in der Schule hast, aber du kennst unsere Regel: Du darfst nicht zu anderen Leuten nach Hause gehen. Außerdem wohnt Major Elliott draußen auf dem Land; es ist einfach zu weit weg, und ich würde mir Sorgen um dich machen. Du musst dich auf deine Schularbeiten konzentrieren.«

Rosalie schnaubte. »Mit meinen Schularbeiten oder meinen Noten ist alles in Ordnung, und das weißt du auch. Ich verstehe nicht, warum ich bestraft werde. Ach, vergiss es.« Rosalie nahm ihr Glas vom Tisch und stapfte in Richtung Küche, blieb dann aber stehen und kam zurück.

Sie sprach sanfter, als sie sich zu Füßen ihrer Mutter auf das Sofa setzte. »Wenn du Gesellschaft willst, begleite ich dich zum Arzt. Mach einen Termin aus oder sag mir, zu wem du gehen willst, und ich mache den Termin.«

Jolene setzte sich auf, blickte Rosalie an, und eine einzelne Träne lief ihr Gesicht hinunter. »Danke. Ich werde darüber nachdenken. Nein, ich werde es tun. Ich rufe heute an.«

»Du wirst es nicht vergessen?«

»Nein. Ich verspreche es. Ich liebe dich, mein Schatz.«

Rosalies Augen funkelten, und sie grinste. »Ich sollte mich wohl besser an diesen schrecklichen Berg von Hausaufgaben machen, den die herzlosen Lehrer aufgegeben haben.«

Jolenes Augen weiteten sich, dann kicherte sie. »Oh, ich verstehe, Spaßvogel.«

Kapitel Fünf

Margo packte die Kühlbox und dann einen Karton mit Lebensmitteln, die nicht gekühlt werden mussten; sie schnaubte angewidert über den Inhalt des Kartons. *Das ist alles nur das Junkfood, das Russell gekauft hat. Mein einziger Beitrag ist die Tüte Äpfel.*

Sie überprüfte die Liste, die sie gemacht hatte. *Ich weiß nicht, ob Russell will, dass die Kinder Taschenlampen haben. Er hat sehr deutlich gemacht, dass wir ein niedriges Profil wahren müssen.*

Sie stellte einen Kasten mit Wasserflaschen auf den Lebensmittelkarton und legte dann drei Wechselkleidungen bereit, die in die Rucksäcke der Kinder kommen sollten.

Nachdem sie sich von ihrer Stoffhose und Bluse zu Jeans und ihrem blauen Flanellhemd umgezogen hatte, rollte sie jeweils Kleidung für drei Tage für sich und Russell zusammen, packte sie in ihre Rucksäcke und fügte eine Haarbürste, Zahnpasta und die Zahnbürsten der Familie zu ihrem hinzu. *Ich hasse es, nicht zu wissen, was ich tue, weil ich nicht genug Zeit zum Planen hatte.*

Sie trug die Rucksäcke in die Küche und ließ sie auf die Arbeitsfläche fallen. *Russell und ich haben immer davon gesprochen, das zusammenzustellen, was Russell Notfalltaschen nannte, falls wir evakuieren müssten, aber wir sind nie über Gerede hinausgekommen. Es hatte nie Priorität.*

Margo ging zum Briefkasten am Ende ihrer Einfahrt, um auf die Kinder zu warten, die von der Schule nach Hause kamen. Sie blickte zum Himmel und entdeckte einen Rotschulterbussard, der auf den Aufwinden kreiste und nach einem unvorsichtigen Kaninchen oder einer Feldmaus suchte. *Ist das, was hier passiert? Kreist der Raubtier um uns herum, während er auf seine Gelegenheit wartet, hinabzustoßen und uns einen nach dem anderen zu holen?*

Margo schritt zum Haus zurück, während sie sich selbst tadelte. *Ich warte nie am Tor auf sie. Sie werden sicher denken, dass etwas nicht stimmt.*

Als Annie, Josh und Aimee Louise zur Veranda rannten, räusperte sich Margo und sagte dann in einem flachen Tonfall: »Da seid ihr ja.« *Das war ein kläglicher Versuch, fröhlich zu klingen. Reiß dich zusammen.*

»Ich habe die Zeit vergessen«, sagte sie in einem lebhafteren Tonfall, »aber ich bin froh, dass ihr zu Hause seid. Kommt schnell rein, und ich mache einen Snack.«

Margo runzelte die Stirn, als sie nach Westen auf die sich verdunkelnden Wolken blickte. *Schlechtes Omen; das brauchen wir nicht.* »Es wird bald regnen. Man weiß nie, vielleicht wird es ein schrecklicher Sturm.«

Als Annie und Josh sich nicht bewegten, sondern auf der Veranda standen und sie anstarrten, scheuchte Margo sie zum Haus.

Annie griff nach ihrem Rucksack, als er von ihrer Schulter rutschte. »Was ist los, Mama?«

Margo bemerkte, dass Aimee Louise sie aufmerksam beobachtete. *Sie denkt auch, dass etwas nicht stimmt.* »Aimee Louise, du kannst gerne zum Snack bleiben, wenn du willst, aber ich bin nicht sicher, wann der Regen beginnt. Vielleicht willst du lieber gleich gehen.«

Aimee Louise sagte: »Mir geht's gut.« Sie und Shadow rannten in Richtung Wald und zur Abkürzung zu ihrem Bauernhof.

Margo beobachtete Aimee Louise und Shadow, bis sie außer Sicht waren, bevor sie die Tür schloss. *War das ein Mann oder ein Schatten am Waldrand?*

Josh stand im Flur. »Wow. Keine Lichter.«

»Lass uns ein Spiel spielen«, sagte Margo. »Tun wir so, als würde unser Strom nicht funktionieren, und reden darüber, was wir ohne ihn tun würden.«

»Mama, stimmt etwas nicht?« Annie runzelte die Stirn.

Margo verengte ihre Augen bei einem Schatten im Wald, der sich bewegte. »Sei nicht albern, Annie. Was könnte schon falsch sein?«

»Mama, deine Stimme klingt seltsam«, fragte Annie.

Margo starrte aus dem Fenster, bis sie bemerkte, dass Annie ruckartig den Kopf drehte, um zu sehen, ob jemand hinter ihr stand.

»Nun, Josh. Was meinst du, würden wir tun?« fragte Margo.

Josh spitzte die Lippen und strich mit Daumen und Zeigefinger über sein Kinn. Sein Gesicht verzog sich zu einem Grinsen. »Wir würden unsere Stromverstärker für Licht einschalten und heiße Pizza zum Abendessen herteleportieren.«

»Mir gefällt deine Teleport-Idee; aber für heute hat Papa gesagt, es sei wichtig, dass wir drinnen bleiben und keine Lichter oder elektrischen Geräte anschalten, bis er nach Hause kommt.« Mama seufzte. »Keine Lichter. Keine Kerzen. Kein Fernsehen.«

»Warum?« Annie presste ihre Lippen zusammen und verengte die Augen.

»Er hat es nicht gesagt. Er meinte, es sei wichtig, und er würde es uns erzählen, wenn er nach Hause kommt.«

Als das Haus dunkler wurde, schmollte Annie am Tisch, während sie mit verschränkten Armen dasaß, und Josh trommelte mit den Fingern auf dem Tisch.

Als Annie die Zähne zusammenbiss, sagte Margo: »Das reicht, Josh.«

Josh rutschte von seinem Stuhl, um sich unter dem Küchentisch zu verstecken. »Ich bleibe einfach hier.«

Margo biss sich auf die Lippe, als Annie ihren Stuhl drehte, damit sie ihren Bruder nicht sehen konnte.

Als es fast dämmerte, servierte Margo die Sandwiches, die sie in eine Kühlbox gepackt hatte.

Annie schüttelte den Kopf. »Mama, das ist anders; du kochst immer Abendessen, sogar auf einem Campingausflug.«

Margo hörte ein leises Kratzen an der Hintertür und eilte, um zu sehen, wer es war; sie atmete aus, als Russell hereinkam.

»Was machst du so früh zu Hause, Papa?« fragte Josh.

Russell klopfte Josh geistesabwesend auf die Schulter.

»Gute Arbeit, Margo. Das Haus sieht aus, als wäre niemand zu Hause, genau wie ich gehofft hatte. Ich habe drei Wochen Urlaub genehmigt bekommen und der Schule eine E-Mail geschickt, also sind wir startklar. Wir müssen sofort los. Konntest du alles packen, was wir für mindestens drei oder vier Tage brauchen würden? Was ist mit Aimee Louise?« Er sah sich um. »Ist sie hier?«

»Nein, Aimee Louise ist nicht geblieben. Was das Packen angeht, habe ich bestimmt etwas vergessen, aber ja, ich habe alles in zwei Koffer und die zwei Kisten gepackt. Und ich habe die Rucksäcke der Kinder gepackt.«

»Gut. Also, Kinder, wir werden eine Weile weg sein. Geht in eure Zimmer und holt etwas, das ihr mitnehmen wollt. Ein Spielzeug, ein Spiel, etwas, womit ihr gerne schlaft, aber nichts Elektronisches. Denkt an Camping im Wald. Beeilen wir uns. Wir müssen sofort los.«

Annie und Josh rannten die Treppe hinauf. Josh kam als Erster zurück mit seinem Skizzenblock und Margos ausgestopftem braunen Hund. Er legte den ausgestopften braunen Hund auf den Tisch, und Margo fuhr mit den Fingern über die präzisen, ordentlichen Stiche, die Annie gemacht hatte, als sie fünf war, nachdem sie den braunen Hund aufgeschnitten hatte für etwas, das Annie als Notoperation bezeichnete. Russell sagte ihr, dass die präzisen Stiche professionell gemacht waren. Eine Träne rann über Margos Wange. *Von all seinen Spielzeugen, die er hätte mitnehmen können, hat er meinen braunen Hund gerettet. Er weiß, dass etwas nicht stimmt.*

Annie umarmte ihren blauen Löwen, während sie die Treppe herunterkam.

Margo lächelte den armen blauen Löwen an. *Ich fühlte mich schrecklich, als ich ihn aus dem Trockner zog und seine flauschige Mähne zu einem blauen Klumpen geschmolzen war. Aber er wird immer noch sehr geliebt.*

»Der Blaue Löwe ist immer noch wild, nicht wahr, Schatz?«, fragte Margo.

Die Familie schlüpfte durch die Hintertür hinaus und sprach nicht und machte keinen Lärm. Margo bemerkte, dass Annie ihren Vater beobachtete, wie er die Tür abschloss und prüfte, ob sie sicher war.

Howie kauerte im Wald hinter einem Dickicht nahe dem Haus der Gastons. Der Boss hatte ihm einen gemütlichen Auftrag gegeben: ein wachsames Auge auf Russell Gaston haben. Ihm machte der Wald nichts aus, außer dass er sich wegen Bären sorgte. Er hatte im Baumarkt in der Stadt nach Bärenspray gefragt, aber die Frau im Baumarkt hatte ihm gesagt, Bärenspray sei nutzlos, und verkaufte ihm stattdessen Insektenschutzmittel gegen die No-see-ums, winzige Mücken. Howie hatte noch nie von ihnen gehört, aber nach einer Stunde im Wald sprühte er sich und seine Kleidung ein, wie sie es ihm gesagt hatte. *Guter Rat, Lady. Danke.*

Die Kinder kamen nach Hause, und das Mädchen und der Hund liefen weg. Er kannte ihre Routine. *Seltsam. Die Hausfrau hat kein Licht angemacht, obwohl der Himmel dunkel ist wegen der Gewitterwolken.*

Als die Dämmerung einsetzte, brannte im Haus immer noch kein Licht. Die Lichter der Stadt glühten in der Ferne. *Etwas wird passieren. Besser, ich rufe den Boss an.*

»Boss, hier ist Howie. Meine Nachbarn sind zu Hause, aber ich sehe keine Lichter an.«

»Falls sie weggehen, befolge unsere Vorgehensweise und überprüfe, ob ihr Haus sicher ist. Bleibe mit ihnen und mit mir in Kontakt.«

»Verstanden.«

Howie bewegte sich zu einer Stelle, wo er die Vorder- und Hintertüren sehen konnte, und beobachtete, wie Gaston mit ausgeschalteten Autolichtern zur Hintertür glitt. Nach kurzer Zeit stieg die Familie ins Auto, und Gaston fuhr davon, wobei er die Lichter erst einschaltete, als er die asphaltierte Straße erreichte.

»Keine Sorge, Herr G. Ich werde dem GPS-Tracker folgen, den ich an Ihrem Auto installiert habe, und hole Sie später ein.« Er klopfte auf seine Tasche. *Dieser Händlerschlüssel zum Entriegeln von Gastons Autotüren wird nützlich sein.*

Er schlenderte zum Haus und knackte das Schloss der Vordertür. Als er drinnen war, achtete er darauf, nichts zu stören außer dem neuen Laptop-Computer. Er nahm den Laptop mit, als er auf demselben Weg, auf dem er hereingekommen war, wieder hinausging.

Als er auf die Landstraße einbog, runzelte er die Stirn. *Ich kann mich nicht erinnern, das Einrasten der Vordertür gehört zu haben, als ich ging.*

Er fuhr an den Straßenrand, um umzukehren. *Nee. Ist schon okay.*

KAPITEL SECHS

Beim Frühstück strich sich Major über das Kinn und dachte über seine Hühnerställe nach. *Ich kann eine Seite des nördlichen Stalls erweitern und einen Mutterflügel mit einer Drahtmauer bauen, wo die anderen Hühner die Küken sehen können, ohne ihnen zu schaden.*

»Freundin kann mich nicht besuchen«, sagte Aimee Louise.

Major war überrascht. »Was? Warum denn nicht?«

Aimee Louise redet nie beim Frühstück. Ich dachte, das wäre eine weitere Regel von Aimee Louise.

Aimee Louise stand vom Tisch auf und räumte ihr Geschirr ab. »Ihre Mama ist krank.«

»Ich werde bei Rosalies Tante Josie nachfragen. Sie wird wissen, was los ist«, sagte er.

Einige Tage später traf Major Josie im Supermarkt. »Josie, Aimee Louise hat Rosalie eingeladen, einen Tag oder ein Wochenende mit uns auf dem Bauernhof zu verbringen, aber sie sagt, Rosalie könne nicht kommen, weil Jolene krank ist. Gibt es etwas, womit wir helfen können?«

Josie hob den Dinosaurier auf, den ihr Kleinkind auf den Boden geworfen hatte. Sie wischte ihn an ihrem Hosenbein ab und reichte ihn zurück. Major starrte sie an.

»Viertes Kind.« Josie lachte. Der Junge warf seinen Dinosaurier ein zweites Mal, und Josie fing ihn in der Luft ab.

»Gut gemacht, Josie.« Major lachte mit ihr. »Ich hatte vergessen, wie anstrengend die kleinen Kerle sein können.«

»Ich weiß nicht, was ich wegen Jolene tun soll.« Josie runzelte die Stirn. »Sie redet nicht mal mehr mit mir, nicht dass sie das je getan hätte. Was hältst du davon, wenn ich ein Treffen mit meinem Bruder organisiere? Ich weiß, dass er seine Mittagspause in der Krankenhauskantine macht. Ich werde etwas planen und mich bei dir melden.«

Major nickte. »Das würde funktionieren.«

Josie rief Major noch am selben Nachmittag an.

»Ich hatte nicht erwartet, so bald von dir zu hören«, sagte er. »Das überrascht mich.«

Josies Worte purzelten heraus. »So ist die Lage: Marty sagt, Rosalie kann Aimee Louise jederzeit besuchen, auch über Nacht und sogar an Wochenenden. Ich habe vorgeschlagen, er sollte die Bedingung hinzufügen, dass Rosalie eine Notiz hinterlassen muss, um sie wissen zu lassen, dass sie auf eurem Hof ist, aber Marty meinte, das sei nicht nötig.«

Sie holte Luft. »Der nächste Teil könnte seltsam klingen, aber Rosalie kann keine Besucher bei sich zu Hause haben. Marty sagt, Menschen machen Jolene nervös. Ich habe Jolene nie verstanden, und ich verstehe sicherlich nicht ihre plötzliche Abneigung gegen Menschen, denn sie war immer das beliebteste Mädchen in der Schule, aber das ist, was Marty gesagt hat. Jedenfalls müssen die Mädchen ihre gemeinsame Zeit in deinem Haus verbringen. Ich habe Marty gesagt, dass das in Ordnung ist. Ist es doch, oder? Er sagte, er würde morgen früh mit Rosalie sprechen.«

Das ist eine Erleichterung. Die beiden Mädchen brauchen nicht so sehr Erwachsenenaufsicht als vielmehr eine erwachsene Präsenz und jemanden, der für ihr Wohlbefinden verantwortlich ist.

»Ja, für mich ist das in Ordnung. Ich werde Aimee Louise fragen, aber ich vermute, sie wird begeistert sein.«

Beim Abendessen sagte Major: »Rosalies Tante Josie hat mich angerufen. Rosalie darf den Hof besuchen und an Wochenenden hier übernachten. Rosalies Mutter fühlt sich nicht wohl, also könnt ihr Mädchen all eure gemeinsame Zeit hier verbringen.«

Aimee Louise flatterte mit den Händen und verschränkte dann die Arme, um ihre Hände zu verstecken. »Ich kann es kaum erwarten, ihr das zu erzählen.«

»Ihr Vater wird es ihr morgen früh sagen. Du kannst morgen in der Schule mit ihr sprechen, und ihr beide könnt planen, was immer ihr wollt. Ich werde mich auf drei Personen am Esstisch einstellen.«

Am Nachmittag saßen Major und Shadow auf der Veranda und warteten auf die Mädchen. »Wer ist aufgeregter, Junge? Du oder ich?«

Shadow rannte zur Straße und kam mit Aimee Louise und Rosalie zurück.

Major grinste. »Willkommen, Rosalie. Was steht heute auf dem Plan?«

»Danke. Aimee Louise und ich möchten etwas über Hühner lernen«, sagte Rosalie. »Und wir werden heute Abend unsere Hausaufgaben machen. Ich bin ein Jahr jünger als Aimee Louise, und wir haben keinen gemeinsamen Unterricht, aber wir können uns trotzdem gegenseitig beim Lernen helfen.«

Aimee Louise sagte: »Ich kann ihr mein Zimmer zeigen.«

»Klingt gut. Rosalie kann ihre Sachen dort unterbringen. Trefft mich bei den Ställen, wenn ihr bereit seid, und wir kümmern uns um die Hühnerarbeiten.«

Als die Mädchen zur Treppe gingen, hörte Major, wie Aimee Louise sagte: »Es kann auch dein Zimmer sein.«

Nachdem die Mädchen zum Stall gerannt waren, zeigte Major ihnen, wie man die Hühner aus ihren Ausläufen lässt. »Es ist einfacher zu reinigen, wenn die Hühner nicht zwischen den Füßen herumlaufen. Sie können wilde, freilaufende Hühner sein, und wir können unsere Arbeit viel schneller erledigen, ohne dass die Hühner uns beaufsichtigen, obwohl Ruthie gerne hochgehoben, geschaukelt und besungen wird.«

»Haben alle Hühner Namen?«, fragte Rosalie.

»Ja«, sagte Major. »Klingt das seltsam?«

Rosalie lächelte. »Nein, das ist gut.«

Major zeigte ihnen, wie er Hühnerkot entfernte, indem er eine Katzenstreu-Schaufel benutzte, um den Sand in den Behältern unter den Sitzstangen durchzusieben.

»Das ist erstaunlich; diese Hühner sind stubenrein«, sagte Rosalie.

Major kicherte. »Wenn die Hühner nachts koten, fangen die Behälter unter den Sitzstangen den Kot auf. Sie verbringen die meiste Zeit des Tages draußen und koten dort. Ich schätze, es sieht tatsächlich so aus, als wären sie stubenrein.«

Rosalie schüttete das Trinkwasser der Hühner in den Schmetterlingsgarten und schrubbte die Behälter. Major zeigte ihr, wie man sie auf Algen untersucht.

»Das ist keine Alge«, sagte Rosalie. »Das ist grüner Schleim.«

Aimee Louise roch an dem Behälter. »Stinkender grüner Schleim.«

»Die hängenden Futterbehälter sind fast leer, aber in den Schalen darunter findest du noch viel Futter«, sagte Major. »Ich überprüfe die Schalen, um sicherzustellen, dass das Futter nicht schimmelig ist, und fülle es zurück in ihre Futterbehälter oder werfe es ihnen als Leckerli zu. Sie sind ziemlich schlampig beim Fressen.«

Rosalie kletterte in den Hühnerstall, um nachzusehen. »Da liegt auch Futter auf dem Boden. Sie müssen wohl durch ihr Futter wühlen, um die guten Sachen am Boden zu finden.«

Major ging zur Scheune und kam mit einem Fünfzig-Pfund-Sack Hühnerfutter in seinem Handwagen zurück. »Siehst du, wo Shadow positioniert ist? Er steht Wache, von wo aus er seine Menschen und seine Hühner im Auge behalten kann.«

Rosalie sang während der Arbeit, und Aimee Louise summte mit. Mehrere Hühner drängten sich um die Mädchen und stimmten mit Glucken und Gurren ein.

»Die Hühner mögen eure Lieder«, kicherte Major. »Ich wusste gar nicht, dass sie hier draußen Melodien brauchen.«

Nachdem Major zur Scheune zurückgekehrt war, um den Handwagen wegzubringen, klingelte sein Telefon, und er runzelte die Stirn, als er ranging. *Hat Marty seine Meinung geändert?*

»Ich habe Jolene überzeugt, einen Arzt aufzusuchen«, sagte Marty. »Sie hat einen Spezialisten in der Stadt gesehen, der sie für einige Tests ins Krankenhaus eingewiesen hat. Sie wird wahrscheinlich eine Weile dort bleiben müssen. Meinst du, Rosie könnte ganztags auf dem Hof bleiben? Ich würde mir Sorgen machen, wenn sie nachts allein wäre, während ich im Krankenhaus festsitze. Wenn du denkst, dass es keine gute Idee ist, kann meine Schwester bestimmt Platz für sie schaffen.«

»Für mich ist das völlig in Ordnung. Die beiden Mädchen sind ohnehin fast unzertrennlich, und Shadow und ich genießen die Gesellschaft. Hast du mit Rosalie gesprochen?«

»Nein, sie wird schon klarkommen; sag es ihr einfach für mich, okay? Danke.«

»Nein. Sie muss es von dir hören. Sie ist direkt draußen. Ich rufe sie rein, damit du mit ihr sprechen kannst.«

Marty legte auf.

Major schaute finster aufs Telefon. *Was ist los mit dir, Marty?*

Er lehnte sich aus der Hintertür. »Aimee Louise, Rosalie, könnt ihr für eine kurze Besprechung reinkommen?«

Die Mädchen und Shadow rannten hinein.

»Wie wäre es mit Eistee?« Major füllte drei Gläser mit Eis, und Aimee Louise goss den Tee ein.

Die Mädchen schnappten sich ihre Gläser und ließen sich auf das Sofa fallen. Major nahm in seinem Sessel Platz und beugte sich vor.

»Rosalie, dein Vater hat angerufen. Deine Mutter wurde für einige Tests ins Krankenhaus eingeliefert.«

»Ich wusste es; ich wusste, dass sie krank ist, weil sie seit Ewigkeiten nicht mehr sie selbst ist.« Rosalie stellte ihr Glas ab. »Wird sie wieder gesund? Was hat Papa gesagt?«

»Ich schätze, es gibt eine Menge Tests zu machen, denn er sagte, sie würde eine Weile im Krankenhaus bleiben.«

»Das ist gut, oder? Sie werden gründlich sein.« Rosalie rieb sich die Stirn. »Ich habe mir schon lange Sorgen gemacht.«

Aimee Louise starrte Major an. »Wird Rosalie bei uns bleiben?«

»Was mich betrifft, ist das eine ausgezeichnete Idee. Was meinst du, Rosalie?«

»Papa arbeitet die ganze Zeit, und es macht keinen Spaß, allein zu sein. Hier bin ich nicht einsam.« Sie streckte die Hand aus und tätschelte Shadows Rücken. »Ich würde es gerne machen, aber denkst du, es wäre für Papa in Ordnung?«

»Ich bin sicher, dass es das ist, weil er weiß, wo du bist und dass du sicher bist, aber wir könnten ihn anrufen, wenn du mit ihm darüber sprechen willst.«

»Ich rufe ihn nie bei der Arbeit an. Er macht sich bestimmt Sorgen um Mama und weiß, dass er sich keine Sorgen um mich machen muss, weil ich hier bin.«

◆○◆

Eine Woche später saß Major auf der Veranda und lehnte sich zurück, um den Sonnenuntergang zu beobachten. *Das Landleben tut uns gut. Rosalie singt fröhliche, lustige Lieder. Aimee Louises Kragen und Ärmel haben ihren ausgeleierten Look verloren. Shadow bewacht seine Mädchen, und ich habe keine Zeit, melancholisch zu sein.*

Die Mädchen und Shadow rannten von den Hühnerställen zur Veranda hoch.

»Papa«, sagte Rosalie, »könnten wir ein Fototagebuch über die Wildtiere rund um den Hof anfangen?«

»Ausgezeichnete Idee. Ich wollte schon lange Wildkameras haben, und mir fällt kein besserer Vorwand ein als Wildtierfotos. Ihr zwei könnt die Speicherkarten in den Kameras austauschen.«

»Das können wir machen«, sagte Aimee Louise.

Rosalie grinste. »Genau unser Ding.«

Major setzte sich mit den Mädchen an den Esstisch und zeichnete eine grobe Skizze des Hofs, mit dem Bauernhaus in der Mitte, dann zeigte er auf seine Zeichnung. »Hier dachte ich, könnten wir die Kameras platzieren. Eine Kamera westlich des Bauernhauses, nahe der Stromleitung. Die zweite südlich des Bauernhauses. Dort gibt es

Anzeichen für einen stark genutzten Wildwechsel. Fast schon eine Reh-Autobahn. Die dritte können wir östlich des Bauernhauses auf der Weide in der Nähe der Kreuzung von Kiesweg und Feldweg aufstellen. Natürlich können wir sie später alle verschieben.«

Rosalie zeigte auf die Kreuzung. »Wir haben auf der Weide eine Stelle gesehen, wo das Gras niedergedrückt war, wie ein Schlafplatz. Es ist nicht zu nah an den Wegen, und es ist in der Nähe von Bäumen, wo wir die Kamera anbringen könnten.«

»Das machen wir«, sagte Major. »Ich nehme den Traktor. Es wird nicht lange dauern, die Kameras zu installieren. Ich könnte den Anhänger anhängen, wenn ihr mitfahren möchtet. Oder würdet ihr lieber laufen?«

»Laufen«, sagte Aimee Louise.

Nachdem sie die letzte Kamera installiert hatten, lächelte Major, als Aimee Louise, Rosalie und Shadow zurück zum Bauernhaus rannten. *Keine Chance, dass ich mit ihnen mithalten könnte; gut, dass ich vernünftig genug bin, es gar nicht erst zu versuchen.*

———◆◇◆———

Zwei Tage später sagte Aimee Louise: »Zeit für einen Lauf.«

Rosalie nickte. »Wir müssen die Kameras überprüfen.«

Aimee Louise schnappte sich drei Wasserflaschen und reichte eine davon Rosalie. »Für deinen Rucksack.«

Rosalie streifte ihren Rucksack über. »Wofür ist die dritte Flasche?«

»Shadow.« Shadows Ohren stellten sich auf.

Bevor er in den Computerraum ging, um zu arbeiten, begleitete Major sie zur Hintertür. »Bis später.«

Nachdem er seine Farmausgaben überprüft hatte, suchte Major und fand einen Blog über Hurrikan-Vorbereitungen. *Das wäre eine gute Liste, der wir vor der Hurrikan-Saison folgen könnten.*

Als die Mädchen zurückkehrten, sagte Rosalie: »Wir haben die Karten; wir haben Waschbärspuren und vielleicht Rehspuren gesehen. Ich habe ein Foto gemacht, damit du es sehen kannst. Wir haben in der Nähe der östlichen Kamera eine Fläche mit niedergedrücktem Gras gefunden, die wir beim nächsten Mal ausmessen wollen.«

Major nickte. »Hört sich nach einem Schlafplatz an. Es wird interessant sein, das zu beobachten.«

Während sie an diesem Abend aßen, sagte Rosalie: »Pops, wir dachten, es gäbe Bären in Nordflorida, aber wir haben keine gesehen.«

»Die Florida-Schwarzbären sind scheu und verstecken sich im dichten Unterholz. Im April, also nächsten Monat«, Major schüttelte den Kopf, »die Zeit vergeht wirklich schnell, werden Bärenmütter mit ihren Jungen unterwegs sein. Wenn ihr auf einen Bären trefft, ist es am besten, langsam zurückzuweichen und den Bären nicht zu erschrecken oder auf euch aufmerksam zu machen. Ihr Jagdinstinkt wird ausgelöst, wenn ein Tier oder Mensch wegrennt. Ihr wollt nicht, dass ein Bär euch jagt, denn Schwarzbären können bis zu dreißig Meilen pro Stunde sprinten. Ach, und kommt bloß nicht zwischen eine Bärenmutter und ihr Junges.«

An diesem Abend steckte Aimee Louise jede Karte in den Schlitz am Computer, und Rosalie und Major saßen jeweils an ihrer Seite.

»Keine Bären«, sagte Aimee Louise.

Rosalie rückte mit ihrem Stuhl näher. »Was für eine wunderschöne Hirschkuh. Oh, schau, zwei kleinere Hirsche.«

»Sie sehen wie Jährlinge aus«, sagte Major. »Halten sich noch bei ihrer Mutter auf.«

Rosalie zeigte auf den Computerbildschirm. »Da ist Carl. Er ist der einzige Kojote, den ich mit dieser Kerbe am Ohr gesehen habe. Wie er die wohl bekommen hat? Vielleicht von einem Hund? Wir haben keine Hunde gesehen, außer Shadow.«

»Das Grundstück ist an allen Seiten eingezäunt. Wenn wir einen anderen Hund sehen würden, würde ich sagen, es ist Zeit, nach einem Loch im Zaun zu suchen«, sagte Major.

»Shadow patrouilliert auf der Farm; er würde wissen, wenn ein anderer Hund in der Nähe wäre«, sagte Rosalie.

»Shadow weiß Bescheid«, sagte Aimee Louise.

Major schmunzelte. »In den alten Zeiten hatten die Leute keinen Fernseher, keine Handys und kein Internet. Das war vor meiner Zeit, aber ich erinnere mich, dass mein Vater davon erzählt hat.«

»Kein Internet? Keine Handys?« Die Tonlage von Rosalies Stimme stieg fast um eine Oktave.

Major lachte. »Schwer zu glauben, oder? Überhaupt nichts davon, also hörten die Leute zur Unterhaltung Geschichten im Radio, und eine Sendung hieß *The Shadow*. Sie begann immer mit ‚Wer weiß, welches Böse in den Herzen der Menschen lauert?'« Major wechselte zu einer tiefen, unheimlichen Stimme. »The Shadow weiß es.«

»Pops, wir würden gerne Radiogeschichten hören«, sagte Rosalie.

Er stand auf, um den Platz mit Aimee Louise zu tauschen. »Okay, Radiogeschichten. Ich werde etwas finden, das wir uns anhören können. Das wird eine perfekte Abendunterhaltung sein.«

Am nächsten Morgen vor der Schule sagte Rosalie: »Pops, ich habe ein Tracking-System für die Tiere entworfen, und Aimee Louise kann ein Computer-Datenbanksystem entwickeln, wenn wir deinen Computer benutzen dürfen. Wäre das in Ordnung?«

»Klingt gut für mich, und wir können mit der Kreisbeauftragten sprechen. Es könnte etwas sein, das sie als Schulprojekt unterstützen könnte.«

»Wir können heute damit anfangen.« Aimee Louise stand auf und räumte den Tisch ab.

Rosalie spülte das Geschirr ab und stellte es in die Spülmaschine.

»Wir müssen los«, sagte Rosalie. »Danke, Pops. Ein Schulprojekt, an dem wir gemeinsam arbeiten können, hört sich super an.«

Nachdem die Mädchen gegangen waren, blickte Major zum Horizont. »Ein Projekt für die beiden. Das gefällt mir. Etwas Normales, das eine Familie zusammen machen kann, und diese zwei Mädchen haben etwas Normalität verdient, nicht wahr, Shadow?«

KAPITEL SIEBEN

Nachdem sie das Abendgeschirr gespült hatten, gesellten sich die Mädchen zu Major und Shadow auf die Veranda.

»Haben wir eine Wasserbeschränkung?«, fragte Rosalie, während sie und Aimee Louise in ihre Schaukelstühle fielen.

»Woher hast du davon gehört?«, fragte Major.

»Von Leuten im Supermarkt«, sagte Rosalie.

»Viele besorgte Wolken«, fügte Aimee Louise hinzu.

Major nickte. »Das wundert mich nicht, denn die Stadt hat tatsächlich eine Wasserbeschränkung, und die Leute dürfen ihre Rasenflächen nicht bewässern oder Autos waschen. Im ganzen Landkreis und in großen Teilen des Bundesstaates gilt ein Feuerverbot. Keine offenen Feuer, keine Feuerwerkskörper. Die Waldbrandgefahr ist momentan extrem hoch. Wir unterliegen nicht der städtischen Beschränkung, weil wir kein Stadtwasser nutzen, aber Waldbrände sind für alle ein Problem, wenn es so trocken ist.«

Das Telefon im Computerraum klingelte; als Major ranging, konnten die Mädchen sein Gespräch hören.

»So nah? Das ist nicht gut... Ein alter... Bin unterwegs.«

Rosalie sagte: »Klingt wichtig.«

Als er auf die Veranda trat, fragte Rosalie: »Besorgt?«

»Stark mit entschlossen und irgendetwas, vielleicht Pflicht oder Dienst. Dad hatte das auch manchmal; am Rand besorgt«, sagte Aimee Louise.

»Redet ihr über mich?«, fragte Major.

»Ja«, sagte Rosalie.

Major griff nach innen und nahm einen Schlüsselbund vom Schlüsselbrett. »Es gibt einen Waldbrand, und Mr. Samuels Pferdehof im Nachbarlandkreis liegt im Weg des Feuers. Ich nehme den Truck und unseren alten Pferdeanhänger, um zu sehen, ob ich beim Umzug der Pferde helfen kann, bevor das Feuer näher kommt. Ich weiß nicht, wie lange ich weg sein werde.«

»Ich mache Kaffee«, sagte Aimee Louise.

»Ich hole einen Apfel aus dem Kühlschrank und einige Brownies aus dem Gefrierschrank für dich, Pops, und Karotten für die Pferde«, sagte Rosalie. »Wir haben diese Woche eine doppelte Portion von Oma Trishs Brownie-Rezept gemacht und die Reste eingefroren.«

Das Aroma des frischen Kaffees wirbelte durch die Luft. Aimee Louise goss das dampfende Gebräu in eine Thermoskanne, und Rosalie packte das Wasser und die Snacks in eine kleine Kühlbox.

Major kam herein, nachdem er den Anhänger angekoppelt hatte. »Kaffee riecht großartig. Danke fürs Einpacken von Getränken und Energiefutter. Passt aufeinander und auf Shadow auf.«

Der Nachthimmel war klar, als Major nach Süden in Richtung des Glühens in der Ferne fuhr, und der Vollmond schien mit einem rötlich-orangefarbenen Schimmer.

Nachdem er eine Stunde unterwegs war, erreichte er den Pferdehof und schüttelte den Kopf. *Sieht nach Chaos aus; alle müssen mal einen Gang runterschalten.*

Major winkte einem Polizisten aus Florida zu, für den er gearbeitet hatte, bevor er in Rente ging. »Was ist der Plan, Rich?«

Rich schnaubte. »Bin mir nicht sicher, denn es scheint auseinanderzufallen. Ich dachte, ich kümmere mich um den kleineren Pferdestall, weg von all dem Geschrei.«

»Hättest du gerne einen Partner?«, fragte Major.

Die beiden Männer fuhren ihre Trucks und Anhänger zum kleineren Stall und gingen dann hinein.

»Kannst du zwei Pferde nehmen? Ich kann drei nehmen«, sagte Rich.

»Hört sich gut an. Lass uns zuerst deine laden, nachdem wir diese Schönheiten ein bisschen beruhigt haben.« Major zog seine Jacke hoch. *Diese Nachtluft ist kühl.*

Als die beiden Männer sich dem ersten Pferd näherten, sagte Rich: »Es tat mir leid, von Ted und seiner Frau zu hören. Ich habe gehört, deine Enkelin wohnt jetzt bei dir. Fühlst du dich älter oder jünger?«

Major lachte. »Eigentlich beides gleichzeitig, aber zum ersten Mal seit Jahren fühle ich mich lebendig. Die Mutter ihrer Freundin ist sehr krank, also bleibt ihre Freundin auch bei uns. Das erinnert mich daran, die Mädchen haben mir Karotten für die Pferde mitgegeben. Falls wir Sturköpfe haben, können wir vielleicht Bestechung versuchen.«

Während sie die Pferde in ihre Anhänger luden, gab ihnen der Hofbesitzer Anweisungen zum Hof, der als Zufluchtsort für die Pferde dienen sollte. Sie fuhren zum neuen Ziel, luden die Pferde ab und kehrten zurück.

Nachdem sie geparkt hatten, schüttelte Major den Kopf. »Scheint schlimmer zu sein als vorhin, als wir hier waren.«

»Ich weiß; fühlt sich an wie ein Unfall, der nur darauf wartet zu passieren. Pass auf dich auf. Komm zu mir, wenn du zum Laden bereit bist, und ich helfe dir.«

Während Major half, ein scheues Pferd zu verladen, klingelte sein Telefon, und er trat beiseite, um zu antworten.

Rosalie sagte: »Ich habe dich auf Lautsprecher, damit Aimee Louise auch hören kann. Wir machen uns bettfertig und sehen Feuerschein im Südosten, und ich habe Rauch gerochen.«

»Danke, dass ihr mich informiert. Der Fortschritt hier ist langsamer als erwartet. Die Pferde sind leider nervös, und es ist schwierig, sie in die Anhänger zu bekommen. Die Karotten helfen sehr. Haltet eure Handys geladen und neben euren Betten. Ich bin so schnell wie möglich wieder zu Hause.«

Um Mitternacht fand Rich Major, wie er mit einem weiteren nervösen Pferd half.

»Der Wind hat gedreht und kommt jetzt von Osten. Es ist mehr Rauch in der Luft, und die Pferde können ihn riechen.« Rich sagte: »Lass uns unsere Anhänger beladen und von hier verschwinden.«

Auf dem Weg zu ihren Trucks sagte Major: »Wir sind eingeparkt; wir müssen diesen drei Fahrern beim Laden helfen, bevor wir uns bewegen können.«

Kurz vor zwei Uhr hatten Major und Rich ihre Anhänger beladen. Der Besitzer des Pferdehofs rannte zu ihren Trucks. »Wir haben gerade erfahren, dass das Feuer die Brandschneise übersprungen hat und die Höfe um Plainview herum bedroht.«

Majors Augen weiteten sich. »Ich muss die Mädchen warnen.« Er holte sein Handy heraus und schickte beiden dieselbe Nachricht: »Verschwindet von dort. Feuer zu nah.«

»Ich muss zu Hause anrufen; geh schon vor, Rich. Ich hole dich ein.«

Während sein Haustelefon klingelte, murmelte Major: »Geh ran; geh ran.«

Als Aimee Louise antwortete, sagte er: »Ich habe eine SMS geschickt, aber ich rufe an, um sicherzugehen, dass du sie bekommen hast. Du, Rosalie und Shadow müsst nach Plainview fahren. Eure Sicherheit ist wichtiger als alles im Haus. Nehmt den Hausschlüssel zu Rosalies Haus in der Stadt und geht dorthin. Ich wünschte, ich könnte hier weg und euch abholen, aber das Feuer hat die Brandschneise übersprungen und die Richtung geändert. Es ist jetzt zwischen uns. Lass mich mit Rosalie sprechen, ich sage ihr dasselbe. Ich liebe dich.«

Als Rosalie ans Telefon kam, wiederholte er, was er Aimee Louise gesagt hatte, und fügte hinzu: »Ihr habt keine Zeit, irgendetwas zu tun, außer von dort wegzukommen.«

»Direkt hinter dir, Major«, rief Rich. »Zeig uns den Weg.«

Als Major seinen Weg über die Felder in Richtung Straße machte, beobachtete er, wie alle Lastwagen mit Anhängern auf der asphaltierten Straße rechts abbogen. Major kniff die Augen zusammen, als er die lange Schlange sah, wie die Trucks langsam die Landstraße entlangkrochen.

Er rief Rich an. »Ich fahre nach links. Es sind zu viele Trucks, die nach rechts fahren. Ein Platten könnte eine Katastrophe sein.«

»Ich komme mit dir.«

»Wenn wir links abbiegen, brauchen wir etwa eineinhalb Stunden.«

»Oder drei Stunden, wenn wir uns der kriechenden Karawane anschließen, die rechts abgebogen ist.«

Als sie noch fünfundvierzig Minuten vom Zielhof entfernt waren, rief Major Rich an. »Da vorne blockiert ein Laster ohne Rücklichter unsere Spur.«

»Was soll ich tun?«

»Deck mir den Rücken.«

»Ich habe meine Pistole und mein Jagdgewehr dabei. Bevor du aus deinem Truck aussteigst, ruf mich an und steck dein Handy in die obere Tasche. Ich werde mich zu deiner hinteren Stoßstange vorarbeiten.«

Rich war schon immer clever, selbst als Anfänger.

Major ließ seine Scheinwerfer an, als er aus seinem Truck stieg.

Während Major auf den dunklen Truck zuging, sagte er: »Ich sehe zwei Männer; ich gehe von der Straße runter, um die Beifahrerseite zu sehen. Der helle Mond hilft wirklich.«

Major verlangsamte sein Tempo. »Noch zwei Männer auf der Beifahrerseite; sie kauern dort. Ich wette, das ist ein Hinterhalt. Ich gehe langsam weiter. Geh zur Beifahrerseite meines Trucks; überquere nicht den Bereich vor meinen Scheinwerfern.«

Major hielt an und rief: »Hallo! Ist euer Wagen kaputt?«

»Erst ist mir das Benzin ausgegangen, dann habe ich die Batterie leergefahren«, sagte ein Mann.

»Ich habe einen Kumpel in der nächsten Stadt, der euch zur nächsten Tankstelle schleppen kann. Soll ich ihn anrufen? Ist deine Familie bei dir?«

»Nein, nur ich und mein Kumpel; wir machen Gelegenheitsjobs, hauptsächlich in der Landwirtschaft. Wir haben eigentlich kein Geld für ein Abschleppen. Wie weit ist es bis zur nächsten Stadt? Hast du Benzin dabei? Wir haben Geld, um für Benzin zu bezahlen.«

»Die zwei Männer auf der Beifahrerseite schleichen sich zur Rückseite ihres Trucks«, sagte Rich. »Ich habe meine Kumpels angerufen, die heute Nacht Dienst haben. Sie werden in zwei Minuten hier sein.«

»Ungefähr acht Kilometer. Ich habe bereits die Staatspolizei gerufen, weil ihr keine Rücklichter habt. Das ist wirklich gefährlich auf diesen abgelegenen Straßen bei Nacht.«

»Was ist mit Benzin?«

»Kein Benzin, tut mir leid. Ich evakuiere die ganze Nacht Pferde, um sie aus dem Weg eines großen Waldbrands zu bringen, der in diese Richtung kommt. Riecht ihr das nicht?«

»Ich dachte, das wäre jemandes Kamin. Ein Waldbrand?«

»Ja, die sind wirklich unberechenbar. Du willst nicht in einen Waldbrand geraten, denn es gibt keine Möglichkeit, ihm davonzulaufen; ein Waldbrand bewegt sich mit etwa 145 Stundenkilometern und springt durch die Bäume.«

»Hey, Chef, soll ich versuchen, den Motor noch mal anzulassen?«

»Ja. Vielleicht ist etwas von dem Benzin durchgesickert. Bring ihn zum Laufen und lass uns von hier verschwinden.«

Als der Motor ansprang, rannte der Mann, der gesprochen hatte, zum Fahrersitz, während der andere Mann ausstieg, aber bevor er den Truck erreichte, rasten zwei Streifenpolizisten auf sie zu.

Rich war zur Beifahrerseite gegangen. »Halt, bleibt stehen.« Seine Befehlsstimme war deutlich, und Major bewegte sich zur Beifahrerseite.

»Ich decke dich«, sagte Major.

Nach ein paar Minuten sagte Rich: »Wir können weiterfahren, Major.«

Bevor sie losfuhren, klingelte Majors Handy. »Major, hier ist Pete. Wir haben gehört, dass du bei der Evakuierung der Pferde hilfst. Ich dachte, du möchtest wissen, dass die Straßen hier frei sind. Das Feuer hat uns diesmal verschont.«

Major stieg in seinen Truck, dann setzten er und Rich ihre Fahrt fort.

Als sie sich dem Zielhof näherten, führte Major den Weg an, und ein Mann empfing ihn am Tor. »Du bist der Erste hier; fahr direkt zu dieser ersten Scheune rüber, und jemand wird für dich abladen. Du hattest eine lange Nacht.«

Während Major und Rich zusahen, wie die Farmarbeiter die Pferde ausluden, sagte Rich: »Major, ich wusste gar nicht, was für ein geschickter Verhandler du bist. Du hast mich beinahe dazu gebracht, in meinen Truck zu springen und von dort zu verschwinden.«

»Ich war dankbar, dass du bei mir warst. Mein Nacken kribbelte, als ich den Truck ohne Lichter mitten auf der Straße sah und niemanden mit einer Taschenlampe, der vor ihrem Truck warnte. Es ist schon eine Weile her, dass ich von einem Straßenhinterhalt gehört oder einen gesehen habe.«

»Ich weiß; ich bin mir nicht sicher, ob ich überhaupt schon mal von einem gehört habe. Ihre Karriere als Straßenräuber ist für lange Zeit vorbei«, sagte Rich. »Mein Anhänger ist entladen. Ich fahre nach Hause zu meinen schlafenden Kindern und meiner besorgten Frau. Nochmals danke für die Zusammenarbeit heute Nacht. Sag's nicht meiner Frau, aber es hat Spaß gemacht.«

Major lachte leise. »Das war es. Ich muss zu meinen Mädchen.«

Die beiden Männer schüttelten sich die Hände, und Rich stieg in seinen Truck und fuhr davon.

Als Major in seinen Truck stieg, klingelte sein Telefon.

»Major Elliot, hier ist das Krankenhaus Plainview. Aimee Louise, Rosalie und Shadow sind hier bei uns im Wartebereich der Notaufnahme; sie sind nicht als Patienten hier. Die Mädchen und Shadow haben eine Familie aus einem brennenden Haus gerettet. Das Baby hat eine Rauchvergiftung erlitten und wird aufgenommen, aber mit Behandlung wird es ihm gut gehen. Ihre Mädchen und Shadow sind Helden.«

»Ich bin so schnell wie möglich da.«

»Fahren Sie vorsichtig, Major. Die Mädchen und Shadow sind hier in Sicherheit.«

Nachdem er aufgelegt hatte, schüttelte Major den Kopf, stieg in seinen Truck und rief Aimee Louise an, während er nach Plainview raste.

»Ich bin unterwegs, um euch abzuholen«, sagte Pops. »Die Straße ist jetzt frei. Ich habe einen Anruf bekommen; zum Glück hat das Feuer die Farm verschont. Ich bin so schnell da, wie ich kann.«

Major stürmte in den Warteraum und eilte zu Aimee Louise und Rosalie. Er kniete sich vor sie hin und nahm sie in seine Arme. »Ich kann euch gar nicht sagen, wie stolz ich auf euch zwei bin. Wisst ihr, dass ihr diese Familie und ihr Zuhause gerettet habt? Ihr seid Helden.«

»Shadow«, sagte Aimee Louise.

»Shadow hat uns zu dem Haus geführt. Aimee Louise hat das Feuer gelöscht.«

»Rosalie hat eine laute Stimme«, sagte Aimee Louise.

»Klingt, als wärt ihr drei ein tolles Team.« Major lachte. »Lasst uns nach Hause fahren.«

Auf dem Heimweg sagte Rosalie: »Pops, etwas hat mich gestört. Das Zimmer des Babys füllte sich mit Rauch von den Bränden auf der Veranda, aber die Mutter sagte, der Rauchmelder sei erst losgegangen, als sie die Schlafzimmertür öffnete. Wie ist das möglich?«

»Gute Beobachtung, Rosalie. Es ist unwahrscheinlich, aber bei einem offenen Fenster, einem nicht angeschlossenen Rauchmelder im Zimmer des Babys und einer dichten Abdichtung an der Schlafzimmertür ist es möglich.«

»Ich verstehe, danke«, sagte Rosalie.

Aimee Louise fragte: »Geht es den Pferden gut?«

»Ja, ihnen geht es gut. Es war eine Herausforderung, sie in die Pferdeanhänger zu bekommen, weil sie durch das Feuer so in Panik geraten waren. Es hat viel zusätzliche Zeit gekostet, sie zu beruhigen, selbst ruhig zu bleiben und die Pferde in die Anhänger zu locken, aber wir haben sie alle an einen sicheren Ort gebracht.«

»Ich habe noch eine Frage«, sagte Rosalie.

»Okay.«

»Können wir morgen ausschlafen?«

Major lachte. »Ihr habt meine Erlaubnis, aber ich wette, wir sind alle zu unserer üblichen Zeit wach, um den Tag zu begrüßen.«

━━━━◆○◆━━━━

Nachdem die Mädchen nach oben geschlurft waren, ging Major auf die Veranda, und Shadow folgte ihm. *Die Nachtluft riecht immer noch nach Rauch.*

Major beugte sich hinunter, um Shadows Rücken zu streicheln. »Als ich hörte, dass die Mädchen auf dem Weg des Feuers waren, erinnerte mich das an die Zeit, als ein Hurrikan auf unsere Gegend zusteuerte, und ich zum Dienst ging und Trish mit einem Sechsjährigen zu Hause ließ. Ich musste der Gemeinschaft helfen, aber meine Familie brauchte mich auch. Ich fühlte mich so schuldig, dass Trish und Ted allein waren. Trish war eine starke Frau und mehr als fähig, sich um sich selbst und Ted zu kümmern, aber es war meine Aufgabe, meine Familie zu beschützen.«

Er trat von der Veranda und ging auf und ab. »Wenn ich nicht gegangen wäre, um bei der Evakuierung der Pferde zu helfen, wären mindestens drei, wenn nicht mehr Pferde im Feuer gestorben. Ich kann das Schuldgefühl nicht abschütteln, dass ich nicht hier war, um mich um die Mädchen zu kümmern.«

Er blickte zum Mond. *Tatsache ist... ich habe Pferde gerettet, und die Mädchen haben eine Familie gerettet. Zeit, weiterzumachen.*

━━━━◆○◆━━━━

Als Major am nächsten Morgen früh aufstand, roch er frischen Kaffee.

»Guten Morgen, Pops«, sagte Rosalie, während Aimee Louise ihm eine Tasse Kaffee reichte.

Er atmete das Aroma ein, das aus seiner Tasse aufstieg. »Guten Morgen; es ist ein neuer Tag mit neuen Herausforderungen und Abenteuern.«

Er nahm einen Schluck Kaffee und kicherte. »Das war das Ende meiner tiefgründigen philosophischen Gedanken vor dem Kaffee.«

Kapitel Acht

Wenn Leute ihn fragten, was er beruflich machte, antwortete der Boss: »Ich bin im Lieferketten- und Logistikgeschäft tätig. Ich verwalte lokale und importierte Produkte und bin ein großer Unterstützer lokaler Kleinunternehmen.«

Er erwähnte nicht, dass sein einziges Ziel maximaler Profit war und Legalität keine Rolle spielte. *Geht die nichts an.*

Als er einen Anruf von einem vertrauenswürdigen ehemaligen Partner über einen Geschäftsvorschlag erhielt, hörte er zu. »Der Vorstand wird Sie wegen einer seltenen und profitablen Gelegenheit kontaktieren. Ich habe die Westküste, und sie möchten, dass Sie die Ostküste übernehmen.«

Der Boss kannte den Vorstand. Sie waren eine landesweite Organisation und operierten seit Jahren illegal ohne Kontrolle, dank ihrer engen Verbindungen zu hochrangigen Politikern und Strafverfolgungsbehörden; niemand stellte sie in Frage.

Eine Woche nach dem Warnruf telefonierte ein Vertreter des Vorstands mit dem Boss, um den Plan für das zweiphasige Projekt vorzustellen. Der Boss hörte der mechanischen, verzerrten Stimme zu. Da er zweisprachig aufgewachsen und von Akzenten und regionalen Dialekten fasziniert war, konnte er mühelos das Land und die Region des Sprechers bestimmen, wenn er die unverstellte Stimme hörte, aber das war ihm egal. Ihm ging es ums Geld.

»Wir brauchen Informationen«, sagte die Stimme. »Falls Sie interessiert sind, können wir Ihnen ein sicheres Zeitfenster garantieren, um Ihre Ware zu bewegen, und Sie behalten hundert Prozent des Gewinns. Wir haben Phase Eins und Phase Zwei. Phase Eins ist ein Test für Phase Zwei. Beide Phasen werden Ihnen maximale Gewinne ohne Risiko bieten.«

Der Boss erkundigte sich, und alle bestätigten, was sein Bauchgefühl ihm sagte: »Der Vorstand liefert.«

»Ich verstehe das nicht«, sagte der Boss in einem Gespräch mit seinem vertrauenswürdigsten Kollegen. »Was springt dabei für den Vorstand heraus?«

»Stellen Sie keine Fragen«, sagte der Kollege, »dann leben Sie länger, aber das Einzige, was größer ist als unsere lukrativen Geschäfte, ist die Übernahme der Regierung.«

»Verstanden«, sagte er. »Über unserer Gehaltsklasse.«

Der Boss stellte fünf Teams für Phase Eins zusammen. Er brauchte die Gewissheit, dass die Teammitglieder sich nicht untereinander verbünden würden, sondern ihm gegenüber loyal blieben.

Er traf sich mit Max und Alejandro, die als Team Drei bezeichnet wurden, in einem Café, um ihnen ihre Anweisungen zu geben.

Der Boss nahm an einem Tisch Platz, von dem aus er die Tür im Blick hatte, und nippte an seinem Kaffee. »Dies wird das einzige Mal sein, dass ich mich mit Ihnen treffe, Team Drei. Sie werden abgeholt und zu Ihrem Einsatzort gebracht und erhalten Anweisungen von Ihrem Absetzbetreuer oder Ihrem Fahrer. Sie werden am Ende jedes Einsatzes in bar bezahlt. Es ist entscheidend, dass Sie meine Befehle ohne Zögern oder Fragen befolgen.«

Max rutschte auf dem zu kleinen schmiedeeisernen Caféstühl herum. »Ich und Pedro werden Sie nicht enttäuschen, Boss. Richtig, Pedro?«

Alejandro schaute den Boss an und sagte: »*Sí, Jefe.*«

Der Boss schlenderte zu seinem Auto. *Team Drei wird mein zuverlässigstes Team sein. Keine Möglichkeit einer Bindung zwischen den beiden.*

◄─◆─►

Max verlagerte seinen Rucksack, um die Steifheit in seinen Schultern zu lindern. *Dieser Job ist langweilig.* Er bevorzugte mehr Aufregung, mehr Körperkontakt und mehr Schmerz für jemand anderen. Er war ein Türsteher bei seinem letzten Job. Ein verdammt guter noch dazu.

Ich wäre immer noch dort, wenn da nicht der dünne Verbindungstyp gewesen wäre, der vor seinen Freunden angeben wollte. Dachte, er könnte mich herumschubsen. Nannte mich einen ignoranten, dummen Gorilla. Schrie mir ins Gesicht. Wer hätte gedacht, dass College-Jungs so empfindlich sind? Muss ein Bluter gewesen sein.

Eine zehn Meilen lange Querfeldein-Wanderung bei Nacht mit einem vierzig Pfund schweren Rucksack in Gesellschaft eines Idioten war nicht Max' Vorstellung von einer guten Zeit. Max stolperte über das unebene Gelände, verfing sich in Ranken und geriet gelegentlich in Spinnennetze. *Hasse Spinnennetze, aber ich laufe vorne. Pedro kann den Schluss bilden, falls ein Luchs angreift.*

Max war es egal, wie sein Begleiter hieß. Wenn er auf Pedro hörte, war das gut genug für Max. Als Pedro den Boss mit *Heffie* ansprach, war Max sicher, dass Pedro und der Boss alte Freunde waren. Er wusste genug Spanisch, um zu wissen, dass Jalapeño mit einem *j* geschrieben, aber mit einem *h*-Laut ausgesprochen wird, also nahm er an, dass *Heffies* richtiger Name Jeff war.

Max schleppte sich dahin. *Immer das Gleiche, Woche für Woche. Wir werden abgesetzt, bekommen Anweisungen, wandern und werden wieder abgeholt. Ich verstehe die Anweisungen nie. Keine Straßenschilder. Keine Gebäude. Nichts. Pedro schon. Dachte, ich hätte einen Verbindungsjungen als Partner. Ist vielleicht doch nicht so schlecht.*

Pedro grunzte hinter Max, und Max bog links ins Gebüsch ab. *Erstaunlicher kleiner Kerl. Weiß immer, wohin es geht.*

Max war froh, dass sie in der Nacht des großen Feuers nicht gearbeitet hatten, obwohl er mitgehört hatte, wie sein Fahrer einem anderen Fahrer erzählte, dass der Boss über die verpasste Gelegenheit verärgert war. *Was auch immer das bedeutete.*

———◄O►———

Alejandro wanderte hinter dem großen, dummen Mann, Gordo. Der große Mann hatte ihn einmal gefragt, warum er ihn *Gordo* nannte, und Alejandro hatte ihm gesagt, es bedeute "großer Mann". Es war Alejandro egal, warum Gordo ihn *Pedro* nannte.

Alejandro kicherte vor sich hin. *Gordo zuckt bei jedem Geräusch zusammen. Er hört wilde Tiere in jedem Rascheln. Wenn wir einen Bären sehen, werde ich Lauf! schreien und den Bären Gordo jagen lassen, während ich mich zurückziehe.*

Alejandro hatte sein ganzes Leben lang zu Fuß zurückgelegt. Der Rucksack war anfangs umständlich, aber er gewöhnte sich schnell daran. Der Spaziergang war einfach, und ihm gefiel die großzügige Bezahlung. *Wenn Gordo einen Fehler macht, werde ich ihm die Kehle durchschneiden und ihn im Wald für die einheimischen Pumas zurücklassen.* Er trug einen zweiten, kleineren Rucksack, um sich an das zusätzliche Gewicht zu gewöhnen, falls er Gordos Rucksack übernehmen müsste.

»Hey, Pedro. Warum trägst du 'nen zweiten Rucksack?«

»Vorräte.«

Gordo schnaubte. »Ja, Tacos.«

Alejandro senkte den Kopf, um sein Lächeln zu verbergen.

Mein dicker Stadtkerl Gordo hat noch viel zu lernen.

———◄O►———

Der Boss behielt den Fortschritt jedes Teams und jedes Detail seines Plans genau im Auge. Die Rucksäcke enthielten GPS-Tracker. *Gute Daten. Technologie ist großartig.*

Er führte eine Analyse von geplanten gegenüber tatsächlichen Werten für jede Phase des Projekts durch. Bisher war sein Plan wasserdicht. Er eliminierte Team Zwei, als ihr Fahrer berichtete, dass die beiden Männer auf dem Weg zu einem nächtlichen Einsatz miteinander flüsterten.

Kann mir keine Einzelgänger leisten. Keine losen Enden.

KAPITEL NEUN

Major, Aimee Louise und Rosalie sichteten die Fotos ihrer Wildkamera der letzten drei Nächte. Aimee Louise rückte näher an den Bildschirm heran, um genauer zu schauen. »Zwei Männer?«

»Kaum zu glauben.« Major runzelte die Stirn. »Das ist von wann, vor zwei Nächten? Zwei Männer mit Gewehren über der Schulter und großen Rucksäcken. Welche Kamera war das nochmal?«

Rosalie zeigte auf den unteren Bildschirmrand. »Westkamera. Der Zeitstempel zeigt zehn Uhr abends, und sie bewegen sich Richtung Süden.«

Er blätterte zum nächsten Foto. »Auf dem Weg nach Norden früh am nächsten Morgen um halb fünf.«

Nachdem Major eine Satellitenansicht der Stromleitungen aufgerufen hatte, suchte er in südlicher Richtung. »Die Stromleitungen führen zum regionalen Umspannwerk, etwas mehr als sechs Kilometer entfernt.«

Als er wieder auf das Bild der Männer wechselte, starrte Aimee Louise ihn an. »Pops, deine Beschützerwolke wirbelt aus deiner Brust und steigt dann auf, um deine Schultern und deinen Kopf zu verdecken. Es ist eine starke Wolke.«

Major lehnte sich zurück und erwiderte ihren Blick. »Manchmal denke ich, ich werde deine Wolken nie verstehen, und dann gibst du mir plötzlich einen kurzen, aber sehr klaren Einblick.«

Er wandte sich wieder seinem Bildschirm zu. »Habt ihr beide diese Männer schon einmal gesehen?«

Rosalie untersuchte den Bildschirm. »Nein, Pops, ich bin ziemlich sicher, dass ich sie nicht kenne.«

»Nun, der da«, sagte Major und zeigte auf denjenigen mit dem Gewehr auf seiner linken Seite, »könnte Linkshänder sein.«

»Linkshänder wie ich; ich muss etwas sehen«, sagte Aimee Louise.

Major überließ ihr den Stuhl vor dem Computer. Aimee Louise zoomte geschickt auf die linke Hand des Mannes. »Mann vom Futtermittelladen. Drache auf seiner linken Hand. Gefahrenwolke.«

Rosalie rutschte näher an den Bildschirm. »Ich kann den Drachen sehen. Der Kopf ist auf seinem Daumen, der Körper wickelt sich um seinen Handrücken, und der Schwanz geht seinen Zeigefinger hinunter. Das ist beeindruckend.«

Major lehnte sich zurück und runzelte die Stirn. »Wir waren am Montag im Futtermittelladen. Ich dachte, du hättest ›Gefahrendrache‹ gesagt, aber ich war mir nicht sicher, also entschied ich, dass ich dich falsch verstanden hatte. Erinnerst du dich an irgendetwas anderes?«

Aimee Louise nannte ein Kennzeichen.

Er schüttelte den Kopf. »Ich vergesse, dass du Dinge siehst, die andere Leute nicht sehen oder nicht beachten. Ich werde den Sheriff bitten, das Kennzeichen zu überprüfen. Wisst ihr, wir brauchen ein Codewort, das wir benutzen können, um einander mitzuteilen, dass wir ein Problem haben. Was meint ihr?«

Aimee Louise sagte: »Onkel Dan.«

Major rieb sich den Kopf. »Onkel Dan? Habe ich etwas verpasst?«

»*Dan* – für Danger, Gefahr. Onkel Dan.«

»Das macht Sinn. Was denkst du, Rosalie?«

»Ich habe einen Weg, mich an *Onkel Dan* zu erinnern.« Sie sang: »Onkel Dan, er ist der Mann. Er ist zur Stelle mitten im Gefälle. Und wir hauen ab, wir machen Dampf, rauf den Fluss mit Paddel und Kanu im Kampf.«

Major lachte. »Na, Onkel Dan werde ich nicht vergessen. Ich fahre morgen in die Stadt und zeige das dem Sheriff. Es ist wahrscheinlich nichts, aber ich würde gerne seine Meinung hören.«

Major und Shadow setzten die Mädchen bei der Schule ab und fuhren zum Büro des Sheriffs. Major lächelte bei der Erinnerung an seine erste Begegnung mit Jack vor achtzehn Jahren, als Jack ein frisch graduierter Deputy war.

»Shadow, ich habe ihm seinen ersten Dienstkaffee in Petes Diner gekauft und ihm gesagt, dass er eines Tages ein verdammt guter Sheriff sein würde. Das einzige Mal, dass wir jemals uneins waren, war, als ich aus der Staatspolizei ausgeschieden bin und der Sheriff mich immer noch *Major* nannte. Ich sagte ihm, ich sei ein Farmer. Ich werde nie vergessen, was er sagte: ›Du wirst in dieser Stadt immer Major sein.‹« Er schüttelte den Kopf. »Ich schätze, ich bin offiziell alt, Junge. Ganz weich und sentimental.«

Major und Shadow betraten das Büro des Sheriffs, wo Shadow ein Ehrengast war.

Die Verwaltungsangestellte kicherte, als Shadow zu ihr tänzelte. »Sitz, Shadow?« Shadow schlug mit seinem Schwanz gegen ihren Schreibtisch, setzte sich und erhielt seine Hundeleckerli-Belohnung.

Major gesellte sich zum Sheriff an die Kaffeemaschine. »Sheriff, meine Mädchen haben Wildkameras aufgestellt, um Fotos für ihr Wildtierprojekt zu machen, und ich habe ein paar Bilder von zwei Männern in der Nähe meines Grundstücks entlang der Stromleitungen, spät in der Nacht und früh am Morgen. Ich kann mir nicht vorstellen, was sie dort gemacht haben. Ich erkenne sie nicht, aber einer von ihnen war diese Woche im Landwirtschaftsgeschäft. Hier ist das Kennzeichen des Trucks.«

Der Sheriff runzelte die Stirn, als er die Fotos betrachtete. »Sie sind offensichtlich keine Jäger. Ich werde das Kennzeichen überprüfen und sehen, was dabei herauskommt. Möchten Sie Blaubeerkuchen zu Ihrem

Kaffee? Molly hat ihn gebacken und mir gesagt, ich soll ihn teilen.« Der Sheriff tätschelte seinen Bauchansatz mittleren Alters.

»Ich lehne nie ein Stück Kuchen ab, besonders nicht hausgemachten von Molly«, sagte Major.

Sie sprachen über die Dürre, während die Verwaltungsangestellte des Sheriffs das Kennzeichen durch eine Suche laufen ließ und dem Sheriff dann ein Blatt vom Drucker reichte. »Hier sind Ihre Informationen.«

Der Sheriff sagte: »Der Führerschein gehört zu einem roten Pickup, der Richard James im Nachbarbezirk gehört. Hast du ihn schon mal getroffen? Ich kenne ihn ziemlich gut. Er ist Viehzüchter und hat einen großen Betrieb. Es macht Sinn, dass einer seiner Farmarbeiter im Landhandel war, aber ich verstehe nicht, warum jemand nachts so spazieren gehen würde. Obwohl sie technisch gesehen das Versorgungsgelände unbefugt betreten haben, bin ich mir nicht sicher, was es zu ermitteln gibt, es sei denn, du hast irgendwelche Ideen.«

Die beiden Männer schlenderten zu Majors Truck, und Shadow folgte ihnen.

»Nein«, sagte Major. »Wollte dich nur auf dem Laufenden halten. Gut zu wissen, dass es nichts gibt, worüber man sich Sorgen machen muss. Mit den beiden Mädchen auf der Farm bin ich wahrscheinlich ein bisschen überfürsorglich.«

»Ich hätte von dir auch nichts anderes erwartet«, sagte der Sheriff. »Ich werde vielleicht selbst ein paar Dinge untersuchen. Vielleicht rufe ich Herrn James an.«

KAPITEL ZEHN

Als Pedro und Gordo an ihrem Abgabepunkt ankamen, stieg Der Boss aus einem Auto und winkte sie zu sich.

Ich wette, Gordo hat wieder etwas Dummes angestellt. Hoffentlich bekomme ich einen neuen Partner. Pedro warf einen Blick auf den großen Mann. Gordos Schultern hingen herab, und sein Kopf war gesenkt.

»Auf Ihrem Hauptweg zum Ziel befindet sich eine Wildkamera«, sagte Der Boss. »Ich brauche Sie, um sie zu finden und auszuschalten. Ich habe ein paar Werkzeuge für Sie.«

Er reichte Pedro ein Gerät, das wie ein Werkzeug zum Finden von Wandstützen in einem Haus aussah. »Dies ist ein Kameradetektor. Erwarten Sie, dass die Kamera auf einer Höhe zwischen Ihrer Brust und Ihren Knien angebracht ist. Sie wird im ersten Teil Ihrer Wanderung sein. Der Detektor leuchtet auf, wenn er eine auf den Pfad gerichtete Kamera erkennt.«

Das Gerät, das er Gordo reichte, sah wie ein Laserpointer aus. »Wenn Sie die Kamera gefunden haben, halten Sie dies davor und drücken Sie den Knopf für dreißig Sekunden. Es wird die Schaltkreise durchbrennen und den Speicher löschen. Berühren oder beschädigen Sie die Kamera nicht. Verstanden?«

Die Männer nickten.

»Okay. Macht das richtig. Findet die Kamera. Hier ist ein Handy. Schickt eine SMS mit einem Foto der Kamera an die übliche Nummer und kommt sofort hierher zurück. Euer Auto wird euch abholen.«

Pedro machte sich Sorgen, was auf der Kamera zu sehen war und wie *El Jefe* davon erfahren hatte, aber er sagte nichts. Er verengte die Augen zu Schlitzen, als er Gordo ansah, dessen Verhalten einem *un perro grande peludo*, einem großen zotteligen Hund ähnelte, der mit den zerkauten Pantoffeln des Herrchens erwischt wurde. Pedro zog die Stirn kraus, um das Lächeln zu unterdrücken, das auf seinem Gesicht auszubrechen drohte.

Entweder hat Gordo etwas angestellt oder er ist es gewohnt, beschuldigt zu werden. *Pobre tipo. Armer Kerl. Ich wette, die Katze war's.* Pedro hustete in seine Armbeuge.

Die beiden Männer begannen ihre Wanderung. Pedro richtete den Detektor auf den Pfad, während Gordo wie üblich die Führung übernahm.

Nach mehreren Kilometern zischte Pedro: »Gordo, halt. Das Licht ist angegangen. Die Kamera ist hier irgendwo.«

Gordo suchte nach der Kamera. »Hab sie. Sie ist hier.«

»Fass sie nicht an.«

Gordo nahm das Deaktivierungsgerät heraus und richtete es auf die Kamera. »Ich bin nicht blöd.«

Ich denke nicht, dass du das bist, Gordo.

»Okay. Ich habe den Timer eingestellt.«

Als der Timer piepte, sagte Pedro: »Und Stopp.«

Gordo kniff die Augen zusammen und betrachtete die Kamera. »Für mich sieht sie nicht anders aus. Mach das Foto und schick die SMS. Lass uns von hier verschwinden.«

»Erledigt. Gehen wir.«

Die beiden Männer kehrten zum Abholpunkt zurück, bevor das Auto zurückkam.

Pedro grinste, als er das Auto auf der Straße sah. »Wir sind vor ihnen zurück. Wir waren schnell.«

Gordo nickte. »Wir sind ein gutes Team.«

In der folgenden Nacht war Team Drei für einen weiteren Gang zum Ziel eingeplant. Als sie am Abgabepunkt ankamen, gab ihr Betreuer ihnen ein Handy, kugelsichere Westen und dicke Umschläge. »Macht sie auf. Muss sichergehen, dass alles für euch dabei ist.«

Als sie hineinschauten, sahen sie Fünfzig- und Hundert-Dollar-Scheine. Pedro verzog das Gesicht. *Wir bekommen unsere Bezahlung immer erst, nachdem wir vom Ziel zurückkehren, nie im Voraus, und unsere Rucksäcke sind diesmal schwerer.*

Ein weiteres Auto fuhr vor. Der Boss stieg aus und kam auf die beiden Männer zu. Pedros Ohren klingelten. Er warf einen Blick auf Gordo. Gordo runzelte die Stirn, und sein Mund war angespannt.

Gordo spürt es auch. Etwas stimmt nicht. Fühlt sich fast wie ein Hinterhalt an.

»Hört genau zu«, sagte Der Boss. »Geht zu eurem Ziel, platziert eure Rucksäcke so nah wie möglich am Ziel und macht ein Foto. Schickt das Foto an die Nummer, die auf dem Handy gespeichert ist. Sie ist hier.« Er zeigte auf die einzige gespeicherte Nummer in den Kontakten.

»Nachdem ihr die SMS geschickt habt, schnappt eure Rucksäcke und kommt zurück. Verstanden?«

Die beiden Männer nickten.

»Dieses Mal«, fuhr *El Jefe* fort, »ist das Ziel Geschwindigkeit. Kommt an, stellt die Rucksäcke ab, macht das Foto und schickt die SMS. Schnell. In der Sekunde, in der ihr die SMS abgeschickt habt, schnappt eure Rucksäcke und kommt zurück. Macht es schnell. Keine Sekunde verschwenden. Ich muss sehen, wie schnell ihr mit dem zusätzlichen Gewicht sein könnt. Denkt an diesen Einsatz wie an ein Rennen.«

Pedro und Gordo stopften die Umschläge unter ihre Hemden, zogen die kugelsicheren Westen an und nahmen ihre Rucksäcke und Gewehre. Gordo gab ein schnelles Tempo vor.

»Alles okay bei dir, Pedro?«

»Das ist ein gutes Tempo, Gordo. Wir können es den ganzen Weg dorthin durchhalten.«

Als die Männer ihr Ziel erreichten, stellten sie die Rucksäcke ab. Pedro richtete das Handy aus, um das Foto zu machen.

Er senkte das Handy. »Das gefällt mir nicht. Irgendwas stimmt hier nicht.«

»Was?«, sagte Gordo. »Was denkst du? Denn ich hatte die ganze Zeit ein schlechtes Gefühl.«

»Warum wurden wir im Voraus so gut bezahlt? Wozu die kugelsicheren Westen? Um uns abzulenken? Was hat es mit der ganzen Eile auf sich? Ist es, damit wir nicht innehalten und nachdenken?«

Gordo fuhr sich mit der Hand übers Gesicht. »Du hast recht. Man stellt uns eine Falle. Ich spür's. Was machen wir jetzt?«

Pedro scannte die Umgebung. »Wir werden den Anweisungen folgen, aber wir werden nicht in der Nähe des Ziels sein, wenn wir die SMS senden. Da drüben ist eine Anhöhe. Wir können die Nachricht von der anderen Seite des Hügels senden, mit etwas Abstand und Erde zwischen uns und den Rucksäcken, wie in einem Bunker.«

Gordo nickte. »Klingt paranoid. Lass es uns tun.«

»Das Foto ist gemacht. Lass die Westen, die Gewehre und das Geld hier bei den Rucksäcken. Gehen wir.«

Gordo hob die Augenbrauen. »Alles?«

»Ja. Alles, was sie uns gegeben haben.«

Die beiden Männer rannten zum Hügel und warfen sich in eine kleine Schlucht.

»Hoffen wir, dass nichts passiert. Kopf runter«, sagte Pedro, während sie sich duckten. Er drückte auf Senden und warf das Handy wie eine Handgranate über den Hügel.

Der Knall der Explosion am Umspannwerk hallte meilenweit wider. Ein Feuerball erhellte den Himmel.

Der Boss beobachtete, wie die GPS-Tracker an den Rucksäcken, kugelsicheren Westen, Umschlägen, Gewehren und am Handy erloschen. Er lächelte. *Sauber. Keine losen Enden.*

Es geschah fast augenblicklich: der Knall, der Blitz am Himmel, das Erlöschen der Lichter. Major stürmte nach draußen, dicht gefolgt von Aimee Louise, Rosalie und Shadow. Major verengte die Augen, und die Mädchen keuchten beim Anblick des Feuerballs hoch über den Bäumen. Shadow bellte und nahm eine Position zwischen den Mädchen und dem fernen Brand ein. Eine Feuersäule erleuchtete den Himmel.

Rosalie atmete ein und biss sich auf die Lippe. »Werden wir in Ordnung sein?«

»Ich vermute, wir werden eine Weile keinen Strom haben, aber uns wird's gut gehen«, sagte Major. »Für heute Abend holen wir unsere Taschenlampen, schauen nach den Hühnern und essen Eis, bevor es schmilzt.«

Aimee Louise hörte auf, an ihrer Hemdsmanschette zu zupfen, um stattdessen die gesträubten Haare zwischen Shadows Schultern zu glätten.

»Pops«, sagte Rosalie, »du bist ein schlaues Kerlchen.«

Aimee Louise starrte auf den Feuerball. »Wir sind dreifach verbunden.«

KAPITEL ELF

Major wachte mitten in der Nacht auf. *Ich brauche einen Plan.* Er zog eine leichte Jacke an und ging dann mit Shadow nach draußen für einen Sicherheitsrundgang. Nachdem er mit Shadow um das Haus gelaufen war, schlenderten sie zum Vordertor und gingen dann am Zaun entlang bis zum Wald. Major beschleunigte seinen Schritt, als er zum Hühnerstall ging und dann wieder um das Haus herum. Als er die Vorderseite erreichte, setzte er sich auf die Veranda und schaukelte, während er auf den Sonnenaufgang wartete. *Wir können im Notfall oder bei einer Katastrophe sicher und autark sein.*

Er lächelte, als er hörte, wie die Mädchen oben herumwuselten und dann auf Zehenspitzen die Treppe herunterkamen.

»Warum bist du so früh auf?«, fragte er, als sie sich zu ihm auf die Veranda gesellten.

»Ich konnte nicht schlafen«, sagte Aimee Louise.

»Ich dachte, es wäre Zeit, den Sonnenaufgang zu beobachten, weil Aimee Louise wach war«, sagte Rosalie. »Warum bist du so früh auf?«

»Ich bin mitten in der Nacht aufgewacht und habe über Wasser, Nahrung, Sanitäranlagen und Strom nachgedacht und einen Plan entwickelt«, sagte Major. »Wir werden es schaffen.«

Aimee Louise setzte sich auf die Veranda neben Shadow, der seinen Kopf auf ihr Knie legte. Rosalie setzte sich auf die andere Seite von

Shadow, und er streckte sich, um ihr Bein mit einer Hinterpfote zu berühren.

Major fuhr fort: »Ich würde gerne in die Stadt fahren, um die Vorräte zu besorgen, die zur Neige gehen, und je früher, desto besser.«

»Ich kann eine Arbeitsliste zusammenstellen«, sagte Rosalie.

»Wir müssen den Sonnenaufgang beobachten.«

Major lehnte sich in seinem Schaukelstuhl zurück. »Du hast Recht, Aimee Louise. Wir müssen uns an das Wichtige erinnern. Zuerst der Sonnenaufgang.«

Die drei starrten zum Horizont. Shadow entspannte sich zwischen den beiden Mädchen.

»Guten Morgen, Sonne«, sagte Aimee Louise, als die Sonne aufging.

Nachdem sie hineingegangen waren, kochte Major das Frühstück, während Aimee Louise Shadow fütterte und Besteck und Servietten auf den Tisch legte, und Rosalie am Esstisch saß und in ihr Notizbuch schrieb. Aimee Louise schaute über Rosalies Schulter. »Füg hinzu: Eimer zum Waschen füllen.«

Major stellte drei Teller mit Blaubeerpfannkuchen auf den Tisch, und alle stürzten sich darauf.

Nach dem Frühstück zeigte Rosalie auf ihr Notizbuch. »Willst du unsere Aufgabenliste durchsehen? Im Grunde haben wir unsere Hühnerarbeit, Küchengeschirr abspülen, fegen und Shadow füttern.«

»Wenn ich aus der Stadt zurück bin, kann ich bei den Hausarbeiten mithelfen, dann können wir die Generatoren einrichten. Zurück zu deiner Liste, denk an Dinge, die wir vor Einbruch der Dunkelheit erledigen müssen, wie die Laternen mit Petroleum füllen, und ich muss mehr Propan für unseren Tank bestellen, während ich in der Stadt bin. Hier sind die Listen, die ich für den Futterladen und die Apotheke zusammengestellt habe. Siehst du etwas, was ich vergessen habe?«

Rosalie sagte: »Damenhygieneartikel.«

»Hinzugefügt«, sagte er. »Bevor ich losfahre, ist mir gerade eingefallen, dass meine Amateurfunklizenz noch gültig ist, und ich habe immer noch mein altes Funkgerät und das Ladegerät. Gut zu wissen, was um uns herum passiert. Ich glaube, ich weiß, wo ich sie hingetan habe.«

Er fand eine Kiste mit der Aufschrift *Elektronik* auf dem obersten Regal in seinem Kleiderschrank und trug sie zum Esstisch. »Riecht es hier nach Kaffee?«, fragte Major.

»Er ist gleich fertig«, sagte Rosalie. »Du sahst heute Morgen nicht wie du selbst aus ohne eine Kaffeetasse in der Hand.«

»Du hast Recht. Hab mich auch nicht wie ich selbst gefühlt.« Als er die Kiste öffnete, stöhnte er. »Das ist ein verwickeltes, durcheinander gewürfeltes Durcheinander.«

»Lass mich mal schauen.« Aimee Louise griff an ein paar Kabeln und Schnüren vorbei und zog geschickt das Funkgerät und das Ladegerät heraus.

»Wie hast du das gemacht?«, fragte Rosalie.

»Ich habe nach dem gesucht, was ich will, nicht nach dem, was ich nicht will.«

»Sah für mich wie Magie aus«, sagte Major. »Wir werden die Batterien für das Radio heute Abend aufladen, wenn wir die Generatoren für Strom haben. Ich sollte besser verschwinden, bevor mir noch eine weitere Ablenkung in den Sinn kommt.«

Aimee Louise sagte: »Ich kann das Radio einrichten.«

Major füllte eine Tasse mit dampfendem Kaffee für unterwegs, und Rosalie goss den Rest in seine Thermoskanne.

Als er in die Stadt fuhr, bemerkte Major, dass Plastiktüten die Zapfpistolen der Tankstelle bedeckten. *Eine Sorge weniger für mich; der Tank des Trucks ist voll, und Benzin ist auf dem Hof für die Generatoren gelagert.*

Sein erster Halt war der Futterladen.

Der Manager lehnte an der Eingangstür. »Guten Morgen, Major. Haben Sie Bargeld dabei? Ich kann aus meiner Kaffeekasse wechseln. Die braucht keinen Strom.«

Major lachte. »Manchmal sind die alten Methoden die besten, nicht wahr? Ich habe Bargeld dabei, und Hühnerfutter und Hundefutter stehen ganz oben auf meiner Liste.«

Als Nächstes kam die Apotheke, deren Eingangstür offen stand. Wie andere Apotheken in Kleinstädten hatte Plainview Drug and Sundries eine Apotheke und Artikel wie Lebensmittel, Reinigungsmittel, Spielzeug, Papierprodukte und Süßigkeiten.

Er ließ seine kleine Taschenlampe in seine Tasche fallen und ging mit einem Sack leerer Medizinfläschchen hinein. Die Sonne strömte durch die Fenster und beleuchtete den vorderen Teil des Ladens, aber der hintere Teil blieb dunkel.

Eine Zwanzigjährige lehnte an der Kasse. Ihr Kittel spannte sich über ihrem üppigen Bauch.

»Habt ihr geöffnet?«, fragte er.

Sie ließ ihren Kaugummi knallen. »Klar. In der Apotheke ist aber niemand.«

Vergiss die Verschreibungen.

Er fand alles andere auf seiner Liste und zahlte bar.

Als er in seinen Pickup stieg, bemerkte er, dass der Parkplatz des Lebensmittelgeschäfts bis auf die Straße überfüllt war. Er fuhr in die andere Richtung.

Das Büro des Sheriffs war sein nächster Halt. Der Sheriff nickte, als er Major sah, führte aber das Gespräch mit seinen Deputies und mehreren lokalen Amateurfunkern fort. Major drehte sich zum Gehen um, doch der Sheriff rief ihm nach. »Major, verlass die Stadt nicht, bis wir geredet haben.«

Die Deputies und die Funker lachten, und Major zog die Augenbrauen hoch.

Der Sheriff lachte auch. »Nein, nein. Du bist nicht verhaftet.«

»Ich komme nach deinem Meeting wieder vorbei«, lächelte Major.

Er fuhr zur Bibliothek und schmunzelte, als er hineinging. »Nicht jeder erinnert sich an das alte Karteikartenausleihsystem. Ihr habt den reibungslosesten Betrieb in der ganzen Stadt.« Die Bibliothekarinnen strahlten.

Als er mit seinen Büchern herauskam, wartete der Sheriff neben seinem Truck. »Major, ich hätte eine Bitte. Ich werde rund um die Uhr im Dienst sein, bis diese Elektrizitätssache vorbei ist, und ich würde gerne meine Familie und meinen Hund zu eurem Hof bringen.«

»Wir haben mehr als genug Platz. Sie sind herzlich willkommen.«

Das angespannte Gesicht des Sheriffs entspannte sich. »Danke. Es wird nicht lange dauern, bis wir fertig gepackt haben. Und hier sind ein Ersatzfunkgerät der Dienststelle und ein Solarladegerät. Es wäre hilfreich, wenn du ein Auge auf deinen Teil des Landkreises halten könntest. Ich habe keine Ahnung, was uns erwartet.«

KAPITEL ZWÖLF

Russell Gaston blickte zu seinen schlafenden Kindern auf der Rückbank. Er hatte nervöse Zuckungen im Gesicht entwickelt, und seine Hände waren schweißnass. *Warum sagte Lee, dass er nicht helfen könnte? Ich war immer für ihn da.*

Russells Instinkt sagte ihm, dass ihnen jemand folgte, aber selbst nach scharfen Kurven und dem Verstecken des Autos im Wald hatte er niemanden gesehen. Sein Mund war trocken, und sein Hals fühlte sich eng an, wenn er versuchte zu schlucken.

»Margo, wir müssen dafür sorgen, dass die Kinder in Sicherheit sind. Ich möchte dich und die Kinder zum Sheriff schicken.«

Margo ballte ihre Hände und hob trotzig ihr Kinn. »Nein. Ich bleibe bei dir, und sie sind doch noch Babys.«

»Es tut mir leid, dass ich uns in diese Lage gebracht habe, Margo, aber du und unsere Kinder werdet ohne mich sicherer sein. Ich weiß, der Sheriff wird euch beschützen. Lass uns an der nächsten Raststätte eine Pause machen. Du und ich können reden, während die Kinder etwas Energie abbauen.«

Als sie am Picknickbereich vorbeischlenderten, sagte Russell: »Margo, ich bin in eine Falle getappt.«

Er erklärte seine Forschung und die Verstrickung in Erpressung und Nötigung.

»Das ist schrecklich; es tut mir so leid.« Sie umarmte ihn. »Es muss doch etwas geben, das wir tun können; ich brauche Zeit zum Nachdenken.« Sie klammerten sich aneinander und weinten.

Am Nachmittag parkte Russell in der Nähe einer verlassenen Kirche, und die Kinder rannten los, um den alten Friedhof zu erkunden.

»Okay«, sagte Margo, nachdem die Kinder außer Hörweite waren, »ich stimme zu. Es ist das Beste, die Kinder zum Sheriff zu schicken, aber ich weigere mich absolut, von deiner Seite zu weichen.«

»Das kommt nicht in Frage«, sagte Russell.

Margos Lächeln war schwach. »Du bist ein wunderbarer Mann, und ich liebe dich. Ich muss an deiner Seite sein.«

Russell rief die Kinder und fuhr dann zurück Richtung Plainview.

Als sie noch drei Meilen von der Stadt entfernt waren, hielt Russell an. »Ich habe eine Herausforderung für euch«, sagte Russell. »Diese Straße führt direkt in die Stadt und zum Büro des Sheriffs. Eure Herausforderung besteht darin, zum Sheriffbüro zu gelangen, ohne dass euch jemand sieht.«

Margo fügte hinzu: »Ihr müsst zusammenbleiben, und denkt daran, euch zu verstecken, wenn ihr ein Auto hört.«

»Seltsames Spiel«, sagte Annie. »Werdet ihr uns im Büro des Sheriffs treffen?«

»Genau das haben wir vor.« Russell drückte Margos Hand, während Tränen über ihre Wangen liefen.

Josh stieg hinter Annie aus. »Wein nicht, Mama. Wir werden gewinnen.«

Annie schloss die Autotür, und sie standen am Straßenrand.

Russell wandte sich an seine Frau. »Bitte, Margo. Ich brauche dich, um mit den Kindern zu gehen. Wenn du bei ihnen bist, weiß ich, dass du sie in Sicherheit halten wirst. Das ist mir wichtig. Geh.«

»Nein, ich werde dich nicht verlassen; mach es nicht noch schwerer. Die Kinder werden beim Sheriff sicher sein, und wir müssen jetzt los, oder wir sagen ihnen, sie sollen wieder ins Auto steigen.« Ihre Stimme brach. »Lass uns fahren.«

Russell legte den Gang ein, schaute in den Rückspiegel und wartete, bis Annie und Josh von der Straße ins Gebüsch traten, wo sie nicht gesehen werden konnten. Er ergriff Margos Hand und fuhr weg. Margo drehte ihr Gesicht weg und schluchzte.

Später fuhr Russell auf den Parkplatz eines Lebensmittelladens südwestlich von Plainview. »Ich parke hier im Schatten, weg vom Gebäude. Wir können reingehen und unseren Wasserkrug auffüllen.«

Als sie zu ihrem Auto zurückkehrten, erstarrte Russell. *Ein Auto parkt neben unserem.* »Warte mal, Margo.«

Er trat näher. *Das Auto ist leer.* »Okay. Bin nur vorsichtig.«

Er sah sich auf dem Parkplatz um, während er das Auto aufschloss. Die beiden stiegen ein und schlossen ihre Türen.

Eine Männerstimme kam aus den Schatten von der Rückbank. »Schaut weiter nach vorne, oder ich töte die Frau Gemahlin. Sie auch, Frau Gemahlin. Wenn Sie sich bewegen, töte ich Ihren Mann.«

Margo zuckte zusammen. Russell erhaschte einen Blick auf einen Gewehrlauf nahe an ihrem Kopf. Seine Pistole war in der Konsole neben ihm eingeschlossen. *Könnte genauso gut zu Hause in einer verschlossenen Schublade sein. Ich halte meine Augen offen für jede Gelegenheit zur Flucht oder... oder was?*

Russell roch den sauren Schweiß des Mannes und musste sich fast übergeben. Der Mann stank mit einem leicht süßlichen Unterton. *Riecht wie ein übergewichtiger Mann, vielleicht ein Diabetiker. Margo würde das wissen.* Er schaute nach unten und sah, dass ihre Hände zitterten.

»Bleib ruhig. Keine Faxen«, sagte der Mann. »Fahr Richtung Stadt. Ich sage dir, wann du anhalten sollst.«

Russell fuhr auf die Staatsstraße nach Plainview. Seine Hände umklammerten das Lenkrad, und seine Knöchel waren weiß. Er blickte zu Margo. Ihr Gesicht war blass, und Tränen liefen über ihre Wangen. Er bewegte seine linke Hand zum unteren Teil des Lenkrads und formte *Ich liebe dich* in amerikanischer Gebärdensprache.

Der Mann sagte: »Langsamer. Fahr in etwa einer Viertelmeile rechts von der Straße runter. Ich sage dir wann.«

Russell nahm seine rechte Hand vom Lenkrad und griff nach Margos Hand. Sie nahm seine Hand, schloss die Augen und atmete gleichmäßig.

»Hier. Fahr von der Straße runter in die Schlucht. Ich sage dir, wann du anhalten sollst. Versuch keine Dummheiten.«

Russell fuhr den Wagen in die Schlucht und tippte auf die Bremse, um die Vorwärtsbewegung zu verlangsamen.

Der Mann sagte: »Halt hier an. Motor aus. Schaut weiter geradeaus. Gebt mir eure Brieftaschen. Und euren Schmuck. Wo sind die Kinder?«

»Sie sind bei meinem Stiefbruder in Sicherheit«, sagte Russell.

Sie übergaben ihre Geldbörsen dem Mann und schauten nicht zurück. Nachdem sie ihre Uhren abgenommen hatten, reichte Margo ihren Verlobungsring zurück. Russell sah, wie sie ihren Ehering und den Ring ihrer Mutter auf ihren Schoß fallen ließ. Er tat dasselbe mit seinem Ehering.

Er sagte: »Es tut mir leid.«

Margo blickte ihn an. »Ich liebe dich. Du bist mein Held.«

»Sie sind in Sicherheit«, sagte er. Margo nickte. »Lassen Sie meine Frau gehen. Ihr Name ist Margo. Sie wird nicht versuchen zurückzuschauen. Sie hatte nichts damit zu tun.«

»Ich steige jetzt aus dem Auto. Schaut fünf Minuten lang geradeaus.«

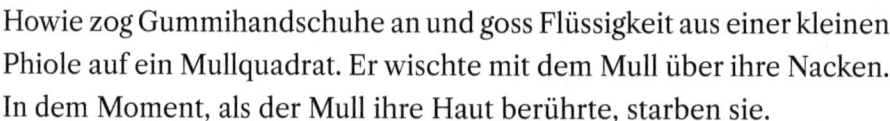

Howie zog Gummihandschuhe an und goss Flüssigkeit aus einer kleinen Phiole auf ein Mullquadrat. Er wischte mit dem Mull über ihre Nacken. In dem Moment, als der Mull ihre Haut berührte, starben sie.

Er stieg aus, verriegelte die Türen und grub ein kleines Loch. Howie warf den Mull und die Phiole in das Loch und die Handschuhe obendrauf. Er schaufelte mit dem Fuß Erde darüber und ging zu seinem Auto zurück, während die Sonne unterging. *Einfach. Jetzt muss ich sicherstellen, dass sie die Kinder nicht abgesetzt haben. Ich werde dem Boss vom Stiefbruder erzählen.*

KAPITEL DREIZEHN

Die Frau des Sheriffs, Molly, ihre siebenjährigen Zwillinge Brett und Sara sowie ihr Hund Penny kamen später am Nachmittag auf dem Bauernhof an. Molly und Major luden das Auto aus, und die Kinder packten mit an.

»Major«, sagte Molly, »zeigen Sie uns, wo wir schlafen sollen, dann räumen wir unsere Sachen weg. Diese Explosion hat mich völlig aus der Bahn geworfen. Ich fühle mich überhaupt nicht organisiert.«

»Mama mag es, wenn sie einen Plan hat«, sagte Sara grinsend, und ihre haselnussgrünen Augen funkelten.

Molly lachte und warf ihre lockigen, dunkelblonden Haare zurück. »Da hast du Recht, Sara.«

»Mir geht es mit einem Plan auch besser. Das Gästezimmer ist oben. Schauen wir mal, ob es für euch passt.«

Sara und Brett rannten die Treppe hinauf. Brett nahm mit seinen langen Beinen immer zwei Stufen auf einmal. Sara jagte hinter ihm her, aber ihre kurzen Beine konnten mit Brett nicht ganz mithalten.

Molly war außer Atem, als sie das Schlafzimmer erreichte. *Doc sagt, ich müsste dreißig Pfund abnehmen. Wohl an der Zeit, damit anzufangen.*

Nachdem Major zu ihnen gestoßen war, sagte er: »Das Zimmer ist nicht besonders groß, aber das Bett ist bequem. Glaubst du, das wird funktionieren?«

»Das ist großartig, danke. Ich hatte erwartet, auf einem Sofa zu schlafen, und hier ist genug Platz für die beiden Feldbetten, die ich für die Zwillinge mitgebracht habe.« Nachdem Molly und die Zwillinge die Feldbetten aufgestellt hatten, gingen sie nach unten, um nach Major zu suchen.

Major und Aimee Louise sortierten Gegenstände in der Küche und verstauten sie in der Speisekammer oder den Schränken. Rosalie saß am Esstisch und notierte die Standorte in ihrer Bestandsliste.

Er blickte auf. »Da sind sie ja. Lasst uns eine Pause machen.«

Molly und die Zwillinge setzten sich zusammen auf das Ledersofa, und Aimee Louise und Rosalie ließen sich in das abgenutzte blau-rot karierte Sofa sinken. Shadow legte sich in die Nähe seiner Mädchen, und Penny setzte sich auf Mollys Füße.

Major lehnte sich in seinem weichen Sessel zurück. »Willkommen, Molly, Sara und Brett. Das Erste, was ihr wissen sollt, ist, dass ihr sicher seid und wir froh sind, dass ihr hier seid. Wir wissen nicht, wann der Strom wieder angeht, aber wir haben Essen und Betten, und das Haus wird uns schützen und trocken halten. Zwei Regeln: erstens, bleibt in der Nähe des Hauses; zweitens, wenn Molly oder ich *Nach drinnen* rufe, rennt so schnell ihr könnt. Keine Fragen. Denkt daran, rennt. Molly, deine Gedanken?«

»Klingt gut für mich«, sagte Molly. »Ich möchte hinzufügen, dass jeder, der sich über etwas Sorgen macht oder Fragen hat, sich gerne an Pops oder mich wenden kann. Wir sind viele und es gibt viel zu tun, also müssen wir aufeinander aufpassen und mithelfen. Vielleicht können wir die Arbeit organisieren. Major, ich koche gerne; ist es okay, wenn ich die Mahlzeitenplanung und das Kochen übernehme?«

»Das würde ich sehr schätzen. Wir würden mit meinem Kochen überleben, aber es ist nicht gerade meine Stärke.« Major schmunzelte.

Rosalie hob ihre Hand. »Ich habe eine Frage. Wie sollen wir Mrs. Starr nennen? Molly klingt nicht richtig.«

»Alles, was euch gefällt, ist für mich in Ordnung«, sagte Molly. »Was würdest du vorschlagen?«

»Ihr könntet sie Mama Starr nennen«, sagte Sara.

»Nee«, sagte Brett, »klingt zu sehr wie *Monster*.« Brett streckte seine Arme aus und tappste steifbeinig durch den Raum.

Molly lachte. »Guter Punkt.«

Aimee Louise sagte: »Tante Molly.«

»Ja«, sagte Molly. »Perfekt. Das gefällt mir. Wir sind Familie.«

Major stand auf. »Wenn niemand mich für irgendwas braucht, muss ich meine landwirtschaftlichen Geräte sichern und die Generatoren anschließen. Molly, die Mädchen haben Pfeifen. Das ist unser Notsignal.«

»Das wäre vielleicht auch was für uns«, sagte Molly.

Sie schaute in den Kühlschrank. »Gibt es Papier und einen Stift, die ich benutzen könnte? Ich möchte Mahlzeitenpläne für die nächsten paar Tage aufstellen.«

Rosalie flitzte ins Computerzimmer und kam mit Notizpapier und einem Bleistift zurück. »Hier, Tante Molly. Ich liebe Listen.«

»Oh, gut. Vielleicht kannst du dir meine Mahlzeitenpläne ansehen, um zu sehen, ob ich etwas vergessen habe. Ich möchte zuerst das essen, was als erstes verderben könnte.«

Eine Stunde später kam Major in die Küche. »Wow, Molly. Rieche ich da Hackbraten und Brötchen im Ofen? Erinnert mich an meine Kindheit, wenn ich nach einem harten Arbeitstag auf den Feldern nach Hause kam. Ich sagte meinem Vater, ich wüsste, wie der Himmel riecht, und er stimmte mir zu. Der Salat sieht auch gut aus. Du hast magische kulinarische Fähigkeiten.«

Mollys Wangen wurden leicht rosa. »Danke, Major. Ich habe zuerst die gekühlten Zutaten verwendet. Aimee Louise hat eine Handwaschstation neben der Spüle eingerichtet, und die Zwillinge haben Namensschilder für die Handtücher gemacht. Das Essen kommt gleich auf den Tisch.«

Nachdem alle Platz genommen hatten, blickte Major in die erwartungsvollen Gesichter, senkte den Kopf, und alle folgten seinem Beispiel. »Segne dieses Essen und segne diese Familie.«

»Amen«, sagte Molly. »Jeder bedient sich selbst, aber esst auf, was ihr nehmt. Wenn ihr nicht sicher seid, wie viel ihr essen könnt, nehmt lieber wenig, ihr könnt später nachholen. Wir wollen sicherstellen, dass jeder genug zu essen bekommt, ohne dass Essen verschwendet wird.«

»Mein Vater hatte eine Regel.« Major butterte ein Brötchen. »Er sagte, lass immer ein bisschen für die nächste Person übrig. Sein Bruder hatte eine andere Regel: iss alles auf, damit du keine Reste wegräumen musst.«

Brett grinste. »Hieß sein Bruder zufällig Brett?«

Major lachte. »Hätte sein können.«

Molly hielt den Atem an, während die Zwillinge sich Zeit nahmen und überlegten, wie viel Essen sie auf ihre Teller legen sollten. *Ich hätte Sara etwas mehr und Brett etwas weniger gegeben, aber sie wissen besser, wie viel sie essen können.*

»Bevor alle vom Tisch aufstehen«, sagte Major, »lasst uns noch einmal durchgehen.«

»In der Nähe des Hauses bleiben«, sagte Brett.

»Wenn Mami oder Opa sagen, geh rein, dann rennen. Keine Fragen«, sagte Sara. »Ach, und wenn Opa einen Pfiff hört, rennt er zum Haus.«

»Gut gemacht«, sagte Molly. »Ich denke, wenn irgendjemand von uns draußen ist und wir einen Pfiff hören, rennen wir alle zum Haus. Stimmt's, Opa?«

»Ja. Sehr gut, Sara und Brett.«

»Hat noch jemand weitere Fragen?«, fragte Major. Sara öffnete den Mund und presste dann die Lippen zusammen. Er lächelte und nickte ermutigend.

»Ich habe mich nur gefragt.« Sie runzelte die Stirn und starrte auf den Tisch. »Wird es oben dunkel sein? So wie wenn wir schlafen gehen?«

»Ausgezeichnete Frage, Sara. Ja, das wird es, aber ich habe heute zwei aufladbare Taschenlampen mit Kurbeln gekauft: eine für jedes Schlafzimmer. Sie sind in der Speisekammer.«

Rosalie sprang auf und kam mit den beiden Taschenlampen zum Tisch zurück.

Major drehte die Kurbel an einer von ihnen. »Man lädt die Batterien auf, indem man die Kurbel dreht. Wenn sie aufgeladen sind, haben wir Licht.«

»Das ist super«, sagte Brett. »Mami, ich muss mein Geld für eine Kurbeltaschenlampe sparen.«

»Klingt vernünftig, mein Sohn. Wir setzen es auf deine Liste.«

Die Zwillinge halfen Rosalie, das Geschirr abzuräumen, während Aimee Louise nach draußen ging, um die Generatoren zu starten.

»Wir füttern Penny zu Hause«, sagte Sara. »Können wir auch Shadow füttern?«

»Ich helfe euch«, sagte Rosalie.

»Molly, können wir auf der Veranda reden?«, fragte Major.

Molly sank in einen Schaukelstuhl und seufzte. »Ich habe müde Knochen. Liebe diese Brise. Jetzt verstehe ich, warum die alten Florida-Cracker-Häuser immer große, breite Veranden hatten. Setz dich nicht in meine Windrichtung. Wir duschen heute Abend, oder?«

»Ja, Duschen bevor wir die Generatoren ausschalten. Sonst müsste ich heute Abend den Atem anhalten, um mein Hemd auszuziehen«, sagte Major.

»Witzig, und für mich gilt das auch.«

»Der Sheriff hat mir ein Funkgerät und ein Solarladegerät gegeben, um mit ihm in Kontakt zu bleiben. Ich habe mein altes Amateurfunkgerät. Wir können zuhören, um auf dem Laufenden zu bleiben.«

Molly schloss die Augen und schaukelte. »Gut, das hilft uns, uns nicht so isoliert zu fühlen. Aus Sicherheitsgründen habe ich unsere Schrotflinte und die Munition im Flurschrank eingeschlossen, mit der Abzugssperre an der Schrotflinte. Hast du eine bessere Idee?«

Major und Molly sprachen über Sicherheit, Schutz und potenzielle Bedrohungen.

»Ich will die Kinder nicht erschrecken, aber ich möchte, dass sie sicher sind«, sagte er. »Wie wäre es, wenn ich mit den älteren Mädchen spreche und du mit den Zwillingen darüber redest, auf ihre Umgebung zu achten?«

Molly fand die Zwillinge in der Nähe der Hühnerställe. »Zeit, nach drinnen zu gehen. Wir können auf dem Weg reden. Ich möchte, dass ihr an eure Sicherheit denkt. Wenn sich etwas nicht richtig anfühlt, lauft zum Haus.«

Sara sagte: »Sind wir unter Beobachtung, Mami?«

Molly drehte sich um, um ihre Tochter anzusehen. »Vielleicht. Was bedeutet das?«

»Naja, Rosalie hat gesagt, eine Wetterbeobachtung ist, wenn die Bedingungen für einen Sturm stimmen. Eine Warnung ist, wenn der Sturm auf einen zukommt.«

Mollys Augen weiteten sich. »Guter Vergleich. Ja, wir stehen unter Beobachtung. Also, waschen wir uns für die Nacht und putzen unsere Zähne. Nachdem ihr eure Schlafanzüge angezogen habt, gehen wir ins Wohnzimmer, und ihr könnt ein Spiel aussuchen, das wir vor dem Schlafengehen spielen. Wir werden die Petroleumlampen benutzen, wenn es dunkel wird. Es wird wie in den Pionierzeiten sein.«

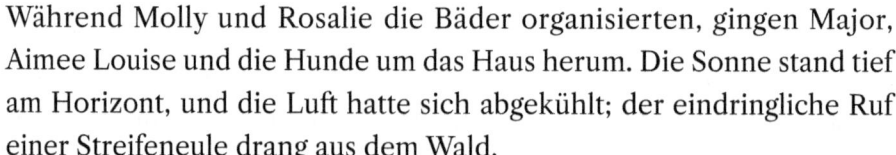

Während Molly und Rosalie die Bäder organisierten, gingen Major, Aimee Louise und die Hunde um das Haus herum. Die Sonne stand tief am Horizont, und die Luft hatte sich abgekühlt; der eindringliche Ruf einer Streifeneule drang aus dem Wald.

»Eine indianische Legende besagt, dass eine rufende Streifeneule den Tod ankündigt, aber die Griechen sagten, dass eine Streifeneule, die über ein Schlachtfeld fliegt, Sieg bedeutet«, sagte Major.

»Was meinst du, Opa?«, fragte Aimee Louise.

»Ich finde Geschichten toll, und ich möchte, dass der Waldkauz bleibt und die Mäuse und Schlangen frisst.«

Aimee Louise blickte zum Himmel. »In unserer Wohnung habe ich nie Sterne gesehen, aber Papa hat mit mir über die Sterne gesprochen, als wir campen waren. Wie war er als Kind?«

»Dein Vater war ein fleißiger Arbeiter und stürzte sich in alles, was er tat. Er arbeitete hart, spielte intensiv und liebte es, draußen zu sein. Mit acht Jahren stellte er ein Zelt im Garten auf und schlief dort in den meisten Nächten während seiner Sommerferien. Deine Oma versuchte, ihn zum Reinkommen zu überreden, wenn es regnete, aber er sagte ihr, dass er schon früher nass geworden sei und wieder nass werden würde.« Major schmunzelte.

»Das hat Papa immer gesagt, wenn wir campen waren«, sagte Aimee Louise.

»Oma hat aber ein Machtwort gesprochen, als ein großer Sturm kam, und ihn gezwungen, drinnen zu schlafen. Er schlief trotzdem auf dem Boden in seinem Schlafsack in seinem Zimmer. Als dein Vater zwölf war, bekam er ein größeres Zelt, weil er so viel gewachsen war, und er verbrachte die meisten Sommer in seinem Zelt, bis er zum Studium wegzog.«

»Hast du die Zelte noch?«, fragte Aimee Louise.

Major hielt inne und kratzte sich am Kopf. »Ich weiß nicht, ob ich sie noch habe oder nicht. Ich dachte, dein Vater hätte das große mit zum College genommen, aber ich bin mir nicht sicher. Wir können mal im Lagerraum nachschauen. Klingt nach einer perfekten Aktivität für einen Regentag.«

Aimee Louise sagte: »Ich bin gerne draußen.«

»Während wir hier draußen sind, schau dir das Haus an. Mit den angezündeten Laternen schreit das Haus förmlich *bewohnt*. Die Bäume bieten genug Deckung für jeden, der das Haus beobachten will, aber es gibt keine Deckung für jemanden, der sich nahe ans Haus anschleichen möchte. Du wirst bemerken, dass Shadow die Umgebung bewacht.«

»Shadow läuft im Kreis um uns herum, wenn wir beim Joggen anhalten«, sagte Aimee Louise.

»Wir haben Glück, weil er sich selbst beigebracht hat zu wachen«, sagte Major. »Vielleicht liegt es an den Hühnern. Ich habe ihm gesagt, er dürfe nicht raus, wenn sie frei herumlaufen, falls er die Hühner erschreckt.«

Aimee Louise und Major schlenderten zu den Bäumen und kehrten zum Haus zurück.

Papa hat mir seine Liebe zur Natur weitergegeben. Danke, Papa.

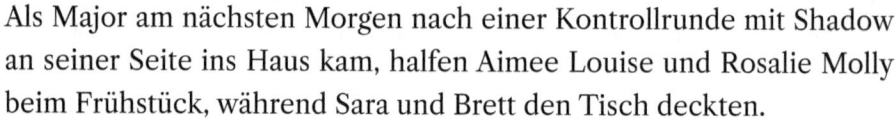

Als Major am nächsten Morgen nach einer Kontrollrunde mit Shadow an seiner Seite ins Haus kam, halfen Aimee Louise und Rosalie Molly beim Frühstück, während Sara und Brett den Tisch deckten.

»Du kommst genau rechtzeitig, Major«, lächelte Molly. »Wir sind bereit zum Auftischen. Da wir nicht wissen, wie lange unser Stromausfall dauern wird, essen wir zuerst das, was im Kühlschrank war.«

Nachdem alle saßen, tunkte Major ein Brötchen in sein weiches, golden-oranges Eigelb. »Das ist ein Festmahl: Eier, Brötchen, Wurst und Marmelade.«

»Diese Eier sind wunderbar. Gut gemacht, Hühner«, sagte Molly. »Wir müssen uns hier keine Sorgen ums Frühstück machen.«

Bretts Mund war voll, was seine Worte dämpfte. »Ich mag Kühlschrankessen. Wurst ist lecker.«

Molly sagte: »Sprich nicht... ach, egal.«

Aimee Louise sagte: »Opa, wir wollen die Kameras überprüfen.«

Rosalie nickte. Ihr Mund war auch voll.

Major bemühte sich, seinen letzten Bissen Ei auf die Gabel zu bekommen. »Ich würde gerne wissen, was da draußen ist, aber ich bin nicht sicher, ob ihr beide allein so weit vom Haus weggehen solltet. Was, wenn wir drei zusammen gehen? Molly, ist es okay für dich, wenn wir in dreißig oder vierzig Minuten zurück sind?«

»Klar, wir können im Garten Unkraut jäten, und Penny wird auf uns aufpassen.«

»Bevor wir gehen, möchte ich noch das Funkgerät nach Neuigkeiten abfragen«, sagte er.

Während die anderen den Tisch abräumten, zeigte Major Aimee Louise, wie man den Kraftstoffstand überprüft, und sie startete die Generatoren.

Rosalie gesellte sich zu Aimee Louise und Major am Amateurfunkgerät, und Aimee Louise nahm einige Einstellungen vor, um den Empfang zu verbessern. Während Rosalie Notizen machte, stand Molly in der Türöffnung und hörte zu.

Als das Funkgerät verstummte, sagte Major: »Rosalie, hast du unsere Zusammenfassung?«

Sie nickte. »Ziemlich viele Leute haben gesagt, dass sie keinen Strom haben. Die Funker wollten herausfinden, wie weitverbreitet der Stromausfall ist, aber ich denke, es ist noch zu früh, um viele Informationen zu sammeln.«

»Das denke ich auch. Molly, wir sind bereit, die Kameras zu überprüfen. Wenn du das Gefühl hast, dass wir zu lange weg sind, bring die Kinder rein, schließ ab und ruf den Sheriff an. Ich verlasse euch nur ungern, aber ich möchte sehen, was die Kameras aufgenommen haben.«

»Wir werden schon zurechtkommen. Wenn ich nervös werde, gehen wir rein.«

Nachdem sie das Haus verlassen hatten, sagte Major: »Wir gehen zusammen. Wenn wir in der Nähe der Kameras sind, könnt ihr laufen.«

Die Mädchen drängten Major, schneller zu gehen, weil sie rennen wollten. Er begann kurz zu joggen. *Diese beiden könnten buchstäblich Kreise um mich herum rennen.*

»Die Bäume sehen aus wie abgebrannte Streichhölzer.« Aimee Louise zeigte darauf.

»Ja, und einige wurden wie von einem Riesen beiseite geworfen.« Rosalie runzelte die Stirn. »Ich habe einen Hauch von Rauch gerochen.«

»Keine Überraschung. Wir werden noch eine Weile Rauchgeruch in der Nase haben«, sagte Major. »Es war ein riesiges Feuer.«

Als sie die erste Kamera erreichten, lehnte er sich an den Baum, um Atem zu schöpfen. »Geht schon vor. Ich werde die Speicherkarten austauschen.«

Major lächelte, als Aimee Louise, Rosalie und Shadow zu den nächsten beiden Kameras rannten. *Drei ungezähmte Mustangs, freigelassen in die Wildnis.*

Sie überprüften alle Kameras und kehrten nach nur fünfundzwanzig Minuten zum Farmhaus zurück.

»Ich sehe niemanden. Bleibt hinter mir«, sagte Major.

Shadow rannte zum Haus und kratzte an der Tür. Als Sara öffnete und winkte, lief Penny nach draußen.

»Ihr könnt zum Haus laufen«, sagte Major.

Aimee Louise und Rosalie rannten zum Haus. Als Major ankam, telefonierte Molly mit ihrem Handy. Sie reichte ihm das Telefon. »Der Sheriff muss mit Ihnen sprechen.«

»Major, ich habe noch zwei weitere, die zur Farm kommen. Wir haben die Gaston-Kinder, aber wir wissen nicht, wo ihre Eltern sind. Molly kann es erklären.«

»Das ist beunruhigend, aber wir können Platz schaffen«, sagte Major, bevor sie auflegten.

»Was wissen wir, Molly?«

»Der Sheriff wusste nicht viel, aber nach dem, was Annie und Josh ihm erzählten, hat die Familie ihr Zuhause vor ein paar Wochen nach Einbruch der Dunkelheit verlassen«, sagte Molly. »Annie sagte, es sei ein Urlaub gewesen, um ihren Onkel Lee zu besuchen, aber als ihr Vater ihn anrief, änderten sich ihre Pläne. Die Kinder sagten, ihr Vater hätte ihrer Mutter gesagt, dass Onkel Lee sich komisch anhörte.«

Major runzelte die Stirn. »Ich glaube, ich weiß, wann sie gegangen sind. Aimee Louise kam eines Tages nach der Schule nach Hause und sagte, Annies Mutter hätte eine Panikwolke. Ich verstand nicht genau, was sie meinte, aber jetzt verstehe ich mehr über die Wolken.«

»Die Kinder sagten, sie seien umhergezogen«, fuhr Molly fort. »Josh sagte, sie seien für ein paar Tage in eine große Stadt gefahren. Nach der Stadt campierten sie laut Josh in ihrem Auto im Wald, nicht in einem Zelt. Ich bin mir nicht sicher, was passiert ist, aber Russell fuhr die Kinder gestern etwa fünf Kilometer außerhalb der Stadt und nachdem die Kinder aus dem Auto gestiegen waren, sagte er ihnen, sie sollten in der Nähe der Straße bleiben und zum Büro des Sheriffs gehen. Er gab ihnen ihre Jacken und ihre Rucksäcke mit ihrer Kleidung und Snacks.«

»Ganz allein?«, fragte er.

»Ja. Sie ließen die Kinder am Straßenrand zurück und fuhren weg.« Mollys Stimme brach. »Russell und Margo würden ihre Kinder niemals verlassen, und schon gar nicht allein am Straßenrand, es sei denn, etwas Schreckliches stünde bevor.«

Molly ließ sich auf das alte Sofa sinken. »Die Kinder sagten, es sei ein Herausforderungsspiel gewesen. Wenn sie ein Auto hörten, sollten sie sich verstecken, und wenn niemand sie sah, bevor sie zum Büro des Sheriffs gelangten, hätten sie gewonnen. Josh sagte, als seine Mutter weinte, habe er ihr gesagt, sie solle nicht traurig sein, weil sie das Spiel gewinnen würden.«

Major schüttelte den Kopf. »Das ist so untypisch für Russell und Margo. Wussten die Kinder, vor wem sie sich verstecken sollten?«

»Ich glaube nicht, aber jemand muss nach ihnen gesucht haben, denn Annie sagte, sie hätten gehört, wie ein Auto die Straße auf und ab fuhr. Sie blieben außer Sichtweite und versteckten sich in einem Graben, bis es dunkel wurde, bevor sie in die Stadt rannten. Sie verbrachten die Nacht in dem alten Schuppen hinter dem Büro des Sheriffs, weil sie nirgendwo in der Stadt Lichter sahen. Als sie bei Tagesanbruch an die Bürotür klopften, hörte sie ein Deputy.«

Als Tränen über Mollys Wangen liefen, rutschte Sara neben sie und tätschelte ihre Hand. Molly lächelte ihre Tochter an.

»Der Sheriff sagte, die Kinder hätten unter Insektenstichen gelitten und waren kalt und hungrig, aber nachdem die Deputies ihre Stiche gereinigt und behandelt hatten und die Kinder sich aufgewärmt und gegessen hatten, schienen sie in Ordnung zu sein. Er wird bei unserem Haus vorbeischauen, um unser Klappbett und eine weitere Liege abzuholen, bevor er sie zur Farm bringt. Wenn er ins Büro zurückkehrt, wird er bei ihrem Haus vorbeischauen.«

»Vielleicht kann er gleich etwas von ihrer Kleidung mitnehmen«, sagte Major.

»Familie wächst«, sagte Aimee Louise.

»Wir haben gelesen, dass es sicherer ist, Teil einer Gruppe zu sein, wenn etwas Schlimmes passiert«, sagte Rosalie.

»Nun, wir entwickeln uns zu einer ziemlich großen Gruppe«, stimmte Major zu.

»Das stimmt«, sagte Molly. »Was machen wir mit den Schlafplätzen?«

»Wenn es für dich in Ordnung ist, die beiden jüngeren Mädchen in deinem Zimmer unterzubringen, habe ich in meinem Zimmer Platz für zwei Liegen für die Jungs. Keine Änderung für die beiden älteren Mädchen scheint wichtig.«

»Ich dachte in die gleiche Richtung«, sagte Molly.

»Aimee Louise, ich brauche eine Liege von oben«, sagte Major. »Könntest du sie holen? Ich werde mein Bett für die zwei Liegen verschieben.«

Aimee Louise ging nach oben.

»Rosalie, was ist mit zwei weiteren Stühlen am Esstisch?«, fragte Molly.

»Ich kümmere mich darum.«

Auf dem Weg zu Majors Bauernhof fragte der Sheriff Annie und Josh: »Besitzen eure Eltern irgendwelche Gewehre oder Pistolen?«

Annie sagte: »Papa bewahrt sein Jagdgewehr auf dem obersten Regal in seinem Kleiderschrank auf und eine Pistole hat er in seiner Schreibtischschublade im Computerraum eingeschlossen. Seine Munition ist in einer Kiste weggeschlossen, aber ich bin mir nicht sicher, wo die ist.«

»Das ist alles, was er hat«, sagte Josh. »Er hat mir erzählt, dass er sich immer eine Schrotflinte gewünscht hat, aber Mama hat nein gesagt. Er meinte, er hört immer auf Mama, und ich sollte das auch tun.«

»Dein Vater ist der klügste Mann, den ich kenne«, sagte der Sheriff.

Der Sheriff fuhr in Majors Einfahrt nur dreißig Minuten, nachdem er mit Molly gesprochen hatte; alle warteten auf der Veranda. Als Annie und Josh aus dem Auto stiegen, keuchte Molly auf, wie erschöpft sie aussahen.

»Lasst uns reingehen«, sagte Molly, »und einen kleinen Snack mit Keksen und Milch zu uns nehmen.«

Das Haus war für die nächsten zehn Minuten ruhig, abgesehen von den Geräuschen des Knabberns und Schlürfens.

Brett beendete seinen Snack und schob seinen Stuhl zurück. »Josh, ich bin froh, dass du hier bist. Ich war es leid, der einzige Junge zu sein.« Die Jungen gaben sich einen Faustschlag.

»Annie, ich bin glücklich, dass du hier bist«, sagte Sara. »Aimee Louise und Rosalie sind Freundinnen, und jetzt habe ich auch eine Freundin.«

Annie strahlte.

»Wo schläft Shadow?«, fragte Josh.

»Shadow schläft in der Nähe der Haustür. Er bleibt auf Wache«, sagte Major.

»Wir hatten früher einen Hund, aber er wurde alt. Wir haben keinen Hund mehr. Ich vermisse ihn. Ich mag Hunde«, sagte Annie.

»Ich auch«, stimmte Josh zu. Er kratzte Penny hinter den Ohren, und sie fiel um, damit er ihren Bauch streicheln konnte, und Josh grinste.

Der Sheriff legte seinen Arm um Molly, und sie begleitete ihn zu seinem Auto.

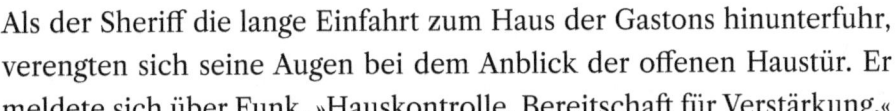

Als der Sheriff die lange Einfahrt zum Haus der Gastons hinunterfuhr, verengten sich seine Augen bei dem Anblick der offenen Haustür. Er meldete sich über Funk. »Hauskontrolle. Bereitschaft für Verstärkung.«

Der Sheriff näherte sich dem Haus vorsichtig. Als er hineintrat, waren Blätter im Eingangsbereich verstreut. *Keine Anzeichen von Eindringlingen.*

Er durchsuchte das Hauptschlafzimmer und griff auf das Regal im Kleiderschrank. *Das Gewehr ist genau da, wo Annie sagte, dass es sei.*

Als er Russells Arbeitszimmer überprüfte, war die Schreibtischplatte leer, ohne Computer oder auch nur einen Stift, und die Schreibtischschublade war nicht abgeschlossen und leer.

Haus ist ordentlich. Ungestört. Keine Anzeichen von gewaltsamen Eindringen.

Er fand zwei übergroße Wäschekörbe und füllte sie mit Kleidung für die Kinder. Er lud die Körbe und das Gewehr in seinen Streifenwagen und kehrte für eine letzte Kontrolle ins Haus zurück. Nachdem er die Haustür geschlossen und abgeschlossen hatte, versuchte er, sie zu öffnen. *Fest verschlossen.*

Er nahm sein Funkmikrofon auf und meldete sich. »Zurücktreten. Nichts gefunden.« Er saß in seinem Auto und untersuchte die Außenseite des Hauses.

Könnten in solcher Eile aufgebrochen sein, dass sie die Tür nicht gesichert haben.

Der Sheriff runzelte die Stirn. »Nun, das ist ein bisschen weit hergeholt, wenn man Russells Verbindung zum Elektrizitätswerk, die Explosion im Umspannwerk und die seltsame Art und Weise bedenkt, wie Russell seine Kinder allein auf der Straße zurückgelassen hat. Ich habe absolut keine plausible Erklärung.«

Der Sheriff trommelte mit den Fingern auf das Lenkrad. *Alles, was ich habe, ist ein ungutes Gefühl bezüglich der Gastons.*

KAPITEL VIERZEHN

Als Molly kurz nach Sonnenaufgang auf Zehenspitzen die Treppe hinunterging, waren Major und Shadow bereits auf der Veranda. Sie kochte einen Topf Kaffee und trug zwei dampfende Tassen nach draußen. Penny trottete klickernd hinter ihr her.

»Major, gestern sagte der Sheriff, dass die Explosion eine Überspannung im gesamten regionalen Stromnetz verursacht hat. Was bedeutet das für uns?«

Molly rückte ihren Stuhl herum, um sich ihm zuzuwenden, und Penny ließ sich neben ihr auf den Boden plumpsen.

»Wir könnten mehrere Wochen ohne Strom sein, aber es ist noch zu früh, um das zu sagen. Ich habe heute Morgen den Amateurfunk abgehört. Die Funker sprachen über ein eingebautes Sicherheitsnetz, das einen möglichen Dominoeffekt und einen viel größeren Stromausfall verhindert hat. Eine gute Nachricht ist, dass das Krankenhaus in Plainview möglicherweise früher als andere Gebiete wieder Strom bekommt.« Major erwiderte ihren Blick. »Wir werden schon klarkommen. Machst du dir Sorgen?«

»Ein bisschen.«

»Ich verstehe, aber ich bin dankbar, dass alle Kinder hier bei uns sind.«

»Du hast recht. Wir sind alle hier in Sicherheit. Danke dafür.« Molly blickte zum Horizont. »Wenn es keine Neuigkeiten von ihren Eltern gibt, würde ich gerne Annie und Josh mitnehmen, wenn der Strom wieder da ist. Die Mädchen sind natürlich auch willkommen.«

»Hört sich gut an, aber was meine Mädchen betrifft, werden wir zusammenbleiben.«

Rosalie kam aus dem Haus. Sie trug ein rotes Flanellhemd und Jeans, und ihr flammendrotes Haar war zu einem Pferdeschwanz gebunden. »Hey, ihr seid früh auf.«

»Guten Morgen, Rosalie«, sagte Molly. »Ist sonst noch jemand wach?«

Rosalie setzte sich auf die Veranda neben Shadow, und er legte eine Pfote auf ihr Bein.

»Niemand außer mir und Aimee Louise.«

Aimee Louise gesellte sich zu ihnen auf der Veranda. Sie setzte sich neben Shadow, der seufzend seinen Kopf auf ihren Schoß legte.

»Molly, was hältst du davon, wenn die Mädchen und ich heute Morgen das Frühstück kochen?«, sagte Major. »Wir machen großartige Heidelbeerpfannkuchen und Eier, und ich habe Heidelbeeren im Gefrierschrank entdeckt.«

»Okay.« Molly lachte. »Ich werde den Generator für den Kühlschrank und die Gefriertruhe starten. Ich habe Aimee Louise zugesehen und bin bereit für Cross-Training. Bevor alle mit dem Frühstück fertig sind, kann ich auch den Generator für den Brunnen und den Boiler zum Laufen bringen.«

»Vielleicht übernehme ich heute die Wäsche«, sagte Major.

Aimee Louise sagte: »Rosalie und ich können einen Baum für Brennholz fällen.«

»Also...«, begann Molly.

»Gute Idee«, unterbrach Major. »Lasst uns Frühstück kochen. Wir lassen Molly und die Kinder aufräumen. Wenn du mir mit der Wäsche hilfst, bringe ich dir bei, wie man eine Kettensäge benutzt.«

Rosalie sang: »Es ist ein Tag mit verkehrter Welt auf dem Bauernhof. Alle Tiere zeigen ihren Charme.«

Die jüngeren Kinder erschienen. Annie sprang ein, um Verse zum Lied hinzuzufügen.

»Die Kuh macht kluck und das Huhn macht muh«, sang Annie. »Die Eule sagt wuff und der Hund ruft huh.«

Die Jungen sprangen von einem Fuß auf den anderen, beugten sich mit krummen Beinen vor, schwangen ihre Arme, kratzten sich an den Rippen und verzogen ihre Gesichter.

»Uu-uu ii-ii.«

Sara verdrehte die Augen. »Jungs.«

Molly kicherte. »Was für ein toller Start in den Tag.«

Sara und Brett deckten den Tisch, und die hungrige Gruppe nahm ihre Plätze ein, begierig auf Pfannkuchen und Eier.

»Ich glaube, ich brauche mehr Übung im Versorgen einer größeren Gruppe.« Major mischte einen zweiten Teig für Pfannkuchen an.

Josh wedelte mit seiner Gabel und tropfte Sirup seinen Arm hinunter. »Wenn du jemanden brauchst, der Pfannkuchen isst, Pops, sag einfach Bescheid.« Penny schlich näher an Josh heran.

Nach dem Frühstück hängten Major und die beiden Mädchen feuchte Wäsche auf die Wäscheleine. Als sie fertig waren, trat er zurück und beobachtete, wie die Kleidung im Wind flatterte. »Ich hatte vergessen, wie befriedigend der frische Geruch von an der Luft getrockneter Wäsche ist. Lasst uns unsere Rucksäcke schnappen und den kleinen Anhänger an den Traktor hängen. Wenn wir zwei mittelgroße Bäume finden, kann jede von euch einen Baum fällen.«

»Darf ich den Traktor fahren?«, fragte Rosalie.

»Du kannst den Traktor zum Anhänger fahren, und dann fahre ich. Meine alten Knochen brauchen einen Ruhetag.«

Während Rosalie zum Traktor eilte, sammelten Major und Aimee Louise Rucksäcke, Kettensägen und Ausrüstung zusammen und luden alles in den Anhänger.

»Ihr zwei bekommt heute den Preis für Sicherheitsbewusstsein. Schön zu sehen, dass ihr eure Arbeitsschuhe tragt«, sagte er.

»Pops«, sagte Aimee Louise, »wir wollen bei dir bleiben.«

Major hatte nicht mitbekommen, dass die Mädchen das Gespräch gehört hatten, aber er war froh, dass Aimee Louise ihre

Wünsche äußerte. »Ich weiß, Aimee Louise. Wir werden immer zusammenbleiben.«

Als Rosalie mit dem Traktor zurückkam, half ihr Major, den Anhänger anzuhängen.

Molly trat aus dem Haus. »Major, wenn du dein Handy mitnimmst, lasse ich meins an, bis ihr zurück seid.«

»Mache ich. Ihr Mädchen könnt im Anhänger fahren, nebenher laufen oder abwechseln. Ganz wie ihr wollt.«

»Wir laufen«, sagte Aimee Louise. Shadow lief mit den Mädchen.

Gut, dass ich schlau genug war, mir den Fahrersitz zu sichern.

Major untersuchte einen Baumbestand an der Westseite des Farmgrundstücks. Die Mädchen und Shadow kamen zurück und gesellten sich zu ihm. Rosalie beschattete ihre Augen mit einem Arm, um ebenfalls die Bäume zu betrachten.

Er zeigte auf eine Gruppe und sagte: »Lass uns da rübergehen. Diese Bäume sind mittelgroß und haben eine klare Fallrichtung.«

Als er auf den Traktor stieg, schaute er sich um. »Wo ist Aimee Louise?«

»Ich weiß nicht. Ich sehe Shadow auch nicht«, sagte Rosalie.

»Sie sind Bäume anschauen gegangen. Ich rufe Shadow.«

Major klatschte in die Hände, um Shadow zu rufen.

»Pops, Shadow würde Aimee Louise nie allein lassen.« Rosalie zog ihre Sicherheitspfeife heraus und blies hinein. »Warte, hör mal.« Rosalie zeigte in Richtung der Bäume. »Es kam von dort.«

Sie blies erneut in ihre Pfeife. Der antwortende schrille Pfiff war etwas lauter und etwas deutlicher. Rosalie blies in ihre Pfeife und lauschte.

Major sagte: »Da sind sie.«

Sowohl Aimee Louise als auch Shadow keuchten, als sie herangerannt kamen.

»Wo wart ihr? Wo seid ihr hingegangen?«, fragte er.

»Pops.« Aimee Louise rang nach Luft und beugte sich dann vor, die Hände auf die Knie gestützt. »Pops, Leute in einem Auto.«

»Welche Leute? Was meinst du mit ›in einem Auto‹?«

Rosalie starrte Aimee Louise an und führte sie zum Anhänger. »Hier, setz dich, Aimee Louise. Du und Shadow seid hart gelaufen.«

»Leute in einem Auto, Pops,« sagte Aimee Louise. »Grau, und keine Wolken.«

»Ist das Auto grau?«

»Nein, die Leute sind grau und haben keine Wolken.«

Majors Haut kribbelte, und sein Magen verkrampfte sich mit einem sauren Gefühl über das, was Aimee Louise möglicherweise gefunden hatte. Rosalie reichte Aimee Louise eine Wasserflasche, stellte Shadows Reisenapf auf die Rückseite des Anhängers und goss Wasser für ihn ein.

Major beeilte sich, den Traktormotor zu starten. »Ihr könnt alle im Anhänger mitfahren. Wenn du zeigst, Aimee Louise, kann Rosalie mich dirigieren.«

»Wir fahren geradeaus in die Richtung, in der wir Aimee Louise und Shadow gesehen haben«, sagte Rosalie.

Ein paar Minuten später fügte sie hinzu: »Pops, biege nach rechts ab, zwei Uhr.«

Als Major die Kurve nahm, freute er sich, dass Rosalie sich daran erinnerte, dass sie Uhrzeitpositionen verwendeten, um die Richtung für Tiere oder Kotstellen anzuzeigen.

Rosalie sagte: »Halt an, Pops. Von hier aus gehen wir zu Fuß.«

Major wurde klar, dass sie eine halbe Meile von der Staatsstraße entfernt waren. *Könnte das Auto auf der Straße sein?*

»Da unten, Pops.« Aimee Louise zeigte darauf.

Er sah das Auto in der Schlucht nur, weil Aimee Louise ihm zeigte, wo er hinschauen sollte. Er konnte keine offensichtlichen Karosserieschäden am Auto erkennen, die darauf hindeuten würden, dass es verunglückt war.

»Ihr Mädchen wartet hier«, sagte Major. Er konnte die Vorahnung nicht abschütteln. Ein leichter, eiskalter Luftzug streifte seinen Nacken. *Sieht aus wie Russells Auto.*

Als er das Auto erreichte, sah er die beiden Leichen: eine auf dem Fahrersitz und die andere auf dem Beifahrersitz. Ihre Sicherheitsgurte waren noch angelegt, und sie hielten sich an den Händen. *Aimee Louise hatte recht.* Ihre Haut war grau. Jetzt verstand er, warum sie »keine Wolken« gesagt hatte. Sie waren leblos. Major versuchte alle Türen. *Verschlossen.*

Er rief den Sheriff mit seinem Handy an. »Sheriff, wir haben die Gastons gefunden. Sie befinden sich in ihrem verschlossenen Auto in einer Schlucht nahe der Staatsstraße, etwa zwei Meilen nördlich von Red Springs. Beide scheinen verstorben zu sein. Das Auto sieht nicht aus, als wäre es verunglückt.«

Major beantwortete die Fragen des Sheriffs, während er zurück zum Traktor ging.

»Mädels, ich rufe Molly an. Ich brauche euch und Shadow zurück im Haus. Ihr könnt den Traktor mit Anhänger fahren. Fahrt langsam und seid vorsichtig. Molly wird mich anrufen, wenn ihr dort angekommen seid. Ich werde entweder nach Hause laufen oder mit dem Sheriff mitfahren; er ist auf dem Weg hierher. Wenn ihr Probleme mit dem Traktor habt, lasst ihn stehen und lauft nach Hause. Wir können ihn immer später holen.«

»Du fährst, Aimee Louise.« Rosalie und Shadow kletterten in den Anhänger und setzten sich in die Nähe des Traktors, bevor Aimee Louise losfuhr.

Major rief Molly an. »Aimee Louise und Shadow haben Russells Auto gefunden. Die Gastons sind im Auto, und sie sind... verstorben. Der Sheriff ist unterwegs. Gib mir sofort Bescheid, sobald du die Mädchen siehst; sie sind mit dem Traktor und Shadow auf dem Weg zurück.«

Major hatte eine Wasserflasche und seinen Rucksack vom Anhänger geholt, bevor die Mädchen abgefahren waren. Er setzte sich in der Nähe der Straße in den Schatten einer Eiche, nahm einen langen Schluck und schüttete sich dann Wasser in die Hand, um sein Gesicht mit dem kühlen Wasser zu benetzen. *Mir war gar nicht klar, wie durstig ich war. Was für ein Schock, die Gastons zu sehen. Es wird hart für Annie und Josh.*

Er bedeckte sein Gesicht mit seinen Händen, seufzte und hob sein Gesicht zum Himmel. »Gott, das wird schwer werden. Könnte wirklich ein bisschen Hilfe gebrauchen.«

Sein Telefon piepte. Es war eine Nachricht von Molly. »Mädchen hier. Alles ok.« Seine Schultern entspannten sich. Er hatte nicht bemerkt, wie angespannt er gewesen war.

Als er das Auto des Sheriffs sah, trat er näher an die Straße heran und winkte. Der Sheriff parkte und stieg aus seinem Wagen.

»Hier entlang, Sheriff.« Major führte den Weg zur Schlucht.

»Die Staatspolizei ist unterwegs und sollte bald hier sein«, sagte der Sheriff, während sie den Abhang der Schlucht zum Auto hinunterkletterten. »Sie werden mit den Ermittlungen beginnen, und die Bundesbehörden werden übernehmen. Nachdem die Leute vom Staat eingetroffen sind, bringe ich euch zurück zur Farm. Die Ermittler werden mit Aimee Louise und dir sprechen wollen. Sie verstehen Aimee Louises Kommunikationsstil, aber sie sind trotzdem an ihrer Perspektive interessiert.«

Der Sheriff versuchte alle Türen. »Russell und Margo. Kann es nicht glauben«, sagte er.

Die beiden Männer kehrten zur Straße zurück, bevor die Staatspolizisten ankamen. Die Beamten starrten Major ehrfürchtig an und machten sich Notizen, während er ihnen erzählte, wie sie das Auto gefunden hatten. Nachdem sie einige Punkte geklärt hatten, zeigte ihnen der Sheriff, wo das Auto war.

Als der Sheriff zurückkehrte, sagte er: »Ich gebe euch eine Fahrt zur Farm. Ich habe mit Molly gesprochen. Sie wird Annie und Josh mitteilen, dass ihre Eltern verstorben sind. Ich werde es meinen Kindern erzählen. Wirst du es deinen Mädchen sagen?«

»Natürlich«, sagte Major. »Ich werde Molly eine Nachricht schicken und ihr mitteilen, dass wir unterwegs sind.«

Nachdem Major und der Sheriff auf der Farm angekommen waren, sagte Molly: »Annie. Josh. Lasst uns auf die hintere Veranda gehen und reden.«

»Was ist los, Tante Molly? Du siehst beunruhigt aus«, sagte Annie.

Die drei setzten sich auf die hintere Veranda.

»Ich habe schreckliche Neuigkeiten«, sagte Molly. »Aber noch schlimmer, es sind traurige Nachrichten.«

Annie runzelte die Stirn und verschränkte die Arme. Josh legte den Kopf schief und verschränkte ebenfalls die Arme.

»Es geht um Mom und Dad, oder?« fragte Annie.

»Ja.«

»Ich will es nicht hören.« Annie sprang auf und hielt sich die Ohren zu.

»Eure Mutter und euer Vater sind gestorben«, sagte Molly. »Ihr Auto stand im Straßengraben. Sie hatten keinen Unfall. Der Sheriff weiß nicht, wie sie gestorben sind, aber sie sind tot.«

»Nein!« schrie Annie.

»Du lügst.« Josh knurrte und griff nach der Hand seiner Schwester. Sie stellten sich Molly gegenüber und starrten sie finster an.

»Es tut mir leid«, sagte Molly. »Das sind schreckliche Nachrichten.«

Annie drehte Molly den Rücken zu und riss ihre Hand von Josh weg.

Als Molly Annie und Josh in eine Umarmung zog, brachen die beiden Kinder in Schluchzen aus. Molly hielt sie fest umschlungen, während ihr selbst Tränen über das Gesicht liefen.

»Das ist nicht fair; wir hätten sie nicht verlassen sollen«, sagte Annie.

»Was auch immer passiert ist, sie wollten, dass ihr in Sicherheit seid. Sie haben euch beschützt, weil sie euch so sehr lieben. Und es ist nicht fair, dass sie gestorben sind«, sprach Molly leise durch ihre eigenen Tränen.

»Ich hätte bei Papa bleiben sollen, dann wäre Mama jetzt okay«, sagte Josh.

»Eure Mama und euer Papa wollten, dass ihr zusammenbleibt und aufeinander aufpasst. Ihr wart in Sicherheit, weil ihr in jener Nacht zusammengeblieben seid, richtig? Genau wie sie es wollten. Sie wussten, dass sie sich auf euch verlassen können.«

»Was passiert als Nächstes mit uns? Wir können nicht allein in unserem Haus bleiben«, sagte Annie.

»Ihr werdet bei mir, dem Sheriff, Sara, Brett und Penny bleiben. Wir werden alle zusammen in Sicherheit sein. Hättet ihr Lust auf einen Spaziergang? Wir können laufen und reden. Oder einfach nur laufen.«

Die drei schlenderten in den Wald. Der Sheriff und die beiden jüngeren Kinder schlossen sich ihnen bei ihrem Spaziergang an.

Aimee Louise und Rosalie halfen Major bei den Arbeiten, während Molly und der Sheriff bei den jüngeren Kindern blieben.

»Das Frühstück ist die letzte Mahlzeit, die jemand gegessen hat. Ich werde Hähnchen grillen«, sagte Major.

»Ich werde Kartoffeln schrubben und sie in den Ofen tun und ein Glas grüne Bohnen öffnen«, sagte Aimee Louise.

»Nachdem ich den Tisch gedeckt habe, helfe ich mit dem Hähnchen«, fügte Rosalie hinzu.

Molly, der Sheriff und die Kinder kehrten zum Haus zurück.

Nachdem alle am Tisch Platz genommen hatten, sagte Major: »Unsere Herzen sind schwer. Gib uns Kraft und Frieden.«

»Amen«, sagte der Sheriff.

Nach dem Essen schaukelten oder saßen alle auf der hinteren Veranda und beobachteten den Sonnenuntergang.

»Annie und Josh, möchtet ihr reden?« fragte Molly.

»Nein.« Annie lehnte sich gegen Rosalie; Rosalie griff nach Annies Hand, und ihre Finger verschränkten sich.

»Kanntest du Mom?« fragte Annie.

Molly lächelte. »Ich kannte deine Mutter sehr gut. Sie war Freiwillige in der Schule, und wir haben an vielen Projekten zusammengearbeitet. Wusstest du, dass sie Apothekerin war, bevor sie und dein Vater geheiratet haben? Sie war klug und organisiert. Wann immer die Schule ein schwieriges Projekt hatte, sagten alle: ›Wir brauchen Mrs. Gaston für dieses hier.‹«

Annie sagte mit einem kleinen Lächeln: »Dad meinte, niemand wäre klüger als Mom.«

Molly nickte. »Sie leitete das Projekt, damit es in der Schule jeden Tag eine Pause gibt. Die Schulleitung und der Schulvorstand behaupteten, der Druck bei den landesweiten Tests erlaube keine Zeit weg vom Unterricht. Sie sagten, sie würden einen Kompromiss mit zehn Minuten Pause an zwei oder drei Tagen in der Woche machen, aber nicht jeden Tag. Deine Mutter war überzeugend und hartnäckig. Sie war die treibende Kraft hinter den zwanzig Minuten Freizeit draußen jeden Tag in der Schule. Sie war fantastisch.«

Tränen sammelten sich in Annies Augen und liefen über ihr Gesicht. »Mom war fantastisch.« Sie wischte über ihr Gesicht.

Josh schniefte und fragte: »Was ist mit Papa? Kanntest du meinen Papa?« Er rückte näher an den Stuhl des Sheriffs heran.

»Ich kannte deinen Vater, als er klein war und in Plainview lebte«, sagte Major. »Sein Vater war stolz auf ihn. Er erzählte mir immer, wie ernst dein Vater die Schule nahm. Einmal erzählte er mir, dass dein Vater in der dritten Klasse eine Krawatte in der Schule tragen wollte, damit die Lehrer wussten, dass er es ernst meinte. Dein Großvater hat ihn davon abgebracht, aber man konnte sehen, wie stolz er auf seinen Sohn war. Dein Vater war das klügste Kind in der Schule.«

Der Sheriff fügte hinzu: »Die Leute, die für mich das Sheriffbüro putzen, haben früher für deinen Vater gearbeitet. Sie sagten, bevor dein Vater übernommen hatte, wussten die vorherigen Manager nichts darüber, wie es ist, auf dem Feld zu arbeiten. Dein Vater wusste es, und jeder respektierte ihn dafür. Er war klug, nahm seinen Job ernst und ihre Sicherheit war ihm wichtig. Sie sagten, er war ein harter Arbeiter, ein großartiger Chef und ein bemerkenswerter Mann.«

Josh rückte näher an den Sheriff heran, der einen Arm um die Schultern des Jungen legte. Tränen liefen über Joshs Gesicht.

Sara setzte sich neben Annie und legte ihre kleine Hand in Annies andere Hand.

»Tut mir leid, Annie«, sagte sie mit leiser Stimme.

Annie nickte, und weitere Tränen liefen ihr über das Gesicht. Molly wischte sich ihre Tränen weg.

Aimee Louise rückte näher an Major. Er legte seine Hand auf ihre Schulter.

Die Farmfamilie saß schweigend da und beobachtete den Sonnenuntergang. Molly begleitete den Sheriff zu seinem Auto. Major und Aimee Louise starteten den Generator für den Brunnen und den Warmwasserbereiter für die Bäder.

»Badezeit. Zuerst die jüngeren Mädchen, dann die Jungs«, sagte Molly, nachdem der Sheriff gegangen war.

Nachdem die vier Kinder gebadet hatten, nahm Molly eine schnelle Dusche und überließ das Badezimmer den älteren Mädchen. Alle sechs Kinder und Molly kamen frisch geschrubbt, sauber und in Schlafanzügen, Bademänteln und Hausschuhen ins Wohnzimmer.

Major begrüßte sie mit Tassen und einem Topf heißer Schokolade auf dem Tisch. »Ich mochte heiße Schokolade, als ich klein war.«

Nach der heißen Schokolade wünschten alle gute Nacht, und Major machte einen letzten Rundgang ums Haus und schaute nach den Hühnern. Als er zurückkam, waren alle Kinder im Bett, und Molly wartete auf ihn, damit er abschließen konnte.

»Molly, lass uns morgen im Abstellraum nach Vorhängen oder Stoff suchen. Die Laternen leuchten wie Leuchtfeuer.«

»Da bin ich einverstanden. Ich bin sicher, wir können etwas finden. Gute Nacht und danke, dass du für uns alle da bist.«

Am Ende der Woche kam der Sheriff auf die Farm und ging direkt zu Major in die Scheune. »Ich wollte mit dir reden, bevor jemand merkt, dass ich hier bin. Die Ermittler haben Russells Pistole verschlossen in seiner Mittelkonsole gefunden. Ich bin überzeugt, dass sie überrascht wurden und Russell keine Zeit zum Reagieren hatte. Er hätte Margo beschützt, wenn er die Chance gehabt hätte. Allerdings lagen ihre Eheringe in ihrem Schoß, und Margo hatte einen zweiten Ring im Schoß. Ich wette, er gehörte zur Familie. Sie haben die Ringe für ihre Kinder hinterlassen. Ich werde mit Molly reden. Wir sollten sie vielleicht eine Weile für Annie und Josh aufbewahren.«

Major lud Hühnerfutter auf den Handwagen und schüttelte den Kopf. »Es tut mir so leid, dass Russell und Margo nicht mehr da sind. So eine Tragödie.«

Der Sheriff nickte. »Ich habe mit Pastor John gesprochen. Er plant einen Gedenkgottesdienst. Er hat noch kein Datum festgelegt.

Nachdem der Gerichtsmediziner die Autopsien abgeschlossen hat, werden ihre Aschen im Gedenkgarten der Kirche beigesetzt.«

»Danke. Gut zu wissen.«

»Wie läuft es hier?«, fragte der Sheriff, während er mit Major schlenderte, der den Wagen zu den Hühnerställen zog.

Major blieb stehen und blickte den Sheriff an. »Vor sechs Monaten war ich ein einsamer Mann. Heute bemühe ich mich, mit drei Frauen und vier Kindern Schritt zu halten. Ich komme in die Scheune, um Ruhe zu haben.«

Der Sheriff lachte leise. »Nebenbei bemerkt, wir haben die Nachricht erhalten, dass die größeren Städte wieder Strom haben, und wir sind als nächstes dran. Die Dinge in Plainview haben sich nach dem anfänglichen Chaos zu einer herzerwärmenden Überraschung entwickelt. Eine Kirche bietet Frühstück an, und eine andere Kirche veranstaltet eine Mahlzeit am späten Nachmittag. Sie wissen nie, woher sie Lebensmittel bekommen werden, aber sie tauchen auf. Hast du Eier übrig, die du spenden könntest?«

Major hob den Sack Futter in den Metallbehälter und drehte sich zum Haus. »Auf jeden Fall. Wir haben jede Menge Eier. Wir werden sehen, was wir sonst noch finden können. Ich hatte immer gehört, dass Nachbarn sich in schweren Zeiten gegeneinander wenden. Klingt, als ob unsere Gemeinschaft enger zusammengerückt ist.«

»Es gab ein paar Vorfälle, aber insgesamt bin ich stolz darauf, wie unsere Stadt damit umgeht.« Der Sheriff blieb stehen und musterte die Umgebung. »Ihr habt einen freien Bereich zwischen dem Haus und den Bäumen rundherum. Irgendwelche toten Winkel?«

»Es gibt Fenster auf allen vier Seiten, oben und unten, aber ich habe nicht nach toten Winkeln gesucht. Muss ich mal überprüfen.«

Sara entdeckte den Sheriff. »Das ist Papa.« Alle liefen, um ihn zu begrüßen, einschließlich der Hunde. Molly war die letzte, die den Sheriff erreichte.

Sie keuchte und stemmte die Hände in die Hüften, um Atem zu holen. »Verdammte Kinder rennen hier schnell rum.«

»Hallo, alte Frau. Ich hab dich vermisst.«

»Du bist älter«, sagte Molly, »und ich habe dich mehr vermisst.« Sie schlang ihre Arme um seinen Hals und küsste ihn.

»Igitt«, sagten Brett und Josh im Chor.

»Hat jemand etwas dagegen, wenn wir unsere Eier in die Stadt schicken, damit andere Leute auch Eier haben können?«, fragte Major. »Wir können ein paar Tage lang Haferbrei essen.«

»Das wäre eine willkommene Abwechslung«, sagte Molly.

»Ich mag Haferbrei«, sagte Rosalie, »aber ich konnte ihn nie so gut machen wie Mama.«

»Du hast Glück«, sagte Molly. »Deine Mama und ich hatten beide Hauswirtschaft in der Oberstufe. Wir waren nicht im selben Kurs, aber dieselbe Lehrerin hat uns unterrichtet. Deine Mama hat mir einmal gesagt, mein Haferbrei sei so gut wie ihrer.«

Rosalie legte den Kopf schief und sagte: »Wirklich, Tante Molly?«

»Jep. Du kannst urteilen.«

»Wir können dir ein blaues Band machen, wenn du gewinnst, Mami«, sagte Sara. »Oder ein rotes, wenn du Zweite wirst. Rosalie ist die Schiedsrichterin, stimmt's?«

»Ein Frühstückswettbewerb. Beste Idee aller Zeiten«, sagte der Sheriff und zwinkerte Molly zu.

Molly sagte mit leiser Stimme: »Manchmal ist das hier nicht der Bauernhof. Das ist der Zoo. Und du passt genau rein.«

Major lächelte, und die Schultern des Sheriffs zuckten vor Lachen. Die Kinder sahen zum Sheriff, um zu sehen, was der Witz war. Er zeigte auf Molly, die ihn anfunkelte.

»Lasst uns das Auto des Sheriffs beladen«, sagte Major. »Aimee Louise und Rosalie, sammelt die Eier in der Küche und überprüft die Nester. Wir schicken alles, was wir haben, mit. Der Rest von euch Kindern kommt mit mir. Ich brauche Hilfe, um die Sachen zum Auto zu tragen. Brett, würdest du den Lastenwagen zurück zur Scheune bringen?«

Brett rannte zu den Ställen und kehrte bald aus der Scheune zurück.

Die Bauernfamilie packte mit an und trug Reis und getrocknete Bohnen zum Auto des Sheriffs. Major holte ein gefrorenes Huhn aus dem Gefrierschrank.

»Major, ich kann dir nicht genug danken«, sagte der Sheriff.

»Das ist von uns allen«, sagte Major.

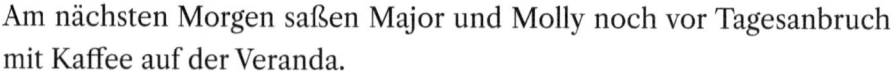

Am nächsten Morgen saßen Major und Molly noch vor Tagesanbruch mit Kaffee auf der Veranda.

»Wie geht es dir, Major?«, fragte Molly.

»Mir geht's gut«, sagte Major.

Molly nickte. »Lass mich das anders formulieren. Wie geht es dir wirklich, Major?«

Major schmunzelte. »Bevor Aimee Louise herkam, war ich einsam und nicht besonders motiviert, etwas dagegen zu unternehmen. Ich dachte, ich wäre glücklich mit meinem ruhigen, unkomplizierten Leben, bis es plötzlich in Chaos, Verantwortung und Lärm explodierte. Ich bin wirklich glücklich, aber noch dabei, mich anzupassen; ein wenig Zeit allein in der Scheune, wo ich Werkzeug hin und her räume oder es einfach nur anstarre, hilft mir. Wie ist es bei dir?«

»Mir geht's gut.« Molly kicherte. »Ich war immer stolz auf meine Organisiertheit und meine Fähigkeit, mein Leben so zu gestalten, dass es keine Überraschungen gab. Als die beiden Kinder in die Schule gingen, genossen Penny und ich unsere ruhigen Routinen. Ich verstehe, was du über das plötzliche Explodieren des Lebens in Chaos und Lärm meinst. Wenn es fast mehr wird, als ich ertragen kann, nehme ich mir eine Jodelpause, wie ich es nenne. Ich gehe in den Wald und jodle; für ungeübte Ohren klingt es vielleicht wie ein Schrei. Es ist sehr therapeutisch.«

Als das donnernde Gepolter von Füßen, die die Treppe herunterkamen, ihre Unterhaltung unterbrach, lächelte Molly. »Lass das Chaos beginnen: Es ist Showtime für den Frühstückswettbewerb.«

Als sie hineingingen, waren alle angezogen und in der Küche. Molly strich über die Vorderseite ihrer feurig-orangefarbenen Schürze mit roten Chilischoten, die sie trug. »Das ist meine Glücksschürze, weil sie Oma gehörte.«

Rosalie deckte den Tisch mit einer grünen Tischdecke und Stoffservietten mit Kleeblättern. Annie und Sara machten Namenskarten für jede Person. Die Jungen verschoben die Namenskarten.

»Es ist ein besserer Wettbewerb, wenn wir an verschiedenen Plätzen sitzen«, sagte Josh.

»Alle Wettbewerbe müssen ein Element der Überraschung haben«, fügte Brett hinzu.

»Das macht Sinn«, sagte Sara. »Ich werde es vielleicht bereuen, dass ich das gesagt habe.«

Major entspannte sich in seinem Sessel im Wohnzimmer, trank seinen Kaffee und hielt sich zurück. »Lass mich wissen, wenn ich helfen kann, Molly. Im Moment bade ich in der Energie.«

»Ich schaff das schon«, sagte Molly. »Aber du solltest bald deinen Platz finden.«

Alle fanden einen Platz am Tisch. Shadow nahm seinen Platz an der Hintertür ein, und Penny nahm ihren Platz neben Josh ein.

»Rosalie, du sprichst das Tischgebet«, sagte Brett.

»Danke für diese Familie. Danke für Haferbrei.«

»Amen«, sagten Brett und Josh.

Molly schöpfte Haferbrei, und Aimee Louise bediente zuerst Rosalie. Rosalie gab ein bisschen Zucker und Milch auf ihren Haferbrei. Josh tat viel Zucker und einige Rosinen auf seinen. Er nannte es »Käfer und Klumpen«. Brett machte sich auch »Käfer und Klumpen«. Annie und Sara bereiteten ihren Haferbrei wie Rosalie zu. Major streute ein wenig braunen Zucker auf seinen. Aimee Louise und Molly warteten.

Rosalie nahm einen Bissen. »Mmmm. Das schmeckt cremig; er ist nicht zu dick und nicht zu dünn.«

»Wie lautet das Urteil?«, fragte Annie.

Rosalie schwenkte ihren Löffel mit einer dramatischen Geste. »Noch ein Bissen.«

Nach ihrem zweiten Bissen sagte Rosalie: »Ich habe ein Urteil. Er ist so gut, wie Haferbrei nur sein kann. Er schmeckt für mich genau wie Mamas.«

Alle klatschten, und die Mädchen überreichten Molly das blaue Band.

»Gute Arbeit, Molly. Lasst uns essen«, sagte Major.

Nach dem Frühstück waren alle mit den morgendlichen Pflichten beschäftigt, als der Sheriff Major über Funk anrief.

»Bitte Molly, ihr Handy einzuschalten«, sagte der Sheriff.

Als ihr Handy klingelte, ging Molly nach draußen. Kurz darauf kam sie wieder herein.

»Teile der Stadt haben wieder Strom. Wir können packen. Wir fahren heute Nachmittag nach Hause oder spätestens morgen früh.«

Die Kinder sprangen, tanzten und klatschten sich ab.

»Annie und Josh haben gesagt, sie kommen mit uns nach Hause«, sagte Molly. »Der Sheriff hat ihren Onkel Lee angerufen, der meinte, es wäre besser für sie, zumindest das Schuljahr hier zu beenden. Eigentlich meinte er sogar, sie wären in einer Familie besser aufgehoben. Er hat keine Kinder mehr zu Hause. Alle erwachsen.«

»Es wird ruhig sein, wenn ihr weg seid. Wir werden traurig sein, euch gehen zu sehen«, sagte Rosalie.

»Ihr könnt uns jederzeit besuchen, wisst ihr«, sagte Molly. »Ihr könnt so lange oder kurz bleiben, wie ihr wollt.«

Aimee Louise schwieg ein paar Minuten. »Mir geht's gut, Tante Molly.«

»Ja, das tut es, Liebes. Ja, das tut es.« Molly half allen beim Packen.

»Major, ich nehme die Laken und Handtücher mit nach Hause, damit ich sie in meinen Maschinen waschen und trocknen kann«, sagte sie. »Bring mir deine Wäsche vorbei, bis ihr wieder Strom habt. Das ist das Mindeste, was ich tun kann nach allem, was du für uns getan hast.«

»Das würde auf jeden Fall Zeit sparen. Danke, werde ich machen.«

Als Molly und die Kinder in Richtung des Feldwegs nach Plainview abbogen, sagte Major: »Lasst uns die Tagesarbeiten erledigen. Molly hat Abendessen für uns im Ofen. Nach dem Abwasch und Duschen schauen wir uns die Fotos von unseren Wildkameras an.«

An diesem Abend zog Major ein Verlängerungskabel von einem Generator durch das Fenster des Computerraums. Aimee Louise steckte den Computer ein und schaltete ihn an. Als der Bildschirm aufleuchtete, rief Rosalie: »Es funktioniert, Papa. Komm rein.«

Aimee Louise schob die erste Karte ein und scrollte durch die Bilder.

Major rückte etwas näher an den Computer. »Nicht so viele Tiere wie vor der Explosion.«

»Aber Carl ist noch da. Siehst du sein gekerbtes Ohr?« Rosalie zeigte auf den Bildschirm.

Aimee Louise legte die zweite Karte ein. »Diese ist von der Ostseite des Grundstücks, in der Nähe der Straßen.«

»Nur vier Bilder«, sagte Rosalie, »aber sind diese drei Waschbären nicht die, die wir dort immer sehen?«

»Ich glaube, du hast recht«, sagte Major.

»Und die letzte ist von der Westweide«, sagte Aimee Louise.

Der Bildschirm wurde schwarz, und eine Meldung erschien: »SD-Karte ist nicht zugänglich. Die Datei oder das Verzeichnis ist beschädigt oder nicht lesbar.«

Aimee Louise warf die Karte aus und steckte sie wieder ein, mit dem gleichen Ergebnis. »Lass mich ein bisschen daran arbeiten«, sagte sie. »Ich sage Bescheid, wenn es klappt.«

Eine halbe Stunde später trat Aimee Louise ins Wohnzimmer. »Ich habe den Computer ausgeschaltet, weil ich die Karte immer noch nicht lesen kann.«

»Ich schalte die Generatoren aus.« Major ging zur Tür hinaus. »Wenn ihr heute Abend lesen wollt, holt eure Mini-Stirnlampen. Ich mache ein Feuer im Kamin, es sei denn, du möchtest das tun, Aimee Louise, und wir können uns ein bisschen entspannen, bevor wir schlafen gehen.«

»Ich würde gerne das Feuer machen. Können wir morgen die Kamera auf der Westweide überprüfen?«, fragte Aimee Louise.

Er hielt an und drehte sich um. »Was erwartest du zu finden?«

»Irgendetwas«, antwortete sie.

Kapitel Fünfzehn

Nach den morgendlichen Pflichten fragte Aimee Louise: »Ist es in Ordnung, wenn wir die Kamera auf der Westweide überprüfen?«

»Das wäre gut; ich komme als Sicherheit mit, dann können wir nach unserer Rückkehr zusammen das Mittagessen zubereiten«, sagte Major.

Aimee Louise und Rosalie warfen sich ihre Rucksäcke über. Shadow wirbelte herum und raste über den Hof.

Major beeilte sich, den Traktor zu starten.

»Shadow fordert uns gerade zu einem Wettrennen heraus«, sagte Rosalie.

Als die beiden Mädchen hinter Shadow herjagten, folgte Major. *Das ist etwas, was die Mädchen selbst machen wollten.*

Als sie bei der Westweide ankamen, sagte Rosalie: »Lasst uns ein paar Fotos machen.« Sie stand mit angewinkelten Ellbogen und geballten Fäusten da und spannte ihre Bizeps für die Kamera an, und Major rieb sich die Nase, um sein Lächeln zu verbergen.

Aimee Louise stellte sich neben Rosalie und sagte: »Hier, Shadow.«

Nachdem sie und Shadow für die Kamera posiert hatten, fragte sie: »Paps, ist es okay, wenn wir die Kamera mit zurücknehmen?«

Major neigte den Kopf. *Weiß nicht warum, aber ich schätze, wir werden später erfahren, wofür.*

»Ich sehe keinen Grund dagegen.«

»Ich nehme sie ab.« Rosalie löste den Riemen und verstaute die Kamera in ihrem Rucksack.

Als das Farmhaus in Sichtweite war, sagte Major: »Ich werde den Generator anwerfen und den Traktor später wegstellen.«

Aimee Louise rannte hinein; als der Generator ansprang, schaltete sie den Computer ein, und Major gesellte sich zu ihnen. Nachdem Rosalie Aimee Louise die Karte übergeben hatte, steckte sie diese in den Schlitz.

»Keine Fotos gefunden«, sagte Aimee Louise. Sie warf die Karte aus und schob sie mit festem Druck ein, um sicherzustellen, dass die Karte richtig saß.

»Jetzt wissen wir es; es liegt an der Kamera, nicht an der Karte«, sagte Major. »Ich habe eine Kamera, die ich eigentlich in der Nähe der Hühnerställe installieren wollte, aber wir können sie stattdessen auf der Westweide einsetzen.«

»Glaubst du, die Explosion hat die Kamera beschädigt?«, fragte Rosalie.

Er runzelte die Stirn. »Ich weiß nicht, was ich denken soll. Bereit, das Mittagessen vorzubereiten?«

»Wir fangen damit an, wenn du den Traktor wegbringen willst«, sagte Rosalie.

Nach dem Mittagessen beluden sie den Truck mit Büchern, die sie in der Bibliothek zurückgeben wollten, und den Eiern vom Morgen für Molly. Auf dem Weg in die Stadt sang Rosalie, und Aimee Louise summte harmonisch mit.

»Ist es okay, wenn ich euch mit den Büchern an der Bibliothek absetze?«, fragte Major. »Ich möchte beim Sheriff vorbeischauen. Ihr könnt gerne weitere Bücher ausleihen, wenn ihr wollt. Ich treffe euch dann mit den Eiern bei Molly.«

Die beiden Mädchen und der Hund sprangen aus dem Truck.

»Na, ich schätze, Shadow bleibt bei euch.« Major grinste.

Als Major in das Büro des Sheriffs schlenderte, blickte dieser von seinem Papierkram auf. »Bist du hier, um mich zu retten, Major? Ich hätte nichts gegen einen Spaziergang.«

Als sie um den Block gingen, fragte der Sheriff: »Was gibt's Neues?«

»Nicht viel, was gut ist; die Mädchen und ich haben die Wildkamera auf der Westweide überprüft, und es sieht aus, als wäre sie beschädigt. Es ist seltsam, denn obwohl sie die Explosion am nächsten liegt, sind das Gras und die Bäume in ihrer Nähe in Ordnung. Was ist bei dir los?«

»Die Erkenntnis über den möglichen Ernst des Stromausfalls muss sich durchgesetzt haben, denn die Leute sind plötzlich nervös. Unsere Anrufe wegen häuslicher Gewalt haben sich letzte Nacht verdreifacht. Wir haben den größten Teil des Morgens damit verbracht, Faustkämpfe im Lebensmittelgeschäft zu schlichten, und wir wurden letzte Nacht mit Anrufen wegen Stalkern überschwemmt, die sich als Nachbarn herausstellten, die mit ihrem Hund spazieren gehen; heute geht eine Petition für eine Ausgangssperre für Hunde herum. Was mich beunruhigt, ist, wie es wäre, wenn wir einen Stromausfall hätten, der länger als ein paar Tage dauern würde.«

»Trish hat mir immer gesagt, wie wichtig es ist, selbstversorgend zu sein, aber ich habe die Notwendigkeit nie wirklich gesehen. Ich werde einige ihrer alten Checklisten heraussuchen und sie durchgehen. Es war anders, als ich noch allein war; jetzt habe ich die Mädchen.«

»Ich weiß, was du meinst«, sagte der Sheriff. »Lass mich wissen, wenn du diese Listen findest; ich muss auch in die gleiche Richtung wie Trish denken.«

Als sie zu seinem Büro zurückkehrten, sagte der Sheriff: »Danke für die Pause.«

Major stieg in seinen Truck und machte sich auf den Weg zu Molly. *Wenn ich Trishs Liste nicht finden kann, wird diese Blog-Checkliste funktionieren.*

Major ging zur Seitentür der Starrs und rief: »Ist jemand zu Hause? Ich habe hier ein paar Eier.«

»Komm rein. Wir sind hier, Snackzeit: Käse und Cracker. Komm dazu, und danke für die Eier«, sagte Molly.

Während er aß, sagte Aimee Louise: »Paps, wenn wir einen zweiten Computer hätten, könnte ich ein WLAN-Netzwerk einrichten.«

»Wenn Aimee Louise und ich uns einen Computer teilen, wird es viel einfacher sein, unsere Hausaufgaben am Abend zu erledigen«, sagte Rosalie. »Wir können unsere Tierforschung machen und uns keine Sorgen machen, ob du arbeiten musst. Du musst dir keine Sorgen machen, ob wir den Computer brauchen, wenn du deine Farmaufzeichnungen aktualisierst.«

Major rieb sich das Kinn. »Könnten wir WLAN für drei Computer einrichten? Würde nicht jeder Computer einen Drucker brauchen?«

»Ja, aber wir brauchen keine drei Drucker«, sagte Aimee Louise.

»Aimee Louise könnte WLAN für drei Computer und einen gemeinsamen Drucker einrichten. Das ist einfach für sie. Aber wir können uns einen Computer teilen«, sagte Rosalie.

»Ich verstehe, aber ich würde lieber zwei Computer kaufen, damit ihr nicht teilen müsst. Was machen wir? Gehen wir hier zum Computerladen und schauen, was sie haben?«

»Das wäre der beste Anfang«, sagte Aimee Louise.

Nach Umarmungen und Verabschiedungen machten sich Major, die Mädchen und Shadow auf den Weg zum Computerladen.

***

Major hörte zu, während Aimee Louise mit dem Verkäufer sprach. Rosalie und Shadow standen zu beiden Seiten von Aimee Louise. Rosalie hatte den Blick zur Eingangstür gerichtet, und Shadow überwachte den Laden.

Interessant. Mir ist nie aufgefallen, dass Rosalie und Shadow Aimee Louise so beschützen. Er hob die Augenbrauen, während er sie beobachtete. *Und ich habe Aimee Louise noch nie so lebhaft gesehen, außer wenn sie mit Rosalie oder Shadow spricht.*

Nach einer langen Diskussion mit Aimee Louise kam der Verkäufer zu ihm herüber.

»Major Elliott? Aimee Louise und ich haben eine ziemlich gute Vorstellung davon, was Sie bezüglich zwei zusätzlicher Computer und einem Netzwerk mit WLAN benötigen, aber wir haben die Computer nicht hier, und wir haben keine Router. Ich habe zwar Verkabelung, aber Aimee Louise möchte zuerst die Hardware beschaffen. Klug. Ich schlage vor, Sie bestellen die Computer online und gehen für den Rest der Ausrüstung zum Elektronikladen in Mickleton. Aimee Louise kann ihnen erklären, was sie vorhat. Sie könnte alles online bestellen, aber es macht mehr Sinn für sie, für ihr erstes Netzwerk mit einem Technikexperten zu sprechen. Oh, und wir hatten eine große Kiste mit Werbe-USB-Sticks, aber die Firma ist pleite gegangen. Ich habe sie überprüft und weiß, dass sie keine Viren oder Malware enthalten. Ich habe Aimee Louise eine Tüte davon gegeben.«

Majors Augen weiteten sich. »Danke für Ihre Hilfe. Ausgezeichneter Vorschlag.«

Auf dem Heimweg schrieb Aimee Louise in ein Notizbuch, während Rosalie zusah.

»Sieht nach einem guten Plan für das WLAN-Netzwerk aus. Ich kann bei der Preisgestaltung für Computer und Hardware helfen«, sagte Rosalie.

»Das ist außerhalb meiner Liga, aber ich kann zuhören und lernen«, sagte Major. »Aimee Louise, du bist großartig. Ich war so beeindruckt und stolz, als ich dir zugehört habe. Ich wusste, dass du schlau bist, wie dein Vater.«

»Sag danke. Das ist alles, was du sagen musst«, sagte Rosalie.

»Danke, Paps. Ich liebe dich.«

Noch ein erstes Mal bei Aimee Louise.

»Ich liebe dich auch, Kleine«, sagte er.

»Hey«, sagte Rosalie. »Ich liebe euch beide. Z-W-E-I.«

»Ich liebe dich, Freundin.«

»Ich auch. Mach es Z-W-E-I, Rosalie«, sagte Major.

Nach einer angenehmen Stille fragte er: »Wo habt ihr gedacht, dass wir die Computer aufstellen? Brauchen wir noch zwei Schreibtische?«

»Aimee Louise hat Laptops angegeben. Wir werden keine Computertische brauchen«, sagte Rosalie. »Wir können am Esstisch sitzen, wenn wir Hausaufgaben machen, und im Wohnzimmer, wenn wir recherchieren.«

»Wann bestellen wir die Computer?«, fragte Major.

Rosalie tippte auf Aimee Louises Notizbuch. »Aimee Louise möchte sicherstellen, dass mein Computer die Power hat, die ich brauchen werde.«

»Ich muss ihre Bildungsziele verstehen«, fügte Aimee Louise hinzu.

»Klingt gut«, sagte Major. *Ich weiß, was Muskeln sind. Ich weiß nicht, was Computer-Muskeln sind. Und Bildungsziele? Ich werde viel von den beiden lernen.*

Als sie nach Hause kamen, sagte er: »Lasst uns die Generatoren überprüfen und etwas Brennholz aus dem Holzschuppen holen. Wie klingen Heidelbeerpfannkuchen und Bacon zum Abendessen heute? Ich werde kochen.«

»Ich liebe Heidelbeerpfannkuchen und Bacon«, sagte Rosalie. »Vielleicht mag ich alles Essen auf dem Bauernhof.«

———◄◯►———

Am nächsten Morgen fragte Major: »Was haltet ihr von einem Ausflug heute Nachmittag? Wir fahren zum Computerladen in Mickleton, und ihr könnt mit ihnen über Netzwerkausrüstung sprechen. Habt ihr euch für die Laptops und Software entschieden? Wir könnten jetzt bestellen, wenn ihr wisst, was ihr wollt.«

Rosalie reichte ihm ein Blatt Papier. »Wir haben diese Preisliste für dich zusammengestellt, damit du weißt, was Aimee Louise denkt.«

Major sah die Liste durch und hob die Augenbrauen. *Computer sind viel billiger als vor zehn Jahren, und Software ist teurer als früher, aber insgesamt sind die Gesamtkosten geringer als erwartet.* »Gut gemacht. Lass uns diese Bestellung aufgeben. Schaut über meine Schulter.«

Nach den Hausarbeiten und dem Mittagessen schaltete Major sein Handy ein, bevor sie losfuhren, um zu sehen, ob es Nachrichten gab, und las seine eine SMS von Molly. »Schule am Montag.«

»Mädels«, sagte er, »die Schule beginnt wieder am Montag. Heute ist Donnerstag. Wir haben ein langes Wochenende vor uns.«

»Ich bin traurig und glücklich«, sagte Aimee Louise.

»Ich weiß. Ich auch«, sagte Rosalie. »Ich hatte viel Spaß und habe auf dem Bauernhof so viel gelernt, aber ich möchte in der Schule nicht zurückfallen.«

Auf dem Weg in die Stadt sagte Rosalie: »Ich würde gerne die Möglichkeiten erforschen, ob Tierbewegungen und -verhalten das Wetter vorhersagen können.«

»Wo würdest du anfangen?«, fragte Aimee Louise.

»Vielleicht eine Studie oder ein Whitepaper finden, das ich als Modell verwenden könnte«, sagte Rosalie.

»Das erklärt, warum du das Buch über Wettervorhersagen geholt hast«, sagte Aimee Louise. »Hat es geholfen?«

»Ja. Es konzentrierte sich auf Wettersysteme, was eine große Hilfe war. Ich denke, wenn ich Wettersysteme verfolgen kann, kann ich das Verhalten der Tiere mit den verschiedenen Systemen in Zusammenhang bringen.«

Majors Herz schwoll an, als er mit seinem Truck in den dichten Autobahnverkehr einfädelte. *Meine zwei talentierten, intelligenten jungen Frauen.*

Aimee Louise umklammerte ihren Plan für das WLAN-Netzwerk, als sie den Elektronikladen betraten. Der Laden war voller als Major erwartet hatte.

Die junge Frau hinter der Theke war so groß wie Aimee Louise. Sie hatte tiefe Grübchen in ihrem runden Gesicht und schien fünf Jahre älter zu sein. Ihre kaffeebraune Haut ergänzte ihr türkisfarbenes Firmenhemd mit dem leuchtend roten Logo. Sie fragte: »Kann ich Ihnen mit etwas helfen?«

Aimee Louise reichte ihr die Liste und sagte: »Ich bin Aimee Louise.«

»Hallo, Aimee Louise. Ich bin Jennifer«, sagte sie und spiegelte Aimee Louises Sprachmuster wider.

»Haben Sie irgendwelche Empfehlungen für unseren Plan?«

Jennifer und Aimee Louise unterhielten sich über den Plan, während Rosalie zuhörte. Shadow blieb dicht bei ihnen.

»Wie viele Computer möchten Sie in Ihrem WLAN haben?«, fragte Jennifer.

»Drei«, antwortete Aimee Louise. »Und einen Drucker.«

»Ein Desktop und zwei Laptops?«, sagte Jennifer.

»Richtig«, sagte Aimee Louise.

»Das ist, was ich denke.« Sie zeigte auf die Liste, wo sie einige Dinge durchgestrichen und andere Notizen hinzugefügt hatte.

Major schlenderte umher, um sich die Geräte anzusehen. Rosalie fand ein Bücherregal. Sie untersuchte die Titel und las die Rückseiten. Shadow blieb bei Aimee Louise.

Als Major in die Nähe eines Mannes mittleren Alters schlenderte, nickte der Mann in Richtung Aimee Louise. »Ist das Ihre Tochter?«

»Enkeltochter.« Er lächelte.

»Sie ist brillant. Sie sind ein kluger Mann, dass Sie zurücktreten und sie das Projekt selbst in die Hand nehmen lassen.«

»Danke, aber ich bin mir nicht sicher, welche Wahl ich habe. Ich glaube nicht, dass ich dem Gespräch etwas Wertvolles hinzufügen könnte.«

Der Mann lachte. »Ich weiß, was Sie meinen. Jennifer ist meine Tochter. Ich bin vorbeigekommen, um sie zum Mittagessen abzuholen. Es ist eine solche Freude, ihr bei der Arbeit zuzusehen. Ich verstehe selten, was sie sagt, aber ich bin stolz auf sie.«

Aimee Louise kam zu Major. »Onkel Dan.«

Er presste die Lippen zusammen und schaute auf die Wanduhr. »Stimmt, wir sollten Onkel Dan zum Mittagessen treffen. Wenn du Rosalie holst, müssen wir flitzen.«

Aimee Louise stand neben Rosalie am Bücherregal. »Onkel Dan.«

»Richtig«, sagte Rosalie. »Ich verstehe.«

Die drei verließen den Elektronikladen, und die Mädchen kletterten in den Truck. Major scannte die Umgebung, bevor er die Fahrertür öffnete.

Als sie wegfuhren, fragte er: »Onkel Dan?«

Aimee Louise nickte. »Ein Mann mit einer Gefahrenwolke kam herein. Er sah sich um, aber unsere Rücken waren zu ihm gedreht.

Jennifer sagte, er mache sie nervös, weil er sich nicht wie ein typischer Kunde verhielt. Sie ging auch mit ihrem Vater weg; sie haben ein Wort, das sie bei Gefahr benutzen.«

»Lass uns ein Diner finden und einen guten Burger holen«, sagte Major. »Es ist nach der Mittagszeit, und wir brauchen etwas Gehirnnahrung.« Er warf einen Blick in seinen Rückspiegel. *Glaube nicht, dass wir verfolgt wurden, aber ich bin aus der Übung. Weniger verdächtig, wenn ich direkt zum Restaurant fahre. Will nicht aussehen, als würde ich versuchen, einen Verfolger abzuschütteln.*

Nachdem die Mädchen einen Tisch ausgesucht hatten, ließ sich Major auf einen Stuhl nieder, der zur Eingangstür zeigte. Aimee Louise und Rosalie teilten sich einen Burger, und als ihre Bestellung ankam, weiteten sich Rosalies Augen. »Gute Wahl unsererseits. Dieser Burger könnte drei Personen ernähren.«

Die Mädchen bestellten Schokoladen-Milchshakes, und Major bat um Kaffee. Er bestellte Pommes zu seinem Burger, und obwohl die Mädchen auch daran knabberten, blieben am Ende ihrer Mahlzeit noch Pommes übrig.

»Dessert?«, fragte der Kellner. Er grinste bei den Stöhnern. »Okay, dann. Nächstes Mal.«

Major nippte an seinem Kaffee. »Wann gehen wir zurück zum Elektronikladen?«

»Jennifer sagte, wir sollen hierher gehen für das, was wir brauchen.« Aimee Louise zog einen Zettel aus ihrer Tasche hervor.

»Gut«, sagte er. »Ich habe mich schon gefragt, wie lange wir warten sollten, bevor wir zurückgehen.«

— ◆ —

Als sie am kleinen Computerladen parkten, sagte Rosalie: »Ich warte im Truck. Ich will mir Notizen zu meinen Ideen für das Wetterprojekt machen.«

Aimee Louise gab ihre Liste dem Computerverkäufer, dann erhielten Major und Aimee Louise, während Major bezahlte, dieselbe Textnachricht von Rosalie: »Dan.«

Major nahm ihre Pakete, dann schlenderten sie aus dem Laden. Major warf einen Blick auf Rosalie, und sie neigte ihren Kopf nach links. Er folgte Aimee Louise zur Beifahrerseite. Nachdem Aimee Louise und die Pakete im Truck waren, hob Major seine Hand, um seine Kappe zu richten, bewegte sich zur Fahrerseite und fuhr langsam aus dem Parkplatz.

»Was hast du gesehen, Rosalie?«, fragte Major.

»Es war der Mann aus dem Elektronikladen.« Rosalie erschauderte.

»Schreib auf, woran du dich über ihn erinnerst, und füge hinzu, was Aimee Louise gesagt hat. Ich werde morgen mit dem Sheriff sprechen. Lass uns nach Hause gehen.«

——◆◇◆——

Howie eilte in den Kiosk und stellte sich dann in die Schlange, um für seinen Kaugummi und eine Flasche Wasser zu bezahlen. *Bisher funktioniert der Kaugummi, seit ich vor neun Tagen mit dem Rauchen aufgehört habe.*

Die Schlange an der Kasse stockte mit drei Leuten vor ihm. Er trippelte mit den Füßen und ballte seine Hände, um sich davon abzuhalten, die Kundin an der Kasse zu packen und zu schütteln. *Halt die Klappe und bezahl! Niemanden interessiert dein kranker Ehemann.* Sein Gesicht fühlte sich heiß an, und er wischte sich über die feuchte Stirn.

Die junge Frau, die vor ihm stand, hielt die Kapuze eines kleinen Mädchens fest. Sie warf ihm einen Blick zu und umklammerte die Hand des Kindes, während sie den Gallonen Milch zurück in den Kühlschrank stellte und Howie mit gesenktem Kopf vorsichtig umging, bevor sie hinausging.

Beruhig dich. Nie gut, wenn Leute dich bemerken. Er atmete ein und wieder aus.

Dieser Laden wäre ein Kinderspiel. Nur ein Kassierer. Niedriger Tresen. Keine Sicht auf die Kasse von außen. Ihre Überwachungskamera sieht uralt aus. Ich wette, die ist nicht mal an irgendetwas angeschlossen. Leichter Treffer.

Als er zu seinem Auto zurückkehrte, tätigte er seinen Anruf.

»Hey, Boss. Ich bin's, Howie. Ich habe drei von diesen Elektronikgeschäften überprüft. Ich bin jetzt beim letzten. Es sieht nach einem kleinen Betrieb aus, und ich habe keine Liefertür auf der Rückseite gesehen. Der erste Laden auf der Liste ist Ihre beste Wahl. Er befindet sich in einem Einkaufszentrum mit einem Nagelstudio auf der einen Seite und einem Versicherungsagenten auf der anderen. Er liegt in der Mitte der Ladenreihe, und hinter ihnen ist ein Selbstlagerplatz. Der Elektronikladen schien einige hochentwickelte Überwachungsgeräte zu haben, und sie haben Sensoren für Ladendiebe, aber ich habe einen einfachen Zugang auf der Rückseite gefunden. Sie werden nie erraten, wen ich im ersten Laden gesehen habe: diesen Farmer und seine beiden neugierigen Kinder.«

Howie hörte zu. »Nö, die haben mich nicht mal bemerkt. Eines der Mädchen hatte eine Liste dabei. Vielleicht für ein Schulprojekt oder so, aber sie haben nichts gekauft. Müssen wohl die Preise vergleichen.«

Als der Boss schrie, hielt Howie das Telefon vom Ohr weg. »Ich bin sicher, dass sie mich nicht gesehen haben. Der Farmer hat mit einem alten Mann geredet, und die Mädchen waren mit dem Verkäufer beschäftigt.«

Nach einer weiteren Tirade fuhr Howie fort: »Um sicherzugehen, bin ich ihnen gefolgt, und sie sind direkt zu einem Restaurant gegangen. Ich habe eine Weile gewartet, und sie sind nicht herausgekommen.«

Howie beantwortete eine weitere Frage. »Nein, sie haben nicht gesehen, dass ich ihnen gefolgt bin.«

Tut mir echt leid, dass ich überhaupt etwas gesagt habe, aber es wäre großer Ärger, wenn der Boss es später herausfinden würde. Howie biss sich auf die Lippe. *Hab dem Boss immer noch nichts vom Stiefbruder erzählt, aber da kann mich niemand verpfeifen.*

»Okay, ich werde nicht in diesen letzten Laden gehen. Ja, ich werde abhauen. Sofort. Ja, ich werde Bescheid geben, wenn sonst noch was passiert.«

Nachdem er aufgelegt hatte, schaute Howie auf sein Telefon. Er erwartete fast, dass der Boss danach greifen und ihn an der Kehle packen würde, und er erschauderte. *Der Boss kann sich echt aufregen.*

KAPITEL SECHZEHN

Major bog auf die Straße zum Gaston-Haus ein, und Shadow rannte auf den Truck zu. Aimee Louise und Rosalie rutschten aufgeregt auf ihren Sitzen hin und her.

»Das ist Shadow«, sagte Aimee Louise. Shadow jaulte zur Begrüßung.

Er hielt den Truck an. »Wollt ihr, dass Shadow mit uns fährt?«

»Oh, nein«, sagte Aimee Louise, während sie und Rosalie aus dem Truck sprangen. »Wir laufen.«

Keine Überraschung.

Major fuhr in seine Einfahrt und runzelte die Stirn, als er einen Wagen vor dem Haus parken sah. Seine Muskeln spannten sich an, und sein Verstand schaltete sofort auf den Schutz seiner Mädchen um. Er entriegelte die Mittelkonsole des Trucks, nahm seine Pistole samt Holster heraus und steckte sie in seinen Gürtel. Er parkte seinen Truck so, dass er zwischen ihm und dem wartenden Mann stand.

Major stieg aus dem Truck, nahm eine entspannte Haltung an und musterte den hageren Mann, während dieser schnell mit ausgestreckter Hand auf ihn zukam. Major runzelte die Stirn.

Marty hat eine Menge Gewicht verloren, und er hat Wunden und Krusten im Gesicht. Nicht gut.

»Major, schön dich zu sehen«, sagte Marty.

Major verengte seine Augen. »Nun, das ist eine Überraschung. Rosalie und Aimee Louise werden gleich hier sein. Sie laufen mit Shadow von der Straße nach Hause.«

Marty drehte sich um, beschattete seine Augen mit dem Arm und spähte in Richtung des Bauernhauses. »Wie geht es euch so? Ich möchte mich entschuldigen, dass ich nicht früher vorbeigekommen bin. Die Zeit vergeht so schnell. Braucht Rosie irgendetwas, womit ich ihr helfen kann?«

»Nein, mir fällt nichts ein. Die Mädchen sind immer beschäftigt, aber sie wird sich freuen, dass du hier bist.«

»Hi, Rosie.« Marty winkte. »Wie geht's meinem Mädchen?«

Rosalie rannte zu ihrem Vater, und er stoppte ihre Annäherung mit seiner Hand auf ihrer Schulter.

»Mir geht's gut«, sagte sie. »Wie geht's Mama?«

Aimee Louise stellte sich dicht neben Rosalie.

Marty ließ seine Hand sinken. »Rosie, es geht ihr nicht gut. Die Ärzte haben festgestellt, dass sie fortgeschrittenen Krebs hat. Das könnte der Grund sein, warum sie ständig so müde war. Ich kann dich zu Besuch mitnehmen, wenn du möchtest.«

»Krebs? Sind sie sicher?« Rosalie trat zurück und blinzelte. »Ja, ich möchte Mama sehen, und ich würde gerne hierher zurückkommen, wenn das für Pops in Ordnung ist.«

Sie blickte zu Pops, der nickte. Aimee Louise kaute an ihrem Kragen und beobachtete Marty.

Rosalie sagte: »Wann können wir los? Fahren wir jetzt?«

»Ich hole dich morgen früh ab«, sagte Marty.

Major kniff die Augen zusammen und untersuchte Martys Gesicht. *Die Idee gefällt mir nicht besonders, aber vielleicht könnten Aimee Louise und ich ihnen folgen.*

»Okay, Dad. Ich liebe dich, aber ich habe so viel auf der Farm zu tun.«

Marty klopfte auf Rosalies Schulter. »Ich verstehe. Liebe dich auch. Ich bin morgen früh gleich hier.«

Er eilte zu seinem Auto und fuhr in einer Staubwolke davon.

»Es tut mir leid wegen deiner Mama«, sagte Aimee Louise.

»Danke. Mir auch.«

Als die drei die Kisten mit der Netzwerkausrüstung ins Haus trugen, gingen die Lichter an.

Major sagte: »Könnt ihr das glauben? Der Strom ist da.«

Die Mädchen quietschten, und Shadow bellte. Rosalie hüpfte und tanzte, und Aimee Louise drehte sich im Kreis.

Irgendwie hätte ich auch Lust zu tanzen und mich zu drehen.

Er grinste. »Ich werde die Generatoren abschalten, die Verlängerungskabel aufrollen und einen Braten aus der Tiefkühltruhe für den Schongarer morgen herausholen. Und Wäsche waschen.«

»Nachdem wir die Ausrüstung ausgepackt haben«, sagte Rosalie, »möchte ich duschen.«

Am nächsten Morgen stand Major vor der Dämmerung auf. Er saß mit seinem Kaffee und Shadow auf der Veranda. *Jetzt verstehe ich, warum Aimee Louise den Sonnenaufgang so liebt. Friedlich.* Die Tür knarrte, als sie sich hinter ihm öffnete.

Aimee Louise sagte: »Ich schaue gerne zu, wie die Sonne aufgeht.«

»Ich auch«, stimmte er zu. »Ich habe gelernt, jeden frischen, neuen Tag zu genießen. Ich bin froh, dass wir zusammen auf der Farm sind.«

Major und Aimee Louise lehnten sich in ihren Stühlen zurück und beobachteten in stiller Gesellschaft, wie sich der Himmel von Dunkel zu Hellgrau zu Hellblau mit rosa Streifen verwandelte.

»Guten Morgen, Sonne. Pops, ich vermisse Mama und Dad, aber du und Rosalie seid auch meine Familie. Und Shadow.«

Shadows Ohren stellten sich auf, er kam näher und lehnte sich an Aimee Louise.

»Das ist eine Hundeumarmung, weißt du.«

»Ja.« Aimee Louise umarmte Shadow. »Kann ich dich etwas fragen, Pops?«

»Nur zu. Alles.«

»Wo sind Mama und Dad begraben?«

»Im Gedenkgarten der Kirche in Plainview. Pastor John hat einen kurzen Bestattungsgottesdienst gehalten und wird die Gedenkfeier leiten, wenn du bereit bist.«

»Ich bin froh, dass Mama und Dad einen besonderen Gottesdienst hatten, aber ich bin noch nicht bereit, Auf Wiedersehen zu sagen.«

Ich habe den Zusammenhang nie hergestellt. Sie sieht den Gottesdienst als einen endgültigen Abschied. Major nickte. »Ich glaube, ich verstehe. Wir können warten, bis du bereit bist.«

Rosalie erschien in der Türöffnung und gähnte. »Wann gibt's Frühstück?«

»Sobald ich aus meinem Stuhl aufstehe«, sagte Major. »Ich muss heute einige Dinge in Mickleton erledigen, Rosalie. Was hältst du davon, wenn Aimee Louise und ich dir und deinem Vater zum Krankenhaus folgen? Dann könntest du nach dem Besuch bei deiner Mutter mit uns nach Hause fahren.«

»Das wäre schön. Wirst du mit Dad sprechen?«

»Ja, werde ich.«

Rosalie setzte sich auf die Veranda. »Ich mache mir Sorgen um Mama. Wir haben nichts gehört, bis Dad gestern auftauchte und sagte, sie hätte fortgeschrittenen Krebs.«

Aimee Louise schob ihre Hand in ihren Sweatshirt-Ärmel und tätschelte Rosalies Hand.

»Danke, Aimee Louise.«

Major lächelte. *Noch ein Durchbruch für Aimee Louise.*

Später am Vormittag rumpelte ein schwerer Laster die Straße entlang; Major und Shadow eilten zum Tor, um es für den Propangaswagen zu öffnen.

Als der Mann aus seinem Wagen stieg, schüttelte Major ihm die Hand. »Ich war nicht sicher, wann du hier sein würdest.«

»Ich auch nicht. Es gibt Gerüchte, dass die Hauptniederlassung uns schließen will, also bedienen wir so viele Kunden wie möglich, bis man uns sagt, wir sollen unsere Schlüssel im Büro lassen. Verdammt blöder Zeitpunkt, um Panik zu schieben, wenn du mich fragst; sie haben alle Schiss, aber ich weiß nicht warum. Einige Jungs meinen, irgendein Konzern oder so kauft sie auf. Nachdem ich bei dir fertig bin, fülle ich den Tank meiner Mama und dann meinen eigenen, bevor ich ins Büro zurückfahre, um zu sehen, ob ich gefeuert bin. Ich habe gestern mein Handy ausgeschaltet.«

»Alles Gute für dich und deine Familie.«

»Danke, Major; dir auch.«

Major und Shadow gingen ins Haus, damit der Mann arbeiten konnte.

Kurz nachdem der Propanwagen weggefahren war, packte Rosalie Sandwiches für das Mittagessen, während Aimee Louise Äpfel wusch und Major den Schmorbraten, die Kartoffeln und Karotten in den Slowcooker warf. Als Marty vorfuhr, ging Major hinaus, um ihn zu begrüßen, während die Mädchen ihre Rucksäcke schnappten.

Marty öffnete seine Autotür. »Na, dann los, Rosie. Ihr Arzt meinte, die Vormittage sind am besten für Jolene.«

Major und Aimee Louise sprangen mit ihren Rucksäcken in den weißen Truck. Shadow trottete zu seinem Wachposten in der Sonne und ließ sich fallen.

Auf dem Weg zum Krankenhaus sagte Major: »Wenn wir zurückkommen, können wir uns um die Hühner kümmern. Danach kannst du am Netzwerk arbeiten, und ich habe einige Zaunreparaturen zu erledigen.«

Aimee Louise nickte und schaute nach Rindern, Ziegen und Pferden auf den offenen Feldern. Sie las Schilder und beobachtete die Wolken. »Sieben Kühe auf dem Feld. Pops, was genau müssen wir in Mickleton erledigen?«

»Das habe ich noch nicht ganz rausgefunden. Wir können einkaufen oder wandern gehen. Es gibt einen Staatspark in der Nähe des Krankenhauses.«

»Also, was sind diese Dinge, die du in Mickleton erledigen musst?«

»Sicherstellen, dass Rosalie in Sicherheit ist.«

»Ich mag die Wolke ihres Vaters nicht.« Sie zupfte an ihrem Sweatshirtärmel. »Es ist nicht genau eine Onkel-Dan-Wolke. Es ist eher wie eine Etwas-verstecken-Wolke. Oder krank, aber nicht wie krank und wieder gesund werden. Es ist schwer, die richtigen Worte zu finden, aber es ist nicht gut.«

»Das muss der Grund sein, warum ich nach Mickleton wollte. Es fällt mir auch schwer, die Worte zu finden. Ich habe ein paar Dinge, die ich gerne zur Hand hätte. Lass uns beim Landladen vorbeischauen, dann können wir auf dem Krankenhausparkplatz warten.«

Als sie beim Landladen ankamen, sagte Major: »Ich habe keine Ersatzreifen für den Traktor, und es würde nicht schaden, etwas Hühnerfutter mitzunehmen, wenn wir schon hier sind. Fällt dir noch etwas ein?«

»Wir haben fast kein Hundefutter und keine Leckerlis mehr für Shadow«, sagte Aimee Louise.

»Ich nehme auf dem Weg hinein eine Packung mit«, sagte Major.

Als sie im Landladen ankamen, fand Major einen langen Einkaufswagen und steuerte auf den Gang mit Hühnerfutter und Hundefutter zu. Aimee Louise blieb bei der Kleidung in der Nähe des Eingangs stehen und suchte Lederhandschuhe für sich und Rosalie aus, bevor sie zu Major stieß.

»Gute Idee; ein Ersatzpaar für mich würde auch nicht schaden.«

Major schob den vollbeladenen Wagen zu den Reifen, und Aimee Louise nahm Leckerlis für Shadow und Antiseptikum für Tierwunden mit.

Als sie zu Major kam, sagte er: »Ich habe die richtige Größe gefunden, aber ich brauche einen Wagen.«

»Ich hole einen«, sagte Aimee Louise.

Als sie mit dem Wagen zurückkam, lud Major die Reifen auf. Während Aimee Louise mit ihren zwei Wagen in der Schlange stand, suchte Major Handschuhe und ein Set Steckschlüssel aus, die im Angebot waren.

Nachdem sie bezahlt und ihre Wagen zum Truck geschoben hatten, lud Major die großen Sachen auf die Ladefläche des Trucks und warf einen Blick auf die anderen Geschäfte in der Nähe. »Da ist ein Second-Hand-Laden. Deine Oma liebte Second-Hand-Läden. Sie kaufte gelegentlich ein paar Sachen, aber sie stöberte einfach gerne.«

»Ich war noch nie in einem Second-Hand-Laden«, sagte Aimee Louise.

»Möchtest du sehen, was es dort gibt?«, fragte Major.

»Nein, die Gänge könnten zu eng sein.«

Major nickte. *Ich verstehe das nicht, aber das ist in Ordnung.*

»Bist du bereit, auf dem Krankenhausparkplatz zu sitzen?«, fragte er.

»Ja. Mein Freund wartet vielleicht schon.«

Nachdem Major geparkt hatte, deutete Aimee Louise darauf hin. »Sie kam aus dem Besuchereingang.« Aimee Louise winkte, und Rosalie rannte zum Truck.

Marty bedeutete Major, zu ihm zu kommen, während Rosalie in den Truck kletterte. Major verengte seine Augen, als Marty unruhig zappelte und sein Gesicht kratzte. »Ich werde nicht lange brauchen, Mädels.«

Sobald Major nahe war, sagte Marty: »Jolene ging es viel schlechter als letzte Woche. Ihr Arzt erwartet nicht.«

Marty presste seine Lippen zusammen und schaute weg. »Tut mir leid. Ihr Arzt sagte, sie schafft es vielleicht nicht durch die Nacht.«

»Das tut mir leid, Marty. Weiß Rosalie davon?«

»Ich habe es ihr nicht direkt gesagt, aber sie wusste, dass es das letzte Mal war, dass sie Zeit mit Jolene verbringen würde. Rosie wollte bis zum Ende bei ihrer Mutter bleiben. Jolene hat mich versprechen lassen, dass ich das nicht zulasse. Das alles ist schwer.« Marty senkte seinen Kopf.

»Was kann ich tun?«, fragte Major. »Wollten Sie Rosalie mit zu sich nach Hause nehmen?«

»Nein, sie möchte auf der Farm bleiben. Ich könnte jetzt auch nicht nach Hause gehen. Ich werde heute Nacht und morgen bei Jolene bleiben, und ich muss arbeiten.«

Marty starrte in den Himmel und räusperte sich. »Mir wurde eine neue Stelle angeboten. Würden Sie Rosies vorübergehender Vormund sein? Ich muss vielleicht ins Ausland reisen; meine Krankenversicherung deckt sie ab, und ich werde eine Leibrente für ihren Lebensunterhalt abschließen.«

Nachdem Marty tief Luft geholt hatte, fuhr er mit den Händen über seine Wangen und drehte seinen Kopf weg.

Marty sieht mir nicht mehr in die Augen. Was ist los mit ihm? Wirkt seltsam. Dramatisch.

»Rosalie kann so lange bei uns bleiben, wie sie möchte«, sagte Major. »Und ich könnte ihr Vormund sein, wenn es das Beste für sie ist. Ich brauche aber kein Geld dafür. Wollen Sie mit ihr sprechen, bevor Sie gehen?«

»Nein, wir haben uns verabschiedet. Ich gehe zurück zu Jolene.«

»Nun, ich werde Sie nicht aufhalten. Unsere Gebete sind bei Ihnen.«

Marty ging zu seinem Auto. Major runzelte die Stirn, erinnerte sich aber an die Stunden vor und nach Trishs Tod, und sein Herz schmerzte, als er zum Truck zurückging.

Auf dem Heimweg hielt Major an einem Rastplatz, und die drei aßen ihre Sandwiches schweigend an einem Picknicktisch. Sie setzten ihre melancholische Fahrt zur Farm fort.

»Rosalie, wenn du eine Pause machen und die Hühner auslassen möchtest, können Aimee Louise und ich das übernehmen«, sagte Major.

»Nein, Pops. Ich möchte bei den Hühnern helfen.«

Nachdem die Mädchen ihre Aufgaben erledigt hatten, rannte Aimee Louise in den Computerraum, um am Netzwerk zu arbeiten, mit Rosalie und Shadow direkt hinter ihr.

Major arbeitete bis zur Dämmerung an den Zäunen.

Als er ins Haus kam, überwältigte der Duft des Schmorbraten seine Sinne, und sein Magen knurrte.

»Hast du geschnurrt, alter Junge?«

Aimee Louise saß auf dem Boden in der Nähe des Computertischs, wo sie das zusätzliche Kabel zu einer ordentlichen Acht zusammenwickelte.

»Pops, Aimee Louise hat alles so weit, dass sie für die Laptops bereit ist, und die kommen nächste Woche an«, sagte Rosalie. »Sie ist erstaunlich.«

»Ja, das ist sie«, stimmte Major zu.

»Sie ist direkt hier«, sagte Aimee Louise. »Hey, ich habe etwas Lustiges gesagt.«

»Das hast du«, sagte Rosalie. »Gut gemacht.«

»Ich bin bereit für den Schmorbraten und muss die Soße machen. Will jemand einen Salat zusammenstellen?«, fragte Major.

»Ich würde gerne, aber ich weiß nicht«, sagte Rosalie.

»Es tut mir so leid«, sagte Major.

»Ich kümmere mich darum«, sagte Aimee Louise.

Während des Abendessens schoben alle drei heimlich Stücke vom Schmorbraten zu Shadow hinüber.

»Ich bin so froh, dass ich bei Mama sein und mit ihr singen konnte. Sie wusste, wie krank sie war. Wir haben geredet.«

Rosalie biss sich auf die Lippe. »Mama sagte, ich müsste in Sicherheit sein und bei euch bleiben, und noch einige andere Dinge.«

Tränen liefen über Rosalies Gesicht. Sie versuchte, sie mit ihrem Ärmel wegzuwischen, aber sie waren unerbittlich.

Aimee Louise schüttelte den Kopf. »Das tut mir leid.«

»Ich weiß, dass du das verstehst. Können wir heute Abend Musik hören und lesen? Ich möchte zusammen sein, weil wir eine Familie sind.«

»Das werden wir tun«, sagte Major. »Klingt gut für mich.«

Das Haustelefon klingelte. Es erschreckte sie, weil es so lange her war, seit sie es gehört hatten.

Major antwortete: »Ich glaube nicht. Ja, ich werde fragen.«

Er bedeckte das Telefon mit seiner Hand.

»Der Gedenkgottesdienst für die Gastons ist für nächsten Samstag geplant. Pastor John sagte, Annie und Josh möchten, dass Rosalie singt. Ich sagte, ich glaube nicht, aber es liegt an dir, Rosalie.«

»Ich würde das gerne für Annie und Josh tun, aber ich brauche ein bisschen Zeit, um darüber nachzudenken. Ist das okay?«

»Ich werde es Pastor John sagen.«

Nachdem er aufgelegt hatte, sagte Major: »Pastor John möchte wissen, ob wir am Sonntag in die Kirche kommen. Rosalie, er fragte, ob du gerne mit dem Chor singen möchtest. Ich sagte, vielleicht.«

»Aimee Louise, wirst du auch im Chor sein und mit mir summen, wenn ich singe?«

»Bekomme ich dann ein Chorgewand?«

Rosalie nickte. »Pops, wir machen das, wenn wir Chormäntel tragen dürfen.«

Major seufzte. Pastor John hatte jahrelang versucht, ihn in die Kirche zu bekommen. Er würde lachen, wenn er wüsste, dass alles, was es brauchte, ein paar Chormäntel waren.

Major schaltete das Radio ein. »Schön, wieder Musik zu haben. Ich mache ein Feuer. Ihr beiden könnt lesen, und ich hole etwas Computerarbeit nach.«

»Darf ich beim Feuer helfen?«, fragte Aimee Louise.

»Natürlich. Dein Vater hat auch immer gerne das Anzündholz und Brennholz im Kamin geschichtet«, sagte er.

Nach einem entspannten Abend ohne weitere Unterbrechungen nahmen die Mädchen Duschen und sagten gute Nacht. Major und Shadow gingen nach draußen, um das Haus zu kontrollieren.

»Harter Tag«, sagte Major zu Shadow, »aber unsere Familie ist stark.«

———◆◇◆———

Nach dem Frühstück knurrte Shadow und ließ ein einzelnes Bellen hören. Major eilte zur Tür und sah, wie Martys Auto am Hoftor abbog. »Rosalie, dein Vater ist da.«

Aimee Louise rückte näher an Rosalie heran, und die beiden standen Schulter an Schulter, als Marty zur Tür hereinkam.

Als Marty sich auf das Ledersofa setzte, nahmen Rosalie und Aimee Louise auf dem alten blau-roten Karosofa ihm gegenüber Platz. Major und Shadow standen im Türrahmen.

Marty schaute nach unten und fuhr sich mit der Hand durchs Haar. »Rosie, Mama ist heute früh gestorben. Deine Idee zu bleiben fand ich gut; ich bin froh, dass ich bei ihr war.«

»Danke, Papa.« Rosalie biss sich auf die Lippe und verschränkte die Arme. Aimee Louise rückte näher an sie heran.

Marty stand auf und schüttelte den Kopf. »Es tut mir leid, Rosie.«

»Wir werden morgen in der Kirche sein. Wir singen vielleicht im Chor. Möchten Sie kommen?«, fragte Rosalie mit brechender Stimme.

»Ich weiß nicht, Rosie.« Er ging mit gesenktem Kopf.

»Deine Wolke ist traurig«, sagte Aimee Louise.

»Ja. Ich bin traurig.« Tränen liefen über ihr Gesicht. »Mama war zu lange krank und ist zu früh gestorben. Das ist nicht fair.«

Aimee Louise saß schweigend da, während Rosalie schluchzte. Major brachte Rosalie Taschentücher und setzte sich auf ihre andere Seite.

Rosalie holte tief Luft und atmete aus. »Mama war gerne draußen, bevor sie krank wurde. Lass uns rausgehen, Aimee Louise.«

Major sagte: »Da gehen zwei starke Frauen.«

Shadow jaulte zustimmend.

KAPITEL SIEBZEHN

Nach dem Mittagessen schien ein Lieferwagen auf der Schotterstraße von einer Staubwolke verfolgt zu werden.

»Können wir dem Wagen entgegenlaufen, Papa?«, fragte Rosalie.

»Nein, nicht diesmal. Ich muss die Computer unterschreiben.«

Aimee Louise fragte mit trauriger Stimme: »Willst du nicht mit uns laufen?«

»Toller Witz«, sagte Rosalie. »Nichts für ungut, Papa.«

»Gut gemacht; ihr beide habt mich durchschaut.« Er lächelte und ging zur Tür.

Nachdem Major den Lieferschein unterschrieben hatte, trugen die Mädchen die Ausrüstung hinein und öffneten die Kartons.

Major stand ein paar Minuten da. »Ich habe noch einiges zu erledigen. Ruft mich, wenn ihr meine Hilfe braucht. Ha. Jetzt habe ich auch einen Witz gemacht.«

Er stand auf der hinteren Veranda und blickte zum Horizont. *Als wir zwei Tage vor der Explosion die Kamera überprüften, waren auf allen Bildern nur Wildtiere zu sehen. Danach fiel die Kamera aus. Ich muss die Explosionsstelle überprüfen.*

Major stand an der Tür zum Computerraum. »Ich fahre jetzt zur westlichen Weide.«

Als er in die Küche kam, merkte er, dass ihn niemand beachtet hatte. Er drehte sich um und klopfte an den Türpfosten. »Hey. Westweide mit dem Traktor. Bin nicht lange weg.«

Rosalie winkte, ohne aufzusehen. »Okay, Papa. Wir bleiben hier.« Sie saß mit Shadow auf dem Boden, während Aimee Louise die Laptops einrichtete.

»Bleibst du hier und bewachst deine Mädchen?« Shadow sah ihn an und wedelte mit seinem buschigen Schwanz.

Major startete den Traktor. *Ich sollte über ein ATV nachdenken, oder besser noch ein Nutz-ATV, wie auch immer die heißen. Gibt es ATV-Sicherheitskurse, die die Mädchen belegen könnten? Ich werde mit dem Sheriff sprechen.*

Major hielt den Traktor in der Nähe des westlichen Kamerastandorts an und entdeckte mehrere gut befahrene Wege. Er ging ein paar Meter und untersuchte die auseinanderlaufenden Pfade. Zwei von ihnen wurden schmaler und schwenkten an verschiedenen Stellen in einen großen Bestand aus Sägepalmen mit dicken Stämmen und drei bis sechs Fuß breiten Fächerblättern. Die silbrig-grünen Kanten der kurzen Palmen waren mit scharfen Dornen besetzt.

Unmöglich, mit übergroßen Rucksäcken durch dieses Dickicht zu kommen.

Ein Pfad blieb nahe an den Stromleitungen und wich nur aus, um Hindernisse wie die Flächen mit ungerodeten Büschen zu umgehen. Major eilte zurück zu seinem Traktor. Er fuhr entlang der Trasse und blieb in Sichtweite des Pfades.

Major kam zu einem Zaunabschnitt mit Zugang zur Trasse. Er fuhr durch die Öffnung und bemerkte Spuren von motorisiertem Verkehr. Als er die verschiedenen Arten von Reifenspuren untersuchte, die von zahllosen Fahrzeugen stammten, verkrampfte sich sein Magen. *Nie bemerkt, dass wir so viel Aktivität so nah am Hof haben.*

Major erreichte den Rand der Explosionsbrandstelle. Er erkundete den verkohlten Umkreis und entdeckte etwa dreißig Meter von der Umspannstation entfernt eine erhebliche Erhöhung. Die der Umspannstation abgewandte Seite zeigte keine Spuren der Nachwirkungen.

Da würde ich sein, wenn ich eine Explosion erwarten würde.

Als er in Richtung Umspannstation ging, trat er gegen etwas Hartes, das im Schutt vergraben lag. Er stocherte mit dem Fuß durch die Asche und den Schutt und legte eine geschmolzene Plastikmasse frei; ist das ein Handy?

Das ist seltsam. Ich werde es zum Sheriff bringen.

Er steckte es in seine Tasche. Als er in Sichtweite des Bauernhauses war, liefen ihm die beiden Mädchen entgegen.

»Papa, der Sheriff hat angerufen. Er ist auf dem Weg hierher«, sagte Aimee Louise.

»Jennifer aus dem Elektronikladen hat auch angerufen«, fügte Rosalie hinzu. »Jemand hat den Laden letzte Nacht ausgeraubt und ihre Sicherheitskameras wurden zerstört. Glaubst du, es war der Gefahrenwolken-Typ? Sie hat der Polizei von ihm erzählt, und sie wollen vielleicht mit uns sprechen.«

»Noch mehr Kameraprobleme? Interessant. Ich werde dem Sheriff erzählen, was Jennifer gesagt hat. Wünsche fürs Abendessen? Ich habe ein Hähnchen aufgetaut. Wie wäre es mit BBQ-Hähnchen und Ofenkartoffeln?«

»Wir machen einen Salat und eines von Omas Salatdressings«, sagte Aimee Louise.

»Unsere Computer sind alle eingerichtet«, sagte Rosalie. »Als Nächstes planen wir, was wir morgen in der Kirche anziehen werden.«

Major murmelte, als er zur Tür hinausging. »Ja, morgen Kirche.«

»Hatte er eine mürrische Wolke, Freundin?«, fragte Rosalie.

»Allerdings.« Die Mädchen kicherten.

Major rief vom Vorgarten: »Ich habe das gehört.«

Das Kichern verwandelte sich in Lachen, und er lächelte.

Der Sheriff fuhr vor dem Haus vor und griff auf seinen Rücksitz. »Major, Molly hat mir einen Stapel gefalteter Laken für dich mitgegeben.«

Nachdem Major die Wäsche ins Haus gebracht hatte, gingen sie zur Scheune. »Sheriff, irgendetwas ist im Gange. Ich weiß nicht, was es ist, aber es fühlt sich an wie ein Sturm in der Ferne.« Er reichte dem Sheriff eine braune Papiertüte. »Hier ist das Handy, das ich gefunden habe.«

»Ich spüre es auch, Major.« Der Sheriff schaute in die Tüte. »Das war definitiv am Nullpunkt, nicht wahr?«

Major nickte. »Ich bin nur zufällig darauf gestoßen. Ich habe ein paar Gedanken notiert, und hier sind Rosalies Notizen.«

Der Sheriff sah sich die Notizen an. »Ein paar Dinge sind mir aufgefallen. Eines ist, dass die Explosion genau passierte, nachdem die Männer an der Wildkamera der Westweide vorbeigegangen waren, und die Kamera etwa zur gleichen Zeit ausfiel. Dann ist da noch das völlige Rätsel um die Gastons. Ich habe mit Annie und Josh gesprochen, und die Familie hat das Haus durch die Hintertür verlassen. Annie war sich sicher, dass ihr Vater die Vordertür abgeschlossen hat.«

Majors Gesicht versteifte sich. »Aimee Louise ist der Grund, warum ich mit dir hier sprechen wollte. Sie sieht Dinge, die der Rest von uns übersieht. Was ist, wenn derjenige, der hinter all dem steckt, das herausfindet und beschließt, dass sie eine Bedrohung ist?«

Der Sheriff runzelte die Stirn. »Ihre Art zu kommunizieren könnte sie tatsächlich schützen, weißt du. Sie ist nicht jemand, der einfach so ein Gespräch anfängt.«

Major blickte auf seine Hände, zog den alten roten Lappen aus seiner Gesäßtasche und wischte das Fett von seinen Fingern. »Daran hatte ich nicht gedacht, danke.«

»Ich werde das Handy zur Untersuchung und für Tests an das Staatsbüro schicken. Behalt du die Notizen, weil ich das nagende Gefühl habe, dass mein Büro nicht so sicher ist, wie ich dachte.«

»Ich denke nicht gerne, dass das wahr sein könnte«, sagte Major, »aber ich stimme zu, dass es besser ist, auf Nummer sicher zu gehen.«

Als sie zum Auto des Sheriffs zurückgingen, sagte Major: »Ich werde die Kamera in dem Elektroreparaturladen in der Stadt überprüfen lassen.«

»Gute Idee. Lass mich wissen, was der Laden herausfindet. Eine weitere Überlegung wäre ein Sicherheitssystem. Vielleicht eines, das dich alarmiert, wenn jemand in der Nähe des Hauses ist.«

»Shadow macht das ziemlich gut, aber ich werde mir Optionen anschauen. Nein, ich werde meinen hausinternen Elektronikexperten bitten, das zu recherchieren.«

———◆○◆———

Major wachte kurz nach Mitternacht auf, als er ein Geräusch hörte, das er nicht erkannte. Er setzte sich auf die Bettkante. *Vielleicht war es ein Traum.* Er stand auf und zog sich an, dann ging er mit Shadow auf die hintere Veranda und lauschte den Nachtgeräuschen. *Alles ist ruhig.* Er ging wieder hinein und hörte es. *Schluchzen.* Er ging zum Fuß der Treppe und flüsterte: »Komm runter, wenn du reden willst.«

Das Schluchzen hörte auf; er kehrte ins Wohnzimmer zurück, öffnete dann die Hintertür, trat auf die Veranda und blickte zu den Sternen. *Ich bin hier völlig überfordert.*

»Papa?«, fragte Rosalie.

Major drehte sich um, und Rosalie und Aimee Louise standen zusammen im Wohnzimmer.

»Ich habe geweint, und Aimee Louise hat mein Lieblingslied gesummt. Es tut mir leid, dass ich dich aufgeweckt habe.«

»Kein Grund, dich zu entschuldigen. Wie wäre es mit heißer Schokolade?«

Nachdem Major zwei Tassen heiße Schokolade auf den Tisch gestellt hatte, fragte Rosalie: »Wäre es okay, wenn wir unsere heiße Schokolade mit nach oben nehmen?«

»Natürlich«, sagte Major.

Als sie ihre heiße Schokolade nach oben trugen, flüsterte Aimee Louise: »Geht's dir besser?«

Rosalie flüsterte: »Ja, dank dir und Papa.«

Major atmete aus und kratzte Shadow hinter dem Ohr. »Ich habe Trish nicht immer verstanden, und ich verstehe sicherlich nicht, was hier gerade passiert ist, aber ich glaube, ich habe aus Versehen etwas richtig gemacht.«

Major ging zurück ins Bett und gähnte.

Er wachte vor Sonnenaufgang auf und zog sich zum Frühstück an. Er kochte Kaffee, dann machten er und Shadow ihren frühmorgendlichen Kontrollgang um das Haus. Als sie zurückkehrten, stellte er eine große gusseiserne Pfanne auf den Herd und ließ Speck hinein, um ihn zu braten.

Er lächelte, als er Rosalie fragen hörte: »Ist es Zeit aufzustehen?«

»Das ist Speck«, sagte Aimee Louise, und die beiden Mädchen rannten die Treppe hinunter.

Major grinste, als sie in die Küche stürmten. »Oh, ihr seid früh auf. Zieht euch an, und wir machen ein Bauernfrühstück für meine beiden Chormädchen.«

Es dauerte nicht lange, bis die Mädchen angezogen waren. Aimee Louise trug ihre dunkelblaue Hose mit einem blau-weiß gestreiften Hemd. Rosalie trug ihre schwarze Hose mit einem blassrosa Hemd. Während sie aßen, plauderten die Mädchen über ihre neuen Computer und die Wildtierdatenbank.

Rosalie wurde still. »Ich wünschte, Mama könnte uns im Chor singen hören. Mama mochte Tiere und hätte unser Wildtierprojekt geliebt. Sie hätte nicht so krank sein sollen.« Tränen liefen über ihr Gesicht.

»Ich verstehe. Wenn ihr euren Bericht schreibt, könnt ihr eine Widmungsseite einfügen«, sagte Major. »Tatsächlich könnt ihr beide das tun.«

Während die Mädchen die Küche aufräumten und das Geschirr spülten, zog er sich für die Kirche an: dunkle Jeans und ein langärmliges blaues Hemd.

Rosalie sagte: »Du siehst gut aus, Papa.«

»Danke. Lasst uns losfahren.«

Shadow begleitete sie zur Veranda und ließ sich mit einem Schnaufen fallen, als Major sagte: »Bleib.«

Major wählte einen Platz nahe der ersten Reihe, damit er seine Mädchen sehen konnte, während Rosalie und Aimee Louise zum Chorraum eilten, um Roben zu finden. Als der Gottesdienst begann, schlüpfte Marty in die Kirchenbank neben ihm. Marty hatte sich rasiert und trug einen grauen Anzug, ein weißes Hemd und eine blaue Krawatte.

»Gruppenzwang?« Major beugte sich vor und flüsterte.

»Nein. Mädchen-Druck. Du auch?« flüsterte Marty zurück.

»Jap.«

Als Rosalie Major und ihren Vater entdeckte, lächelte sie und winkte. Major lächelte und erwiderte ihr Winken, und Marty nickte.

Marty senkte den Kopf und schloss die Augen, als der Chor sang.

Major warf einen Blick auf Marty und lauschte dann Rosalies heller, wunderschöner Stimme und Aimee Louises Begleitung.

Ich wünschte, Trish und Ted könnten sie hören.

Nach dem Gottesdienst schüttelten Major und Marty dem strahlenden Pastor die Hand.

Major lächelte. »Sagen Sie es gar nicht erst.«

»Hey«, sagte Pastor John, »ich bin nur wegen der Unterhaltung hier.« Die drei Männer lachten.

»Marty, möchten Sie zum Mittagessen auf die Farm kommen?«, fragte Major.

»Ich glaube nicht. Ich muss in der Stadt bleiben, weil meine Schwester angeboten hat, das Haus zu putzen. Nachdem ich die meisten Sachen von Jolene für Rosie eingepackt habe, damit sie sie anschauen kann, wenn ihr danach ist, komme ich vielleicht später vorbei.«

»Kommen Sie zum Abendessen. Ich weiß, Rosalie würde sich freuen«, sagte Major.

»Das kann ich machen.«

»Wir sehen uns dann gegen sechs.«

Rosalie und Aimee Louise gesellten sich zu ihnen. Marty sagte: »Ihr habt wunderschöne Stimmen. Ich sehe euch heute Abend auf der Farm, übrigens. Ich bin zum Abendessen eingeladen.«

Major bemerkte, wie Aimee Louise an ihrem Kragen zog. Rosalie umarmte ihren Vater, und die Mädchen rannten zum Truck.

Auf dem Heimweg fragte Major: »Was habt ihr heute vor?«

»Könnten wir nach der Hühnerarbeit ein paar Bäume fällen?«, fragte Aimee Louise.

»Ich würde gerne den Traktor mit dem Anhänger fahren«, sagte Rosalie. »Ich brauche Übung.«

»Klingt, als hätten wir einen vollen Tag vor uns. Wie wäre es mit Schinken und Süßkartoffeln zum Abendessen? Wir können sie in den Ofen werfen, bevor wir Brennholz holen gehen.«

»Klingt super für mich«, sagte Rosalie.

Als sie bereit waren aufzubrechen, fuhr Rosalie den Traktor zum Anhänger, und Major erklärte ihr, wie sie den Anhänger an den Traktor ankoppeln sollte.

»Gut gemacht«, sagte er, und Rosalie strahlte.

Nach einer kurzen Einweisung im Rückwärtsfahren fuhr sie vorwärts und dann rückwärts in einen Platz, den sie als Parkplatz festgelegt hatten.

Aimee Louise sammelte die Kettensägen und die Ausrüstung zusammen. Während Rosalie ihre Traktorfahrkünste übte, gingen Major und Aimee Louise die Pflege der Kettensägen durch. Er coachte Aimee Louise, als sie die Kettensäge startete und einen herabgefallenen Baumast in kamingerechte Holzscheite schnitt.

Major zeigte auf einen Baum in der Nähe. »Nehmen wir an, wir fällen diesen Baum. Wir gehen einmal drum herum, bevor wir die Richtung festlegen, in die der Baum fallen soll. Das sind unsere drei Schnitte.« Er hob einen Stock auf und zeigte die Stellen und Winkel der Schnitte. »Du kannst mich durchführen, wenn wir deinen Baum gefunden haben.«

Major und Aimee Louise gesellten sich zu Rosalie.

Nachdem sie zu Rosalie gestoßen waren, sagte Major: »Rosalie, fahr du den Traktor, und Aimee Louise, du fällst einen Baum. Ich fahre im Anhänger hinter Rosalie.«

»Shadow und ich laufen«, sagte Aimee Louise.

Rosalie grinste, während sie sich auf das Fahren des Traktors und das Schalten konzentrierte, und Aimee Louise und Shadow blieben in Sichtweite des Traktors und Anhängers. Sie liefen voraus, kamen zum Traktor zurück, jagten ihm eine Weile hinterher und eilten wieder vorwärts.

Aimee Louise fällte ihren ersten Baum und schnitt ihn in Scheite. Die Mädchen trugen das Holz mit Majors Hilfe zum Anhänger und luden es darauf. Rosalie setzte mit dem Traktor zurück und drehte ihn, um nach Hause zu fahren. Aimee Louise und Shadow sprangen zu Major in den Anhänger.

Auf dem Weg zur Farm sagte Aimee Louise: »Ich helfe beim Entladen des Anhängers und beim Stapeln des Holzes.«

»Keine Eile beim Entladen. Brennholz muss liegen und trocknen«, sagte Major. »Ich kümmere mich ums Abendessen, und ihr beide könnt an eurem Projekt arbeiten, wenn ihr mögt.«

»Diashow?«, fragte Aimee Louise.

»Klingt gut«, rief Rosalie zurück.

Als sie am Farmhaus ankamen, sagte Major: »Ich decke das Holz mit Planen ab. Es sieht aus, als könnten wir heute Abend etwas Wetter von Westen bekommen.«

Die Mädchen rannten ins Haus, während er den Anhänger in der Nähe des Schuppens parkte und eine große braune Plane über das Holz warf. Als er ins Haus ging, hatten Rosalie und Aimee Louise ihre Wildtier-Diashow mit Musik fertiggestellt.

Nachdem Marty eingetroffen war, schnitt Major den Schinken auf, und die Mädchen deckten den Tisch.

Marty lehnte sich gegen den Kühlschrank. »Ich hoffe, es war nicht zu viel für dich, Rosie hier zu haben.«

»Überhaupt nicht«, sagte Marty. »Die Mädchen tun einander gut, und wir halten uns alle beschäftigt.«

Rosalie nickte. Major füllte das Essen in Servierschüsseln, und Aimee Louise und Rosalie stellten die Schüsseln auf den Tisch, bevor sich alle vier hinsetzten, um zu essen.

»Das Beste für mich heute war, wie ihr beiden in der Kirche gesungen habt«, sagte Major.

»Das Beste für mich war, den Traktor mit dem Anhänger zu fahren«, sagte Rosalie.

»Ich bin eine Holzfreundin«, sagte Aimee Louise.

Alle drehten sich zu ihr um. Sie nahm einen Schluck Milch und lächelte.

Rosalie lachte. »Ich verstehe. Du bist nicht der Sheriff, was bedeutet, du bist kein Holz*fäller*. Du bist eine Holzfreundin.«

Major setzte die Worte zusammen und lachte sowohl über sich selbst, weil er so lange gebraucht hatte, um es zu verstehen, als auch über den Witz von Aimee Louise. Marty runzelte die Stirn, als er sich zu einem Lächeln zwang.

Major verengte seine Augen. *Er versteht es nicht. Ich glaube nicht, dass Marty heutzutage viel lacht.*

»Das Beste für mich heute«, sagte Marty, »ist, hier bei dir zu sein, Rosie.« Sein Kopf senkte sich, und er wandte sich ab.

Major seufzte lauter als beabsichtigt. *Ich hab die Dramaturgie satt, Marty.*

Nachdem die Mädchen das Geschirr gespült und gestapelt und die Reste weggeräumt hatten, zeigten sie Marty ihre Diashow, während Major die Plane um das Holz sicherte, den Anhänger abhängte und die Hühnerställe unter Shadows Aufsicht schloss. Als der Regen einsetzte, rannten Major und Shadow ins Haus.

»Wir haben einen schnell ziehenden Sturm auf dem Weg. Er wird nicht lange dauern«, sagte Major. »Hat jemand Interesse an Popcorn und einer Radiosendung?«

»Ja«, sagten die Mädchen.

»Klingt gut für mich«, fügte Marty hinzu.

Nachdem der Sturm vorüber war, war es fast neun Uhr.

»Ich muss zurück zum Haus in der Stadt. Es gibt noch ein paar Dinge, die ich heute Abend erledigen möchte«, sagte Marty beim Gehen.

Nach dem Frühstück am nächsten Morgen sagte Major: »Sieht nach mehr Regen heute aus. Wir haben schon etwas Wind und ein paar Tropfen. Ich bringe euch zur Schule und hole euch nachher ab.«

»Das musst du nicht machen«, sagte Aimee Louise.

»Wir waren schon früher nass; wir werden wieder nass sein«, fügte Rosalie hinzu.

»Stimmt, aber ich habe bereits euren Busfahrer angerufen, damit er weiß, dass er heute nicht in unsere Richtung fahren muss.«

»Okay, Paps«, sagte Aimee Louise. »Aber wir laufen gerne.«

Mein Plan, sie genau im Auge zu behalten, wird nicht so einfach sein, wie ich dachte.

Nachdem Major die Mädchen abgesetzt hatte, ging er zur Bibliothek. »Ich weiß nicht genau, wonach ich suche, aber haben Sie Bücher mit praktischen Ratschlägen zum Leben ohne Netzanschluss?«

»Die haben wir auf jeden Fall. Interessieren Sie sich für Belletristik oder Sachliteratur?«, fragte die Bibliothekarin.

Major runzelte die Stirn. »Belletristik mit praktischen Ratschlägen?«

Die Bibliothekarin kicherte. »Sie wären überrascht. Ich zeige Ihnen ein paar, die mir gefallen, und dann finden wir Ihnen einige Sachbücher.«

Major blätterte durch die beiden Bücher, die die Bibliothekarin empfohlen hatte. »Ich könnte mich gleich hinsetzen und sie jetzt lesen.«

Sie nickte. »Genau das habe ich getan. Eine unserer begeisterten Leserinnen hat sie zurückgegeben und mir erzählt, dass sie einiges über Off-Grid gelernt hat, abgesehen davon, dass sie einige wunderbare Charaktere kennengelernt hat, nur nannte sie sie ,neue Freunde'. Ich habe das vollkommen verstanden, weil ich mich genauso fühle, wenn ich in einem guten Buch versinke.«

Major verließ die Bibliothek mit einem Arm voller Bücher. *Die Mädchen werden mir helfen müssen, diese zu lesen, oder ich werde sie mindestens zweimal verlängern müssen.*

Nachdem Major die Bibliothek verlassen hatte, machte er einen Zwischenstopp bei Petes Diner, und Pete hatte seinen Kaffee bereits eingeschenkt und auf die Theke gestellt, als er hereinkam.

»Hast du das Grundstück bekommen, das du dir angesehen hast?«, fragte Major und nippte an seinem Kaffee.

»Klar doch. Mein Sohn hat ein Mobilheim darauf gestellt, damit wir unsere Version einer Jagdhütte haben können. Er hat bereits einen Brunnen bohren lassen, und die Klärgrube ist für heute geplant. Wir stehen auf einer Liste für Strom, konnten aber keinen festen Termin bekommen, also installiert er Solar für den Brunnen und hat Solarmodule und Batterien, die er dieses Wochenende einbauen will. Er ist Wirtschaftsprüfer und genießt diese Handarbeit. Er sagte mir, er sei der einzige Wirtschaftsprüfer im Landkreis mit Schwielen, die nicht vom Bleistiftschieben kommen.« Pete lachte, während er Majors Tasse nachfüllte.

»Solar klingt schlau«, sagte Major.

»Ich war skeptisch, bis wir diesen kleinen Stromausfall hatten; ich weiß nicht, wie es anderen geht, aber für mich war das ein Weckruf.«

»Ich weiß, was du meinst.«

Nachdem Major zum Bauernhaus zurückgekehrt war, gingen er und Shadow die Zaunlinie ab und fanden zwei Bruchstellen. »Immer gibt es etwas, nicht wahr, Shadow?«

Als es Zeit war, Aimee Louise und Rosalie von der Schule abzuholen, ging Major zu seinem Truck und lachte über Shadow, der die

Fahrertür bewachte. »Wirst mich diesmal nicht ohne dich in die Stadt fahren lassen, oder? Okay, lass uns die Mädchen holen.«

Major öffnete die hintere Tür seines Trucks, und Shadow sprang hinein.

Major und Shadow standen auf den Schulstufen und warteten auf die Mädchen.

Auf dem Heimweg sagte Rosalie: »Wir haben versucht herauszufinden, warum diese Typen das Umspannwerk in die Luft gejagt haben, und Aimee Louise meinte, es müsse eine Tarnung für ein anderes Verbrechen sein, aber es müsste schon etwas ziemlich Großes sein, damit sich der ganze Ärger und die Kosten lohnen.«

»Drogen wären das Naheliegendste«, fügte Aimee Louise hinzu.

Majors Augen weiteten sich. *Denkt sonst überhaupt jemand darüber nach?* »Das ist logisch.«

»Das dachte ich auch. Aimee Louise sagte, der Stromausfall sei eine klassische Ablenkungstaktik.«

Major runzelte die Stirn. »Alle, einschließlich der Strafverfolgungsbehörden, konzentrierten sich auf den Stromausfall. Wenn eine kriminelle Bande eine Menge Drogen bewegen wollte, wäre das der ideale Zeitpunkt.«

Rosalie nickte. »Aimee Louise hat gesagt, sie hätten genug Zeit zur Vorbereitung, weil sie diejenigen waren, die den Ausfall geplant hatten.«

»Ein plötzlicher Anstieg von Todesfällen durch Überdosierungen in Großstädten wäre ein Indikator«, sagte Aimee Louise.

»Das können wir recherchieren«, fügte Rosalie hinzu.

Major blinzelte, um sich auf sein Fahren zu konzentrieren. *Ich will ihnen sagen, dass sie es sein lassen sollen, aber das wäre zwecklos. Ich kann froh sein, dass sie mir überhaupt erzählen, was sie denken.*

Als sie zu Hause waren, fragte Major: »Was habt ihr für den Rest des Nachmittags vor?«

»Hühner versorgen, eine schnelle Laufrunde, Abendbrot und dann Hausaufgaben«, sagte Rosalie.

»Braucht ihr Hilfe bei den Hühnern?«, fragte Major. »Ich bin schlau genug, nicht zu fragen, ob ihr Hilfe bei euren Hausaufgaben braucht.«

Rosalie kicherte. »Paps macht Spaß auf eine lustige Art. Er meint, wir werden seine Hilfe bei den Hausaufgaben nicht brauchen, weil sie für uns leicht sind.«

Aimee Louise nickte. »Danke.«

Als sie auf dem Weg zu den Hühnerställen durch die Hintertür gingen, fragte Rosalie: »Du hast es immer noch nicht verstanden, oder?«

»Nee«, sagte Aimee Louise.

»Das ist okay«, sagte Rosalie.

»Ja, alles gut«, sagte Aimee Louise, und die beiden Mädchen kicherten, als sie mit Shadow hinter ihnen zu den Ställen rannten.

Ich verstehe es nicht. *Warum war das lustig?* Major schüttelte den Kopf.

KAPITEL ACHTZEHN

Am nächsten Morgen gingen Major und Shadow um das Grundstück herum, das das Farmhaus umgab. »Ich weiß nicht, was ich zu sehen erwarte, Shadow, aber ich glaube, dass unsere regelmäßige Präsenz abschreckend auf Raubtiere wirkt: wahrscheinlich deine mehr als meine«, sagte Major. »Was ist unsere Ausrede, um die Mädchen heute zur Schule zu bringen? Wir müssen uns was einfallen lassen.«

Nachdem sie zum Haus zurückgekehrt waren, setzte Major seinen Kaffee auf und nahm dann eine Tasse mit auf die Veranda, wo er sich in seinen Schaukelstuhl setzte. Nachdem er seine Tasse geleert hatte, sagte er: »Die Mädchen werden bald die Treppe heruntergerannt kommen. Lass uns reingehen.«

Nachdem Aimee Louise und Rosalie zum Frühstück die Treppe heruntergerannt waren, sagte Rosalie: »Paps, wenn es für dich in Ordnung ist, hätten wir gerne, dass du uns heute wieder zur Schule bringst und abholst. Und wir würden gerne Lunchpakete mitnehmen.«

Major zog die Augenbrauen hoch. *Hätte nicht gedacht, dass sie es vorschlagen würden; so viel zum Thema Sorgen machen.* »Ich bin gerne euer Chauffeur. Nachdem ich Mr. Sanders angerufen habe, um ihm Bescheid zu sagen, packe ich euer Mittagessen.«

»Wir packen das Mittagessen«, sagte Aimee Louise. »Danke.«

Major lud die große Kühlbox in die Ladefläche seines Trucks für einen Ausflug zum Lebensmittelgeschäft. Nachdem Major und Shadow die Mädchen in der Schule abgesetzt hatten, fuhren sie zum Büro des Sheriffs.

⎯⎯⎯◄◆►⎯⎯⎯

Der Sheriff winkte mit der Kaffeekanne, als er Major sah.

»Oh ja, danke«, sagte Major.

Der Sheriff schenkte eine Tasse ein. »Gut, dass du vorbeischaust. Marty hat Jolenes Trauerfeier für Donnerstag angesetzt. Er sagte, er hätte früher im Farmhaus angerufen, aber ihr wart wohl schon weg. Ich glaube, er hat noch ein paar andere Dinge, über die er mit dir sprechen möchte. Er hat mir seine Nummer gegeben.«

Shadow trottete zum Schreibtisch der Verwaltungsangestellten. Er setzte sich vorbildlich hin und hob seine rechte Pfote.

»High-five!« Sie kicherte und berührte Shadows Pfote mit ihrer linken Handfläche. Sie griff in ihre Schreibtischschublade und belohnte Shadow mit einem Hundekeks. Er kaute, und sie kraulte seine Ohren.

»Ich rufe ihn an«, sagte Major. »Kennst du irgendwelche Teen- oder Jugendkurse für ATV-Sicherheit? Ich könnte mir ein Geländefahrzeug für die Farm zulegen, aber ich würde mich wohler fühlen, wenn die Mädchen eine richtige Ausbildung hätten.«

»Mir fällt auf Anhieb nichts ein, Major. Aber ich finde es eine ausgezeichnete Idee. Und wenn du es schon ansprichst, ich kenne ein UTV, das zu einem guten Preis zu verkaufen ist. Es ist etwas älter, aber es wird mit weniger Elektronik leichter zu warten sein. Hier ist der Name und die Nummer des Typen, falls du interessiert bist. Habt ihr, du und Molly, über ein UTV gesprochen? Sie meinte, es wäre schön für die Farm.«

Major steckte den Zettel in seine Hemdtasche. »Ja, haben wir. Molly ist kein Fan vom Rennen mit den Antilopen, wie sie unsere galoppierenden Kinder nennt. Ich werde ihn anrufen. Danke.«

»Du wirst es nicht glauben, Major, aber meine neue Putzkolonne hat eine elektronische Wanze in meinem Büro und eine in der Nähe des Schreibtischs unserer Verwaltungsangestellten gefunden. Die Wanzen waren an unseren kaputten Deckenventilatoren. Ich habe sie an den Staat geschickt. Die Wanzen, nicht die Putzkolonne.« Der Sheriff lachte über seinen eigenen Witz.

»Zumindest war dein Leck nicht jemand aus deinem Personal, auch wenn es einen Zugang von innen brauchte, um die Wanzen überhaupt zu installieren«, sagte Major. »Ein Typ mit einer Leiter und einem Namen auf dem Hemd. Das ist alles, was man bräuchte.«

»Du hast Recht. Ich war erleichtert.«

Die Verwaltungsangestellte gab Shadow noch einen Leckerbissen, bevor Major und Shadow das Büro des Sheriffs verließen. Nachdem er in den Truck eingestiegen war, rief Major Marty an.

»Ich möchte Rosie selbst von den Trauerfeier-Plänen für Jolene erzählen. Könnten Sie zu mir nach Hause kommen? Heute?«

»Wir werden gleich nach der Schule da sein.«

Major rief den Mann wegen des UTVs an und vereinbarte, es in einer Stunde anzusehen. Die Farm des Mannes lag weniger als dreißig Minuten südwestlich von Plainview, in der Nähe von Red Springs.

»Zeit genug, um im Lebensmittelgeschäft vorbeizuschauen, Shadow«, sagte er. »Wir müssen ein paar Dinge von meiner Liste besorgen.«

Shadow blieb draußen, um den Supermarkt zu bewachen und seine Fans zu begrüßen. Nach dem Einkaufen nahm Major die Straße nach Red Springs, um sich das UTV anzusehen. Als er auf der Farm ankam, erkannte er Mr. Young, einen Mann in seinen Achtzigern, der ein häufiger Kunde im Diner war. Seine Frau war vor dreißig Jahren gestorben.

»Major, schön, Sie zu sehen«, sagte Mr. Young, als sie sich die Hände schüttelten.

»Gleichfalls, Sir. Wo ist dieses Geländefahrzeug, das Sie verkaufen wollen?«

Mr. Young winkte in Richtung Scheune. »Es ist dort. Das UTV ist alt, aber in gutem Zustand.«

Major ging um die Maschine herum. »Sieht gut aus.«

»Steigen Sie ein. Machen wir eine Spritztour. Ich zeige Ihnen alles.«

Major kletterte auf den Fahrersitz und drehte den Schlüssel. Es sprang sofort an.

Sie fuhren auf der Farm herum, und Shadow lief nebenher. Als sie zum Farmhaus von Mr. Young zurückkehrten, sagte Major: »Das ist schön. Wie viel wollen Sie dafür haben?«

Mr. Young holte sein rotes Taschentuch aus seiner Gesäßtasche, wischte sich das Gesicht ab, putzte seine Brille und setzte sie dann wieder auf. »Ich nehme dreißig Dollar dafür.«

»Was? Es ist viel mehr wert als das. Ich gebe Ihnen…«

»Warte mal. Du hast jetzt diese beiden kleinen Mädchen, und ich weiß, dass du das gut gebrauchen kannst. Komm doch mit in die Scheune. Ich habe einige Elektrowerkzeuge und andere Dinge, die ich nicht mehr benutze. Schau, was du davon gebrauchen könntest.«

Major suchte ein paar Hämmer aus, zwei kleine Äxte für die Mädchen, einen Handbohrer und eine Schaufel. Mr. Young fügte eine Tischsäge mit Gestell hinzu.

»Danke für alles«, sagte Major. »Ich komme morgen wieder, um das UTV abzuholen.«

»Ich habe vergessen, dir zu sagen, dass zum UTV auch ein Anhänger gehört. Häng den Anhänger an und nimm das UTV mit. Ich überschreibe dir den Anhänger und das UTV. Du weißt gar nicht, wie glücklich ich bin zu wissen, dass mein altes Gefährt noch genutzt wird.«

»Wir werden gut auf deine Sachen aufpassen. Hier ist meine Handynummer. Ruf mich an, wenn du Hilfe brauchst. Jederzeit.«

»Danke, Major. Und danke für das, was Sie für unsere Gemeinde getan haben.«

Es war fast Mittagszeit, als Major den Anhänger angekuppelt, das UTV darauf geladen und das Fahrzeug mit den Gurten gesichert hatte, die laut Mr. Young zum Anhänger gehörten.

Im Diner bestellte Major ein Schinkensandwich, Kaffee und Wasser für Shadow. Pete bestand darauf, dass das medium-rare gebratene Steak, das er Shadow servierte, nur Fleischabschnitte seien. Major setzte sich draußen an einen Picknicktisch, und er und Shadow genossen ihr Mittagessen.

»Weißt du, Shadow, als Aimee Louise zu uns kam, verbrachte sie ihre Mittagspause in der Schule immer allein draußen. Die Schule rief mich an. Als sie und Rosalie Freundinnen wurden, aßen die beiden immer zusammen zu Mittag, meistens draußen. Die Schule rief mich wieder an. Als ob mit der frischen Luft etwas nicht stimmen würde. Jeder Tag draußen ist ein guter Tag. Stimmt's, Junge?«

Shadow beendete sein Steak. Er beäugte Majors Sandwich und leckte sich über die Oberlippe.

»Lass uns die Mädchen abholen. Ich will mit diesem Gespann aber nicht zur Schule fahren. Wir können den Truck und den Anhänger im Stadtpark lassen. Kannst du uns in der Abholschleife für Eltern vorstellen?«

Shadow grinste sein Hundelächeln. Major aß den letzten Bissen seines Sandwichs.

Nachdem er den Truck mit Anhänger vorsichtig auf zwei Parkplätze im Stadtpark manövriert hatte, legte Major Shadow ein Geschirr an und befestigte eine Leine. Das war nur für die Optik, und Shadow machte das nichts aus. Die beiden erreichten die Schule kurz bevor die Schulglocke läutete. Die Mädchen kamen gemeinsam aus der Schule geeilt. Sie blieben auf den Stufen stehen, um nach dem Truck Ausschau zu halten.

»Hier drüben«, rief Major und winkte. Shadow bellte einmal kurz. Die Mädchen rannten zu ihnen.

»Wo ist der Truck?«, fragte Rosalie. »Warum hat Shadow ein Geschirr an? Warum ist er an der Leine? Laufen wir nach Hause?«

»Kein Rennen. Der Truck steht im Park mit einer Überraschung. Shadow ist an der Leine, damit kleine Kinder mit ihm reden. Das ist sein Kindermagnet.«

»Was für eine Überraschung?« Rosalie hüpfte von einem Fuß auf den anderen. »Hast du einen neuen Truck bekommen?«

»Nein, keinen neuen Truck.«

»Einen neuen Welpen?«, fragte Aimee Louise.

»Nein, keinen neuen Welpen.«

Rosalie hüpfte den Gehweg entlang, und Aimee Louise flatterte aufgeregt mit den Händen.

»Ich weiß«, sagte Rosalie. »Eine Babyziege.«

Major lachte. »Keine Babyziege.«

»Ein Wohnmobil?«, fragte Aimee Louise hoffnungsvoll. »Ich könnte es fahren. Wenn du es mir beibringst.«

»Nein, auch kein Wohnmobil.« Major schmunzelte. *Zum Glück ist der Truck nicht noch weiter weg. Viel mehr von dieser Quälerei halte ich nicht aus.*

Als sie das UTV sahen, quietschten die Mädchen und rannten los, um darauf zu klettern.

Major lächelte. »Ihr braucht Unterricht in Sicherheit, und ich erwarte, dass ihr sichere Fahrfähigkeiten zeigt, bevor ihr es fahren dürft. Ihr könnt immer noch den Traktor fahren, aber es kann sein, dass ich ihn manchmal brauche.«

»Ich glaube, sein Name ist Nummer 48«, sagte Rosalie.

»Ich bin neugierig, Rosalie«, sagte er. »Muss alles einen Namen haben? Gibt es einen Grund, warum es Nummer 48 ist?«

»Ja, und ja.«

Major lachte. *Da bin ich voll reingelaufen.*

Als er den Truck startete, sagte Major: »Rosalie, dein Vater will mit dir sprechen. Wir fahren zu seinem Haus, um ihn zu sehen.«

Rosie runzelte die Stirn. »Okay. Aber danach gehe ich nach Hause, ja?«

»Ja.«

Rosalies Augen weiteten sich, als sie das Haus betrat. Sie erschauderte und verschränkte die Arme vor der Brust. Major machte einen Schritt näher zu ihr.

Marty trug Kisten ins Wohnzimmer. Er trug ein graues T-Shirt mit Essensflecken, und seine abgetragene Khaki-Shorts hatte einen Riss an der Tasche. Er sah aus, als hätte er seit Majors letztem Besuch weder geschlafen noch sich rasiert. »Oh, das Haus. Josie war mit einem Reinigungsteam hier. Ich habe sechs große Kisten mit Rosies und Jolenes Sachen.«

Aimee Louise rückte näher an Rosalie heran.

»Rosie, die Trauerfeier für deine Mutter ist Donnerstagnachmittag in der Kirche. Ich fahre am Samstag zu meinem neuen Job. Schau dich um, ob du möchtest, dass ich Möbel oder andere Sachen für dich aufbewahre. Ich werde sie für dich einlagern.«

»Donnerstag. Und du fährst am Samstag. Okay.« Rosalie starrte finster und holte tief Luft.

Sie zog einen Notizblock und einen Stift aus ihrem Rucksack, und ihre Unterlippe zitterte. »Es gibt ein paar Dinge, die ich gerne hätte. Ich werde mir Notizen dazu machen.« Die Mädchen gingen nach oben.

Marty sagte: »Major, ich habe mit einer Anwältin gesprochen, und sie hat Papiere für Sie zum Unterschreiben vorbereitet. Sind Sie morgen Vormittag verfügbar?«

»Sicher.«

»Ich habe auch mit der Schule gesprochen. Der Schulleiter hat die beiden Mädchen für Donnerstag und Freitag vom Unterricht befreit.«

Major lehnte sich gegen den Türrahmen. »Okay.«

Marty hantierte mit den Kartons herum. Er verschob sie, öffnete einige und durchsuchte den Inhalt. Nach ein paar Minuten kamen die Mädchen zurück.

»Papa, ich habe alles markiert, was Mama von ihrer Mutter bekommen hat. Falls ich etwas übersehen habe, könntest du es bitte dazulegen?«

»Mach ich.«

»Wo sind Rosalies Kisten?«, fragte Major. »Wir werden sie einladen.«

»In der Küche.« Marty winkte mit der Hand in Richtung Hausrückseite.

Major, Aimee Louise und Rosalie gingen zur Küche.

»Warte mal kurz, Rosie«, sagte Marty.

Major blieb stehen und drehte sich zu Rosalie um. »Ist schon okay. Wir tragen die Kisten raus und warten draußen auf dich.«

»Pops, wir werden nicht lange brauchen.« Rosalie hob eine Augenbraue und blickte zu Aimee Louise hinüber.

Major schaute zu Aimee Louise, die an ihrem Sweatshirtkragen zog und dann zu Rosalie blickte, die nickte.

Ich weiß nicht, was hier los ist, aber Aimee Louise ist beunruhigt, und Rosalie möchte, dass ich in der Nähe bleibe.

Er und Aimee Louise warteten vor der Tür, damit er zuhören konnte.

»Rosie, ich werde dich vermissen. Oh, ich glaube, ich habe etwas verlegt, das ich für ein Kind im Krankenhaus besorgt habe. Du bist nicht zufällig auf etwas gestoßen, das wie ein kleines Spielzeug aussah, oder?«

»Nein. Nichts Neues. Keine Spielzeuge. Ich werde dich auch vermissen. Du weißt, dass ich bei Major und Aimee Louise glücklich bin, oder?«

»Ja, und ich bin so dankbar für sie.«

»Ich auch, Papa. Nun, sie warten auf mich. Ich sollte jetzt wohl gehen.«

Major und Aimee Louise traten auf den Gehweg, und Aimee Louise zupfte an ihren Sweatshirtärmeln.

»Rosalies Vater. Andere Wolke. Entfernte Wolke«, sagte Aimee Louise.

»Entfernte Wolke. Ich glaube, ich verstehe nicht.«

Aimee Louise seufzte. »Ich verstehe auch nicht. Ich kann das richtige Wort nicht finden, und ich verstehe die Wolke nicht. Sie ist nicht gut. Ich traue ihm nicht.«

Major nickte. »Tut mir leid, dass ich nicht helfen kann, aber vielleicht ist *entfernt* das richtige Wort. Ich bin mir nicht sicher, was mit ihm los ist, aber ich traue ihm auch nicht.«

Als sie im Truck saßen, fragte Major: »Alles okay bei dir, Rosalie?«

»Ja. Naja, eigentlich nicht. Das Haus war ein Schock; keine Mama und alles war in Kartons verpackt.«

Er nickte. Während der Fahrt zum Bauernhof war Rosalie still und blickte auf die vorbeiziehende Landschaft.

Major bog in die Einfahrt ein. »Ich war heute noch gar nicht zu Hause. Wir haben Reste im Kühlschrank, aber wir müssen die Hühner versorgen, bevor es dunkel wird, den Truck ausladen und den Anhänger abkoppeln.«

Rosalie brach ihr Schweigen. »Ich kann mit den Hühnern anfangen.«

»Wenn du magst«, sagte Major. »Ansonsten kümmere ich mich um die Hühner, gleich nachdem ich den Anhänger abgekoppelt habe.«

»Ich fühle mich, als wäre ich aus dem Haus geworfen worden«, sagte Rosalie.

»Das tut mir leid«, sagte er. »Es war schockierend, das Haus komplett in Kisten verpackt zu sehen.«

»Ja, und keine Spur von Mama oder mir.« Rosalies Stimme brach. »Aber ich würde gerne mit den Hühnern reden.«

»Ich kann das Abendessen in den Ofen schieben und beim Ausladen des Trucks helfen«, sagte Aimee Louise.

Nachdem sie die Arbeiten draußen erledigt hatten, bereitete Aimee Louise einen Salat zu, und Major holte das Essen aus dem Ofen.

»Bevor ich es vergesse, Rosalies Vater hat in der Schule angerufen, und ihr beide seid am Donnerstag und Freitag vom Unterricht entschuldigt«, sagte Major.

»Ich bin froh, dass ich Teil dieser Familie bin«, sagte Rosalie.

»Ich bin auch froh, Teil dieser Familie zu sein«, stimmte Aimee Louise zu.

Majors Augen wurden feucht. »Ich auch.« Er räusperte sich. »Ich bin mit dem Abwasch dran. Ihr beiden könnt an euren Hausaufgaben arbeiten.«

Am Ende des Abends sagte Rosalie: »Pops, wir haben uns Omas Rezepte angeschaut. Einige davon scheinen einfach genug für uns zu sein. Wir würden morgen Abend gerne ihre griechische Hähnchennudeln machen.«

»Hier ist die Liste der Zutaten.« Aimee Louise zeigte auf die Notiz auf dem Tisch.

Major nahm die Liste auf. »Ich hatte Omas griechisches Hähnchen ganz vergessen. Das war eines meiner Lieblingsgerichte. Ich werde auf dem Heimweg alles besorgen, was ihr braucht, nachdem ich euch zur Schule gebracht habe.«

»Noch eine Sache, Paps«, fuhr Rosalie fort. »Wir haben auch ein Einmachrezept für grünen Chili-Schweineeintopf gesehen. Haben wir einen Dampfdrucktopf zum Einmachen? Glaubst du, du könntest uns irgendwann damit helfen?«

»Ja, wir haben Omas Dampfdrucktopf, und ich könnte euch damit helfen. Ich habe Oma geholfen.«

⊷◦⊶

Nachdem Major die Mädchen am Mittwochmorgen bei der Schule abgesetzt hatte, fuhr er zum Diner. Er bemerkte das Auto des Sheriffs, als er anhielt, um einen Kaffee zu trinken.

Als er eintrat, rief der Sheriff ihn zu sich. »Hey, Major, setz dich. Wie lief es gestern?«

»Ich war bei Mr. Youngs Hof. Ich kann nicht behaupten, dass ich sein UTV gekauft habe; es war eher so, als hätte er es mir geschenkt. Ich konnte ihn nicht überreden, mehr Geld dafür anzunehmen.«

Major rutschte in die Sitzbank gegenüber dem Sheriff. »Verrückteste Feilschsitzung, die ich je hatte. Es schien, als hätte er mir bald Geld gegeben, damit ich es nehme, wenn es noch länger gedauert hätte.«

Der Sheriff lachte. »Er hat mir gesagt, dass er es dir und den Mädchen schenken wollte. Ich habe mich gefragt, wie das laufen würde.«

Pete winkte mit der Kaffeekanne und Major nickte. »Wir werden es gut nutzen, das ist sicher. Wusstest du, dass Marty dieses Wochenende für einen neuen Job abreist?«

»Ich hatte gehört, dass er ein Angebot hatte, aber ich hatte nicht erwartet, dass er sofort abreist.«

Major nahm einen Schluck von seinem dampfenden Kaffee. »Ich habe heute Morgen einen Termin bei seinem Anwalt, um einige Papiere durchzusehen. Marty sagte, er wolle mir das vorübergehende Sorgerecht für Rosalie übertragen. Wenn ich mit der Schule zu tun haben muss, wird es einfacher sein, aber ich bin mir nicht sicher, ob ich seine Gründe verstehe. Ich schätze, jeder trauert auf seine eigene Weise.«

Der Sheriff senkte seine Stimme. »Ich habe ein paar Dinge, die ich mit dir besprechen möchte. Wie wäre es, wenn ich zum Mittagessen zu deinem Hof komme?«

»Das sollte in Ordnung sein. Ich erwarte nicht, dass ich lange in der Anwaltskanzlei sein werde.«

KAPITEL NEUNZEHN

Major beendete seinen Einkauf mit ein paar Minuten Vorsprung vor seinem Termin mit Vanessa. Rod war jahrelang sein Anwalt gewesen, und es war ein schrecklicher Schock für die Gemeinschaft, als Rod vor drei Jahren an einem plötzlichen Herzinfarkt starb. Seine Frau und Kanzleipartnerin, Vanessa, hielt die Praxis weiter geöffnet. Als Major das Anwaltsbüro betrat, war Marty bereits da.

Vanessa begrüßte die beiden Männer in ihrem Büro. Ihr braunes Haar war mit glitzerndem Silber um ihr Gesicht herum durchzogen, und ihr stilvoller Schnitt ging bis zu den Schultern. Sie trug eine graue Stoffhose und eine leuchtend türkisfarbene Bluse.

Schöne Farbe das Hemd. Bringt das Funkeln ihrer blauen Augen zur Geltung.

Major hob seine Augenbrauen. *Woher kam das "Funkeln"? Muss der Einfluss der Mädchen sein.*

Shadow stupste ihre Hand an, als er hereinkam, und sie kraulte seine Ohren.

Schlauer Junge.

Nachdem alle am Konferenztisch in ihrem Büro Platz gefunden hatten, sagte sie: »Dr. Teague möchte, dass Sie die volle rechtliche Vormundschaft für Rosalie übernehmen, Major. Er wird weiterhin für ihre Krankenversicherung verantwortlich sein und hat eine Rente für ihren Unterhalt eingerichtet.«

Major verengte seine Augen und schaute zu Marty. »Haben Sie nicht *vorübergehende* Vormundschaft gesagt?«

Marty rutschte auf seinem Stuhl herum und schaute aus dem Fenster. »Ich weiß nicht, wie lange ich weg sein werde, daher war es schwierig, eine Zeitbegrenzung für 'vorübergehend' festzulegen. Dauerhaft ist besser für Rosie, und ich muss nicht hier sein, um weitere Papiere zu unterschreiben.«

Major folgte Martys Blick aus dem Fenster, konnte aber nichts erkennen. Er wandte sich an Vanessa. »Könnten Sie das erklären? Und was empfehlen Sie?«

Vanessa sagte: »Würden Sie uns entschuldigen, Marty?«

Marty verließ das Büro.

Vanessa schloss die Tür hinter ihm. »Für eine vorübergehende Vormundschaft müsste ein Enddatum angegeben werden. Marty behauptet, er könne kein Datum für eine Verlängerung nennen. Wenn die vorübergehende Vormundschaft ausläuft und er nicht verfügbar ist, um zu unterschreiben, würde Rosalie in einem rechtlichen Schwebezustand sein. Nach meinem Gespräch mit Marty empfehle ich eine dauerhafte Lösung. Marty versteht, dass diese nicht widerrufen werden kann, sobald er unterschrieben hat, was ich als Schutz für Rosalie betrachte, angesichts seiner unsicheren Umstände.«

»Unsichere Umstände?«

Vanessa schüttelte den Kopf. »Nicht zur Diskussion gestellt.«

Major stand auf und blickte aus dem Fenster. »Ich möchte, dass Rosalie es versteht, bevor ich unterschreibe.«

»Das ist verständlich. Bringen Sie sie heute nach der Schule in mein Büro, und ich werde ihr die Details erklären und alle Fragen beantworten, die sie haben könnte. Und alle Fragen, die Sie haben könnten, nachdem Sie Zeit hatten, darüber nachzudenken. Wir haben immer noch die Option der vorübergehenden Vormundschaft; allerdings ist das nicht, was ich empfehlen würde.«

»Wir werden nach der Schule hier sein.«

Vanessa öffnete ihre Bürotür. »Marty, wir werden die Papiere heute Nachmittag fertigstellen. Major möchte, dass Rosalie die Auswirkungen versteht, bevor er unterschreibt.«

Marty stand auf. »Danke, Major. Ich sehe Sie morgen. Ich habe heute Nachmittag einen anderen Termin. Vanessa, werden Sie mich informieren, falls Sie andere Papiere benötigen, die ich unterschreiben muss?«

»Das werde ich, Marty.«

Nachdem Marty gegangen war, sagte Major: »Vanessa, ich verstehe Marty nicht. Er hat seine elterlichen Rechte aufgegeben. Wissen Sie, warum?«

Vanessa presste ihre Lippen zusammen und schüttelte den Kopf. »Als ich ihn fast dieselbe Frage stellte, sagte er mir, er wolle eine Sache für Jolenes Tochter richtig machen. Ich fand das eine seltsame Antwort, aber wenn man es wörtlich nimmt, ist es das, was er für das Beste für Rosalie hält.«

Major fuhr zur Farm und versuchte, die abrupte Veränderung zu verstehen. Er glaubte, dass Rosalie die Gelegenheit verdiente, ihre Möglichkeiten zu hören und selbst zu wählen. *Ich verstehe Marty überhaupt nicht, aber ich muss ihn wohl auch nicht verstehen. Was für Rosalie am besten ist, ist das, was zählt.*

Der Sheriff fuhr vor, als er gerade die letzten Lebensmittel verstaute. Major ertappte sich dabei, wie er eines von Rosalies Lieder summte, und lachte.

»Was ist so lustig, Major?«, fragte der Sheriff, als er hereinkam.

»Ich glaube, ich habe den Dreh raus, wieder zu leben. Ich habe eine volle Speisekammer, einen vollen Gefrierschrank und zwei Mädchen, die mir Freude bringen.«

Der Sheriff nickte. »Was hat die Anwältin gesagt?«

»Das ist jetzt verrückt. Marty hat mich vorher gebeten, Rosalies vorübergehender Vormund zu sein, aber aus irgendeinem Grund hat er die Anwältin Papiere für eine dauerhafte rechtliche Vormundschaft aufsetzen lassen. Vanessa empfiehlt die dauerhafte Lösung, weil wir dann nicht darauf angewiesen sind, dass Marty eine vorübergehende

Vormundschaft verlängert. Ich bin damit einverstanden, aber die Mädchen und ich werden nach der Schule ins Büro gehen, damit Vanessa es Rosalie erklären kann. Ich möchte, dass sie weiß, dass sie eine Wahl hat.«

»Dauerhaft erscheint mir ein wenig extrem.« Der Sheriff runzelte die Stirn. »Nichts, was ich als Elternteil jemals wollen würde, aber das ist wohl irrelevant. Es macht Sinn, dass Rosalie eine Wahl hat.«

Er ließ die Tüte, die er trug, auf den Küchentisch fallen. »Da ich mich selbst zum Mittagessen eingeladen habe, bin ich beim Diner vorbeigefahren und habe ein paar Barbecues und etwas Kartoffelsalat mitgebracht. Wie wäre es mit etwas Kaffee? Was die Ermittlungen betrifft, haben wir mehr Fragen als Antworten, aber ich wollte auf einer persönlicheren Ebene sprechen.«

Major stellte die Kaffeemaschine auf und drehte den Brenner an. Als der Kaffee durchgelaufen war, goss er zwei Tassen ein. »Die Mädchen essen jeden Tag in der Schule draußen zu Mittag. Gehen wir auf die Veranda.«

»Passt mir«, sagte der Sheriff.

Major schüttelte den Kopf. »Weißt du, die Mädchen haben einmal nachsitzen müssen, weil sie draußen gegessen haben. Ich war ziemlich sauer, als ich davon erfahren habe.«

Der Sheriff setzte sich in einen Schaukelstuhl. »Na, dann zeig mich an.«

Die Männer machten sich über ihr Mittagessen her.

Major nahm eine Serviette, um sich den Mund abzuwischen. »Gute Wahl. Ich liebe das Barbecue. Frage mich, ob alle Diners jeden Tag frischen Kartoffelsalat machen?«

»Darauf will ich gar nicht erst kommen. Petes ist der beste. Weißt du, dieser Stromausfall hat mir die Augen für einiges geöffnet. Das Elektrizitätswerk hat die meisten ihrer Mitarbeiter entlassen. Das hatte enorme Auswirkungen auf unsere lokalen Geschäftsleute. Einige der entlassenen Frauen haben einen Reinigungsservice gegründet. Sie haben die Wanzen in meinem Gebäude gefunden.«

Der Sheriff stand auf, streckte seinen Rücken und blickte in Richtung Scheune. Er starrte auf seine Kaffeetasse.

»Noch Kaffee?«, fragte Major, und der Sheriff nickte. Major ging ins Haus und kam mit der Kanne zurück. Er füllte beide Tassen nach.

Der Sheriff sagte: »Jetzt sind alle Stromversorger nervös und verstärken die Sicherheit an ihren Umspannwerken. Sie konzentrieren sich auf die nächste Explosion. Scheint kurzsichtig zu sein.«

»Was denkst du?«, fragte Major.

»Mehrere Dinge. Insgesamt waren meine Familie und ich nicht auf einen Stromausfall vorbereitet, der länger als ein paar Stunden dauert. Du weißt gar nicht, wie dankbar ich bin, dass du meine Familie nach der Explosion aufgenommen hast.«

»Molly ist eine immense Hilfe. Sie hat ein Talent für Organisation, das ich offen gesagt nicht habe. Und ihr Kochen ist erstklassig«, sagte Major. »Vielleicht können wir mit einer Liste beginnen, was wir langfristig brauchen würden. Ich weiß, dass ich den Garten erweitern möchte, und die Mädchen haben bereits mit mir über das Einmachen gesprochen.«

Der Sheriff nickte. »Noch ein paar andere Dinge. Wir adoptieren Annie und Josh. Die Bank hat uns ihr Haus überlassen. Falls wir aus der Stadt wegziehen müssen, steht das Haus zur Verfügung, aber ich hätte lieber, dass meine Familie bei dir bleibt, wenn ich in der Stadt bleiben muss.«

»Völlig in Ordnung für mich, und herzlichen Glückwunsch«, sagte Major. »Ich bin sicher, ihr fühlt euch bereits wie eine Familie.«

»Das tun wir.« Der Sheriff trat von der Veranda und ließ seinen Blick über das Gelände um das Haus schweifen. »Ich habe mich mit dem Stadtrat getroffen und sie gefragt, was sie aus dem Stromausfall gelernt haben. Sie sagten mir, es sei vorbei und alles sei wieder normal. Ich fragte, was sie als Probleme ansahen, und sie meinten, das Elektrizitätswerk habe zu lange gebraucht, um den Strom wieder einzuschalten. Als könnten Unternehmen einfach einen magischen Schalter umlegen. Ihre andere Beschwerde war, dass der Gouverneur den Bezirk nicht am nächsten Tag zum Katastrophengebiet erklärt hat.

Ich fragte sie, wie sie sicherstellen wollten, dass die Stadt genügend sicheres Wasser für diejenigen bereitstellt, die darauf angewiesen sind.«

»Ich fürchte mich fast, es zu fragen, aber wie lautete ihre Antwort?«

»Es war, als würde ich mit den Wänden reden. Einer der Ratsmitglieder beschwerte sich über die Mahlzeiten, die die Kirchen serviert haben. Ich konnte nicht mehr zuhören, also bin ich mitten in seiner Tirade gegangen. Ich kann nur hoffen, dass ich einen Samen der Vernunft gesät habe und sie darüber nachdenken werden.«

Major kicherte. »Ich könnte raten, wer sich über das Essen beschwert hat, aber ich wette, es gab ein paar, die zugehört haben.«

»Du hast recht. Die örtlichen Pastoren haben eine informelle Gruppe gebildet, um zu sehen, was die Kirchen im Falle eines weiteren Notfalls tun könnten, um der Gemeinde zu helfen.«

»Wir haben Brownies in unserem Gefrierschrank. Willst du einen?«

Major wartete nicht auf eine Antwort. Er kam mit zwei gefrorenen Brownies zurück, die in Frischhaltefolie eingewickelt waren, und warf einen dem Sheriff zu.

Der Sheriff wickelte seinen aus und nahm einen Bissen. »Ich lehne niemals einen Brownie ab. Trishs Rezept, wette ich.« Er hielt inne, um einen weiteren Bissen zu nehmen. »Ich habe mit den Sheriffs in den benachbarten Bezirken gesprochen. Wir haben mehr Solarladegeräte für unsere Funkbatterien bestellt. Wir wollen die Kommunikation zwischen unseren Büros aufrechterhalten.«

Der Sheriff beendete seinen Brownie und seufzte. »Es tut mir leid. Ich wollte dir das alles nicht aufbürden. Wie gesagt, es hat mich erschüttert. Oder vielleicht hat es mich wachgerüttelt.«

»Sheriff, das ist es, was mich nachts wach hält. Es würde meinen Kopf beruhigen, einen Plan auszuarbeiten.«

»Können wir uns am Sonntag nach der Kirche treffen? Wir bringen das Essen mit. Wenn wir hierher kommen, können die Kinder mit den Hunden herumlaufen.«

Major sammelte ihren Müll und warf ihn in die Tüte vom Diner. »Gut. Ich werde meine Gedanken zu Papier bringen.«

»Ich sollte zurückgehen. Danke, Major. Für alles.«

Da Major noch über eine Stunde hatte, bevor es Zeit war, die Mädchen von der Schule abzuholen, füllte er das Futter und Wasser der Hühner auf, falls der Besuch beim Anwalt länger dauern sollte als erwartet. Trishs griechische Hähnchennudeln brauchten nicht lange, um zubereitet zu werden. Allein der Gedanke daran ließ ihm das Wasser im Mund zusammenlaufen. Bevor er die Farm verließ, sammelte er eine Ladung dunkler Kleidung und warf sie in die Waschmaschine.

Es ist komisch, eine Sache, die mir jetzt immer im Hinterkopf ist, ist das Waschen von Kleidung, sobald ich genug für eine Ladung habe. Er kicherte und ging zu seinem Truck. Er griff nach dem Zündschlüssel und starrte auf seine vernarbten, arthritischen Hände. *Ich bin ein alter Mann. Kann ich das schaffen? Wie werde ich eine große Familie beschützen? Kann ich alle in Sicherheit halten?*

Er ließ den Motor an. *Ja, das kann ich.*

———◆———

»Sehen wir nicht aus wie ein paar Profis in dieser Eltern-Abholschleife, Shadow?«, fragte Major.

Als die Mädchen in den Wagen stiegen, sagte er: »Wir halten vor der Anwaltskanzlei an, bevor wir nach Hause fahren. Der Anwalt hat Papiere für die dauerhafte Vormundschaft. Rosalie, die Entscheidung liegt bei dir, aber egal ob du dich für eine vorübergehende oder dauerhafte Vormundschaft entscheidest, du wirst auf dem Bauernhof wohnen. Ich habe den Anwalt gebeten, es dir und Aimee Louise zu erklären.«

Rosalie sagte: »Okay, solange ich auf dem Bauernhof bleibe. Mama hat gesagt, das sei wichtig. Wir machen trotzdem Omas griechische Hähnchennudeln zum Abendessen, oder?«

»Oh ja«, sagte Major. »Ich habe heute Morgen eingekauft, und wir haben alle Zutaten.«

Die Anwältin wollte mit Rosalie allein sprechen, stimmte aber zu, dass Aimee Louise mitkommen durfte, als Rosalie darauf bestand.

Major hörte, wie Aimee Louise Rosalie zuflüsterte: »Selbstbewusste Wolke. Das ist gut.«

Major und Shadow warteten draußen auf der Veranda. Er notierte einige Punkte für das Treffen am Sonntag. Shadow schnüffelte im umliegenden Gras und an den Blumen, markierte ein paar Stellen und ließ sich neben Major nieder.

Er arbeitete mit gesenktem Kopf an seiner Liste, bis Vanessa nach fast einer Stunde heraustrat. »Major, würden Sie bitte reinkommen? Die Freundinnen möchten mit Ihnen sprechen.«

Major bemerkte, dass sie die Mädchen »die Freundinnen« nannte. *Ich wusste schon immer, dass Vanessa clever ist, aber das ist beeindruckend.*

Ihm fiel auch auf, dass Vanessa eine seidige, hellgraue Bluse trug. *Ihre Bluse spannt sich über ihrer Brust, wenn sie atmet. Wenn sie sich bewegt, kann ich nicht anders, als ihre Kurven anzustarren.* Majors Mund war etwas trocken.

Rosalie sprach zuerst. »Frau Vanessa sagt, Aimee Louise und ich werden Schwestern sein. Wir fanden, das wäre gut. Und wir würden Freundinnen bleiben. Sie hat auch gesagt, dass Sie immer Pops bleiben würden, egal was passiert.«

»Okay.« *Ich weiß, dass das auf etwas hinausläuft.*

»Familie ist das Wichtigste für mich, und du und Aimee Louise seid meine Familie. Und Shadow. Aimee Louise und ich stimmen Frau Vanessa zu. Die dauerhafte Vormundschaft ist der beste Weg, um sicherzustellen, dass wir eine Familie bleiben.«

»Ich finde das klug. Ich habe es nicht aus der Familienperspektive betrachtet, aber wenn Frau Vanessa rät, dass die dauerhafte Vormundschaft der beste Weg ist, um die Familie zusammenzuhalten, dann stimme ich auch zu.«

»Danke, alle zusammen«, sagte Vanessa. »Major, ich brauche Ihre Unterschrift, und ich gebe Ihnen Kopien aller Unterlagen. Ihr Paket enthält die Versicherungsinformationen und -karte für Rosalie sowie die Informationen zur Rentenzahlung für Sie. Die Rente kommt als Scheck per Post am Ersten jeden Monats. Wenn Sie eine elektronische

Einzahlung bevorzugen, habe ich Informationen beigefügt, wie Sie dies einrichten können. Ich werde auch immer Kopien aller Unterlagen haben und würde Rosalie vertreten, falls jemand die Vormundschaft anfechten sollte.«

»Zur Information«, fuhr Vanessa fort, »ich habe meine Verpflichtung gegenüber Marty erfüllt. Rosalie hat mich als ihre Anwältin beauftragt. Da ist noch etwas. Rosalie kann ihren Namen legal ändern lassen. Sie hat beantragt, den Nachnamen Elliott anzunehmen, weil sie Teil der Familie ist. Dies ist keine Adoption. Es ist eine rechtmäßige Namensänderung. Haben Sie irgendwelche Einwände? Möchten Sie diese unter vier Augen mit mir besprechen?«

Major war zunächst überrascht, aber ihm wurde klar, dass er es nicht hätte sein sollen. *Die Mädchen durchdenken immer alle Optionen.* »Keine Einwände, aber ich frage mich schon warum, und muss Marty nicht zustimmen?«

»Nein, muss er nicht«, sagte Vanessa. »Er hat die Papiere unterschrieben, damit Sie die gesetzliche Vormundschaft bekommen. Die Zustimmung kommt von Ihnen als rechtmäßigem Vormund. Rosalie und ich haben das mit dem Richter bestätigt. Wir haben ihn angerufen, und er hat mit Rosalie gesprochen. Was den Grund angeht, können Sie meine Mandantin fragen. Wir haben Josie angerufen, und sie hatte keine Einwände. Ich habe auch Marty aus Höflichkeit angerufen, und er hatte keine Einwände. Wir haben alle Grundlagen abgedeckt. Das Paket wird dann auch die Namensänderung beinhalten. Ich werde eine Anweisung an die Krankenversicherung senden, und sie werden eine korrigierte Versicherungskarte ausstellen.«

Ich glaube, ich würde mich nicht mit diesen dreien anlegen wollen. Sie sind ein ziemlich gutes Team.

»Sie sagten, Josie hatte keine Einwände. Hat sie gesagt warum? Warum kämpft sie nicht um das Sorgerecht für ihre Nichte?«

»Sie und ich haben darüber gesprochen. Sie sagte, Rosalie hatte nie die Möglichkeit, Freunde zu haben oder überhaupt ein Kind zu sein. Josie hat bereits ein Haus voller Kinder und wäre nicht die Elternperson, die Rosalie braucht. Sie sagte mir, Rosalie gehört zu Ihnen und Aimee Louise.«

»Klingt, als gäbe es überhaupt keine Einwände; lasst uns die Papiere unterschreiben«, sagte Major.

Nachdem Vanessa ihm das Paket mit den Unterlagen gegeben hatte, umarmte sie die Mädchen, schüttelte Major die Hand und kraulte Shadow das Gesicht.

Ich muss alt werden. Ich bin eifersüchtig auf einen Hund. Wie komme ich auch zu einer Gesichtsmassage?

Er runzelte die Stirn, schüttelte den Kopf und versuchte, seine Verärgerung abzuschütteln.

»Zweite Gedanken, Major?« Vanessa runzelte die Stirn. Er hörte die Besorgnis in ihrer Stimme.

»Nein, auf keinen Fall. Ich muss mich wohl kneifen.«

»Das verstehe ich.« Vanessa lächelte. »Sie sind ein glücklicher Mann. Sie haben eine wunderbare Familie.«

»Danke.« Er stolperte, als er zur Tür hinausging. »Ups, Entschuldigung.«

Mit rotem Gesicht ging er zum Wagen. *Ich habe mich bei einer Türschwelle entschuldigt.*

Auf dem Heimweg sagte Major: »Rosalie, Frau Vanessa sagte, sie wäre deine Anwältin auf Honorarbasis. Braucht man dafür nicht eine Vorauszahlung?«

»Ich hatte fünf Dollar. Das war mein Notgroschen für Lebensmittel. Frau Vanessa sagte, das sei genau ihr Honorar. Ich glaube, sie hat mir einen Kinderrabatt gegeben.«

»Weißt du, daran habe ich nie gedacht. Lasst uns etwas Bargeld in eure Rucksäcke stecken, damit ihr beide für Notfälle etwas zur Hand habt. Ich habe noch eine andere Frage. Ist es okay, wenn ich nach der Namensänderung frage?«

»Mama hat mir gesagt, als sie krank war...« Rosalie räusperte sich, und Shadow stupste ihr Ohr an. »Mama sagte, ich müsse bei meiner Familie auf dem Bauernhof sein. Als ich dem Richter erzählte, was Mama gesagt hatte, sprachen wir mehr über den Hof und Mama; der

Richter sagte mir, dass ich die Möglichkeit hätte, meinen Namen zu ändern. Mama würde das gefallen.«

Aimee Louise sang in einer singenden Stimme: »Ich hab 'ne Freundin. Meine Schwester ist meine Freundin. Wir haben einen Paps. Unser Paps ist toll. Meine Schwester kann singen. Sie singt wundervolle Lieder. Sie reimt all ihre Worte. Wenn ich wüsste, wie man reimt, würde dieses Lied weitergehen. Weiß ich aber nicht.«

Major, Rosalie und sogar Shadow schauten sie überrascht an. Als das Lied endete, lachte Major, und Rosalie applaudierte. Aimee Louise strahlte. Shadows Grinsen sagte: »Ich liebe diese Familie.«

Während sie ins Haus gingen, hörte Major, wie Rosalie sagte: »Jetzt?«

»Nach den Hausaufgaben«, sagte Aimee Louise.

Ich schätze, ich werde bis nach den Hausaufgaben warten.

KAPITEL ZWANZIG

Nachdem sie an diesem Abend ihre Hausaufgaben beendet hatten, sagte Rosalie: »Pops, wir würden gerne am Freitag Jennifer anrufen. Wir denken, es könnte ein Ferngespräch sein, also wollten wir um Erlaubnis bitten, falls es extra kostet. Wir sind neugierig wegen der gestohlenen Ausrüstung.«

»Noch etwas«, fügte Aimee Louise hinzu. »Es gibt einen Lagerplatz hinter Jennifers Laden, auf der anderen Seite der Gasse. Ich würde gerne wissen, ob jemand deren Überwachungskameras überprüft hat.«

Majors Herzschlag beschleunigte sich. Er wollte ihnen verbieten, Jennifer anzurufen. *An den Lagerplatz hatte ich gar nicht gedacht, und ich wette, niemand sonst hat das auch.*

Er holte tief Luft und beruhigte sich. *Will Aimee Louise nicht mit einer Panikwolke erschrecken.*

»Ich bin nicht begeistert von der Idee, aber es interessiert mich, warum ihr über die Ausrüstung Bescheid wissen wollt.«

»Die Explosion am Umspannwerk war ein Test; vielleicht um die Wiederherstellungszeit zu überprüfen oder eine Ablenkung zu schaffen«, sagte Aimee Louise. »Alle konzentrieren sich auf eine weitere Explosion. Da steckt etwas Größeres dahinter, aber ich bin sicher, es wird anders sein. Wir denken, die gestohlene Ausrüstung könnte uns einen Hinweis auf den nächsten Stromausfall geben.«

Major hob überrascht die Augenbrauen, wie gründlich Aimee Louises Antworten waren. Ihre Analyse und Schlussfolgerungen ähnelten denen des Sheriffs, aber der Sheriff erwähnte den Elektronik-Einbruch und Onkel Dan nicht als wahrscheinliche Verbindungen zur Explosion oder einem zukünftigen Ereignis.

»Was, wenn ich morgen mit dem Sheriff spreche und ihn bitte, den Diebstahl aus dem Elektronikladen und die Überwachungskameras des Lagerplatzes zu überprüfen? Ich kann erklären, dass wir überzeugt sind, dass die Art der gestohlenen Ausrüstung ein Hinweis auf den nächsten Stromausfall ist. Ich mache mir Sorgen, dass Onkel Dan nervös werden könnte, wenn es eine direkte Verbindung zwischen uns und einer Anfrage zum Einbruch gibt.«

Rosalie sah Aimee Louise an, die sich auf Pops konzentrierte.

»Aimee Louise«, fragte Rosalie, »was denkst du?«

Nach kurzem Überlegen antwortete Aimee Louise: »Ich denke, Pops macht sich Sorgen um unsere Sicherheit. Ich finde es klug, es dem Sheriff zu überlassen und sicherer.«

Er hatte mit mehr Widerspruch gerechnet. »Danke. Und ja, ich mache mir Sorgen um eure Sicherheit.«

Er atmete erleichtert auf. »Bei allem, was los ist, habe ich nie daran gedacht, die Kamera in den Laden zu bringen, um zu sehen, ob ihre Techniker sie reparieren können. Ich lege sie in den Truck, damit wir uns daran erinnern, wenn wir das nächste Mal in der Stadt sind.«

◆◇◆

Während des Frühstücks am nächsten Morgen sagte Major: »Wir sollten gleich nach dem Mittagessen zur Kirche aufbrechen. Ich würde gerne die Hühnerarbeit heute Morgen erledigen, und ich möchte mit Nummer 48 ausreiten, um den Zaun zu kontrollieren. Was meint ihr? Wir hätten immer noch Zeit, uns frisch zu machen und zu Mittag zu essen, bevor wir los müssen.«

»Das würde mir gefallen«, sagte Rosalie.

»Mir auch«, stimmte Aimee Louise zu.

»Aimee Louise hat dein tragbares Amateurfunkgerät mit den Frequenzen der nahegelegenen Repeater programmiert. Könnten wir es mitnehmen, um zu sehen, ob wir etwas empfangen können?«, fragte Rosalie.

»Klingt gut. Woher hast du die Frequenzen, Aimee Louise?«

»Website des lokalen Amateurfunkclubs.«

»Ich hatte ganz vergessen, dass wir einen lokalen Amateurfunkclub haben. Vielleicht sollten wir mal vorbeischauen. Sehen, ob wir zu einem Treffen gehen wollen oder so.«

»Klingt gut«, echote Aimee Louise.

»Ich gehe überall hin, wo Aimee Louise hingeht«, sagte Rosalie. »Schließlich hat sie mit mir im Chor gesungen.«

»Gesummt«, sagte Aimee Louise. »Ich habe gesummt.«

»Okay, gesummt. Dann summe ich beim Amateurfunkclub-Treffen.«

Major gluckste. *Diese beiden sind so eine Freude in meinem Leben.*

Die drei füllten das Wasser und Futter der Hühner nach, reinigten die Kotbehälter in den Ställen und rechten die Ausläufe, während die Hühner unter Shadows Schutz frei herumliefen.

»Ich mag es, wie die Hühner, sogar die Hähne, wissen, dass Shadow auf sie aufpasst«, sagte Rosalie.

Major nahm die Eimer für den Kompost. »Einmal war ich im Garten, und Shadow stieß ein einzelnes Bellen aus. Alle Hühner flogen und rannten so schnell sie konnten in ihre Ställe. Ich wollte gerade Shadow fragen, was passiert ist, als ich den Fuchs am Rand des Hofes sah. Der Fuchs lief weg, weil er merkte, dass Shadow ihn gesehen hatte.«

»Wow«, sagte Rosalie. »Was für eine tolle Shadow-Geschichte.«

Alle vier kletterten auf Nummer 48. Major und die Mädchen schnallten sich an. Shadow saß kerzengerade auf seinem Platz. Wenn die Mädchen mitfuhren, fuhr er auch mit.

»Schöner klarer Tag«, sagte Major. »Warm, aber die Luftfeuchtigkeit ist niedrig.«

Als sie über die Weide fuhren, sagte Rosalie: »Der Wind ohne Windschutzscheibe macht Spaß, aber es wäre vielleicht klug, noch eine Regel zu haben: nicht während der Fahrt reden.«

Aimee Louise nickte. »Insekten.«

Die Mädchen schalteten das Amateurfunkgerät ein und hörten auf die regelmäßigen Anmeldungen der Repeater. Als sie eine hörten, hielt Major an.

Major gab sein Rufzeichen durch. »Radiocheck.«

Ein Amateurfunker antwortete mit seinem eigenen Rufzeichen. »Laut und deutlich.«

Rosalie holte ihr Notizbuch. Sie notierte die Frequenz des Repeaters und die ID des Funkamateurs.

Ob wir wohl als Nächstes Funkamateure aufspüren werden.

»Pops, wir brauchen eine Datenbank darüber, wer unser Signal von welchem Repeater empfangen hat und wo wir uns befanden«, sagte Rosalie. »Ach, und die Tageszeit und das Wetter. Vielleicht könnten wir unsere Wildtier-Tracking-Datenbank als Vorlage verwenden.«

»Ja«, sagte Aimee Louise.

Endlich. Ich hab mal was richtig gemacht.

»Wollte euch noch sagen, der Sheriff, Molly und ich möchten Listen erstellen, was wir bei einem weiteren Ausfall brauchen würden oder wovon wir mehr benötigt hätten«, sagte Major. »So eine Art Nachbesprechung darüber, was wir besser machen könnten. Wenn euch einfällt, was wir hätten gebrauchen können oder wovon wir mehr gebraucht hätten, lasst es mich wissen. Ich bin offen für Ideen.«

Als sie zum Farmhaus zurückkehrten, zogen sie sich für die Kirche um. Rosalie trug eine rote Bluse mit schwarzer Hose, und Aimee Louise hatte ihre leuchtend blaue Bluse mit marineblauer Hose an.

»Mama mochte kräftige Farben. Sie würde sich freuen, uns in unseren leuchtenden Farben zu sehen.«

Major sagte: »Ich habe ein hellblaues Hemd und ein dunkelgrünes Hemd. Welches sollte ich anziehen?«

»Das Dunkelgrüne kommt Smaragdgrün nahe, Mamas Lieblingsfarbe. Und sie hat gelacht, wenn ich Rot getragen habe, weil sie meinte, wir Rotschöpfe sollten kein Rot tragen. Aimee Louises leuchtendes Blau ist die gleiche Farbe wie Mamas Lieblingskleid für die Kirche.«

»Dann sind wir alle passend gekleidet. Ausgezeichnet«, sagte Major. »Wir sollten essen, bevor wir gehen, aber nur leicht. Es wird viel Essen geben, und man wird erwarten, dass wir eine Menge Reste mit nach Hause nehmen.«

Sie naschten Käse, Cracker und Äpfel.

»Kann Shadow mit uns kommen?«, fragte Aimee Louise.

»Ich wäre dafür«, sagte Rosalie.

Major schüttelte den Kopf. »Er wäre glücklicher, wenn er auf die Dinge hier aufpasst, während wir weg sind.«

Shadow ließ sich auf einem schattigen Platz auf der Veranda nieder.

Als sie sich der Kirche näherten, bemerkte Major den überfüllten Parkplatz. Aimee Louise war blass geworden und atmete schnell und flach.

»Lasst uns zum Park fahren«, sagte Major und fuhr von der Kirche weg. Sie setzten sich auf eine Parkbank.

»Atme durch die Nase ein. Halt die Luft an. Halte sie. Okay, jetzt atme durch den Mund aus. Du auch, Rosalie. Atme mit Aimee Louise. Das wird ihr helfen.«

Aimee Louise verlangsamte ihre Atmung, und Major sagte: »Zu viele Menschen?«

»Ich war nicht vorbereitet. Tut mir leid, Rosalie.«

»Lasst uns überlegen, ob uns ein paar Ideen einfallen, die helfen könnten«, sagte Major.

»Wir können alle nach Hause schicken«, sagte Rosalie mit einer Heftigkeit in ihrer Stimme.

Major schlug vor: »Wir können warten, bis alle da sind, und uns hinten hinstellen.«

»Wir können vorne sitzen, damit wir niemanden sehen«, sagte Rosalie. »Würde das helfen?«

»Vielleicht«, sagte Aimee Louise.

»Würde es helfen«, fragte Major, »wenn wir den Truck im Park lassen, damit wir nicht eingeparkt werden?«

Aimee Louise blickte auf die Bäume und Blumen. »Ja.«

»Wir werden bei Rosalie sein, während wir das Leben ihrer Mutter feiern«, sagte Major. »Wir sind für Rosalie da. Für niemand anderen.«

»Richtig«, sagte Aimee Louise. »Lass es uns tun.«

Rosalies Stimme stockte. »Lass es uns tun.«

Die drei gingen gemeinsam, mit Rosalie in der Mitte. Major öffnete die knallrote Tür, und sie wurden vom zeitlosen, vertrauten Geruch alter Holzbänke und brennender Bienenwachskerzen empfangen. Das Sonnenlicht fiel durch die bunten Glasfenster und ruhte auf dem verblichenen Rot des Mittelgangteppichs. Sonnenstrahlen verliehen dem alten Teppich Tupfer feuriger Strahlkraft. Das undeutliche Gemurmel von Stimmen durchflutete die Kirche mit einem sanften Rhythmus des Trostes und einer Gemeinschaft, die gemeinsam trauerte.

»Siehst du all das Rot für deine Mutter?«, fragte Aimee Louise mit leiser Stimme.

»Ja«, sagte Rosalie.

Aimee Louise sagte: »Vorne ist am besten.«

Sie entdeckten eine vordere Reihe, die für die Familie reserviert war. Major schätzte die respektvollen, gedämpften Stimmen und die leise Lautstärke der Orgel. Aimee Louise entspannte sich, als die sanfte Musik ein Gefühl von Ehrfurcht und Frieden vermittelte. Kurz vor Beginn des Gottesdienstes schlüpfte Marty neben Major, und sie alle rückten zur Seite. Rosalie runzelte die Stirn und umklammerte ihre Hände in ihrem Schoß. Major legte seinen Arm über die Rückenlehne der Kirchenbank und tätschelte Rosalies Schulter; ihr Gesicht und ihre Hände entspannten sich.

Nach Ende des Gottesdienstes bot ein Empfang im Gemeindesaal der Kirche Gelegenheit für die Familie, Beileidsbekundungen entgegenzunehmen. Major und Rosalie berieten sich mit gedämpften Stimmen, dann sprach er mit Pastor John. Rosalie verabschiedete sich von ihrem Vater, und Major führte die Mädchen durch einen Seitenausgang hinaus.

»Wir bleiben nicht«, sagte Major zu Aimee Louise vor der Kirche. »Rosalie und ich sind uns einig. Wir fahren nach Hause. Sie möchte nicht mit Leuten reden, und Pastor John hat das verstanden. Er sagte, Tante Molly und der Sheriff würden später mit den Kindern zu uns kommen.«

Aimee Louise atmete erleichtert auf. »Danke.«

Als sie den Park erreichten, setzte sich Rosalie auf eine Bank. »An diesem letzten Tag... als ich bei Mama war.«

Aimee Louise setzte sich neben sie.

»Mama hat mich gebeten, ihr zu verzeihen.« Rosalie vergrub ihr Gesicht in den Händen und schluchzte.

Major setzte sich auf die andere Seite von Rosalie. Er blickte zu Aimee Louise hinüber. Tränen rannen über ihr Gesicht.

Rosalie fuhr fort: »Ich habe ihr gesagt, dass ich sie liebe und es nichts zu verzeihen gibt, aber ich habe ihr verziehen. Ich habe sie gebeten, mir zu verzeihen. Und sie sagte, sie liebt mich und hat mir auch verziehen.«

Rosalie lehnte sich an Majors Schulter und weinte unkontrolliert. Er hielt sie fest, während Aimee Louise eine leise Melodie summte.

Nachdem ihre Tränen versiegt waren, richtete sich Rosalie auf. »Mama sagte, meine Familie würde mir helfen. Danke.«

Die drei saßen einige Momente schweigend da, bevor sie zum Truck gingen.

»Ich habe die Kamera von der Westweide dabei«, sagte Major. »Ist es okay, wenn wir sie in der Reparaturwerkstatt abgeben, bevor wir nach Hause fahren?«

Rosalie nickte.

»Können wir im Truck warten, während du reingehst?«, fragte Aimee Louise.

»Klar. Es dauert nicht lange, sie abzugeben. Die Werkstatt kann mich anrufen, wenn sie fertig ist.«

Major parkte vor dem Kameraladen und ging hinein. Er übergab die Kamera dem Techniker hinter dem Tresen. Der junge Mann öffnete die Kamera, zeigte auf das Innere und reichte sie Major zurück.

Der Techniker sagte: »Major, irgendetwas hat die Schaltkreise der Kamera geschmort, und das war absichtlich. Nur intensive Hitze oder ein konzentrierter Strahl könnte das verursacht haben. Ich sehe keine

Anzeichen für Beschädigungen am Kameragehäuse, aber ich kann sie nicht reparieren oder irgendetwas wiederherstellen.«

Major kam aus dem Geschäft und stieg in den Truck. »Der Techniker sagte, die Kamera ist hinüber.«

»Das Gleiche hat Jennifer gesagt. Noch mehr für den Sheriff«, sagte Aimee Louise.

»Ja«, antwortete Major.

Auf der Heimfahrt waren sie still. Als sie den Kiesweg erreichten, wandte sich Rosalie vom Fenster ab und sagte: »Ich werde Mama vermissen.«

»Ja«, sagte Aimee Louise.

»Vermisst du deine Mama?«

»Ja, und Papa.«

»Ich werde Mama immer vermissen«, sagte Rosalie.

»Ja. Ich denke gerne auch an die glücklichen Zeiten zurück, wie wenn Mama und Papa gelacht haben.«

Major vermisste Trish, und er würde es immer tun. Aber er sah, wie heilsam Liebe sein konnte, als er den Mädchen zuhörte.

»Ich muss mich umziehen, wenn wir zu Hause sind«, sagte Rosalie.

Major nickte. *Ich auch.*

»Wäre es okay, wenn Rosalie und ich die Prüfung für die Amateurfunklizenz machen würden?«, fragte Aimee Louise. »Es gibt nächsten Mittwochabend eine Prüfung, die vom lokalen Amateurfunkclub veranstaltet wird, und Lerngruppen am Montag- und Dienstagabend.«

»Das ist für mich in Ordnung. Könnt ihr den Schulstoff nachholen, den ihr verpasst habt?«

»Ja«, sagte Aimee Louise.

»Wir haben nur noch ein bisschen übrig, und wir können heute fertig werden«, fügte Rosalie hinzu.

»Was noch?« *Ich habe das Gefühl, da kommt noch mehr.*

»Wir hätten gerne eine Amateurfunk-Basisstation. Wir brauchen eine hohe Antenne wegen unserer Entfernung zu den Repeatern«, sagte Aimee Louise.

»Okay. Nachdem ihr beide die Technikerlizenz-Prüfung bestanden habt, werden wir eine Antenne installieren und ein Basis-Funkgerät besorgen.«

Ein Gedanke blitzte durch Majors Kopf. *Ich bin so froh, dass sie kein Interesse an Raumschiffen entwickelt haben. Oder Walen.*

»Habe ich euch schon gesagt, wie stolz ich auf euch bin? Das bin ich. Ich finde, eine Basisfunkstation ist eine hervorragende Idee für den Hof«, sagte Major. »Wenn wir zu Hause sind, zeigt mir, was ihr bezüglich der Antenne denkt und wo ihr meint, dass sie am besten installiert werden sollte.«

Mit Aimee Louise an der Tastatur setzten sich die drei an Majors Computer und verglichen verschiedene Antennen. Shadow winselte und gab ein kurzes Bellen von sich. Sie schauten aus dem Fenster und sahen, wie der Truck des Sheriffs in die Einfahrt einbog.

Der Truck hielt an, und Penny und die Kinder sprangen heraus. Molly rief die Kinder zurück, um beim Tragen der Sachen ins Haus zu helfen.

Als sie zur Tür kam, sagte Molly: »Wir haben etwas Essen vom Empfang in der Kirche mitgebracht. Das meiste haben wir zum Frauenhaus und zum Pflegeheim gebracht. Ich habe fast alle meine Einmachgläser, Deckel und Einmachutensilien mitgebracht. Ich liebe Oma Trishs Einmachausrüstung. Sie ist viel organisierter als meine Küche. Ich würde gerne all mein Einmachen hier machen, und, Aimee Louise und Rosalie, ihr könnt mir helfen, wenn ihr möchtet. Wir hatten keine Zeit, in der Kirche zu essen. Sollen wir das Essen auf den Tisch stellen und essen?«

Major merkte, dass er hungrig war, und auch die Mädchen aßen gut. Nachdem alle beim Abräumen geholfen hatten, liefen die Kinder mit den Hunden nach draußen. Major räumte die Spülmaschine ein, während Molly und der Sheriff die Reste abdeckten, beschrifteten und wegpackten.

»Sheriff, ich habe ein paar Dinge für Sie«, sagte Major. »Erstens denkt Aimee Louise, dass die aus dem Elektronikgeschäft gestohlenen Gegenstände mit einem zukünftigen Ereignis zusammenhängen.

Jennifer vom Elektronikgeschäft sagte, ihre Überwachungskameras wurden zerstört. Übrigens glaubt Aimee Louise, dass die Explosion ein Test für einen viel größeren Ausfall war. Sie möchte, dass Sie die gestohlenen Gegenstände und deren potenzielle Verwendung während eines weiteren Ausfalls untersuchen. Und noch etwas: Aimee Louise hat gefragt, ob die Überwachungskameras des Lagerhauses hinter Jennifers Geschäft überprüft wurden. Wissen wir überhaupt, ob es dort Überwachungskameras gab?«

Der Sheriff pfiff leise. »Ich weiß nicht, ob jemand anders an das Lagerhaus gedacht hat. Ich werde morgen früh als Erstes anrufen.«

»Zweitens habe ich die Kamera von der Westweide zum Kamerageschäft gebracht. Der Techniker sagte mir, dass die Kamera absichtlich zerstört wurde. Ich werde sie Ihnen geben. Vielleicht können die Bundesbehörden einige Tests daran durchführen und mehr herausfinden. Das gefällt mir alles gar nicht.«

»Mir auch nicht«, stimmte der Sheriff zu. »Wir wissen, dass Aimee Louise klug ist, aber wie kommt sie auf all das?«

»Ich weiß es nicht. Macht mir Sorgen.«

»Wenn Sie mich entschuldigen«, sagte Molly, »ich werde unsere Truppe zusammentreiben. Wir müssen unsere Hausaufgaben vor der Schlafenszeit fertigstellen.«

»Alles in Ordnung, Major?« fragte der Sheriff.

»Mir geht's gut. Ich beeile mich, um mit Aimee Louise Schritt zu halten, aber ohne Erfolg. Sie ist brillant, und Rosalie auch, aber sie sind noch jung; immerhin vertrauen sie mir genug, um mir zu sagen, was sie denken.«

»Sag ihnen, dass ich mich nach der gestohlenen Elektronik erkundigen und die Überwachungskameras des Lagerhauses überprüfen werde. Wir planen, am Sonntag hier zu sein. Lass mich wissen, wenn noch etwas aufkommt.«

Während sie am Freitagmorgen frühstückten, sagte Rosalie: »Pops, wir können morgen nicht singen. Eigentlich würden wir lieber nicht hingehen, wenn das okay ist. Wir haben gestern Abend mit Annie und Josh gesprochen, und sie verstehen das. Es ist zu...«

»Zu früh«, beendete Aimee Louise den Satz.

»Ich werde Pastor John anrufen und ihm mitteilen, dass wir morgen nicht da sein werden«, sagte Major. »Ich denke, das ist eine kluge Entscheidung.«

»Danke, Pops«, sagte Rosalie.

»Ich muss noch mehr Anrufe tätigen. Ich werde den Ausbilder für die Technikerklasse anrufen, wenn ihr noch interessiert seid. Seid ihr das?«

»Oh ja«, sagte Rosalie.

»Ich werde fragen, ob ich am Unterricht teilnehmen kann. Es ist lange her, seit ich meine Lizenz bekommen habe, und eine Auffrischung würde mir nicht schaden. Ich werde den Prüfungsleiter anrufen, um euch für die Prüfung nächste Woche anzumelden.«

»Pops«, sagte Aimee Louise, »ich habe die Liste aller Personen im Landkreis, die eine Amateurfunklizenz besitzen. Das ist öffentlich zugänglich. Ich dachte, du würdest sie gerne sehen. Ich habe auch eine Liste aller Personen im Bundesstaat, falls dich das interessiert.«

»Danke. Ich möchte zuerst die Liste des Landkreises sehen.« Major sah sich die Liste an. »Das ist ja interessant. Mr. Young hat eine aktuelle Lizenz. Er ist ein Extra, was die fortgeschrittenste Stufe ist. Es könnte hilfreich sein, wenn er sich unsere Pläne für eine Antenne und einen Transceiver ansieht. Vielleicht hätte er ein paar Vorschläge. Ich werde ihn auch anrufen.«

Während Aimee Louise und Rosalie draußen arbeiteten, tätigte Major seine Anrufe. Er organisierte, dass alle drei am Lernkurs teilnehmen konnten und dass die beiden Mädchen die Technikerprüfung ablegen würden.

Er rief Mr. Young an. »Die Mädchen interessieren sich für Amateurfunk. Wir haben Pläne für eine Basisstation und hofften, Sie würden sie mit uns durchsehen.«

»Genau mein Ding. Warum kommen Sie und die Mädchen nicht zu meinem Hof, und ich schaue mir Ihre Pläne an.«

Nachdem sie auf Mr. Youngs Hof angekommen waren, überraschte er sie mit einem Basisstations-Transceiver und einer Antenne und gab den Mädchen dann Lernbücher für die Technikerprüfung.

»Ich war jahrelang Ausbilder, und ich bleibe gerne auf dem Laufenden«, sagte er. Er sprach mit ihnen über die Grundlagen des Funks, erklärte den Aufbau der Prüfung und schlug Wege vor, wie sie sich auf die Prüfung vorbereiten könnten.

»Ich habe einige Fragen zum Transceiver, zur Antenne und zu den Repeatern in der Nähe«, sagte Aimee Louise.

»Sicher«, sagte Mr. Young. »Setzen wir uns unter den Baum in den Schatten.«

Mr. Young gab Rosalie eine Gitarre und ein Anfängerbuch. Sie setzte sich sofort hin und arbeitete die ersten Lektionen durch.

Major saß auf der Stoßstange des Trucks und hörte zu, wie Rosalie Akkorde anschlug und Mr. Young und Aimee Louise sich angeregt unterhielten. *Mr. Young ist ein Wundertäter.*

Rosalie gab Mr. Young die Brownies, die sie für ihn eingepackt hatten.

»Ich habe bei diesem Tausch den besseren Teil bekommen«, sagte er. »Diese Brownies sind echte Killer-Brownies. Sie schmecken wie die, die deine Großmutter Trish früher gebacken hat. Sie war berühmt für ihre Brownies.«

Rosalie grinste. »Es ist ihr Rezept.«

Als sie bereit waren zu gehen, gab Mr. Young Major mehrere Kisten mit Einmachgläsern.

»Du bist ein Mann voller Überraschungen. Ich kann dir gar nicht sagen, wie viel uns das alles bedeutet. Danke«, sagte Major.

Nachdem sie zu Hause waren, erledigten Aimee Louise und Rosalie ihre Hausaufgaben und lernten für den bevorstehenden

Funktest. Als sie eine Pause vom Lernen machten, arbeitete Rosalie an weiteren Gitarrenübungen, und Aimee Louise testete den Empfang des Funkgeräts.

Major arbeitete an seiner Vorratsliste. Er hörte ein paar Minuten zu, wie die Mädchen sich gegenseitig abfragten und wie die Gitarre klang. *Daran könnte ich mich wirklich gewöhnen. Aber ich stimme Aimee Louise zu. Irgendetwas braut sich zusammen.*

KAPITEL EINUNDZWANZIG

Der Boss überprüfte die Daten, die er dem Vorstand vor der Phase-Eins-Explosion geschickt hatte, und die Daten, die er nach der Explosion sammeln half. *Ich verstehe, wie Phase Eins einen Einblick in die Reaktionsfähigkeit zur teilweisen und dann vollständigen Wiederherstellung des Dienstes bietet. Das einfachste Geld, das ich je verdient habe.*

Er starrte aus seinem Bürofenster. *Meine Leute haben über vierzigtausend Kilo Drogen positioniert, um sie vor Phase Eins nach Norden zu transportieren.* Die Explosion war das Signal für seine massive Transportorganisation, in Aktion zu treten, und die Ware war unterwegs. Der Vorstand garantierte, dass die Explosion und der Ausfall die Ressourcen der Strafverfolgungsbehörden überfordern würden. *Und sie hatten recht. Die gesamte Operation verlief reibungslos, profitabel und ungehindert.*

Nach Howies Anruf alarmierte der Boss seine Kontakte bei einer gefälschten Lieferfirma, um Phase Zwei einzuleiten. »Liefern Sie die Kisten an die erste Adresse.«

Ein unmarkierter Kastenwagenlieferte fünf kühlschrankgroße Kisten zum Elektronikladen bei Ladenschluss, als es zu spät war, sie ins Inventarsystem einzugeben.

Vier Stunden später deaktivierte die Einbruchscrew das Sicherheitssystem und die Kameras. Sie luden die fünf großen Kisten, den gesamten Bestand an solarbetriebenen Ladegeräten und alles andere, was sie bekommen konnten, in ihren Lieferwagen, bevor ihre zugeteilte Zeit vor Ort von zehn Minuten ablief. Sie ließen die Hintertür verschlossen und gesichert zurück.

Der Boss parkte sein Auto am Lagerhaus, um auf die Einbruchscrew zu warten. *Sie sind gut... nicht ganz so gut wie Team Drei, aber fast. Fast schade um Team Drei, aber keine losen Enden bei Phase Eins war entscheidend.*

Der Boss nahm seine Paisley-Krawatte ab, krempelte die Ärmel seines weißen Hemdes hoch und half beim Entladen des Lkws im Lagerhaus. *Sie müssen wissen, dass ich so stark bin wie jeder von ihnen.* Außerdem gab es ihm eine direkte Gelegenheit, die Lieferung zu überprüfen. Der eigentliche Zweck des Einbruchs war es, die Kisten abzuholen, die nicht im Lagerbestand des Geschäfts waren. Die Ladegeräte für seine Crews waren ein Bonus.

Er untersuchte die großen Kisten, die dem Vorstand gehörten. Der Boss wusste nicht, was darin war, und es interessierte ihn auch nicht. Er war ein weiteres gut bezahltes Glied in der nicht nachvollziehbaren Lieferkette, die die Kisten zu ihrem Bestimmungsort transportierte.

Die Kisten sind unbeschädigt; es gibt nicht einmal eine Falte. Ich kann aufatmen, wenn sie in zwei Stunden abgeholt werden.

Der Boss sammelte Passwörter und andere Informationen für den Vorstand. Er hatte keine Details für die zweite Phase, aber er schickte seine Frau und Familie zu ihren Eltern zwei Bundesstaaten entfernt und positionierte einen noch größeren Bestand an Drogen, bereit zum Transport. Der Vorstand versprach ihm vier Stunden Vorwarnung, bevor die zweite Phase beginnen würde.

Er hörte von ähnlichen Aktivitäten von Partnern in Kalifornien, Texas, Chicago und im Nordosten.

Einer seiner Kumpel sagte, der eigentliche Zweck von Phase zwei sei es, die Strafverfolgungsbehörden mit der koordinierten Flut von Drogen in die Großstädte zu überfordern und das Stromnetz zu stören, um die Wirtschaft zum Zusammenbruch zu bringen, damit der Vorstand die Regierung übernehmen könnte.

Planung ist der Schlüssel. Ich bin immun gegen jeden wirtschaftlichen oder politischen Zusammenbruch.

———————◄◊►———————

Major installierte die Antenne dort, wo Aimee Louise und Mr. Young festgestellt hatten, dass der Empfang für den nächstgelegenen Repeater am besten war. Aimee Louise verband die Antenne mit dem Transceiver, und Rosalie stand bereit, um zu helfen.

Major schaute eine Weile zu. »Ich muss in die Stadt, um einige Dinge von meiner Vorratsliste zu besorgen. Nummer eins ist mehr Benzin für die Generatoren. Ich habe Kanister zum Auffüllen.«

Rosalie zog ein Blatt Papier aus ihrem Notizbuch. »Hier ist unsere Liste. Hoffe, sie hilft.«

Er überflog die Liste. »Oh, zusätzliche Benzinkanister. Das füge ich hinzu. Gute Idee. Ich besorge auch alles auf deiner Liste.«

»Wir haben eine Nachbesprechung abgehalten«, sagte Aimee Louise. Sie stand auf, klopfte sich die Knie ab und nieste. »Nachdem wir die Installation beendet haben, werden wir bereit sein, die Antenne zu testen.«

»Wir planen, dass alles fertig ist, wenn du zurückkommst.« Rosalie stemmte die Hände in die Hüften und begutachtete den Raum. »Und ich muss hier abstauben.«

Major fand alle Vorräte auf beiden Listen. Als Überraschung kaufte er ein Batteriepack und ein Solarladegerät für das Amateurfunkgerät. Er hielt am Lebensmittelgeschäft an, um Eis und Pizza für ihr Abendessen zu holen. Auf dem Weg zu seinem Truck kicherte er. *Ich bin ein guter Einkäufer.*

———————◄◊►———————

Major, Aimee Louise und Rosalie waren bei Sonnenaufgang wach, um den Sonnenaufgang zu beobachten. Beim Frühstück sagte Aimee

Louise: »Die Antenne braucht ein paar Anpassungen, um den Empfang zu verbessern.«

»Nur geringfügig, oder?«, fragte Major.

»Ja«, sagte Rosalie. »Die Gesamtleistung ist mehr als akzeptabel.«

»Wirst du heute im Chor singen?«

»Nicht ich«, sagte Aimee Louise. »Ich summe. Freundin singt.«

»Ja, ich singe, und Aimee Louise summt mit dem Chor«, sagte Rosalie.

»Ich hätte wohl fragen sollen, ob ihr summ-singt?«

Die Mädchen lachten, und Major lächelte. *Das nehme ich als Zeichen, dass meine Witze besser werden.*

Nach der Kirche kamen der Sheriff und seine Familie zur Farm. Molly hatte gebratenes Hähnchen, Kartoffelsalat und selbstgemachte Brötchen eingepackt, mit Pfirsichkuchen als Nachtisch.

Während sie aßen, fragte der Sheriff: »Wie läuft's mit dem Amateurfunkgerät?«

Major zuckte mit den Schultern und grinste. »Denk dran, du hast gefragt.«

Aimee Louise ging ins Detail über die Einrichtung, Tests und Reichweite. Sie redete über dreißig Minuten, und Rosalie warf einige Kommentare ein. Major genoss die überraschten Blicke auf den Gesichtern des Sheriffs und Mollys. Sie hatten Aimee Louise offensichtlich noch nie mit so viel Begeisterung sprechen gehört.

Nach dem Mittagessen fragten die jüngeren Kinder, ob sie mit Aimee Louise und Rosalie laufen dürften.

Bevor Molly sagte: »Geht nicht zu weit weg«, waren die sechs, plus Shadow und Penny, schon aus der Tür.

Aimee Louise rief zurück. »Werden wir nicht.«

Die Erwachsenen überprüften ihre Listen und fanden nur minimale Überschneidungen, da jeder einen anderen Ansatz verfolgt hatte. Sie kategorisierten die Gegenstände nach Dringlichkeit.

»Sieht so aus, als hätten wir ein bisschen Arbeit vor uns, um unsere Dinge mit höchster Priorität zu erledigen«, sagte Major.

Molly und die beiden älteren Mädchen konservierten den Rest des Nachmittags Schweineeintopf, während die jüngeren Kinder die Hühnerarbeit erledigten. Der Sheriff half Major bei der Reparatur des Zauns um die Ställe und den Garten.

Der Sheriff und seine Familie fuhren vor der Dämmerung ab. Aimee Louise und Major saßen am Funkgerät, und er testete die Einrichtung, indem er auf mehreren Frequenzen sendete.

»Das ist großartig. Wir haben auf fast allen unseren Frequenzen Antworten bekommen. Gut gemacht«, sagte Major.

⬩◆⬩

Howie bekam von dem Boss die Nachricht über einen weiteren Auftrag und stolzierte in ihr übliches Café. *Ich hab's den Typen gesagt, dass ich der Beste bin. Der Boss mag meine Arbeit, und der Boss mag sonst nix.*

Der Boss sagte: »Ich will, dass Sie diese zwei Kinder zwei Tage nach dem nächsten Stromausfall finden. Und tun Sie, was immer Sie wollen.« Der Boss verengte seine Augen in Howies Richtung. »Sagen Sie mir, was Sie tun sollen.«

Howie schluckte. »Die zwei Kinder finden. Zwei Tage nach dem Stromausfall. Dann kann ich tun, was ich will.«

»Gut. Ich zähle darauf, dass Sie dies richtig machen.«

Howie nickte. Er mietete ein Zimmer in Plainview und wartete auf den Stromausfall.

KAPITEL ZWEIUNDZWANZIG

Am Montagmorgen sagte Aimee Louise: »Das wird der langsamste Tag aller Zeiten.«

»Der langsamste Tag in der Weltgeschichte«, sagte Rosalie.

»Da stimme ich zu«, sagte Major. »Ich werde den Vormittag mit Brunnenwartung und den Nachmittag mit Generatorwartung verbringen, aber ich bin nicht sicher, ob irgendetwas den Tag schneller vergehen lassen wird.«

Nachdem er und Shadow Aimee Louise und Rosalie an der Schule abgesetzt hatten, sagte Major: »Lass uns sehen, wie viel wir erledigen können, bevor wir sie abholen müssen.«

Später am Nachmittag rollte Major den letzten Generator zurück an seinen Platz im Geräteschuppen. »Es ist endlich Zeit zu gehen.«

Major und Shadow warteten in der Elternschleife, und als Aimee Louise und Rosalie in den Truck sprangen, fragte er: »Wie war die Schule heute?«

»Sie hat sich ewig hingezogen«, sagte Rosalie.

Major schnaubte. »Ich habe die falsche Frage gestellt: Was habt ihr heute gemacht?«

»An den Funkkurs gedacht«, sagte Aimee Louise.

»Ich auch; ich bin aufgeregt«, fügte Rosalie hinzu.

»Kann ich euch nicht verdenken; es ist aufregend, dass morgen Abend die Prüfung ist.«

Als er auf den Feldweg einbog, lächelte Major, während sie sich gegenseitig abfragten.

»Welche Art von Kennung wird verwendet, um eine Station im Funkverkehr als Rennleitung zu identifizieren?«, fragte Rosalie.

»Taktisches Rufzeichen«, sagte Aimee Louise. »Welches Amateurfunkband benutzt du, wenn deine Station auf 146,52 Megahertz sendet?«

»Zwei-Meter-Band«, sagte Rosalie. »Welche elektrische Komponente wird verwendet, um andere Schaltkreiskomponenten vor Stromüberlastung zu schützen?«

»Sicherung.« Aimee Louise schaute aus ihrem Fenster. »Wir sind fast zu Hause.«

»Warum vergeht die Zeit so schnell, wenn wir über Funkgeräte reden«, fragte Rosalie, »und schleicht rückwärts, wenn wir in der Schule sind?«

»Keine Prüfungsfrage«, sagte Aimee Louise.

»Wir essen heute Abend wieder früh zu Abend, oder, Papa?«, fragte Rosalie.

»Denkst du, je früher wir essen, desto früher können wir zum Unterricht fahren?«, fragte er.

»Würde das funktionieren?«, fragte Aimee Louise.

»Normalerweise würde ich nein sagen, aber es kann nicht schaden, es zu versuchen.« Major kicherte.

»Erst Hausaufgaben, dann können wir essen«, sagte Rosalie.

Mein Fehler; wir essen wohl in fünfzehn Minuten zu Abend. Major verdrehte die Augen.

Um halb fünf rannten Rosalie und Aimee Louise in die Scheune, wo Major und Shadow arbeiteten.

»Wir sind fertig«, sagte Rosalie. »Was müssen wir fürs Abendessen vorbereiten?«

»Ich mache es einfach: Eier, Speck und Toast.«

»Wir fangen schon mal mit dem Speck an«, sagte Rosalie, während sie zum Haus rannten.

Major schloss seinen Werkzeugkasten. »Wir sollten uns beeilen, Shadow, sonst verpassen wir das Abendessen.«

Die drei kamen zwanzig Minuten zu früh an. »Oh gut. Wir können in der ersten Reihe sitzen«, sagte Rosalie. »Herr Young sagte, die Funkkurse sind darauf ausgelegt, den Schülern zu helfen, die Technikerprüfung zu bestehen.«

Am Ende des Unterrichts sagte Major: »Bin froh, dass ich gekommen bin. Gute Auffrischung.«

Auf dem Heimweg befragten sich die Mädchen gegenseitig zum Hauptthema des Abends, der Funksicherheit.

Am nächsten Morgen brachten Major und Shadow die Mädchen zur Schule. »Ich bin verzweifelt, Shadow«, sagte Major. »Lass uns zum Supermarkt fahren und schauen, was im Angebot ist. Es würde nicht schaden, etwas Kaffee und vielleicht etwas Einfaches fürs Abendessen zu besorgen.

Als Major aus dem Supermarkt kam, war sein Einkaufswagen überladen. Shadow hatte draußen vor dem Laden gewartet und trottete mit ihm zum Truck.

Während er den Truck belud, sagte Major: »Ich wusste gar nicht, dass Dienstag der Tag ist, an dem der Supermarkt seine Wochenangebote hat. Ich habe Sandwiches für heute Abend besorgt; ich dachte, das wäre am einfachsten und schnellsten. Wir haben Zeit für einen kurzen Hardware-Stop, da wir in der Stadt sind. Wir werden bis zum Mittagessen wieder zu Hause sein, damit ich am Nachmittag mit der Wäsche aufholen kann. Vielleicht habe ich noch Zeit, die Betten abzuziehen.«

Um zwei Uhr nachmittags erhielt der Boss eine SMS: »4.« *Vier Stunden bis Phase 2.*

Er machte die Anrufe, um Drogen zu verschieben, und eilte zu seinem Auto, das er vor zwei Nächten gepackt hatte, und fuhr dann nach Norden, um sich seiner Familie anzuschließen.

Um drei klingelte die Schulglocke, und Aimee Louise und Rosalie stürmten hinaus, um Major zu treffen.

»Ich wünschte, wir könnten jetzt gleich die Prüfung ablegen.« Rosalie stieg in den Truck ein.

»Wir sind bereit«, sagte Aimee Louise.

»Ich habe heute im Unterricht kein Wort gehört, weil ich ständig an mein Lieblingsthema denken musste: Amateurfunk.« Rosalie umarmte Shadow, der neben ihr saß.

»Die Schulzeit kriecht dahin«, sagte Aimee Louise.

Als Major seinen Truck neben dem Haus parkte, sprangen Aimee Louise, Rosalie und Shadow heraus.

»Wir werfen unsere Rucksäcke ab und kümmern uns dann um die Hühner«, rief Rosalie, während sie zum Haus rannten.

Die Mädchen und Shadow kamen zurück, bevor Major fertig damit war, die Lebensmittel wegzuräumen, die er früher ausgeladen hatte. »Ich habe heute mehrere Ladungen Wäsche gewaschen. Nachdem ich unsere Betten abgezogen und unsere Laken und Decken gewaschen hatte, habe ich mein Bett gemacht. Könntet ihr eure Betten machen und dann eure Kleidung zusammenlegen und wegräumen? Ich habe einige neue Werkzeuge gekauft und würde sie gerne in der Scheune verstauen.«

Als sie auf dem Hof ankamen, erledigten sie schnell ihre Nachmittagsarbeiten. Die Mädchen verschlangen die Sandwiches, die Major früher am Tag besorgt hatte.

Als sie im Klassenzimmer ankamen, sagte er: »Wir sind früh dran. Wir haben noch Zeit, uns zu beruhigen, bevor der Unterricht beginnt.« Die Mädchen liefen im Flur auf und ab, bis der Kursleiter erschien.

Um sechs sagte der Kursleiter: »Willkommen, alle zusammen. Lasst uns anfangen«, und das Licht im Klassenzimmer ging aus. Der Fernsehbildschirm und die Deckenbeleuchtung wurden dunkel, und die Lüftungsanlage schaltete sich ab.

Jemand hinten im Raum sagte: »Das ist ärgerlich. Netzwerk ausgefallen.«

Der Raum wurde vom Licht der batteriebetriebenen Laptops und Handys erhellt. Einer der Kursleiter ging nach draußen, um über sein tragbares Amateurfunkgerät zu sprechen.

»Lasst uns zu Tante Molly gehen«, sagte Major. »Sofort.«

Als sie aufstanden, sagte der Ausbilder: »Nun, wir sind nicht die Einzigen ohne Strom, aber niemand hat eine Explosion gehört. Wahrscheinlich nur ein Spannungsabfall. Wir beginnen den Unterricht, wenn das Licht wieder angeht. Sollte nicht lange dauern.«

Als sie im Truck saßen, sagte Rosalie: »Noch ein Stromausfall, Paps?«

Er nickte.

»Kommen wir zum Unterricht zurück, wenn das Licht wieder an ist?«, fragte Rosalie.

Er schüttelte den Kopf. »Ich glaube nicht, dass sie so bald wieder angehen werden.«

Aimee Louise zupfte an ihren Sweatshirt-Ärmeln.

Rosalie sang: »Hättest die Stromrechnung zahlen sollen. Du warst dran. Die Elektro-Trolle brauchen Geld zum Verbrennen.«

Major lachte, und Aimee Louise entspannte ihre Hände.

Bei Mollys Haus wandte er sich an die Mädchen, bevor sie aus dem Truck stiegen. »Das wird ein kurzer Besuch. Wir schauen nach, was wir tun können.«

Molly stand an der Tür. »Ich wusste, dass ihr direkt hierher kommen würdet. Der Sheriff hat angerufen und gesagt, wir sollen zum Hof fahren. Ich habe einige Sachen für euch, die ihr mit dem Truck mitnehmen könnt. Sie sind zu groß für mein Auto.«

Sie deutete zur Ecke des Esszimmers. »Sie sind dort drüben gestapelt. Ich habe noch ein paar Sachen zu laden. Wir werden nur zehn Minuten nach euch da sein.«

Major und die Mädchen luden den Truck.

»Würde es euch etwas ausmachen, wenn Penny mit euch fährt?«, fragte Molly. »Ich fürchte, wir haben sie mit all der Hektik nervös gemacht, und wir könnten den zusätzlichen Platz für Kisten gebrauchen.«

»Möchtest du, dass einige oder alle Kinder auch bei uns mitfahren?«, fragte er.

»Nein, ich kann ihre Hilfe gebrauchen, und ich weiß, dass du zu Shadow zurück willst. Wir haben nur noch ein paar Dinge in das Auto zu laden. Es wird nicht mehr lange dauern.«

Um neun Uhr abends waren alle Feldbetten für die Nacht im Farmhaus aufgestellt.

━━━━◆◆◆━━━━

Major stand früh auf, damit er bei Sonnenaufgang das Amateurfunkgerät hören konnte. Molly trug Jeans und einen College-Pullover und hatte einen Topf Kaffee auf dem Herd stehen.

Auf dem Weg zum Funkgerät lächelte er trotz der Umstände. *Dieser Kaffeetopf wird sich bezahlt machen.* Major schaltete das Funkgerät auf den Akku um, schaltete es ein und entdeckte zwei Mädchen an seinen Ellbogen.

»Ich denke, heute Morgen sollten wir zuhören. Ich brauche mehr Kaffee. Will jemand auf dem Fahrersitz Platz nehmen?«

»Aimee Louise will«, sagte Rosalie.

KAPITEL DREIUNDZWANZIG

Aimee Louise rutschte auf den Stuhl, den Major verlassen hatte, und Rosalie schob ihren Stuhl näher. Rosalie holte ihr Notizbuch und einen Stift heraus, bereit, Notizen zu machen.

Nachdem er seine Tasse gefüllt hatte, kehrte Major ins Computerzimmer zurück und fragte: »Also, was gibt's Neues?«

Rosalie sagte: »Es könnte mehr als einen Stromausfall gegeben haben. Ist das möglich? Bei uns fiel der Strom um sechs aus, und es hört sich an, als ob die gesamte Ostküste, die Golfküste und Texas zur gleichen Zeit betroffen waren. Dann, zwei Stunden später, um acht unserer Zeit, fielen große Teile Kaliforniens, der Westküste und der Bergstaaten aus. All das kommt von dem, was die Funkamateure zusammengetragen haben.«

Er holte tief Luft, schüttelte den Kopf und verließ den Raum, während die Mädchen ihre Aufmerksamkeit wieder dem Radio zuwandten.

»Molly«, sagte Major, »wir müssen so schnell wie möglich mit dem Sheriff sprechen. Wir müssen uns auf das Schlimmste vorbereiten.« Er erzählte ihr, was Rosalie berichtet hatte.

»Ich rufe ihn an. Wir brauchen ihn hier zum Reden.«

Nachdem der Sheriff eingetroffen war, nahmen die Erwachsenen ihren Kaffee mit auf die Hinterveranda, während die Kinder eine Runde um das Haus rannten.

Molly sagte: »Ich muss auch laufen, aber nicht mit ihnen. Sie sind zu schnell.«

»Die allgemeine Meinung in der Stadt ist, dass dies ein weiterer Ausfall wie der erste ist. Sie erwarten, dass der Strom bis Ende der Woche wieder da ist«, sagte der Sheriff. »Als ich erwähnte, dass es länger dauern könnte, waren einige wütend, als wäre es meine Schuld, wenn er nicht zurückkäme. Ich nehme an, die gute Nachricht ist, dass noch niemand in den Panikmodus verfallen ist. Die Geschäfte sind geöffnet, aber die Regale sind spärlich gefüllt.«

»Ich vermute, die Supermarktregale werden bis zum Ende des Tages leer sein«, sagte Major. »Es dauert vielleicht nur noch drei Tage, bis die Dinge hässlich werden.«

»Pete hat das Diner auf lange Sicht ausgerichtet. Er ist zu einem begrenzten Menü mit Öffnungszeiten nur am Morgen übergegangen. Er hat begonnen, was er und die Stammgäste einen Morgen-Tauschhandel auf dem Parkplatz nennen. Der Zweck ist, die Leute zu ermutigen, mit Dingen zu erscheinen, die sie tauschen wollen.«

»Pete und 'die lange Sicht' haben mich zum Nachdenken gebracht«, sagte Molly. »Was wird später schwieriger zu erledigen sein? Können wir diese Dinge in unseren drei Tagen erledigen?«

»Gute Frage«, stimmte Major zu. »Eine Sache, die mir einfällt, sind die Generatoren. Ich glaube nicht, dass der Motorlärm in den nächsten drei Tagen jemandes Aufmerksamkeit erregen wird, aber später vielleicht. Wir können alle Generatoren laufen lassen: den für den Brunnen und Warmwasserbereiter, den für Kühlschrank und Gefriertruhe und sogar den für Waschmaschine und Trockner.«

»Wir brauchen alle Medikamente, die wir bekommen können«, sagte Molly. »Können wir mit einem Arzt sprechen und Nachfüllungen für Medikamente und Rezepte für Antibiotika bekommen?«

»Ich würde gerne Hühnerfutter, Hundefutter, Tiermedizin und andere Farmvorräte besorgen«, sagte Major. »Ich brauche Gartenbedarf wie Insektizide, Nagetierbekämpfung und Gemüsesetzlinge und -pflanzen, um einen Vorsprung für meinen Plan zu bekommen, den Garten zu erweitern.«

»Molly, ich brauche eine Liste aller Medikamente«, sagte der Sheriff.

»Ich habe die Liste«, sagte Molly, »und ich werde den Kindern unseren Plan für die nächsten drei Tage erklären. Wir werden alles organisieren.«

»Du kommst mit den Generatoren klar, Aimee Louise?« fragte Major.

»Ja.«

»Ich würde gerne mehr über die Generatoren lernen.« Annie folgte Aimee Louise.

»Ich möchte sofort zum Bauernladen aufbrechen«, sagte Major. »Ich glaube, wir haben nur heute für Ausflüge in die Stadt und zum Einkaufen.«

»Ich denke, du hast recht«, sagte der Sheriff. »Ich werde ein paar Sandwiches zusammenwerfen. Wir müssen uns beeilen.«

Molly rannte ins Haus und kam fast genauso schnell zurück, wie sie gegangen war. »Hier ist die Liste der Rezepte. Und hier ist ein alter Rucksack mit dem Geld, das ich für Notfälle gespart habe.«

Der Sheriff hob die Augenbrauen und küsste Molly auf die Wange. »Danke. Du bist immer voller Überraschungen.«

Er klatschte Brot und Käse zusammen und reichte Major ein Sandwich und einen Stapel Geldscheine. »Hier ist dein Sandwich und mehr Bargeld. Ich weiß, dass du schon etwas hast, aber du hast den Großteil der teuren Sachen. Lass uns gehen. Wir müssen vor Einbruch der Dunkelheit zurück sein. Molly, ruf mich an, wenn es hier Probleme gibt.«

Molly stand mit verschränkten Armen auf der Veranda und starrte, während die beiden Männer abfuhren. Sie schauderte. *Es ist real. Ich kann es nicht glauben, aber es ist real.*

———◆◇◆———

Kurz vor dem Mittagessen waren Molly und Aimee Louise beim Einmachen, als Shadow und Penny warnend bellten. Molly rannte zur Hintertür und rief: »Nach drinnen!«

Die Kinder rannten zum Haus. »Alle nach oben ins hintere Schlafzimmer. Schnell«, sagte Molly.

Aimee Louise führte die Kleinen nach oben ins hintere Schlafzimmer. Rosalie und Penny bildeten den Schluss.

Molly trat mit einer Schrotflinte an die Vordertür, und Shadow nahm seine Wachposition neben ihr ein. Molly runzelte die Stirn über den Straßenstaub von einem Truck und einem Wohnwagen. Der Truck verlangsamte für die Einfahrt, bog ein und hielt etwa auf halbem Weg zum Haus an. Der Fahrer stieg aus und humpelte mit erhobenen Händen auf das Haus zu.

»Tante Molly«, rief Rosalie aus dem Mädchenzimmer herunter. »Es ist Herr Young. Ich kann ihn durch das Fernglas sehen. Es ist Herr Young!«

Molly senkte ihre Schrotflinte, aber Shadow blieb wachsam. Herr Young humpelte auf das Haus zu. Molly und Shadow eilten hinaus, um ihn zu begrüßen.

»Hallo, Frau Starr. Ich habe heute Morgen den Funkverkehr mitgehört. Schwere Zeiten stehen vor der Tür, und das wird für einen alten Mann, der allein lebt, nicht gut sein. Ich werde keine Umstände machen. Ich kann in meinem Wohnwagen bleiben.«

Molly nahm seinen Arm und half ihm zum Haus.

Er setzte sich auf das Ledersofa und nahm ein Glas Wasser von Aimee Louise entgegen. »Ich habe diesen Morgen damit verbracht, den Truck und den Wohnwagen mit Dingen zu beladen, die nützlich sein könnten.«

»Ich werde den Truck und den Wohnwagen näher ans Haus fahren«, sagte Molly. »Wir können später überlegen, wo wir sie parken.«

Molly setzte sich auf den Fahrersitz des Trucks und warf einen Blick auf den Anhänger. *Das ist ein großer Anhänger. Ich habe das noch nie gemacht.*

Sie nahm den Fuß von der Bremse und drückte vorsichtig und bedächtig auf das Gaspedal. Der Truck setzte sich in Bewegung. »Kein Grund, schnell zu fahren. Geradeaus fahren, keine Kurven. Es wird gut gehen. Du schaffst das. Ein Kinderspiel. Du kriegst das hin. Gut gemacht.« Ihre Hände waren schweißnass. Sie betätigte die Bremse mit festem Druck und stellte den Motor ab. Sie wischte sich die Hände an ihrer Jeans ab und kicherte. »Ein Kinderspiel.«

Molly kehrte zum Haus zurück. »Herr Young, ich brauche eine Liste Ihrer Medikamente.«

Herr Young zog seine Brieftasche heraus und nahm ein kleines Blatt Papier hervor. Molly sah es durch und schickte die Liste per SMS an ihren Mann. »Ergänze für Herrn Young.«

»Herr Young«, sagte Molly. »Wir konservieren heute so viel wie möglich. Wenn es Ihnen recht ist, mache ich damit weiter.«

»Mir geht's gut. Musste nur Luft holen. Danke für das Wasser, Aimee Louise. Ich werde zuerst den Wohnwagen entladen. Da sind einige Küchensachen. Ich habe gefrorene Rehbraten und Einmachgläser.«

»Können wir helfen, Herr Young?« fragte Josh.

»Wir sind gute Helfer«, fügte Brett hinzu.

»Danke, junge Männer. Das würde mir gefallen.«

Herr Young und die Jungen hoben den Transportwagen aus der Ladefläche des Trucks. Die Jungen halfen beim Beladen des Wagens. Mit Josh, der zog, und Brett, der schob, bewegten sie den Wagen zur Hinterveranda. Annie und Sara trugen Küchenutensilien ins Haus zu Rosalie, die alles organisierte und verstaute.

Nach dem Mittagessen entluden Herr Young und die jüngeren Kinder den Rest der Sachen aus dem Wohnwagen und dem Truck.

»Müssen wir organisieren, wie wir die Sachen in den Schuppen räumen?« fragte Herr Young.

»Wenn wir die Dinge gruppieren, zähle ich sie, und die Jungs können sie gruppenweise in den Schuppen bringen«, sagte Rosalie.

<hr />

Die Apothekenabteilung im hinteren Teil der Drogerie hatte eine batteriebetriebene Laterne auf dem Tresen. Der Apotheker verschloss gerade Schränke und blickte über seine Schulter.

»Ich mache gerade zu und gehe, Sheriff. Aber wenn Sie Nachfüllungen brauchen, kann ich mich darum kümmern. Ich schreibe alles auf und trage es dann ins System ein, wenn wir wieder Strom haben.«

»Ich habe eine Liste von Molly. Und ich soll auch die Nachfüllungen für Herrn Young abholen.«

»Geben Sie mir die Liste, und ich mache mich an die Arbeit. Haben Sie noch andere Einkäufe zu erledigen? Das könnte etwas länger dauern.«

»Das ist meine andere Liste von Molly.« Der Sheriff winkte mit dem Papier und schmunzelte.

Nachdem er rezeptfreie Medikamente eingepackt hatte, schob der Sheriff seinen Wagen zum Gang mit medizinischen Geräten und Zubehör. Als er zur Apothekenabteilung zurückkehrte, stellte der Apotheker drei Tüten auf den Tresen.

»Hier, Sheriff. Ich habe alles aufgeschrieben. Ich hoffe, ich liege falsch, aber ich glaube, wir haben harte Zeiten vor uns.« Er verschloss die restlichen Schränke und ging.

Als der Sheriff den vorderen Teil des Ladens erreichte, gesellte sich der Filialleiter zu ihm. Der Filialleiter war Mitte dreißig und trug ein weißes Hemd mit dem Firmenlogo und eine Khakihose, aber sein kurzes dunkles Haar mit dem Wirbel ließ ihn wie einen Oberschüler aussehen.

Sein Mund war fest geschlossen, und seine Stirn war gerunzelt. »Sheriff, die ganze Stadt ist im Lebensmittelgeschäft und kauft Toilettenpapier, Milch und Brot. Alle sagen, wir werden bis zum Ende der Woche wieder Strom haben, aber ich bin mir da nicht so sicher. Ich habe heute Morgen den wöchentlichen Lkw aus dem Verteilzentrum erwartet, aber er kam nie. Ich will nicht neugierig sein, aber Ihr Wagen sieht aus, als würden Sie nicht so bald mit Strom rechnen.«

Er rieb sich die Stirn und starrte den Sheriff an. »Meine Frau möchte zu ihren Eltern auf die Farm in Georgia. Ich kann mich nicht entscheiden, ob wir ein oder zwei Wochen warten sollten, um zu sehen, wie sich alles entwickelt, oder jetzt gehen, was sie möchte. Ich habe mein Auto heute früh mit ähnlichen Dingen beladen, wie Sie sie in Ihrem Wagen haben, außer dass ich zusätzliche Vorräte fürs Baby habe. Bin ich paranoid? Sollte ich ein oder zwei Wochen warten?«

Der Sheriff erwiderte seinen Blick. »Ich habe keine Insiderinformationen, und ich bin nicht besser qualifiziert als jeder andere, um Ihnen Ratschläge zu geben. Aber ich habe meine Familie gestern Nacht auf eine Farm geschickt.«

Der Manager nickte und straffte seine Schultern. »Danke. Ich schließe jetzt ab und gehe nach Hause. Wir rechnen ab, wenn der Laden das nächste Mal geöffnet hat.«

Der Sheriff machte Halt beim Secondhand-Laden. Die einzige Person im Laden war die Verkäuferin. Sie hockte auf einem Hocker an der Theke und rauchte eine Zigarette.

»Du bist mein erster Kunde des Tages, Sheriff.« Die Verkäuferin drückte ihre Zigarette in einem übervollen Aschenbecher aus und stellte ihn unter die Theke. »Alle anderen sind zum Supermarkt gerannt. Ich warte lieber bis morgen, wenn die Regale wieder aufgefüllt sind. Es ist gerade ein Irrenhaus dort drin. Die Leute sind verrückt, weißt du? Kann ich dir bei der Suche nach etwas helfen?«

»Nein, ich bediene mich selbst. Danke.« Er warf einen Blick auf das Schild an der Theke. »Fünf Dollar pro Tüte für Kleidung?«

»Genau. Hilft, den Bestand zu reduzieren. Klamotten sind am schwersten zu verkaufen.«

Der Sheriff füllte Tüten mit Socken, Unterwäsche, Hemden, Sweatshirts, Hosen und Schuhen. Er schätzte die Größen. *Was sie jetzt nicht tragen, können sie später tragen.*

»Keine Winterjacken?«, fragte der Sheriff.

»Könnten ein paar hinten sein.« Sie kicherte. »Du kannst gerne nachschauen, aber es ist die falsche Jahreszeit für Mäntel.«

Der Sheriff trug vier Säcke in den hinteren Raum und füllte sie mit Winterkleidung in allen Größen.

»Danke für dein Geschäft, Sheriff. Spendest du das Zeug an die Kinderadoptionsagentur? Das ist wirklich nett von dir. Brauchst du eine Quittung?«

»Nein, ich bin gut. Ich bringe diese Säcke raus und komme gleich zurück für die anderen. Danke.«

Nachdem er den Rest seiner Einkäufe geholt hatte, hielt er vor dem Gehen inne. »Bin mir nicht sicher, ob der Supermarkt bis morgen wieder auffüllen wird. Mach deine Einkäufe heute.«

»Hätte dich nie für einen dieser Weltuntergangstypen gehalten, Sheriff.« Das Kichern der Verkäuferin verwandelte sich in Husten, und sie griff nach einer Zigarette.

Der Sheriff bog in die Hofeinfahrt ein und parkte nahe der Rückseite des Farmhauses. Major folgte ihm die Einfahrt hinunter, fuhr aber direkt zu den Schuppen und parkte den Truck. Die Jungs und Rosalie rannten vom Schuppen zur hinteren Veranda, und Mr. Young folgte ihnen. Aimee Louise und Annie liefen vom Garten herbei, und Molly und Sara kamen aus dem Haus auf die Veranda.

»Meine Füße brauchten eine Pause«, sagte Molly, als sie sich in ihren Lieblingsschaukelstuhl setzte. Mr. Young nahm mit einem leisen Stöhnen neben ihr Platz.

»Ich bin froh, dass Sie zu uns gekommen sind, Mr. Young«, sagte Major, als er das Haus erreichte.

Mr. Young stand auf, und die Männer schüttelten sich die Hände. »Danke, Major.«

»Ich habe mit den vier Deputies gesprochen und vorgeschlagen, dass sie auf das Gaston-Grundstück umziehen«, sagte der Sheriff. »Die beiden verheirateten Deputies werden ihre Familien gleich morgen früh umziehen. Die beiden alleinstehenden Deputies werden in ein oder zwei Tagen zu den Familien stoßen. Ein Deputy hat einen großen Wohnwagen. Er hat ihn heute für die Alleinstehenden hingebracht.«

»Ich habe mein Bestes getan, um den Truck mit allem zu beladen, was wir möglicherweise vom Futtergeschäft brauchen könnten«, sagte Major. »Sie hatten Küken, Enten und Kaninchen zum Verkauf. Ich habe sechs Kaninchen und drei Hundekäfige für vorübergehende

Unterbringung gekauft. Sie sind jetzt auf der Ladefläche meines Trucks. Wir bringen sie für heute in die Scheune, und ich habe einige Bücher darüber mitgenommen, wie man Kaninchen züchtet.«

»Kaninchen?«, sagte Annie. »Ich wollte schon immer Kaninchen züchten.«

»Nein, du wolltest immer Ziegen züchten«, sagte Josh.

»Kaninchen auch.« Annie knurrte.

»Ziegen.« Josh rannte zum Schuppen, als Annie auf ihn zutrat.

»Major, meine Jagdgewehre sind im Wohnmobil«, sagte Mr. Young. »Sie sind abgeschlossen. Wir können sie bewegen, wann immer Sie möchten.«

»Wenn ihr alle die Fahrzeuge entladet und Mr. Youngs Wohnmobil an seinen Platz bringt, arbeiten Aimee Louise und ich am Abendessen. Wir sind für heute mit dem Einkochen fertig«, sagte Molly.

Die Jungs und Annie entluden und trugen die kleineren Gegenstände aus dem Truck des Sheriffs. Nachdem die Kinder getragen hatten, was sie konnten, fragte Annie: »Paps, wäre es okay, wenn ich die Bücher über Kaninchen lese? Ich würde gerne bei der Aufzucht helfen.«

Major runzelte die Stirn. »Du weißt, dass die Kaninchen für Fleisch sind, oder? Sie werden keine Haustiere sein.«

Sie nickte. »Ich verstehe das. Deshalb möchte ich bei ihrer Aufzucht helfen. Ich will helfen, die Familie zu ernähren.«

Major hob die Augenbrauen und warf einen Blick auf den Sheriff, der zustimmend nickte. »Okay, Annie, du und ich können die Kaninchen zusammen aufziehen. Wir müssen Ställe bauen. Ist das okay für dich?«

»Ja.« Annie tanzte und hüpfte auf den Zehenspitzen.

Mit Bretts Hilfe fügte Rosalie die letzte Platte zum Esstisch hinzu und stellte sicher, dass alle zehn Stühle hineinpassten.

Nachdem sie sich zum Essen gesetzt hatten, sagte Major: »Ich bin dankbar für diese Familie.«

Die Gruppe hungriger Menschen antwortete mit einem kräftigen Chor von »Ich auch!« Die Jungs sagten: »Ich drei!« und »Ich vier!«

Nach dem Aufräumen in der Küche sagte Molly: »Lasst uns mit dem Baden beginnen.«

Major ging zur Hintertür.

»Lädst du aus?«, fragte der Sheriff. »Ich komme mit.«

Als die beiden Männer zum Schuppen schlenderten, sagte der Sheriff: »Der junge Manager aus der Drogerie bringt seine Familie nach Georgia auf die Farm seiner Schwiegereltern. Der Apotheker verlässt die Stadt auch.«

»Eine Gruppe Randalierer kam zu Pete's Diner, als ich vorbeischaute, um zu sehen, wie es ihm geht. Vier Männer, die ich nicht kannte. Ich glaube, sie waren auf Streit aus. Du wusstest wahrscheinlich, dass Pete eine Schrotflinte in der Küche hat. Ich nicht. Er sieht ziemlich grimmig aus, wenn er wütend ist.« Major schüttelte den Kopf.

»Erschreckend schnell, dass die rauen Typen schon auftauchen. Ich bin wirklich froh, dass meine Familie hier ist.« Sheriff und Major luden den Rest der Gegenstände aus und sicherten die Schuppen und die Scheune.

Nachdem sie zum Haus zurückkehrten und in die Küche traten, fragte Molly: »Kaffee? Wir haben gerade einen frischen Topf aufgesetzt.«

Major schüttelte den Kopf. Der Sheriff sagte: »Molly, es erstaunt mich immer noch, dass du abends Kaffee trinken kannst. Ich mache das nur, wenn ich Nachtschicht habe.«

Mr. Young schnitt einen beachtlichen, teilweise aufgetauten Wildbraten vom Knochen und in große Stücke. »Wir haben unsere Konservierungs- und Mahlzeitenpläne für morgen bereits gemacht. Molly wird den Braten über Nacht in Apfelwein marinieren.«

Molly wickelte die Knochen in Alufolie und legte sie zum Rösten für die Hunde in den Ofen. Shadow und Penny blieben nahe bei der Küche. »Schaut euch unsere sabbernden Ofenwächter an«, sagte Molly.

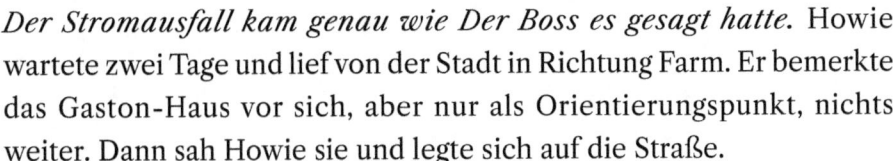

Der Stromausfall kam genau wie Der Boss es gesagt hatte. Howie wartete zwei Tage und lief von der Stadt in Richtung Farm. Er bemerkte das Gaston-Haus vor sich, aber nur als Orientierungspunkt, nichts weiter. Dann sah Howie sie und legte sich auf die Straße.

Kapitel Vierundzwanzig

Nach dem Frühstück sagte Aimee Louise: »Pops, wir würden gerne die Kameras überprüfen.«

»In Ordnung. Shadow und ich müssen ein paar Zäune kontrollieren und Holz für die Kaninchenställe zusammensuchen«, sagte er. »Wir sind da, wenn ihr zurückkommt.«

Während sie ihre Schuhe zubanden, sagte Rosalie: »Ich bin so bereit zu laufen. Manchmal fühle ich mich wie ein Reh. Muss rennen.«

Aimee Louise lauschte den Vögeln, die zwitscherten, um sie anzufeuern. Sie blickte über die Weide. Der Tau glitzerte und funkelte im Sonnenlicht. *Sonnenglitzer.*

Als ihre Füße die Wiesenvegetation zerdrückten, durchnässte der Tau ihre Schuhe und Socken, und sie atmete das anhaltende Aroma feuchter Wildblumen und Gräser ein.

Als sie sich dem Feldweg näherten, zeigte Rosalie auf einen Mann, der auf der Straße lag und verletzt aussah. Er winkte ihnen zu und rief mit schwacher Stimme.

Rosalie ging auf den Mann zu, aber Aimee Louise packte ihr Shirt und zog sie zurück. »Onkel Dan.«

Sie drehten sich wie auf Kommando um und rannten von dem Mann weg. Er sprang auf, verfolgte sie und versuchte, ihnen den Weg abzuschneiden. Aimee Louise und Rosalie änderten ihre Richtung, aber Onkel Dan änderte seinen Kurs ebenfalls.

Ein Blöken, das fast wie ein Kind klang, erregte Aimee Louises Aufmerksamkeit. Sie zeigte nach links auf das Bärenjunge, und Rosalie nickte.

Sie liefen auf das Bärenjunge zu, und Onkel Dan folgte ihnen. Sie schwenkten näher zum Wald und bogen dann scharf nach rechts ab.

Ein Knurren kam aus dem Wald hinter ihnen. *Mama Bär.*

Aimee Louise führte Rosalie in den Wald und hielt an. Die Mädchen verschmolzen mit den Bäumen und dem Gebüsch, gingen rückwärts vom Knurren weg und machten weder Geräusche noch plötzliche Bewegungen. Sie erstarrten, lauschten, setzten ihren lautlosen Rückzug fort und verschmolzen mit den Schatten des Waldes. Das Knurren wurde intensiver, und das Krachen durch das Gebüsch und den Wald bewegte sich auf den Mann zu und von ihnen weg. Der Mann schrie und brüllte.

Er rennt, und der knurrende Bär verfolgt ihn.

Die Mädchen setzten ihr langsames Tempo fort.

Mit leiser Stimme sagte Aimee Louise: »Kein Knurren oder Schreien mehr.«

Rosalie nickte.

»Lass uns gehen«, sagte Aimee Louise, und sie rannten zum Bauernhof.

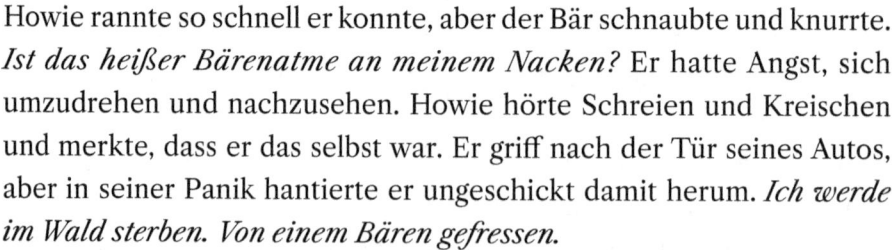

Howie rannte so schnell er konnte, aber der Bär schnaubte und knurrte. *Ist das heißer Bärenatme an meinem Nacken?* Er hatte Angst, sich umzudrehen und nachzusehen. Howie hörte Schreien und Kreischen und merkte, dass er das selbst war. Er griff nach der Tür seines Autos, aber in seiner Panik hantierte er ungeschickt damit herum. *Ich werde im Wald sterben. Von einem Bären gefressen.*

Er riss die Tür auf, fiel in das Auto und klemmte seine Füße in der Tür ein. Er brüllte vor Schmerz, schaffte es aber irgendwie, seine Füße ins Auto zu ziehen, bevor die Bärin die Tür schloss, als sie dagegen rammte. Sie kratzte an der Tür und brüllte durchs Fenster. Howie konnte ihren Atem durch das Glas riechen. *Meine Güte, wer hätte gedacht, dass Bärenateme süß riecht?*

Nach einem letzten Kratzen und Schnauben drehte sie sich weg.

Howie saß hinter dem Steuer und legte seine Hand auf seine Brust. *Mein Herz rast; ich kann nicht atmen.* Er beugte sich vor, um Luft zu holen, und seine Füße pochten vor Schmerz. Er richtete sich auf und starrte auf die Bärin, während sie davontrottete. Der kleinere Bär folgte ihr. Nach ein paar tiefen Atemzügen hörte er auf zu zittern.

Howie nahm sein Handy und rief den Boss an. Das Telefon ging vom Klingeln zu einem schnellen Besetztzeichen über. Howie schaute auf sein Handy. Legte auf. Und rief wieder an. Schnelles Besetztzeichen.

Der Boss sagte, ich soll sie finden und tun, was ich will. Ich habe sie gefunden. Ich will weg hier. Sie können hier bei dem Bären bleiben.

»Okay, Bär«, sagte Howie laut, »ich gehe zurück in die Stadt. Dort ist es sicherer als hier. Ich werde ein paar von den Jungs finden.«

Howie dachte an all die Typen, die damit prahlten, dass sie aufs Land gehen und von der Natur leben würden, wenn die Stadt jemals ein großes Problem hätte.

Und von einem wütenden Bären gejagt werden? Nein, danke.

Er ließ die Reifen durchdrehen in seiner Eile, davonzurasen.

Als sie in der Nähe des Bauernhofes waren, bliesen die Mädchen in ihre Pfeifen. Major sprang in Nummer 48 und raste auf sie zu. Als er bei ihnen ankam, kletterten sie schnell hinein.

Aimee Louise zog an ihren Sweatshirt-Manschetten. »Pops, es war Onkel Dan.«

Rosalie strich sich die Haare aus dem Gesicht und rang nach Atem. »Er hat versucht, uns reinzulegen, aber Aimee Louise hat seine Wolke gesehen, und wir sind weggerannt.«

»Er hat uns verfolgt«, sagte Aimee Louise. »Nachdem wir ein Bärenjunges gesehen hatten, hörten wir eine Bärenmutter.«

»Wir glauben, er hat versucht, vor der Bärenmutter wegzulaufen. Wir sind weggegangen, rückwärts und langsam, wie du gesagt hast«, fügte Rosalie hinzu. »Dann sind wir gerannt.«

»Könnt ihr mir sagen, wo das war?«, fragte Major.

»In der Nähe des Feldwegs nahe Annies Haus«, sagte Rosalie.

»Ich setze euch beim Haus ab. Geht sofort hinein und ruft auch die Kinder rein. Bleibt dort, bis ich zurück bin. Der Sheriff und ich werden Onkel Dan finden.«

Der Sheriff traf sie am Haus, dann schnappten er und Major ihre Jagdgewehre und rasten auf der Nummer 48 davon.

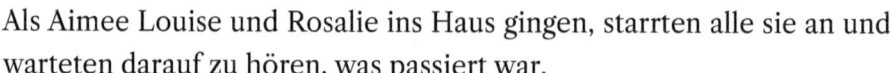

Als Aimee Louise und Rosalie ins Haus gingen, starrten alle sie an und warteten darauf zu hören, was passiert war.

»Wir haben keine Zeit, hier rumzustehen«, sagte Molly. »Wir haben Farmarbeit zu erledigen. Lass uns mit dem Einmachen anfangen, und ich brauche jemanden für die Wäsche. Mr. Young, würden Sie Wache stehen?«

»Annie und ich können beim Einmachen helfen«, sagte Rosalie. »Willst du auch beim Einmachen helfen, Sara?«

Aimee Louise sagte: »Josh und Brett sind stark und können mir mit der Wäsche helfen, und ich werde ein Auge auf die Generatoren haben.«

Mr. Young kam mit seinem Hirschgewehr von seinem Wohnwagen zurück und salutierte vor Molly. »Gefreiter Young im Dienst, Ma'am.«

Molly verdrehte die Augen und erwiderte seinen Salut, während die Kinder kicherten. Sie starrte sie an und alle stoben auseinander. Molly verdeckte ihr Lächeln mit der Hand, während sie in die Küche ging.

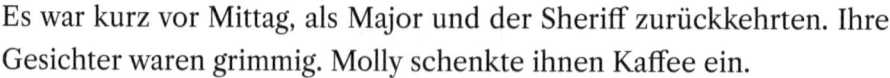

Es war kurz vor Mittag, als Major und der Sheriff zurückkehrten. Ihre Gesichter waren grimmig. Molly schenkte ihnen Kaffee ein.

»Wir sind bereit für etwas zu Mittag, Molly«, sagte der Sheriff.

Während sie aßen, sagte Major: »Onkel Dan war weg. Beide Bären waren weg. Wir haben gefunden, wo er geparkt und wo er sein Auto gewendet hat. Es wäre eine gute Idee, wenn alle in Sichtweite des Hauses blieben.«

»Da stimme ich zu«, sagte Molly. »Das war wirklich beängstigend.«

»Sieht aus, als hättet ihr heute Morgen viel geschafft«, sagte der Sheriff. »Was ist der Plan für heute Nachmittag?«

»Ich habe etwas Holz, Zaun und anderes Baumaterial in meinem Haus in der Scheune«, sagte Mr. Young. »Vielleicht könnten die Deputies einen Hühnerstall bauen. Und glauben Sie, dass ein oder zwei der Familien in der Stadt an meinem Haus interessiert sein könnten? Ich habe einen kleinen Garten und einen alten Hühnerstall in gutem Zustand.«

»Ich kann das Holz abholen«, sagte Major.

»Mr. Young, glauben Sie, dass Major alles finden kann, was Sie im Sinn haben?«, fragte der Sheriff. »Vielleicht könnte eines der Kinder mit ihm gehen, um beim Beladen zu helfen.«

»Es ist alles in der Scheune. Sie ist abgeschlossen, aber hier ist der Schlüssel. Was ist mit Familien, die in dem Haus leben könnten? Ich dachte, Pastor John und sein Bruder Chuck möchten ihre Familien vielleicht früher als später aus der Stadt herausbringen.«

»Kann ich beim Holzholen helfen?«, fragte Josh.

Major nickte. »Ich werde den Nutzanhänger für das Holz anhängen. Josh und Shadow können mit mir kommen. Wir werden vor Einbruch der Dunkelheit zurück sein.« Josh grinste.

»Josh, lass uns deinen Rucksack überprüfen«, sagte Aimee Louise. »Und wir müssen dir ein paar Arbeitshandschuhe finden.«

Der Sheriff sagte: »Ich habe später am Nachmittag ein Treffen in der Stadt. Ich werde die Leute ermutigen, zu Familienmitgliedern zu ziehen oder gemeinsam in eine Nachbarschaft zu ziehen. Wir werden sehen, ob jemand zuhört. Ich werde mit Pastor John und Chuck sprechen, während ich dort bin.«

»Hey, Major«, rief der Sheriff, als Major aus der Einfahrt fuhr, »ist es für dich in Ordnung, wenn Annie und ich den Kaninchenstall bauen, bevor ich gehe?«

»Leg los«, rief er zurück, während er davonfuhr.

Major, Josh und Shadow kehrten vor Einbruch der Nacht zurück. »Willst du sehen, wie man den Anhänger abkoppelt?«, fragte Major.

»Na klar.« Josh blickte zum Haus. »Hoffe, Mama hat mich nicht gehört.«

Als Major und Josh ins Haus gingen, sagte Major: »Josh, riechst du den Braten? Das ist der Lohn eines Mannes für harte Arbeit, und du hast hart gearbeitet.«

»Ich bin so hungrig, ich könnte einen Bären essen«, sagte Josh.

Molly lachte. »Ich weiß nicht, wie man Bär kocht, aber Mr. Young hat einen Hirschbraten im Ofen. Ihr solltet euch vielleicht waschen.«

Sara schnappte sich das Besteck, um den Tisch zu decken.

Brett sagte: »Ich schließe die Ställe. Es ist Zeit für die Hühner, in ihren Nestern zu schlafen.«

»Ich gehe mit dir, Brett, dann können wir uns waschen«, sagte Josh.

Nachdem der Sheriff von seinem Treffen zurückgekehrt war, zündete Molly drei Kerzen an und stellte sie in die Mitte des Tisches. Mr. Young und Molly füllten das Essen in große Schüsseln, die im Familienkreis weitergegeben wurden, und alle nahmen ihre Plätze ein.

»Ich bin dankbar für diese Familie«, sagte Molly.

»Amen«, fügte Mr. Young hinzu.

»Abendessen bei Kerzenlicht«, sagte Sara. »Ich fühle mich vornehm.«

»Ich habe den restlichen Salat, Sellerie und andere Gemüsereste aus dem Kühlschrank für unseren Salat verwendet«, sagte Molly. »Mr. Young hat Eier für seine Eier mit Mayonnaise gekocht und die Soße für den Reis und das Wildfleisch gemacht.«

In der Küche war es ruhig, während alle aßen, bis Major fragte: »Irgendwas im Radio?«

»Nichts Neues zum Stromausfall«, sagte Rosalie. »Es wird über Hilfe von der Regierung gesprochen, aber manche meinen, das seien nur leere Worte. Keine Details. Einige Krankenhäuser haben bereits ihre Notstromversorgung verloren, aber sie wussten, wie lange ihr Strom halten würde, also besteht die Hoffnung, dass die Krankenhäuser ihre Patienten in Sicherheit gebracht haben. Aus einigen Großstädten wurden Plünderungen und Brände gemeldet. Das ist beängstigend. Die Funkamateure haben Ideen geteilt, was man in der nächsten Woche oder so tun könnte. Ich habe mir Notizen gemacht. Im Funk werden viele Informationen geteilt. Wir denken, wir sollten auch teilen. Wie machen wir das?«

»Ich habe da einige Ideen«, sagte Herr Young. »Major, können Sie und ich später mit Aimee Louise und Rosalie sprechen?«

»Sicher«, sagte Major.

»Ich habe mit Pastor John und Chuck gesprochen, und Chuck wird ihre Familien morgen früh aus der Stadt zu Herrn Youngs Farm bringen«, sagte der Sheriff. »Sie packen heute Abend und brechen so früh wie möglich nach Tagesanbruch auf. Pastor John möchte mindestens einen weiteren Tag in der Stadt bleiben.«

»Wie war dein Treffen?«, fragte Major.

Der Sheriff seufzte. »Ich hatte gehofft, dass mehr Leute kommen würden, aber vielleicht verbreiten sie ja die Botschaft. In einer Nachbarschaft gab es vier oder fünf Familien, die planten, näher zusammenzuziehen.«

Molly reichte das Wildbret mit Soße. »Noch jemand Nachschlag?«

Josh spießte ein Stück Fleisch auf und löffelte Soße darüber. »Ich war hungrig. Das ist gut.«

Der Sheriff lächelte Josh an. »Es klang, als hätten einige Familien die Stadt bereits verlassen, und andere waren bereit zu gehen. Manche haben ihre Autos mit Lebensmitteln, Wasser und Vorräten beladen. Andere meinten, sie würden direkt zu ihrem Ziel durchfahren.«

Der Sheriff griff nach der Fleischplatte und legte sich eine Portion des Bratens auf seinen leeren Teller. »Ich habe nach Vanessa geschaut und sie eingeladen, hierher zu kommen, oder wenn sie das nicht möchte, bei einer Familie in der Stadt zu bleiben. Sie sagte, sie hätte noch ein paar lose Enden zu erledigen.«

»Das ist furchtbar. Sollte ich in die Stadt fahren und sie holen?«
Major schob seinen Stuhl mit einem lauten Kratzen zurück und stand
auf.

Der Sheriff sah ihn fragend an. »Nein, Major. Ich bin sicher, sie hat
etwas im Sinn. Sie ist klug.«

»Oh, okay.« Major schob seinen Stuhl zurück an den Tisch, bevor er
sich setzte.

Der Sheriff blickte über den Tisch. »Ist da noch Soße übrig,
Josh? Annie hat einen Kaninchenstall entworfen und dann mit nur
wenig Hilfe gebaut. Sie hat Pläne für zwei weitere: einen für eine
Mutterstation und den anderen für Babys.«

Nach dem Abwasch trafen sich Herr Young, Major, Sheriff, Rosalie
und Aimee Louise draußen auf der Veranda.

Herr Young ließ sich langsam in einen Schaukelstuhl sinken.
»Wenn das Stromnetz nicht ausgefallen wäre, hätte Aimee Louise am
Prüfungsabend alle Teststufen der Amateurfunklizenzen bestanden,
einschließlich Extra. Unter diesen Umständen schlage ich vor, dass
Aimee Louise Joans Rufzeichen verwendet, bis sie ihr eigenes
bekommt.«

»Ich erinnere mich an die Ausnahmeregelung für Notfälle und
stimme Ihnen zu. Aimee Louise, Rosalie, was denkt ihr?«, fragte Major.

Die Mädchen schwiegen. Rosalie stieß Aimee Louise mit dem
Ellbogen an.

»Danke«, sagte Aimee Louise.

»Denk daran, wenn du im Funk sprichst, Aimee Louise, gib keine
persönlichen Informationen preis, besonders nicht deinen Namen, dein
Alter und die Anzahl der Personen, die mit dir leben«, sagte Major.
»Es ist in Ordnung, über das Wetter zu sprechen. Was den Standort
betrifft, der beim Wetter hilfreich wäre, ist Nordflorida ausreichend.
Wenn jemand Fragen stellt, lass es mich oder Herrn Young wissen.«

»Achte auf jeden, der klingt, als wäre er am Golf. Im Frühling
kommt unser Unwetter häufig vom Golf. Höre auf Informationen von
der Westküste Floridas, Louisiana, Mississippi und Alabama«, fügte Herr

Young hinzu. »Höre auf die Ostküste Floridas wegen Hurrikanen später im Sommer.«

»Rosalie behält das Wetter im Auge. Sie ist unser Wettermädchen«, sagte Aimee Louise.

»Das gefällt mir«, sagte Rosalie. »Wettermädchen.«

Rosalie lächelte und sang: »Ich lese den Himmel. Ich beobachte die Spinnen. Ich höre den Fröschen zu. Ich zähle die Grillenzirpe. Wenn es um Wettervorhersagen geht, bin ich die Superheldin. Ja, genau, ich bin...«

Die Kinder rannten heraus, als sie Rosalie singen hörten, und fielen ein: »Wettermädchen!«

Major lächelte. *Das habe ich kommen sehen.*

Molly trat nach draußen. »Badezeit. Die Kleinen zuerst. Ich glaube, ich habe etwas verpasst, also erwarte ich einen vollständigen Bericht. Ich vermute, ihr werdet sagen, es wird ein...«

Die Jungen riefen gemeinsam: »Wetterbericht!« Molly drehte sich um und schüttelte den Kopf.

Der Sheriff lachte und wischte sich die Augen. »Sie ist direkt in die Falle getappt. Buchstäblich.«

Kapitel Fünfundzwanzig

Am nächsten Morgen versammelten sich die Erwachsenen und die beiden älteren Mädchen vor Sonnenaufgang auf der Veranda.

»Heute ist unser letzter Tag mit den Generatoren. Gibt es Gründe, unsere Pläne zu ändern?«, fragte Major.

»Ich denke, wir können heute alles erledigen. Mr. Young und ich werden den ganzen Fisch braten, den wir haben«, sagte Molly. »Glaubst du, die Deputies und ihre Familien würden gerne mit uns essen?«

»Nachdem Aimee Louise und ich die Speicherkarten der Kameras ausgetauscht haben, wollte ich in die Stadt fahren. Ich werde die Deputies einladen«, sagte der Sheriff.

»Wir haben einige Möglichkeiten, was den Wohnwagen betrifft«, sagte Molly. »Der Kühlschrank und der Wasserwärmer im Wohnwagen laufen mit Propan, aber Mr. Young und ich sind uns einig, dass es klug wäre, unser Propan zu sparen.«

»Ich habe eine Idee für Duschen«, sagte Mr. Young. »Die Wasserpumpe des Wohnwagens läuft über die Wohnwagenbatterie, und ich habe ein Solarpanel angeschlossen, um sie zu laden. Wir können kalt duschen oder alternativ könnten wir ein weiteres Solarpanel anschließen, um das Wasser zu erhitzen. Wenn es funktioniert, können wir sehen, wie lange es dauert, den Tank zu erwärmen.«

Rosalie schob ihren Stuhl zurück. »Aimee Louise, Radiozeit.«

»Ich werde Rosalies Inventarlisten durchgehen, um zu sehen, ob wir potenzielle Engpässe haben«, sagte Molly. »Man würde denken, das Erste, was rationiert werden müsste, wäre Kaffee, aber wir haben Unmengen davon. Irgendwann werden wir vielleicht abgestandenen Kaffee trinken, aber wir werden immer noch Kaffee haben.«

»Hast mir kurz einen Schrecken eingejagt, Molly. Apropos Kaffee«, sagte der Sheriff, »wir müssen einen 24-Stunden-Wachplan aufstellen. Ich weiß, Onkel Dan hat uns alle aufgeschreckt. Lass uns heute Abend darüber reden.«

Nach dem Frühstück legte jeder los. Major lächelte, als er und Mr. Young zum Wohnwagen gingen, um zu sehen, was sie tun könnten.

Diese Truppe ist eine gut geölte Maschine.

Er schüttelte den Kopf, als Brett und Sara darüber stritten, wer die Hühnerställe besser säuberte.

Major kicherte. »Na ja, meistens.«

»Meistens?«, fragte Mr. Young.

»Ich dachte gerade daran, wie gut wir zusammenarbeiten, als ich hörte, wie die Zwillinge darüber stritten, wie man Hühnerställe reinigt.«

Mr. Young lachte. »Ich habe den Vorteil, nicht zu gut zu hören. Streitende Kinder klingen für mich wie Musik. Manchmal sind die Akkorde etwas daneben, aber es ist immer noch Musik. So ähnlich wie das Gackern der Hühner.«

Majors Gedanken wanderten dazu, wie man den kleinen Warmwassertank des Wohnwagens mit Solar- oder Batterieenergie anstelle der direkten Hitze einer Propanflamme beheizen könnte. *Es sollte einfach sein, aber der tatsächliche Prozess ist nicht klar.*

»Was hattest du für den Wassererhitzer im Sinn?«, fragte Major.

»Na ja, schauen wir ihn uns mal an.«

<hr />

Während der Sheriff die Nummer 48 herumfuhr, schnappte sich Aimee Louise ihren Rucksack, ein paar Flaschen Wasser und Ersatzspeicherkarten für die Kameras.

»Aimee Louise, möchtest du Nummer 48 fahren?«

Ich würde gerne Nummer 48 fahren. Der Traktor ist laut, aber Nummer 48 ist lauter. Kann ich mir die Ohren zuhalten? Könnte ich mit den Ellbogen lenken? Ich frage mich, warum Nummer 48 die 48 war. Warum nicht 49 oder 47? Ich muss Rosalie fragen. Ich ziehe meinen Hut an, um meine Ohren zu bedecken.

Aimee Louise rannte ins Haus und kam mit ihrem Lieblingshut zurück, einem hellblauen Lappländer-Strickhut mit Ohrenklappen. Sie holte tief Luft. »Lass uns das machen.«

Als der Sheriff und Aimee Louise zurückkehrten, luden Aimee Louise und Rosalie die Kamerabilder auf den Computer.

Der Sheriff stand an der Tür. »Was zeigen die Kameras?«

Molly gesellte sich zu ihm und legte ihren Kopf auf seine Schulter.

Rosalie zeigte auf ein Bild. »Carl ist immer noch da. Er ist unser Stamm-Kojote und hat eine Kerbe am Ohr. Insgesamt sehe ich mehr Tiere als direkt nach der Explosion, aber ich weiß nicht, ob das saisonal bedingt ist oder ob sie sich eine Weile versteckt haben. Ich denke, sie haben sich versteckt.«

»Aimee Louise, du hast Nummer 48 gut gefahren«, sagte der Sheriff. »Du bist eine sichere, geschickte Fahrerin. Was mich betrifft, kannst du jederzeit fahren.«

»Das sind tolle Neuigkeiten«, sagte Molly. »Was denkst du, Aimee Louise?«

»Ich liebe es, Nummer 48 zu fahren.« Sie legte ihre Hände über die Ohren. »Auch wenn es laut ist.«

Nach dem Mittagessen hielt der Sheriff am Haus der Gastons an. Er hupte und wartete am Ende der Einfahrt. Deputy Brad kam von hinten und traf den Sheriff vor dem Haus.

»Wir haben etwas Holz, falls du einen Hühnerstall bauen willst«, sagte der Sheriff. »Wir können dir einen Hahn und ein paar Hennen sowie Vorräte und Futter geben, um dich in Gang zu bringen. Du solltest vielleicht mit Major darüber sprechen, wie er seine Ställe gebaut hat. Sie sind vor Raubtieren geschützt, und er hat ein innovatives Reinigungssystem.«

»Wow. Ich weiß nicht, was ich sagen soll. Danke.«

»Wir möchten euch alle heute später zum Farmhaus einladen. Molly plant, einen Haufen Fisch zu braten, und ihr seid eingeladen, mit uns zu essen.«

»Lass uns reingehen und alle informieren. Wir bringen etwas mit. Wir haben selbst einige Sachen, die aufgegessen werden müssen. Sheriff, wir müssen über die Sicherheit sprechen. Wir haben ein paar Ideen. Hast du kurz Zeit?«

»Klar«, antwortete der Sheriff, während sie zum Haus gingen. »Danach fahre ich in die Stadt, um zu sehen, wie es den Leuten geht.«

Als der Sheriff durch die Stadt fuhr, betrübte ihn der verlassene Anblick. Einige der Geschäfte waren mit Brettern vernagelt. Wo er hineinsehen konnte, waren die meisten Regale leer und durcheinander.

Er sah einen handgeschriebenen Zettel an der Bibliothekstür und Bücher in einem Bücherregal vor der Tür. Er ging hin, um das Schild zu lesen: »Nimm ein Buch. Hinterlasse ein Buch. Wenn du ein Buch möchtest, das du nicht siehst, hinterlasse eine Notiz. Danke fürs Lesen. Gott segne uns alle.«

Der Sheriff schüttelte den Kopf. »Menschen sind erstaunlich.«

Er fuhr zum Diner, wo er ein großes, handgemaltes Schild entdeckte: »Geöffnet bei Tagesanbruch. Geschlossen am Vormittag. Wir haben Wasser. Bringt einen Behälter mit. Wir haben keine Lebensmittel.« Jemand hatte »Zum Tausch« in großen Buchstaben auf ein Brett gemalt und es neben das Schild gelehnt. Auf dem Brett waren Zettel angeheftet.

Der Parkplatz des Krankenhauses war leer. Er fuhr weiter zur Feuerwache und bemerkte ein Auto, das neben dem Gebäude parkte. Als er einfuhr, kam ein junger Feuerwehrmann aus der Wache. Er war der neueste Rekrut und trug noch seine Uniform. Zwei Männer in Jeans und schwarzen Lederjacken flankierten den jungen Rekruten. Alle drei trugen Pistolen in Holstern an ihren Gürteln.

»Sheriff, schön dich zu sehen. Meine Brüder und ich planen, gleich morgen früh nach Hause zu laufen. Wir haben einige medizinische Vorräte im Lagerraum, die wir im Kofferraum meines Bruders sichern wollten. Wir müssen das Auto hier lassen, weil kein Benzin mehr drin ist. Interessiert?«

»Sicher.«

Die drei jungen Männer trugen vier Kisten hinaus und legten sie in den Kofferraum des Sheriffs.

Nachdem sie fertig waren, nahm der älteste Bruder den Sheriff beiseite. »Sheriff, du solltest vielleicht nicht mehr mit einem Fahrzeug in die Stadt kommen. Niemand sonst hat genug Benzin, um irgendwohin zu fahren, und du fällst auf wie ein bunter Hund. Die Leute werden denken, wenn du genug Benzin zum Herumfahren hast, dann hast du auch viele andere Sachen, und sie werden planen, sich zu bedienen.«

Der Sheriff schüttelte dem jungen Mann die Hand. »Danke. Daran hätte ich selbst denken sollen. Ich bete für eine sichere Reise für dich und deine Brüder.«

Der Sheriff fuhr zu Vanessas Haus und klopfte an die Tür, aber sie antwortete nicht. Er ging zu ihrem Büro und glaubte, eine Bewegung hinter einem Fenster zu sehen. Er stieg aus seinem Auto aus.

Vanessa steckte ihren Kopf zur Tür hinaus und winkte ihm zu. »Komm rein.«

Als er an der Tür ankam, sagte Vanessa: »Wurde auch Zeit, dass einer von euch kommt, um mich abzuholen. Mir ging das Benzin aus, als ich in die Stadt kam, und das Büro war näher als mein Haus. Ich habe einige Tiere zu verladen und brauche Hilfe. Eine alte Freundin von mir rief mich gleich nach dem Stromausfall an. Sie hatte die Stadt verlassen und wollte, dass ich ihre Tiere abhole, also habe ich jetzt Ziegenbabys in meinem Büro. Der Bock stinkt.«

Der Sheriff hustete, als er eintrat. »Puh, du hast nicht übertrieben. Ich kann den Kerl von hier aus riechen. Hast du irgendetwas in deinem Haus, das du mit zur Farm nehmen möchtest?«

»Nein, ich habe alles hier bei mir. Ich habe zwei Koffer, drei große Säcke Ziegenfutter und eine große Kiste mit Lebensmitteln für Menschen. Ich habe einen Teppich, den wir auf den Boden der Transportbox legen können, und einen Duschvorhang, den wir unter den Teppich legen können, damit dein Auto nicht so riecht wie meins.«

Auf dem Weg zum Bauernhaus sagte der Sheriff: »Wie hat Noah das wohl ausgehalten? Was weißt du über Ziegen?«

»Allergien«, sagte Vanessa. »Der Mann litt unter Allergien, also roch er nichts. Und vor zwei Tagen wusste ich noch nichts über Ziegen. Ich habe ein Buch aus der Bibliothek geholt und weiß alles, was im Buch steht. Oder ich werde es wissen, sobald ich es gelesen habe.«

Der Sheriff lachte. »Natürlich.« Er hustete, würgte fast und kurbelte sein Fenster herunter. »Erinnere mich daran, nicht zu atmen, bis wir auf der Farm sind. Ich hoffe, Molly hat die Wäsche noch nicht fertig. Unsere Kleidung wird moderne Waschanlagen und parfümierte Seife brauchen.«

Major blickte auf das Auto des Sheriffs, als es in die Einfahrt fuhr. *Ein Beifahrer?*

Nachdem der Sheriff geparkt hatte, öffnete er die hintere Tür, und die Ziegenbabys sprangen aus dem Auto.

Major atmete erleichtert aus, als Vanessa aus dem Auto stieg. *Was für eine Erleichterung zu sehen, dass es ihr gut geht.*

Josh war der erste, der um die Hausecke kam. »Wir haben Babyziegen!«, rief er. »Kommt und seht euch die Babyziegen an.«

Als alle Kinder herbeistürmten, um zuzusehen, wie die Ziegenbabys im Hof herumsprangen, lachte der Sheriff. »Keine Überraschung, dass diese Babyziegen ein Hit sind.«

»Schaut, wie Shadow Wache steht, während Penny versucht, die Ziegen zusammenzuhalten«, sagte Molly.

»Neben den Hühnern gibt es einen kleinen Pferch, wo wir sie vorerst unterbringen können«, sagte Major. »Der Zaun ist zu hoch für sie zum Springen. Es braucht nicht viel, um einen Unterstand als Schutz zusammenzubauen. Ich habe genug Restholz.«

Während die Kinder vor Freude quietschten und Penny halfen, die Ziegenbabys einzufangen, ging Major auf Vanessa zu und streckte seine Hand aus. »Willkommen auf der Farm.«

»Danke, Major«, sagte Vanessa, als sie sich die Hände schüttelten. *Netter Händedruck. Stark. Samtige Hände.* Majors Gesicht wurde warm, und er drehte sich weg.

»Schlafplätze«, sagte Molly. »Irgendwelche Ideen?«

»Ich habe ein Doppelbett im Lager«, sagte Major. »Wir könnten es im Computerraum für dich und den Sheriff aufstellen, Molly. Vanessa könnte im Zimmer mit den Mädchen schlafen.«

Der Sheriff sagte: »Ich glaube, das würde funktionieren. Mir gefällt die Idee, unten zu sein. Molly?«

»Gute Idee, Major.«

»Wisst ihr«, sagte Vanessa, »ich komme auch gut mit einem Sofa klar. Oder einer Matratze auf dem Boden.«

»Wir würden unser Zimmer sehr gerne mit dir teilen, Vanessa«, sagte Annie.

»Ja, das würden wir«, sagte Sara.

»Dann ist es entschieden«, sagte Major. »Es sei denn, du willst noch eine Weile diskutieren, Vanessa, aber ich warne dich: Du wirst verlieren. Diese Truppe ist ziemlich durchsetzungsstark.«

Vanessa hob die Hände. »Okay. Es macht keinen Sinn, Zeit zu verschwenden.«

»Wir haben viel zu tun«, sagte Molly. »Wir müssen die Wäsche fertig machen und ein Bett in den Computerraum stellen. Und wir bekommen Besuch zu unserem großen Fischessen. Also legen wir los.«

Aimee Louise, Rosalie und Sara waren die Ersten, die ihre Gäste ankommen sahen: Wally und seine Frau Kris mit ihren dreijährigen und sechs Monate alten Töchtern; Brad und seine Frau Heather mit ihrem zweijährigen Sohn; und die beiden unverheirateten Deputies, Jim und Stuart.

Sara rannte zur Haustür und rief hinein. »Sie sind da!«

Sie hüpfte und wirbelte auf ihren Zehenspitzen neben Aimee Louise und Rosalie und zählte. »Wir haben zwanzig Leute im Farmhaus.«

»Eine große Familie«, sagte Aimee Louise.

Rosalie fragte: »Zu viele Leute?«

Aimee Louise schaute Rosalie an. »Du hast eine Sorgenwolke. Nein, nicht zu viele, weil es Familie ist.«

Rosalie nickte.

»Oh, schau. Deine Sorgenwolke ist weg. Du hast jetzt eine weiche, wirbelnde, ruhige Wolke.«

»Ich wünschte, ich könnte meine weiche, wirbelnde, ruhige Wolke sehen. Das klingt schön.«

»Ist es auch.«

»Ob ich wohl einen weichen, wirbelnden, ruhigen Wolkentanz machen könnte?«, fragte Rosalie.

»Ich kann das«, sagte Sara. Sie bewegte sich in einer langsamen, fließenden, fast lyrischen Drehung und schwang ihre Arme mit einer Bewegung, als würde sie in der Schwerelosigkeit schweben.

»Fantastisch«, sagte Aimee Louise, und sie und Rosalie applaudierten. Sara errötete und machte einen Knicks.

Major, der Sheriff und Molly gingen nach draußen, um ihre Besucher zu begrüßen. Die Männer schüttelten Hände, und Molly schmachtete über die Babys und Kleinkinder. Major und Josh halfen, das Essen in die Küche zu tragen, wo Molly, Aimee Louise und Annie das Essen im Buffet-Stil auf der Küchentheke anrichteten.

Molly verkündete der Menge: »Alles ist fertig; wir haben gebratenen Fisch, Pommes, Kris' Krautsalat, Stuarts Krabbenküchlein, Mr. Youngs gefüllte Eier und Heathers Kekse.«

Major sagte: »Mr. Young? Würden Sie die Ehre übernehmen?«

»Danke für Essen, Freunde und Familie«, sagte Mr. Young.

»Nehmt euch einen Teller«, sagte Molly. »Sara und Brett haben Besteck in Servietten eingerollt, und Josh und Rosalie haben die Getränke vorbereitet.«

Vanessa und Major saßen zusammen auf der Veranda.

»Das ist ein wahres Festmahl«, sagte Vanessa. »Wir haben echte Gourmetköche unter uns.«

Nachdem alle gegessen hatten, meldeten sich Jim und Stuart freiwillig für den Aufräumdienst. Molly blieb zur Aufsicht und scheuchte alle anderen aus der Küche.

»Molly«, sagte Kris, als Molly sich der Gruppe draußen anschloss, »ich glaube, deine Kinder und die Kleinen haben ein neues Spiel erfunden. Es heißt Im-Kreis-Rennen, Ins-Gras-Fallen, Sich-Gegenseitig-Fangen-und-Kichern.«

Baby Sophie quietschte und wedelte mit den Armen, und Mr. Young lachte.

»Spricht offenbar alle Altersgruppen an, wie ich sehe«, sagte Molly. »Ich hole mir einen Platz in der ersten Reihe.«

Aimee Louise und Rosalie entschuldigten sich, um Radio zu hören.

»Wir müssen über Sicherheit sprechen.« Der Sheriff teilte die Warnung mit, die er vom Bruder des Feuerwehrmanns erhalten hatte.

»Was haltet ihr davon, wenn wir ein paar Bäume über die Straße in der Nähe der Abzweigung zu unserem Haus fallen lassen?«, fragte Brad.

»Ich denke, das ist eine gute Idee«, sagte Major. »Wir könnten es morgen früh gleich machen.«

»Brauchen wir ein Warnsystem oder einen Code?«, fragte Wally, als Stuart und Jim zu ihnen stießen.

»Wir haben bereits eines. Ich werde euch die Wolken und *Onkel Dan* so gut wie möglich erklären«, sagte Major.

Als Rosalie und Aimee Louise zurückkamen, sagte Rosalie: »Die Nachrichten im Radio sind nicht gut. Die großen Städte brennen immer noch. Menschen, die in der Nähe von Großstädten leben, sind besorgt. Banden sind in Häuser eingebrochen und haben Menschen beraubt und verletzt. Leute, die von Schüssen in der Ferne berichtet haben, sagen, dass sie näher kommen. Manche Menschen haben Angst. Einige sprachen von Nachbarn, die sich zusammengetan haben, und sie klingen nicht so verängstigt.«

»Hast du Angst?«, fragte Major.

»Ich habe Angst, weil es beängstigend ist, aber ich habe keine Angst, weil ich mich sicher fühle«, sagte Rosalie. »Macht das Sinn?«

»Familie«, sagte Aimee Louise.

Heather nickte. »Aimee Louise, würdest du mir den Garten zeigen?«

»Kris, wenn du mitkommen möchtest, passe ich auf die Kleinen auf«, sagte Molly.

Kris und Rosalie schlossen sich Heather und Aimee Louise an.

»Ich komme auch mit. Ich interessiere mich für den Garten«, sagte Stuart.

»Seit wann denn?«, fragte Jim.

Stuart eilte den Pfad hinunter.

»Herr Young, können Sie mir Ihren Solarheizer zeigen?«, fragte Jim. Die beiden Männer gingen los, um sich den Wohnwagen anzusehen.

»Frau Vanessa, Josh und ich haben einige Fragen über Ziegen«, sagte Annie.

»Ja. Zum Beispiel, wie groß werden sie?«, sagte Josh.

Vanessa holte das Ziegenbuch und blätterte darin nach Referenzen. Nach einigen weiteren Fragen schloss sie das Buch und sagte: »Lasst uns jeden Tag Zeit für eine Lektion über Ziegen einplanen. Wir können morgen mit Kapitel eins beginnen. Vielleicht können wir jeden Tag ein Kapitel durcharbeiten.«

»Gute Idee«, sagte Annie.

»Jep, klingt gut«, fügte Josh hinzu.

»Danke, Herr.« Vanessa atmete aus.

Major grinste. »Hab's dir gesagt. Eine beeindruckende Kraft.«

»Major, Stuart und ich interessieren uns für deine Hühnerstallkonstruktion und Sicherheit«, sagte Brad.

»Wie wäre es mit einer Führung? Und wir können Holz, Draht und Nägel aussuchen«, fügte Major hinzu.

»Klingt gut. Mal sehen, ob ich Stuart von den Mädchen losreißen kann«, sagte Brad.

Major runzelte die Stirn. *Hoffentlich war das nur ein Witz.*

Am Ende des Tages luden Brad und Stuart Holz auf Brads Laster, und die Deputies und Familien fuhren ab.

Molly sagte: »Zeit fürs Baden.« Die jüngeren Kinder rannten nach oben.

Vanessa setzte sich im Wohnzimmer neben Major. »Das unterscheidet sich von dem, was ich gewohnt bin.«

Herr Young lächelte. »Ich weiß. Bei mir auch. Ist es nicht wunderbar?«

Eine Woche später kam der Sheriff rechtzeitig zum Mittagessen vom Haus der Gastons zurück. »Wallys und Kris' Baby hat hohes Fieber. Kris ist erschöpft. Können wir irgendwie helfen?«

»Kris und ihr Baby könnten in den Wohnwagen ziehen«, bot Herr Young an. »Wäre es in Ordnung, einen Generator anzuwerfen, um die Klimaanlage laufen zu lassen?«

»Gute Idee. Das ist definitiv ein Notfall, was den Spritverbrauch angeht«, sagte Major. »Ich habe einige Ideen, wie wir den Lärm dämpfen können.«

»Der kleine Generator ist leiser«, sagte Aimee Louise.

»Ich würde gerne im Wohnwagen bleiben, um mit dem Baby zu helfen«, sagte Rosalie.

»Während du deine Sachen zusammenpackst, Herr Young, organisiere ich eine Aufräum- und Putzaktion für den Wohnwagen. Und ich stelle eine Schlafmatte für dich zusammen, Rosalie«, sagte Vanessa.

»Ich denke, wir haben einen Plan. Sheriff?«, fragte Major.

»Ich nehme Nummer 48 und rede mit Kris und Wally. Hoffentlich komme ich mit Kris und dem Baby zurück.« Er kehrte mit einer erschöpften Mutter und einem kranken Baby zurück.

»Oh mein Gott«, sagte Molly. »Sophie ist so blass. Kris, hier ist ein Glas Apfelmus, das wir eingemacht haben, und ein sterilisiertes Glas mit abgekochtem Wasser zum Mischen mit der Trockenmilch.«

Nach drei Tagen kamen Rosalie, Kris und das Baby zum Frühstück ins Haus.

»Ich kann euch allen nicht genug danken«, sagte Kris. »Sophies Fieber ist heute Morgen gesunken. Rosalie war eine echte Retterin.« Sie umarmte Rosalie. »Ich glaube nicht, dass ich überhaupt geschlafen hätte, wenn du nicht bei uns gewesen wärst.«

»Schau dir dieses süße Babylächeln an«, sagte Molly. »Ich kann etwas Haferbrei pürieren, und wir haben Apfelmus, es sei denn, sie hat genug davon.«

»Sophie liebt dein Apfelmus«, sagte Kris. »Und ein bisschen Haferbrei klingt nach einer großartigen Idee.«

Nach dem Frühstück waren Kris und Sophie bereit, nach Hause zu gehen. Kris umarmte Rosalie noch einmal. »Vielen, vielen Dank. Du hast einen Unterschied für uns beide gemacht.«

Rosalie errötete. »Gerne, Tante Kris. Ich bin froh, dass es Sophie besser geht.«

In der Woche nach Kris' und dem Babys Abreise kamen Aimee und Rosalie mit dem Radiobericht zum Frühstückstisch. »Die Funkamateure aus Ost-Texas und Louisiana berichteten, dass gestern schwere Stürme ihre Gebiete getroffen haben. Tennessee und Alabama erwarten heute raues Wetter«, sagte Rosalie. »Wir können morgen mit schwerem Wetter mit Wind, Regen und vielleicht Hagel rechnen.«

»Unsere neuesten Bauten, wie die letzten Hühnerställe, Kaninchenställe und der Ziegenschuppen, haben noch keine größeren Stürme durchgemacht. Wir müssen einschätzen, wie wetterfest sie sein könnten«, sagte Major. »Und wir müssen vor Einbruch der Dunkelheit alle landwirtschaftlichen Geräte in die Scheune bringen. Herr Young, wenn das schlechte Wetter vor dem Morgen kommt, müssen Sie ins Haus ziehen.«

»Aus welcher Richtung wird der Wind kommen? Von Westen? Nordwesten?«, fragte Vanessa.

»Das kommt darauf an«, sagte Herr Young. »Manchmal ziehen diese großen Systeme im Westen und Norden Feuchtigkeit aus dem Süden, und unsere Stürme kommen aus dem Südwesten. Und manchmal wären unsere Oberflächenwinde Südost. Wir bekommen es aus allen Richtungen.«

»Nun, das macht es schwierig«, sagte Vanessa.

»Mehr eine Herausforderung, ja«, stimmte Herr Young zu.

»Wir müssen alles draußen sichern und im Voraus tun, was wir können«, sagte Major. »Zum Beispiel den Hühnern und Tieren extra Futter und Wasser geben. Oder wenn wir das nicht können, zumindest das zusätzliche Futter bereit haben, wie für die Kaninchen. Wir müssen auch die Tiere vor Einbruch der Dunkelheit sichern.«

»Wir werden unsere Mahlzeiten für drinnen planen, und wir brauchen zusätzliches Wasser im Haus«, fügte Molly hinzu.

Mitten in der Nacht weckten die Geräusche des zunehmenden Windes Major auf. Er trat auf die Veranda; der Wind peitschte von Nordwesten um das Haus. Er schlüpfte zurück ins Haus, setzte sich mit hochgelegten Füßen in seinen Sessel und lauschte dem Wind.

Am frühen Morgen weckte das leise Grollen des Donners Major auf.

Herr Young kam ins Haus. »Ist das Kaffee, den ich rieche?«

Major ging mit Shadow und Penny nach draußen. Sie liefen eine Runde um die Hühner, die Scheune und die Schuppen, und dann kehrten die drei zum Haus zurück.

Fünf Minuten nachdem Major und die Hunde hereingekommen waren, brach der Sturm mit starken Winden und schwerem Regen los. Der Lärm des Windes und Regens weckte den Rest der Erwachsenen und Aimee Louise, die ihre Lappländer-Mütze trug.

»Warum schlafen die Kinder noch?« Molly lief auf und ab, bis der Sheriff seine Arme um sie legte. Sie verbarg ihr Gesicht an seiner Brust.

»Ich könnte bei so einem Sturm nicht schlafen. Das Geräusch des Windes macht mich nervös.«

»Könnte daran liegen, dass es noch dunkel ist, oder wegen des Tiefdrucksystems«, sagte Major.

»Oder beides«, fügte Herr Young hinzu.

Die dicke Wolkendecke und der prasselnde Regen verdeckten die Sonne vollständig. Molly zündete die Petroleumlampen an, und die Lampen erhellten die Küche und den Essbereich für den Rest des Morgens.

Die vier jüngeren Kinder spielten ein Brettspiel, während sich Herr Young auf das Sofa legte und bald mit leisem Schnarchen einschlief. Molly organisierte die Küche um.

Vanessa blätterte durch ein Buch nach dem anderen. »Ich lese dieses hier. Ich weiß nichts über hydroponischen Gartenbau.«

Der Sheriff schärfte alle Küchenmesser.

Major stand eine Weile an der Hintertür. Dann wanderte er ins Computerzimmer, um mit Aimee Louise und Rosalie dem Amateurfunk zuzuhören. Der Regen verlangsamte sich zu einem leichten Schauer, und als die Vögel am späten Nachmittag zwitscherten, um das Ende des Sturms anzukündigen, eilte die Familie nach draußen, um mögliche Schäden zu begutachten.

»Der Regenmesser zeigt über zwölf Zentimeter Regen an«, sagte Rosalie. »Ich glaube nicht, dass irgendjemand mit mehr als fünf oder sieben Zentimetern gerechnet hat.«

Sara hielt sich die Ohren zu und sagte: »Hört, wie die Hühner darüber schimpfen, dass sie den ganzen Tag eingesperrt waren.«

Josh sagte zum Hahn: »Erzähl mir davon, Kumpel.« Der Hahn krähte erneut.

»Alle Nestkästen sind nass«, sagte Vanessa. »Lass uns dieses nasse Stroh rausziehen und sie trocknen.«

Major brachte trockenes Stroh aus der Scheune in einer Schubkarre. Josh reichte Vanessa frisches Stroh und nieste bei jeder Handvoll. »Riecht trotzdem besser als das stinkende nasse Stroh«, sagte er.

»Annie, bei den Kaninchen ist kein Wasser eingedrungen. Dein Design war ausgezeichnet«, sagte Major. »Aber die Schuppen, die ich für die Ziegen zusammengezimmert habe, waren zu klein, und die Ziegen sind nass geworden.«

»Annie und ich können an einem neuen Design arbeiten«, sagte Herr Young.

»Definitiv ein guter Teststurm, der uns hilft zu verstehen, wo wir Verbesserungen brauchen«, fügte der Sheriff hinzu. »Wir alle haben neue Projekte durch den Sturm.«

»Hätte auch ein nettes Erinnerungsschreiben sein können«, sagte Molly, während sie die nassen Handtücher trug, die Vanessa und Josh zum Trocknen der Nestkästen benutzt hatten. Vanessa nickte zustimmend, und Major lachte.

An einem frühen Morgen gegen Ende des Monats entspannten sich Major und Herr Young mit ihrem Kaffee auf der Veranda, während sie auf den morgendlichen Funkbericht warteten.

Rosalie eilte auf die Veranda. »Die Funker nannten die Nachrichten beunruhigend, und Aimee Louise und ich stimmen zu. Es hört sich an, als hätte die Regierung, obwohl niemand sicher ist, welche Behörde, Unterkünfte mit Nahrung in großen Städten eingerichtet.«

Major runzelte die Stirn. »Das ist nur eine vorübergehende Notlösung. Haben sie einen langfristigen Plan für all die Menschen, die ihre Unterkünfte überschwemmen werden? Das wurde schon einmal gemacht, und es war katastrophal.«

»Niemand hat einen Plan erwähnt«, sagte Rosalie. »Sie haben Flugblätter mit Orten wie Sportarenen oder leeren Lagerhallen verteilt und was die Leute mitbringen können. Jemand hatte eine Kopie eines Flugblatts und hat es vorgelesen.«

Molly brachte die Kaffeekanne für Nachschub heraus, und Vanessa folgte ihr.

»Kannst du dich setzen, wo ich besser hören kann?« fragte Herr
Young.

KAPITEL SECHSUNDZWANZIG

Rosalie schnappte sich eines der Sitzkissen, die neben der Hintertür gestapelt waren, und ließ es auf der Veranda nahe bei Herrn Young fallen. »Es war schwierig, Notizen zu machen.«

Aimee Louise brachte ein Kissen mit nach draußen und setzte sich neben Rosalie. »Die Person, die vorgelesen hat, hat während des Lesens auch kommentiert. Es wurde schwierig zu folgen, was tatsächlich auf dem Flyer stand.«

Rosalie schaute in ihre Notizen. »Ich versuche, die wichtigsten Punkte herauszugreifen. Dinge wie keine Waffen, nicht einmal Taschenmesser oder Stricknadeln. Nur eine Tasche pro Person und nicht größer als Handgepäck im Flugzeug. Keine Elektronik, einschließlich medizinischer Geräte. Keine Gehstöcke, Rollatoren oder Rollstühle. Keine Tiere, nicht einmal Assistenztiere. Keine Kissen oder Decken, kein Spielzeug und nur ein Kind pro Erwachsenem. Kein Essen oder Getränke. Nur verschreibungspflichtige Medikamente, aber keine Betäubungsmittel und nur für zwei Wochen. Da stand noch viel mehr.«

»Nur ein Kind pro Erwachsenem und kein Spielzeug? Das ist wahnsinnig«, sagte Molly, während sie Tassen nachfüllte. »Was erwarten die, was eine junge, alleinerziehende Mutter mit einem Baby und einem Kleinkind tun soll?«

»Der Mann, der den Flyer hatte, sagte schließlich, dass er ihn komplett durchlesen würde, damit jeder wüsste, was darauf stand«, sagte Rosalie. »Und die Funkamateure einigten sich auf eine Frequenz und Zeit für die Diskussion. Andernfalls wären wir, glaube ich, immer noch am Funkgerät.«

»Das kann ich mir vorstellen«, sagte Major. »Was für ein aufwieglerischer Flyer.«

Rosalie legte ihre Notizen auf die Veranda. »Ein Funkamateur meinte, die Leute würden aus Verzweiflung die Regeln befolgen. Ein Typ sagte, entweder rechneten sie mit vielen Menschen und hätten nicht viel Platz, oder sie versuchten, die Anzahl der Leute aufgrund eines geringen Nahrungsvorrats zu begrenzen. Eine Dame sagte, die Wahrscheinlichkeit für Diebstahl sei geringer bei weniger persönlichen Sachen.«

»Was denkst du, Rosalie?«, fragte Vanessa.

»Ich bin froh, hier zu sein.«

»Das klingt schrecklich«, sagte Herr Young. »Ich kann mir nicht vorstellen, eine solche Liste zu lesen und nicht zu kommentieren. Wer auch immer auf die Idee kam, auf einer anderen Frequenz zu diskutieren, war genial.«

»Aimee Louise«, sagte Rosalie.

Herr Young nickte. »Nun, dann hatte ich Recht: genial.«

<hr />

Als die Jahreszeit wärmer wurde, verlegten Molly und Herr Young ihre Kochaufgaben auf frühere Tageszeiten, um die Nachmittagshitze zu vermeiden.

Molly saß auf der Hinterveranda und schälte Erbsen mit einem Eimer zwischen ihren Knien. »Hast du bemerkt, wie der Garten unter der Pflege der Kinder gedeiht? Wenn die Pflanzen durch Regenmangel welken, pumpen Sara und Annie Wasser aus dem Brunnen in Eimer, und Josh und Brett schleppen die Eimer mit dem Handwagen zum Garten.«

»Der Garten entwickelte sich von kleinen, zarten Pflanzen zu einem grünen Dschungel mit einer Explosion von Gemüse. Erstaunliche grüne

Daumen«, sagte Herr Young. »Sollen die Schoten auf den Kompost oder
zu den Hühnern?«

Molly fuhr mit den Fingern durch die Schoten. »Geben wir
den Hühnern eine Leckerei. Die Gemüseregel, die sich die Kinder
ausgedacht haben – das mit den Angeben-Rechten, wenn man
kein Gemüse weiterreicht – ist genial. Ich kann nicht glauben, wie
wettbewerbsorientiert diese Truppe ist. Ich hatte Angst, sie würden die
Nasen über Gemüse rümpfen. Wie dumm von mir.«

Herr Young lachte. »Ich liege bei den Angeber-Karten, die Sara
erstellt hat, an zweiter Stelle hinter Josh. ARKs sind die neue Währung
hier. Wusstest du, dass wir Karten gegen Hausarbeiten tauschen? Josh
und Brett haben ein ausgeklügeltes Handelssystem entwickelt.«

Vanessa gesellte sich zu ihnen auf die Veranda und ließ sich in
einen Schaukelstuhl sinken. »Wird heiß. Annie und Major wollten euch
wissen lassen, dass sie heute Vormittag Kaninchen für das Abendessen
schlachten wollen. Ich habe kurz in den Garten geschaut, und wir haben
eine Lawine von Tomaten, Paprika, grünen Bohnen und Gurken. Ein
regelrechtes Gartenbuffet. Ich organisiere eine Gruppe zum Pflücken,
wenn du bereit bist zum Einmachen, Molly. Sag mir einfach Bescheid.«

Molly stand auf und klopfte ihre Schürze ab. »Danke. Ich koche den
Reis, und Herr Young macht die Soße, denn niemand macht Soßen wie
er. Ich stelle einen Salat zusammen, wenn deine Mannschaft genug für
heute Abend pflückt.«

Molly beendete das Schälen, und Herr Young brachte die Schoten
zu Sara und Brett für ihre Hühner.

Auf seinem Weg zurück zum Haus hielt Herr Young am Garten
an, um dem Sheriff, Aimee Louise und Rosalie zuzuschauen, die an
ihrem neuesten Projekt arbeiteten. »Rosalie, ich habe über die Tiere
nachgedacht, die du mit der Kamera verfolgst. Ich glaube, ich kann ein
Batteriepack zusammenbauen, um deinen Laptop aufgeladen zu halten.
Wir haben immer noch keinen Internetzugang, aber du kannst trotzdem
ein- oder zweimal pro Woche zeigen, was du auf deinen Speicherkarten
gefunden hast.«

»Das ist großartig.« Rosalie grinste. »Annie hat gefragt, ob wir irgendwelche Wildtierbabys gefunden haben.«

Nachdem Herr Young seinen Weg zum Haus fortgesetzt hatte, sagte der Sheriff: »Sobald wir dieses Tropfbewässerungssystem mit Wasser aus den Regenfässern fertiggestellt haben, gehe ich mit euch laufen.« *Ich werde das vielleicht bereuen, aber ich weiß, dass die Mädchen laufen wollen.*

Als sie das Bewässerungsprojekt nach dem Mittagessen beendet hatten, sagte der Sheriff: »Okay, lasst uns gehen.«

Aimee Louise, Rosalie und Shadow liefen ihm voraus, sprinteten zurück und liefen wieder nach vorne.

Zur Schlafenszeit stöhnte der Sheriff, als er seine Jeans auszog. »Ich wusste nicht, dass zwei süße Mädchen und ein Hund mein Ego so verletzen könnten, ganz zu schweigen davon, meine Beinmuskeln zu vernichten. Wir lassen sie nicht allein laufen, deshalb fühle ich mich verpflichtet, mit ihnen zu laufen; es ist hart.«

Molly reichte ihm drei Ibuprofen-Tabletten.

Am zweiten Tag der neuen Laufroutine des Sheriffs blieb er stehen, um Atem zu holen. Die Mädchen und Shadow liefen zu ihm zurück und blieben stehen. Als er weiterlief, taten sie es auch. Die jüngeren Kinder hatten ihm von der Nicht-Sprechen-Während-des-Laufens-Regel erzählt, aber niemand hatte die Wenn-Einer-Stoppt-Alle-Stoppen-Laufregel erwähnt. *Ich liebe diese Regel.*

Während der Sheriff und Molly sich am Ende der Woche fürs Bett fertig machten, sagte er: »Ich habe endlich gelernt, mir meine Kräfte einzuteilen, und brauche nur noch ein paar Pausen, wenn ich mit den Mädchen laufe, um die Kameras und das Grundstück zu kontrollieren.«

Nachdem er ins Bett geklettert war, gab er Molly einen Gutenachtkuss und fragte dann: »Das Ibuprofen ist großartig, aber könntest du aufhören, mich ›Alter Sheriff‹ zu nennen?«

»Nö.« Molly grinste.

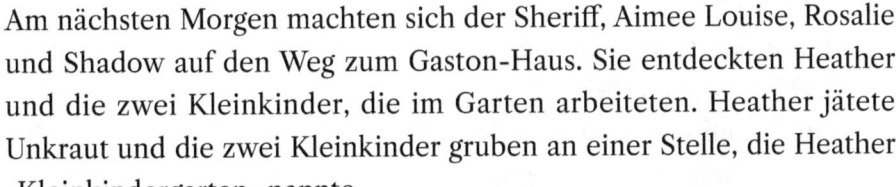

Gegen Ende des Monats, während alle am Abend entspannt auf der hinteren Veranda saßen, hörte der Sheriff auf, seinen Stuhl langsam zu schaukeln, und lehnte sich nach vorne. »Ich würde morgen früh gerne nach den Deputies und der Straßensperre sehen, aber ich bin mir nicht sicher, ob ich Nummer 48 mitnehmen muss. Wenn ich gleich nach dem Frühstück losfahre und vor dem Mittagessen zurückkomme, könnte ich der schlimmsten Hitze entgehen.«

»Zusammen laufen«, sagte Aimee Louise.

»Wir würden gerne mit dir laufen«, sagte Rosalie.

Der Sheriff zog die Augenbrauen hoch. »Deine Entscheidung, Major.«

»Die Mädchen werden bei dir sicher sein, und sie werden auf dich aufpassen. Es ist ein einfacher Lauf für dich.«

»Gut. Das dachte ich auch.«

Tante Molly kicherte. »Ja. Und ich bin morgen früh beschäftigt, also wirst du ohne mich laufen müssen.«

Am nächsten Morgen machten sich der Sheriff, Aimee Louise, Rosalie und Shadow auf den Weg zum Gaston-Haus. Sie entdeckten Heather und die zwei Kleinkinder, die im Garten arbeiteten. Heather jätete Unkraut und die zwei Kleinkinder gruben an einer Stelle, die Heather »Kleinkindergarten« nannte.

»Das ist eine angenehme Überraschung.« Sie stand auf und streckte ihren Rücken durch.

Wally und Stuart schlenderten gemeinsam aus dem Haus. Wally sagte: »Hallo, Sheriff. Brad ist beim Hühnerstall. Wir waren auf dem Weg zur Straße. Jim ist vor kurzem losgegangen.«

»In Ordnung, wenn ich mitkomme?«

»Klar.«

»Ich auch«, sagte Aimee Louise.

»Aimee Louise möchte mit euch gehen«, sagte Rosalie, »aber ich möchte Tante Kris und Sophie besuchen.«

»Sheriff?«, fragte Wally.

»Aimee Louise, warum bleibst du nicht bei Rosalie?«

»Nein, danke.«

Der Sheriff kratzte sich verwirrt am Kopf. »Okay, Aimee Louise. Gehen wir.«

Aimee Louise und Shadow liefen los. Der Sheriff machte sich auf den Weg und rief den Deputies zu: »Wir laufen.«

Stuart wandte sich an Wally. »Seit wann ist der Sheriff ein Läufer?«

»Keine Ahnung. Sie haben uns gerade abgehängt.«

Die beiden Deputies joggten dem Sheriff und Aimee Louise hinterher.

Als der Sheriff und Aimee Louise die Straße in Sichtweite hatten, sahen sie eine Frau in einem gelben, schlecht sitzenden Kleid, die sich über einen auf dem Asphalt ausgestreckten Mann beugte. Aimee Louise stellte sich hinter den Sheriff.

Die Frau schaute auf, strich ihr ungepflegtes, messingfarbenes Haar aus dem Gesicht, winkte und rief: »Hilfe! Wir brauchen Hilfe! Er ist verletzt!«

Aimee Louise blieb hinter dem Sheriff. Sie packte die Rückseite seines Hemdes.

»Tante Danielle«, sagte sie.

»Was? Kennst du sie?«

Aimee Louise zog am Hemd des Sheriffs.

»Tante Danielle. Onkel Dan.«

»Kannst du zurücklaufen und Wally und Stuart *Onkel Dan* sagen, ohne dass sie dich sieht?«

Aimee Louise drehte sich um und rannte los. Shadow blieb beim Sheriff.

Der Sheriff humpelte und hielt an, als wäre er außer Atem. »Was ist... passiert?«, keuchte er.

»Ich weiß nicht. Ich glaube, er ist schwer verletzt.« Sie stand auf, die linke Hand in die Hüfte gestützt und die rechte Hand hinter dem Rücken.

Das ist Jim. Blutende Kopfwunde. Der Sheriff bückte sich und hob einen großen Stock auf, um ihn als Gehstock zu benutzen. Er verlangsamte sein Tempo zu einem Schlurfen, während er jeden Schritt sorgfältig platzierte.

»Sieht wirklich nach einer schlimmen Wunde aus. Was ist passiert? Wer ist er?«, fragte er.

Die Frau wirkte unruhig; sie schüttelte den Kopf, und ihre Augen waren weit aufgerissen, als sie nach links und rechts schaute. »Ich weiß nicht. Ich kam vorbei und fand ihn; vielleicht wurde er überfallen. Beeil dich doch! Er braucht Hilfe. Schnell!«

Der Sheriff bewegte sich, als würde er versuchen, schneller zu gehen, verlangsamte sein Vorwärtstempo aber noch mehr. Er hörte den Ruf eines Kardinals zu seiner Rechten und einen Kardinalruf zu seiner Linken.

Er war zehn Meter von der Straße entfernt, als die Frau eine Pistole hinter ihrem Rücken hervorzog, auf den Sheriff richtete und zielte. Gleichzeitig sprangen zwei Männer mit Pistolen hinter der Barriere hervor und bewegten sich auf den Sheriff zu. Shadow gab ein tiefes Knurren von sich. Die Männer hoben ihre Waffen, erstarrten aber, als Shadow sein Knurren vertiefte, die Zähne fletschte und zum Sprung ansetzte.

Als ein Schuss ertönte, fiel die Frau zu Boden. Die beiden Männer richteten ihre Waffen, und einer von ihnen stürzte zu Boden. Der Sheriff erschoss den zweiten Mann. Während der Sheriff zu den beiden Männern rannte, liefen Wally und Stuart zu der Frau und Jim. Shadow lief zu Aimee Louise.

Der Sheriff bestätigte, dass beide Männer tot waren.

»Sie ist tot«, sagte Wally. »Sie hatte Jims Pistole.«

Stuart sagte: »Jim lebt. Er ist bei Bewusstsein, aber er ist verletzt.«

Der Sheriff rief: »Aimee Louise!«

Als Aimee Louise und Shadow ihn erreichten, sagte der Sheriff: »Ich brauche dich, um zurück zum Haus zu laufen und Heather zu sagen, dass wir Erste Hilfe und ihren Vierradantrieb brauchen. Sag ihr, sie soll zur Straßensperre an der Straße kommen. Sie weiß, wo das ist.«

Aimee Louise sagte: »Erstens. Tante Heather. Zweitens. Erste Hilfe. Drittens. UTV zur Straßensperre. Richtig?«

»Richtig.«

Aimee Louise und Shadow rannten los.

Schon bald hörten der Sheriff und die Deputies das Dröhnen des Vierradlers. Aimee Louise fuhr schnell, aber kontrolliert. Heather hielt einen Erste-Hilfe-Kasten und den Haltegriff fest, während Shadow nebenher lief.

Heather eilte zu den Deputies, nachdem Aimee Louise angehalten hatte. »Wer ist verletzt?«

»Es ist Jim«, sagte Wally. »Er hat eine Kopfverletzung, und wir haben die Blutung gestoppt. Wir glauben, dass er nicht das Bewusstsein verloren hat. Er hat sich tot gestellt, nachdem sie ihn überfallen hatten, um Zeit zu gewinnen.«

Heather kniete sich neben Jim und untersuchte ihn. »Jim kann zum Fahrzeug laufen. Er braucht vielleicht ein bisschen Hilfe.«

Wally und Stuart halfen Jim auf den Beifahrersitz. Heather sprang auf den Fahrersitz und fuhr mit Jim, der neben ihr angeschnallt war, davon.

»Gut gemacht, Aimee Louise. Lass uns zurück zum Haus gehen. Wally und Stuart kümmern sich um die bösen Kerle. Ist es okay, wenn wir laufen?«

»Viertens. Wasser«, sagte Aimee Louise.

Sie holte Wasserflaschen aus ihrem Rucksack. Sie gab jedem Mann eine Flasche und goss Wasser in Shadows tragbaren Napf.

Wally und Stuart sagten: »Danke, Aimee Louise.«

»Du hast gute Arbeit geleistet, Aimee Louise«, sagte der Sheriff. »Danke.«

Nachdem sie ihr Wasser ausgetrunken hatten, liefen der Sheriff, Aimee Louise und Shadow los.

Kapitel Siebenundzwanzig

»Ist es für dich in Ordnung, wenn Josh und ich die Ziegen übernehmen?«
fragte Major Vanessa. »Annie möchte sich auf ihre Kaninchen
konzentrieren.«

»Mehr als in Ordnung. Das ist großartig. Ich glaube, ich bin allergisch
gegen Ziegen, besonders gegen stinkende Böcke. Willst du das Buch?«
fragte Vanessa. »Du hast auch Pennys Hilfe. Sie möchte, dass sie
zusammenbleiben.«

Major schmunzelte. »Penny schwebt den ganzen Tag über den
Ziegenkindern und Menschenkindern und treibt sie zusammen. Das ist
ein großer Job.«

»Ernsthaft, ich schätze es, dass du mit Josh zusammenarbeitest.«
Vanessa tätschelte seinen Arm. Ihre Finger verweilten etwas zu lange,
und sie zog ihre Hand ruckartig zurück.

»Entschuldigung«, murmelte sie, während sie in die Küche eilte.

Während Molly und Vanessa die letzten Wäschestücke aufhängten,
sagte Vanessa: »Major und Josh übernehmen die Ziegen. Ich bin so
erleichtert. Die Verantwortung, sie zu füttern und gesund zu halten, hat
mich erschreckt. Ich könnte nie eine Mutter sein.«

Molly umklammerte ein nasses Handtuch. »Manchmal überwältigen mich meine Ängste um die Kinder, und ich verstehe, warum Penny herumschwebt und versucht, sie zusammenzutreiben. Ich will sie auch ständig im Auge behalten, aber dann wache ich nachts auf und bin mir sicher, dass alles, was ich getan habe, falsch war. Weißt du, wer der beste Elternteil auf dem Hof ist? Herr Young.«

»Da hast du so recht. Er ist geduldig und versteht, was jedes Kind braucht.« Vanessa nahm den leeren Wäschekorb auf.

»Er ist das perfekte Vorbild. Ob seine Schwerhörigkeit dabei hilft?« Molly kicherte.

Vanessa folgte Molly ins Haus, und Molly goss zwei Gläser Tee ein. »Hör mal, wie die Kinder auf der Veranda singen. Klingt, als würde Rosalie ihnen ein Lied beibringen.«

Vanessa wischte sich eine verirrte Träne weg. »Das sind harte Zeiten, aber unsere Tage sind voller Lieder und Lachen. Ich bin überwältigt.«

»Überwältigt genug, um die Ziegen zurückzunehmen?« Molly grinste.

»Fang nicht mit den Ziegen an, besonders nicht mit den Böcken, einschließlich dieses alten Bocks, Major. Manchmal macht er mich wahnsinnig.«

Molly zog ihre Augenbrauen hoch. »Wirklich? Begleitest du ihn nicht bei seinen nächtlichen Sicherheitsrundgängen?«

»Natürlich tue ich das.« Vanessa schnaubte und trug ihr leeres Glas zur Spüle. »Ich muss im Auge behalten, was er kontrollieren soll. Er folgt keinem logischen Muster, und das ist total nervig. Wie hat er vor meinem Auftauchen überlebt?«

⚬

Zwei Wochen später entspannten Molly, der Sheriff und Herr Young auf der hinteren Veranda. »Major scheint in letzter Zeit viel länger zu brauchen, um die Tiere und ihre Gehege zu kontrollieren«, sagte der Sheriff.

Molly sagte: »Pssst.«

Der Sheriff schmollte. »Was? Was habe ich gesagt?«

Herr Young gluckste.

Einige Abende später, als alle Erwachsenen auf der Veranda saßen und die Kinder im Gras spielten, sagte Major: »Ich würde gerne Pastor John und seine Familie besuchen. Ich dachte, ich nehme Nummer 48.«

»Ich denke, mein alter Hof ist etwa zehn Meilen querfeldein entfernt«, sagte Herr Young. »Auf der Straße sind es ungefähr fünfundzwanzig Meilen.«

Der Sheriff scannte vom Rand der Veranda aus den Umkreis. »Nun, wir wissen, dass die Straßen gefährlich sind. Querfeldein klingt sicherer. Kennst du den Weg?«

»Ich fahre zu den Stromleitungen, dann nach Südwesten und dann direkt nach Westen. Ich überquere die Staatsstraße.«

Vanessa blickte von ihrem Buch auf, schlug ihre Beine übereinander und stellte ihre Füße mit einem Knall auf die Veranda. »Also, ich stimme dagegen; es ist zu gefährlich, und es ist sicherlich zu gefährlich, allein zu gehen. Ich möchte wissen, seit wann ein Ausflug, um nach den Nachbarn zu sehen, ein Notfall ist. Wir müssen Benzin für Notfälle sparen.«

Majors Gesicht rötete sich. »Ja, nun. Ich will gehen.«

Vanessa hob ihre Augenbrauen und ihre Stimme. »Ich sagte, nein.«

Alle, einschließlich der Hunde, schauten von Vanessa zu Major und erstarrten.

Aimee Louise sagte: »Tante Vanessa könnte auch mitgehen.«

Alle anderen blieben regungslos.

Vanessa atmete ein und wieder aus. »Okay.«

Major verschränkte seine Arme. »Nein.«

Vanessa und Major starrten sich an.

»Radio, Aimee Louise?« fragte Rosalie, und Aimee Louise folgte Rosalie ins Computerzimmer.

»Schlafenszeit«, sagte Molly. »Wer ist mit Duschen dran?«

»Herr Young«, antworteten alle jüngeren Kinder gleichzeitig.

Herr Young lächelte. »Kann ich meinen Platz an die nächste Person abgeben?«

»Nein, Sir«, sagte Brett, »das ist nur die Gemüse-Regel, nicht die Dusch-Regel.«

Herr Young nickte. »Gut zu wissen.«

Molly sagte: »Okay, lasst uns saubermachen, bevor es noch später wird.« Sie flitzte mit ihrer Entourage ins Haus.

Der Sheriff winkte in Richtung Computerraum. »Ich gehe nur, weißt du, um mit den Mädchen Radio zu hören.«

»Zeit für meine Dusche.« Mr. Young eilte zum Wohnwagen.

Vanessa und Major starrten einander finster an.

»Was ist denn so verdammt wichtig und dringend, dass du mit Pastor John reden musst?«, fragte Vanessa.

Major stand auf. »Manchmal hat ein Mann private Angelegenheiten mit seinem Pastor. Ich fahre morgen früh.«

Er stürmte zur Hintertür und knallte sie beim Reingehen zu.

An diesem Abend machte Major seinen Sicherheitsrundgang alleine.

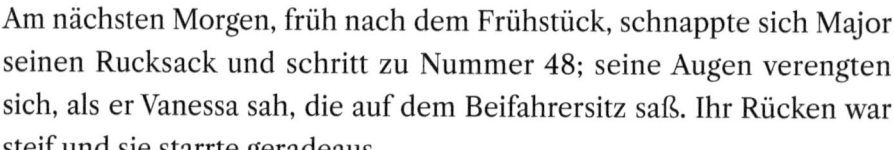

Am nächsten Morgen, früh nach dem Frühstück, schnappte sich Major seinen Rucksack und schritt zu Nummer 48; seine Augen verengten sich, als er Vanessa sah, die auf dem Beifahrersitz saß. Ihr Rücken war steif und sie starrte geradeaus.

»Du kommst nicht mit.« Er knurrte.

»Wenn du jetzt losfahren willst, solltest du einsteigen und losfahren«, sagte Vanessa.

Major funkelte sie an. »Du hast recht. Ich habe keinen Grund, meine Familie ungeschützt zurückzulassen.« Er stürmte zur Scheune.

Vanessa zuckte zusammen. »Das lief nicht so gut wie geplant.«

Zur Mittagszeit marschierte Major durch die Hintertür, warf Vanessa einen finsteren Blick zu und nahm seinen Teller mit auf die hintere Veranda.

»Ist Major böse auf dich, Tante Vanessa?«, fragte Sara.

Molly schüttelte den Kopf. »Sara, es ist nicht…«

Vanessa unterbrach sie. »Das ist eine berechtigte Frage, Molly. Ja, Sara. Major ist sauer auf mich, aber das ist zwischen ihm und mir, also muss ich mit ihm reden.«

»Wenn Sara sauer auf mich ist, haut sie mich«, sagte Brett. »Wirst du Pops hauen, Tante Vanessa?«

Als Vanessa die Stirn runzelte, sagte der Sheriff: »Nein, sie wird Major nicht hauen, und Tante Vanessa hat gesagt, dass das zwischen den beiden ist, also werden wir keine weiteren Fragen stellen.«

»Darf ich sagen, dass ich traurig bin?«, fragte Sara.

»Es ist in Ordnung, traurig zu sein, aber die Diskussion endet jetzt.« Molly starrte finster. »Ist es nicht Zeit, die Eier zu kontrollieren?«

Die vier jüngeren Kinder sprangen vom Tisch auf und eilten durch die Hintertür.

»Danke, Molly. Ich muss wirklich mit Major reden, besonders da der Sheriff gesagt hat, dass ich ihn nicht hauen darf.« Sie seufzte. »Er hat nichts zu trinken mit zum Essen genommen.« Vanessa goss ein großes Glas Wasser ein und schlenderte zur Hintertür.

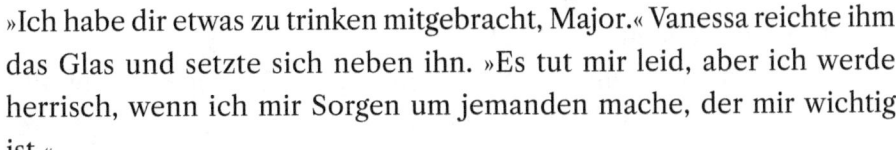

»Ich habe dir etwas zu trinken mitgebracht, Major.« Vanessa reichte ihm das Glas und setzte sich neben ihn. »Es tut mir leid, aber ich werde herrisch, wenn ich mir Sorgen um jemanden mache, der mir wichtig ist.«

Major trank die Hälfte seines Wassers. »Danke. Ich hatte Durst. Ich entschuldige mich, dass ich nicht zuerst mit dir gesprochen habe.«

»Es war alles meine Schuld; du hast dich für nichts zu entschuldigen.«

»Jawohl, meine Liebe.« Major grinste.

Vanessa kicherte und schlug ihm leicht auf den Arm. »Du unausstehlicher Mann, und jetzt bin ich in Schwierigkeiten, weil der Sheriff gesagt hat, ich dürfte dich nicht schlagen. Wenn du morgen Pastor John besuchen willst, werde ich mir zwar Sorgen machen, aber keinen Aufstand mehr machen.«

»Ich hätte zuerst mit dir reden sollen. Ich wollte Pastor John fragen, ob er eine Hochzeitszeremonie durchführen würde.«

»Was? Wer heiratet denn?«

Major lächelte und griff nach ihrer Hand. »Wir, wenn du ja sagst. Willst du mich heiraten?«

Vanessa starrte ihn an. »Da hast du verdammt recht, dass du zuerst mit mir hättest reden sollen, und natürlich werde ich dich heiraten, du eigensinniger, nerviger, alter Mann.«

»Wirklich? Wir gehen zusammen. Du hast recht, dass man nicht alleine reisen sollte, du Kommandantin.«

<hr />

Beim Frühstück am nächsten Morgen sagte Major: »Vanessa und ich fahren zu Pastor John. Wir sind zum Mittagessen zurück.«

»Wirklich?« Molly hob eine Augenbraue. »Hmmm.«

»Das ist großartig.« Der Sheriff warf Molly einen finsteren Blick zu.

»Wir dürfen keine Fragen stellen, richtig?«, fragte Josh.

»Richtig«, sagte Vanessa.

»Ist es ein Geheimnis?«, fragte Sara.

»Ihr solltet jetzt vielleicht einfach gehen, Major«, sagte der Sheriff.

Nachdem Major ihre Rucksäcke in Nummer 48 geworfen hatte, verließen er und Vanessa den Hof.

Vanessa streckte die Hand aus und streichelte seinen Nacken. »Major, willst du das zurücknehmen?«

»Ja«, sagte er. »Ich nehme den Teil mit der herrischen Dame zurück.«

Vanessa lachte und schüttelte den Kopf. »Du weißt, was ich meine. Hast du deine Meinung wirklich geändert?«

»Nein«, sagte er.

»Bin nicht sicher, ob ich mit all diesem sentimentalen, romantischen Zeug klarkomme, du Schmeichler.«

Die beiden lachten und kicherten während der Fahrt zu Pastor John.

Als sie zur Landstraße in der Nähe von Mr. Youngs Hof kamen, blieb Vanessa bei Nummer 48, während Major nahe an die Straße heranging. Er setzte sich eine Weile ins Gebüsch und lauschte.

Lautlos kehrte er zu Vanessa zurück. »Die Luft ist rein. Gehen wir von hier aus zu Fuß. Es ist nicht weit.«

Sie warfen einige herabgefallene Äste über Nummer 48, rannten über die Straße und gingen durch die Bäume in Richtung Mr. Youngs Hof.

»Was ist der beste Weg, um sich ihrem Haus zu nähern?«, fragte Vanessa.

»Bleib du außer Sichtweite, und ich gehe in Rufweite heran.«

»Okay. Ich gebe dir Rückendeckung.«

Als sie das Haus in Sichtweite hatten, kauerte sich Vanessa im Gebüsch nieder.

Er ging ein paar Meter näher, pfiff und rief dann: »Pastor John, hier ist Major!«

Er wartete einige Minuten, ging etwas näher, pfiff und rief erneut. »Pastor John, hier ist Major!«

Er pfiff und rief ein drittes Mal. »Pastor John, hier ist Major!«

Er hörte einen Ruf. »Major, hier ist Chuck. Was ist das Passwort?«

Major stöhnte und rief. »Oh Gott, ich kenne kein Passwort.«

»Jap, du bist es.« Chuck lachte, als er von der Seite des Hauses hervorkam.

Pastor John eilte von der Scheune zum Haus. Er verlangsamte seinen Schritt, als er sah, dass ihr Besuch Major war.

Als die drei Männer nah genug zum Reden waren, fragte Major: »Ist alles okay?«

»Ja«, antwortete Chuck. »Wir waren alle auf der Rückseite des Hauses. Es hat eine Weile gedauert, bis ich zur Vorderseite kam. Ich dachte, ich hätte jemanden rufen hören, aber ich war vorsichtig.«

Pastor John atmete aus. »Wir hatten kürzlich einen Vorfall. Eine Frau kam zur Tür und bat um Hilfe. Meine liebe, süße Frau Vicki war misstrauisch und ließ sie nicht herein und öffnete nicht die Tür. Zwei Männer stürmten aus den Bäumen hervor und liefen auf das Haus zu. Vicki schnappte sich die Schrotflinte, zerschlug ein Fenster und feuerte ein paar Schüsse ab. Sie sagte, sie wollte sie treffen; wir fanden später etwas Blut, aber es sah nicht nach viel aus. Sie hat sie verjagt und uns alle ordentlich erschreckt. Wir waren draußen in der Scheune, aber sie verschwanden, bevor wir zum Haus kamen. Sie war erschüttert und sagte, sie sei eine schreckliche Pfarrersfrau. Ich sagte ihr, sie sei großartig.«

»Was sie auch ist«, fügte Chuck hinzu.

»Eure Eindringlinge klingen wie die, die auch in der Nähe unseres Grundstücks waren«, sagte Major. »Ihr Instinkt war richtig. Das waren Schläger. Sie werden niemanden mehr belästigen.«

»Ist das ein Höflichkeitsbesuch?«, fragte Pastor John.

»Ja. Und nein. Ich habe jemanden, der in der Nähe der Bäume wartet; ich werde ihr Bescheid geben, dass es sicher ist.« Major pfiff und winkte, und Vanessa trat aus dem Gebüsch hervor.

»Hey, Vanessa«, sagte Pastor John, »lasst uns alle in den Hinterhof gehen, wo wir ein paar Stühle im Schatten haben.«

»Geht es euch gut? Sind alle wohlauf?«, fragte Major. »Habt ihr genug zu essen?«

»Uns geht es gut«, sagte Pastor John. »Vicki und Diana haben eingemacht. Mr. Young hatte eine wunderbare Vielfalt an Gemüse in seinem Garten gepflanzt, und sie ernten jetzt reichlich. Wir haben eine Mutterziege mit zwei Zicklein, Hühner und Kaninchen, die uns von Nachbarn geschenkt wurden. Wie geht es Mr. Young?«

»Uns geht es allen gut. Mr. Young und Molly sind unsere Köche«, sagte Major. »Die Kinder wachsen jeden Tag und sind schlauer als der Rest von uns zusammen.«

Chuck lachte. »Ist das nicht immer so?«

»Wir haben ein batteriebetriebenes Amateurfunkgerät und ein Solarladegerät für die Batterie gefunden«, sagte Pastor John. »Wir hören jeden Morgen zu. Ich glaube, ich höre gelegentlich Aimee Louise. Stimmt das?«

»Ja. Aimee Louise und Rosalie überwachen das Radio jeden Morgen und jeden Abend«, sagte Major. »Wenn ihr uns jemals braucht, unterbrecht die Übertragung und lasst uns wissen, dass es ein Problem auf dem Young-Hof gibt. Die Mädchen werden euch hören.«

Vanessa stieß Major an. Er räusperte sich. »Pastor John, ich habe Vanessa einen Heiratsantrag gemacht, und sie hat Ja gesagt. Sind Sie bereit für eine Hochzeit?«

»Auf jeden Fall, herzlichen Glückwunsch.«

Chuck schüttelte Major die Hand, während Vicki und Diana Vanessa umarmten. Die Kinder waren sich nicht sicher, worüber sich alle so aufregten, aber sie hüpften herum und quietschten.

»Wann?«, fragte Pastor John.

»Könnten Sie nächste Woche eine Zeremonie für uns durchführen?«, sagte Vanessa. »Wir würden uns freuen, wenn Sie zum Hof kommen könnten. Wir holen Sie ab, damit Sie nicht zu lange von Ihrer Familie weg sind.«

»Klingt gut. Legen wir einen Tag und eine Zeit fest.«

Nachdem sie die Details festgelegt hatten, verabschiedeten sich Major und Vanessa und gingen zurück zu Nummer 48.

Auf dem Rückweg streifte Vanessa mit ihren Fingern Majors Handrücken. »Ich bin froh, dass du nicht mehr böse auf mich bist.«

»Ich auch. Zumindest hast du die Hochzeit noch nicht abgesagt.«

»Oh, du kommst nicht so einfach davon, Kumpel.« Vanessa kicherte.

Als sie zurückkehrten, versammelten sich alle, um Neuigkeiten über Pastor John und Chuck und ihre Familien zu hören.

»Die Räuber, die Jim verletzt haben, versuchten, in ihr Haus einzubrechen«, sagte Major. »Vicki hat sie mit einer Schrotflinte verjagt. Pastor John und Chuck hören morgens das Amateurfunkgerät ab. Sie fragten, ob Aimee Louise am Funkgerät wäre. Falls sie jemals Hilfe brauchen, werden sie sich einfach einschalten. Vicki macht Konserven, und ihre Nachbarn haben ihnen Hühner und Kaninchen gegeben...«

Vanessa stupste ihn an.

»Ach ja«, sagte Major. »Ich habe Vanessa gefragt, ob sie mich heiraten will, und sie hat ja gesagt.«

»Was? Ihr streitet euch heftig und versöhnt euch dann mit einem Heiratsantrag?« Molly stemmte die Hände in die Hüften.

Vanessa lachte. »Nun, wenn du es so ausdrückst, klingt es schon etwas, na ja, ungewöhnlich, aber ja.«

»Ich finde es toll«, sagte der Sheriff.

Mr. Young strahlte. »Herzlichen Glückwunsch.«

»Wann ist die Hochzeit?« fragte Molly.

»Wir holen Pastor John am nächsten Mittwochmorgen mit Nummer 48 ab«, sagte Major. »Nach der Hochzeit bringen wir ihn wieder nach Hause.«

»Wir dachten, wir könnten am Mittwochnachmittag eine Feier mit den Deputies und ihren Familien veranstalten«, fügte Vanessa hinzu. »Was meinst du, Molly?«

»Wir könnten morgens Eier essen, mittags einen kleinen Snack und am späten Nachmittag ein Festmahl«, antwortete Molly.

»Ich werde morgen die Deputies besuchen, um die Einladung zu überbringen«, sagte der Sheriff.

»Wir kümmern uns um die Dekoration«, sagte Rosalie.

Aimee Louise umarmte Vanessa. Vanessa blickte zu Major und Tränen stiegen ihr in die Augen. Major zog sie beide und Rosalie in eine Gruppenumarmung.

Molly wischte sich eine Träne weg. »Okay, Leute, genug Gefühlsduselei. Lasst uns an die Arbeit gehen. Wir haben eine Farm zu betreiben.«

Nachdem die Kinder sich für die Nacht zur Ruhe gelegt hatten, fragte Mr. Young: »Major, könnten wir einen Spaziergang zu den Kaninchenställen machen?«

Mr. Young blieb unterwegs stehen und betrachtete den Mond und die Sterne, die am klaren Himmel funkelten. »Der Mond ist hell. Joan liebte es immer, im Mondlicht spazieren zu gehen.«

Als sie bei den Kaninchen ankamen, sagte Mr. Young: »Joan wollte immer Kaninchen haben; sie hätte es geliebt, hier zu sein.« Er lächelte. »Haben Sie einen Ehering?«

Major schluckte. »Nein. An einen Ring habe ich gar nicht gedacht.«

»Ich trage Joans Ehering seit langer Zeit bei mir«, sagte Mr. Young. »Wir haben nie einen Verlobungsring gekauft. In unseren frühen Jahren hatten wir nicht das Geld dafür, und später meinte Joan, sie bräuchte keinen. Meine Kinder wollten, dass ich den Ehering verkaufe, weil er altmodisch war, aber ich konnte mich nicht davon trennen. Es wäre mir eine Ehre, wenn Sie und Vanessa unsere Liebe mit Joans Ring in Ihre Ehe tragen würden.«

»Ich weiß nicht, was ich sagen soll. Vielen Dank. Ich werde mit Vanessa sprechen; ich bin sicher, sie wird zustimmen, dass dies ein wunderbares, großzügiges Geschenk ist.«

Am nächsten Morgen sprach Vanessa mit Mr. Young. »Wenn Sie sicher sind, dass das Ihr Wunsch ist, und das Angebot noch steht, würden Major und ich Ihr Geschenk von Joans Ring gerne annehmen. Ich wäre stolz, ihn zu tragen. Ich möchte aber, dass Sie wirklich sicher sind, denn Sie haben ihn lange Zeit bei sich getragen. Vielleicht macht es mehr Sinn, wenn er bei Ihnen bleibt. Denken Sie darüber nach, und wir können heute Abend oder morgen früh noch einmal darüber sprechen, wenn Sie möchten. Lassen Sie es mich oder Major wissen.«

Am Nachmittag liefen der Sheriff und Josh los, um die Deputies und ihre Familien zur Hochzeitsfeier einzuladen. Als sie zurückkehrten, setzten sich der Sheriff und Josh mit Gläsern Wasser und einem Snack an den Esstisch.

»Wie geht es Jim?« fragte Molly.

»Er ist genervt, wie langsam seine Genesung voranschreitet. Er hat immer noch Schmerzen, aber Heather bringt ihm Tai Chi bei, und es scheint zu helfen. Das sollen wir übrigens nicht wissen.«

Molly kicherte. »Das wirst du dir für später aufheben, oder?«

Der Sheriff grinste und küsste seine Frau im Vorbeigehen. »Du kennst mich gut.«

Nach dem Abendessen drückte Mr. Young Joans Ring in Majors Hand. »Ich bin mir sicher.«

—◆◇◆—

Am darauffolgenden Montag machten Molly und Vanessa am Nachmittag eine Pause auf der Veranda. Molly schaukelte und seufzte. »Die vergangene Woche war ein Wirbelwind aus Farmarbeit, Hochzeitsplanung und Lernen.«

Vanessa hielt mitten im Schaukeln inne. »Du machst Witze, oder? Die Woche hat sich nur dahingeschleppt; wie ein Faultier in Zeitlupe.«

Molly lachte, als sie aufstand, um ins Haus zu gehen. »Ich schätze, es ist alles eine Frage der Perspektive. Zeit für mich, ein Faultier zu jagen.«

Nach dem Frühstück am Dienstag sagte Molly: »Vanessa, als ich die Kleidung durchgesehen habe, die der Sheriff im Secondhand-Laden abgeholt hat, fand ich zwischen den Jeans einige wunderschöne alte Spitzengardinen, stell dir vor. Lass mich dir zeigen. Ich denke, eine davon würde einen wunderschönen Hochzeitsschal abgeben. Was hattest du vor zu tragen?«

»Ich habe nur Jeans und Shirts mitgebracht. Ich habe ein schönes türkisfarbenes Seidenhemd zum Tragen mit meinen Jeans. Der Schal klingt nach einer wunderbaren Idee. Lass uns ihn anschauen.«

Rosalie kam mit einer Schachtel aus dem Lagerraum. »Ich habe diese Quiltstücke im Abstellraum gefunden. Ich glaube, ich kann allen zeigen, wie man mit Gummibändern und Quiltvierecken Stoffblumen macht.«

Nach dem Mittagessen sagte Mr. Young: »Hörst du das Summen, Molly? So klingt Aufregung.«

Molly spähte zu den Aktivitäten auf der Veranda und winkte Mr. Young heran. »Komm und sieh dir den Zauber an«, flüsterte sie. »Wir haben Elfen hier draußen, die Blumen basteln.«

Nach dem Abendessen sagte Molly: »Mr. Young, Ihr Summen ist elektrisch geworden. Ich kann es in der Luft spüren.«

»Nun, ich weiß, dass ich Schwierigkeiten haben werde, einzuschlafen. Viel Glück mit deinen Kleinen.«

Nachdem alle ins Bett gegangen waren, stand Molly zweimal auf und ging zur Treppe. »Beruhigt euch. Geht schlafen, Mädchen, kein Gerede mehr.«

Nach dem zweiten Mal rief Vanessa: »Ja, Tante Molly, tut uns leid.«

Molly schüttelte den Kopf, und das Kichern von oben folgte ihr, als sie zurück ins Bett ging. Sie bedeckte ihren Kopf mit ihrem Kissen.

Alle wachten am Mittwochmorgen früh auf und trafen sich auf der Veranda. Aimee Louise trug ihre Lappländermütze.

Beim Frühstück runzelte Josh die Stirn und legte seine Gabel auf seinen Teller. »Wisst ihr, niemand hat etwas über die Schlafplätze gesagt. Wird Tante Vanessa in das Jungenzimmer ziehen oder wird Major in das Mädchenzimmer ziehen?«

Annie sagte: »Josh hat recht. Niemand hat etwas über die Schlafplätze gesagt, aber Mama hat mir erzählt, dass verheiratete Menschen ihre Privatsphäre brauchen. Werden Major und Tante Vanessa nicht auch Privatsphäre brauchen?«

Major verschluckte sich an seinem Kaffee. Vanessa errötete, und der Sheriff schnaubte. Mr. Young schien seinen Teller mit tiefer Konzentration zu betrachten.

Molly warf dem Sheriff einen strengen Blick zu und reichte Major eine Serviette. »Was für gute Fragen, und ihr habt recht mit der Privatsphäre. Wir waren so beschäftigt mit unseren Plänen für die Hochzeit und die Party, dass wir vergessen haben, an neue Schlafplätze zu denken.«

»Mädchenzimmer«, sagte Aimee Louise.

Rosalie nickte. »Gefällt mir. Es ist genug Platz für Annie und Sara in unserem Zimmer. Wir werden das Klappbett und die Liege gleich nach dem Frühstück umziehen.«

Sara klatschte in die Hände. »Juhu, wir werden ein Mädchenzimmer haben, in dem keine stinkenden Jungs erlaubt sind, stimmt's, Annie?«

»Du hast recht, Sara, und wir werden unsere Sachen ins Mädchenzimmer bringen«, sagte Annie.

»Das lässt uns ein echtes Jungenzimmer oben«, sagte Josh. »Brett und ich können meine Liege umziehen. Du kannst das Bett haben, Brett; ich bin an meine Liege gewöhnt.«

»Ich bin auch an meine Liege gewöhnt«, sagte Brett. »Wir können unsere Liegen nach dem Frühstück umziehen.«

»Nun, ich sollte wohl schnell essen, damit ich meine Sachen für die Jungs ausräumen kann«, sagte Vanessa.

»Wow«, rief Molly. »Mir fällt nichts ein, was eure Ideen toppen könnte.«

»Noch eine Sache«, sagte Mr. Young. »Würdet ihr Frischvermählten lieber in den Wohnwagen ziehen? Ihr hättet mehr Privatsphäre.«

»Danke, Mr. Young, aber nein«, sagte Major. »Ich möchte im Haus sein, nahe bei den Kindern und nachts direkt an der Tür. Wir müssen eine erste Verteidigungslinie haben.«

»Ich stimme zu«, sagte der Sheriff. »Ich schlafe nachts besser, wenn Major und ich im Erdgeschoss sind mit den beiden Hunden, die uns alarmieren können. Die Jungs wollen nach oben ziehen, und ihr Plan gefällt mir.«

Nach dem Frühstück entbanden Molly und Mr. Young alle anderen vom Küchendienst. Major half beim Umziehen des Klappbettes und der Liegen, während der Sheriff losfuhr, um Pastor John zu holen.

Nachdem die neuen Schlafplätze eingerichtet waren, sagte Major: »Gute Arbeit, alle zusammen. Jetzt lasst uns das Futter und Wasser für die Hühner, Kaninchen und Ziegen überprüfen und uns auf eine Hochzeit vorbereiten. Es wird nicht lange dauern, bis der Sheriff mit Pastor John zurück ist.«

Als der Sheriff und Pastor John ankamen, trug Pastor John einen Klerikalkragen und ein breites Grinsen.

Die Kinder hatten ihre Stoffblumen und einen der Spitzenvorhänge auf dem Weinlaubengitter platziert.

»Rosalie, ihr habt alle wunderbare Arbeit geleistet«, sagte Molly. »Es nimmt mir absolut den Atem. Der Bogen sieht aus, als ob ein professioneller Florist vorbeigekommen wäre, und ihr habt eine wunderbar romantische Umgebung für die Hochzeit geschaffen.«

Pastor John nahm seinen Platz am Gitter ein, und Major und Vanessa stellten sich vor ihn. Rosalie spielte Gitarre, und die Kinder sangen. Als Pastor John sagte: »Wer gibt diese Frau...«, rief die gesamte Farmfamilie: »Wir alle.«

Als Major sagte: »Mit diesem Ring nehme ich dich zur Frau...«, strahlte Mr. Young, während sich seine Augen mit Tränen füllten.

Nachdem Pastor John sie zu »Mann und Frau« erklärt hatte, applaudierten und jubelten alle, dann fuhr der Sheriff Pastor John zurück zur Young-Farm.

»Okay, alle zusammen«, sagte Molly. »Wir haben heute Nachmittag eine große Party. Lasst uns an die Arbeit gehen.«

Nachdem die Jungen ihre Aufgaben erledigt hatten, brauchte es die strenge Stimme des Sheriffs, um sie davon abzuhalten, zur Straße zu rennen, um nach ihren Gästen Ausschau zu halten.

»Junge Männer, ihr könnt auf meinem Wohnwagen stehen und durch die Bäume schauen«, sagte Mr. Young.

»Wirklich?«, sagte Josh. »Vielen Dank, Sir. Wir werden sehr vorsichtig sein. Stimmt's, Brett?«

Brett nickte.

»Ich weiß, dass ihr das tut«, sagte Herr Young. »Und ich habe für jeden von euch ein Paar Wachposten-Ferngläser. Ihr müsst still und leise sein und wie Bäume im Wald stehen. Das ist es, was Wachposten tun.«

Josh und Brett salutierten und sagten: »Jawohl, Sir.«

Die Jungen kletterten auf das Dach des Wohnwagens und waren die ernsthaftesten Wachposten, die jemals auf einem Bauernhof gesehen wurden.

»Molly, ich weiß nicht, was wir diesem Mann zahlen«, sagte der Sheriff, »aber wir sollten es verdoppeln.«

Molly schnaubte, und die jüngeren Mädchen starrten sie an. »Entschuldigung; manchmal bringt mich euer Papa zum Schnauben.«

Molly machte Tortillas, und Herr Young bereitete seine berühmten gefüllten Eier zu und grillte dann Gemüse und hausgemachtes Konservenhühnchen und Schweinefleisch, während Mollys Pintobohnen auf dem Herd köchelten.

Als die Deputies und ihre Familien am Tor ankamen, riefen die Wachposten: »Die Truppen sind eingetroffen!«

Die Eltern und Kinder kamen in Brads Auto an, und Jim und Stuart kamen auf dem Quad. Stuart brachte seine Gitarre und Noten mit, und Kris brachte einen großen Krug weißen Traubensaft mit, den sie »Bauernhof-Champagner« nannte.

Heather sagte: »Ich habe eine doppelte Portion Maisbrot und eingekochte Wildbrombeermarmelade gemacht, damit wir Bauernhof-Hochzeitstorte haben können.«

»Wir haben hausgemachte Salsa, eingelegte Jalapeños und Salat aus dem Garten, um Fajitas zu machen. Ich habe versucht, Käse aus Milchpulver herzustellen, aber die Hoflebensmittelkritiker haben ihm minus zehn Sterne gegeben, also hat Josh ihn den Ziegen gefüttert«, sagte Molly.

»Molly und ich haben geplant, dass wir drinnen essen, damit wir nicht gegen Fliegen kämpfen müssen«, fügte Herr Young hinzu.

»Es gibt genügend Platz am Esstisch und im Wohnzimmer, damit jeder sitzen kann, und Herr Young und ich haben unser Essen als Buffet aufgebaut«, fügte Molly hinzu.

Nachdem sich alle drinnen versammelt hatten, sagte Major: »Herr Young, würden Sie das Tischgebet sprechen, bevor wir essen?«

Herr Young senkte seinen Kopf. »Danke, Herr. Für Nahrung, für Familie, für Freunde, für Gesundheit, für Liebe. Amen.«

»Lasst uns zuerst die Teller der Kleinsten füllen«, sagte Molly. »Aimee Louise, Rosalie, würde es euch etwas ausmachen, jetzt zu essen, damit ihr auf die Kleinen aufpassen könnt, während die Eltern essen?«

»Wir würden das gerne tun, Tante Molly«, antwortete Rosalie.

Annie stand neben Rosalie. »Ich auch. Ich möchte mit den Babys helfen.«

Molly lächelte. »Vanessa und Major, würdet ihr bitte nach den Babys und Mädchen in die Schlange gehen? Herr Young, Sie bitte als nächster, dann alle anderen hinter Herrn Young.«

Die beiden Jungen sprangen auf, um bei Herrn Young zu stehen. »Nach Ihnen, Sir«, sagte Josh.

Herr Young lächelte. »Danke, junger Mann.«

Vanessa winkte Sara zu: »Komm, stell dich mit mir in die Schlange.«

Sara schaute zu ihrer Mutter; als Molly zustimmend nickte, grinste Sara und eilte zu Vanessa.

Wally räusperte sich, und alle wurden still. »Heute feiern wir die Ehe. Geben und Nehmen. Kris, ich gebe dir die Möglichkeit, warmes Essen mit Erwachsenen zu genießen. Ich nehme die Kinder.«

»Angeber«, sagte Brad. »Wünschte, ich hätte daran gedacht, das zu sagen. Ich auch, Heather, was er gesagt hat.«

Die Erwachsenen lachten, und Sara und Annie applaudierten.

»Bitte tretet vor uns«, sagte Herr Young, und die Jungen traten zurück, um Platz für Kris und Heather zu machen.

Wally und Brad setzten ihre Kleinkinder auf Stühle am Esstisch, und Rosalie wiegte Sophie auf der Veranda und gab ihr ein Fläschchen. Aimee Louise brachte Rosalie einen Teller, und Molly schenkte weißen Traubensaft für die Kleinen ein. Nachdem die Kleinen gegessen hatten, nahmen Aimee Louise und Annie sie mit nach draußen, und bald schlossen sich die anderen Kinder ihnen an.

Die Erwachsenen aßen, redeten, lachten, bewunderten Vanessas Ehering, stießen auf Braut und Bräutigam an und erzählten Geschichten.

Molly trug die Hochzeitstorte auf die Veranda und stellte sie auf einen Tisch, der mit Wildblumen geschmückt war, die Sara gesammelt und arrangiert hatte. Heather schnitt das Maisbrot horizontal durch und bestrich die untere Hälfte mit Wildbrombeermarmelade. Vanessa und Major schnitten gemeinsam das erste Stück Hochzeitstorte an.

»Es ist Tradition, dass Braut und Bräutigam sich gegenseitig Hochzeitstorte füttern«, sagte Kris.

Major hatte ein Funkeln in den Augen. »Okay, aber nur ein kleines Stück. Ich möchte nicht, dass sie mich verklagt, wenn ich ein Durcheinander anrichte.«

»Alles gut«, sagte Vanessa. »Unser Ehevertrag besagt, dass ich dich nicht verklagen werde.«

Major hob seine Augenbrauen. »Wir haben einen Ehevertrag?«

Vanessa lachte. »Nein.«

Major nahm ein Stück Maisbrot, brach es in zwei Teile und legte ein Stück in Vanessas Hand.

»Wirf es«, sagte er. »Für die Vögel. Es ist eine Bauernhoftradition, unsere Liebe zu zeigen, indem wir für andere sorgen.«

»Liebe ich«, sagte Vanessa.

Sie warfen das Maisbrot gemeinsam unter Applaus, Pfeifen und Rufen.

Kris' Augen wurden feucht. »Das ist mal eine Tradition.«

Stuart holte seine Gitarre heraus, und Rosalie rannte, um ihre zu holen. Stuart zeigte Rosalie neue Akkorde, und sie spielten und sangen, während Aimee Louise summte. Die Kinder und Heather stimmten mit ein. Jim holte seine Mundharmonika heraus, und die Kinder tollten zu den Liedern auf dem Gras herum.

Vanessa lehnte ihren Kopf an Majors Schulter, schloss ihre Augen und atmete den süßen Duft von Gras ein, das von kleinen Füßen zertrampelt worden war. »So klingt und riecht der Himmel«, flüsterte sie.

Heather brachte ein Tamburin mit und zeigte Sara, wie man es zur Musik schüttelt und anschlägt. Mr. Young kam mit Stöcken und ein paar Plastikeimern aus dem Schuppen zurück, die die Jungen als Trommeln benutzen konnten. Molly schnappte sich das Waschbrett und einen Holzlöffel und zeigte Annie, wie man es benutzt.

»Das ist die wunderbarste Feier, die man sich vorstellen kann«, sagte Vanessa. »Was für ein Segen. Kannst du das glauben?«

»Sie sind unglaublich«, sagte Major. »Du auch; ich liebe dich.«

Sie küsste ihn. »Ich liebe dich auch, Major.« Ihre Lippen verweilten auf seinen, und sie küsste ihn erneut mit mehr Leidenschaft.

»Weißt du, wir sind verheiratet. Du musst mich nicht mehr *Major* nennen.«

»Okay, *Major Schatz*.« Vanessa kicherte.

Er runzelte die Stirn. »Dann nenne ich dich eben *Anwältin*.«

»Du wirst es vergessen, Major«, sagte Vanessa.

»Ähm, du hast recht.« Er lachte.

Der Sheriff setzte sich neben Major. »Nun, diese Ehe fängt richtig gut an.«

Nach weiteren Liedern und viel Gelächter sagte Brad: »Wally und ich müssen unsere müden Familien nach Hause bringen. Es war eine wundervolle Party.«

»Sara«, sagte Heather, »du hast ein natürliches Talent für das Tamburin. Du kannst es behalten, wenn du möchtest.«

Saras Augen weiteten sich, und ihr Gesicht verzog sich zu einem Grinsen. »Mami, ist das okay?«

»Ja, wenn du gut darauf aufpasst.«

»Das werde ich, versprochen. Danke, Tante Heather.« Sie schlug ihr Tamburin an und tanzte im Gras.

»Stuart und ich werden aufbrechen«, sagte Jim. »Wir wollen vor den Familien am Haus sein, damit wir einen Sicherheitscheck durchführen können.«

Hand in Hand schlenderten Major und Vanessa nach draußen und kontrollierten die Tiere für die Nacht, und Shadow trottete hinter ihnen her. Als sie am Zaun um den Garten anhielten und den Grillen und Baumfröschen lauschten, legte Major seinen Arm um Vanessa, und sie drehte sich um, um ihn zu umarmen und ihr Gesicht an seiner Brust zu vergraben.

Vanessa hob den Kopf und blickte in sein Gesicht. »Du hast etwas auf dem Herzen, Major.«

»Nein. Nun, ja. Ich mache mir Sorgen um Aimee Louise. Sie sieht Dinge, und nicht nur Wolken. Sie fügt Teile zusammen, bevor der Rest von uns überhaupt merkt, dass diese Teile existieren. Ich glaube, da kommt noch mehr, und es ist nicht gut. Was mich stört, ist, dass ich nicht weiß, ob ich es rechtzeitig erkennen werde, um sie zu schützen.«

KAPITEL ACHTUNDZWANZIG

»Ist der Juni nicht zu früh, um morgens schon so heiß und schwül zu sein?«, sagte Aimee Louise, während sie und Rosalie die Wäsche des Tages auf die Leine hängten. Aimee Louise griff nach unten nach einem nassen Handtuch und strich ihr feuchtes Haar aus dem Gesicht. »Ich bin überrascht, dass die Kleidung überhaupt trocknet.«

»Und die Nachmittagsschauer machen es nur noch klebriger.« Rosalie atmete den frischen Duft des Wäschekorbs ein. »Ich schätze, die Wachstumsphase für unseren Salat, Brokkoli und Rosenkohl ist vorbei. Alles verwelkt. Und ich hänge durch wie die Blumen.« Sie lehnte sich wie ein übergekochter Spaghetti-Faden nach vorne.

»Gutes Durchhängen«, sagte Aimee Louise.

Am Nachmittag spannten Major und Aimee Louise das Schattentuch über den Garten, um die Paprika und Tomaten vor der unbarmherzigen Sonne, Luftfeuchtigkeit und Hitze zu schützen.

»Ich möchte mehr über Schattentücher und Frühjahrs- und Sommeranbauzeiten lesen. Und über Floridas Herbstgemüse«, sagte Aimee Louise, während sie zur Scheune gingen.

»Schau in Omas Gartenbücher. Sieh, was du finden kannst.«

Sara und Brett rannten zur Scheune und kamen mit roten Gesichtern und außer Atem an.

»Joanna brütet«, sagte Sara. Ihre blonden Locken klebten an ihrer schweißigen Stirn.

»Hast du gesagt, wir könnten ihr Eier zum Ausbrüten geben, wenn sie brütig wird? Wir haben fünfzehn Eier von gestern«, sagte Brett.

Major kletterte vom Dach herunter, nachdem er es repariert hatte, und klappte die Leiter zusammen, bereit, sie zum Schuppen zu tragen. »Wir müssen unsere Entbindungsstation einrichten. Annie hat eine große Kiste für uns gemacht.«

Major stellte die Mutterschaftsbox in den kleinen Ersatzstall. Sara rannte zur Scheune, um Stroh zu holen, und Brett fand Wasser- und Futterbehälter für Joanna. Während Sara die Behälter füllte, legte Brett die Eier auf das Stroh in der Kiste.

»Alles bereit für Joanna?«, fragte Major. Er hob Joanna aus ihrer Lieblingsnestbox und brachte sie zur Mutterschaftsbox. Joanna breitete sich aus, ordnete die Eier neu an und schob jedes einzelne mit ihren Flügeln unter ihren warmen Körper.

Bretts Augen waren weit aufgerissen. »Wow. Ich kann keine Eier sehen. Alle sind unter Joanna.«

Major lächelte. »Wir werden die Eier in einer Woche durchleuchten. Überprüft ihr Wasser morgens und abends. Wir wollen nicht, dass ihr Wasser knapp wird.«

Nach einer Woche zeigte Major ihnen, wie man die Eier durchleuchtet und worauf man achten muss. Sie entfernten die drei Eier, in denen keine Küken waren.

»Was jetzt?«, fragte Brett, während Sara auf und ab hüpfte.

»Wir lassen Joanna in Ruhe, außer um ihr Futter und Wasser zu kontrollieren und den Hühnerstall zu reinigen, falls dort Kot ist. Sie wird nicht in der Mutterschaftssuite koten. In zwei Wochen wird es Zeit für die Küken zum Schlüpfen sein.«

◆━◇━◆

»Das waren die längsten zwei Wochen meines ganzen Lebens«, sagte Sara beim Frühstück. »Ich bin zu aufgeregt zum Schlafen, weil ich wahrscheinlich Schlaflosigkeit habe.«

»Ich bin auch ei-gentlich aufgeregt«, sagte Brett.

Sara stöhnte und verdrehte die Augen.

Major entdeckte, dass sie den Rest des Vormittags am Mutterschaftsstall verbracht und alle paar Minuten nach Joanna geschaut hatten. »Ihr müsst Joanna etwas Privatsphäre geben, damit sie sich auf ihre Babys konzentrieren kann.«

Kurz vor dem Abendessen sagte Major: »Okay, ihr könnt nach Joanna schauen gehen.«

Sara tanzte, sprang und wirbelte herum, als sie zurückkam. »Joanna hat Babys unter sich. Wir haben Piepsen gehört.«

»Kleine Köpfe haben herausgeguckt. Ich glaube, ich habe drei gesehen«, sagte Brett.

»Tolle Neuigkeiten«, sagte Major. »Ihr könnt nach dem Frühstück noch einmal nachsehen.«

Am nächsten Morgen schlangen Sara und Brett ihr Frühstück hinunter und rannten zu Joannas Stall, dann kehrten sie mit Neuigkeiten zurück.

»Da sind Babys überall. Joanna hat ihnen gezeigt, wo das Futter und das Wasser sind«, sagte Sara.

»Ich habe ein Küken auf Joannas Rücken gesehen«, sagte Brett.

»Können wir auch gucken gehen?«, fragte Annie.

»Natürlich«, sagte Major, obwohl alle Kinder, Molly und Vanessa schon durch die Hintertür raus waren.

»Ich übernehme die Aufsicht«, sagte Mr. Young, als er nach draußen ging.

Am dritten Tag berichtete Sara, dass Joanna die Babys nach draußen genommen hatte, um das Gehege zu erkunden.

»Mami, Brett und ich werden beim Hühnerstall sein«, sagte Sara. »Wir werden heute auf die Küken aufpassen.«

»Erst die Pflichten«, sagte Molly.

»Wirklich?«, fragte Brett.

»Ja, wirklich.«

———◦○◦———

Eine Woche später spähten Sara und Brett in die Scheune und entdeckten Major. Brett sagte: »Papa, wir haben dich überall gesucht. Wir müssen mit dir über die Hühner reden.«

»Wir machen uns Sorgen, dass sie krank sind«, sagte Sara. »Gestern haben sie nur halb so viele Eier gelegt wie sonst, und sie verlieren Federn. Lucy sieht aus, als hätte jemand alle Federn von ihrem Hals abgezogen.«

Brett runzelte die Stirn. »Wir wissen, dass es heiß und schwül ist, aber sollten sie schon bis zum Mittagessen ihr ganzes Wasser ausgetrunken haben? Das haben sie früher nie getan. Haben wir etwas falsch gemacht?«

»Ihr zwei macht einen großartigen Job mit den Hühnern. Die Hitze macht ihnen zu schaffen«, sagte Major. »Es ist nicht überraschend, dass ihr weniger Eier gesammelt habt, und es ist gut, dass sie so viel trinken. Macht euch keine Sorgen um Lucy. Sie mausert sich. Hühner verlieren einmal im Jahr oder so ihre Federn und lassen neue wachsen. Sie sieht ein bisschen seltsam aus, aber es geht ihr gut.«

Sara nickte. »Danke, Pops. Noch was anderes. Was hältst du davon, wenn die Hühner länger frei herumlaufen, vielleicht den ganzen Tag? Uns ist aufgefallen, dass wir die Futterautomaten mit viel weniger Futter auffüllen müssen, wenn sie den ganzen Vormittag frei herumlaufen. Wir haben es Aimee Louise gesagt, und sie meinte, wir sollten dich fragen.«

Major setzte sich auf einen Heuballen. »Es ist ein Risiko wegen der Raubtiere, aber Shadow und Penny bewachen die Hühner und die Farmtiere. Eine tolle Möglichkeit, das Futter zu strecken. Aber nur die größeren Hühner, richtig? Die kleinen sind zu anfällig für Habichte.«

»Richtig, Pops. Danke«, sagte Brett. Die beiden Kinder rannten zum Haus.

Major lachte, als er aufstand, um auch hineinzugehen. *Wie habe ich die Farm je ohne diese Kinder als Chefs führen können?*

Später am Nachmittag saß Josh mit seinem Skizzenbuch auf der Veranda. Molly setzte sich neben ihn und schaute über seine Schulter.

»Ach, Josh«, sagte sie, »das sind Joanna und die Babys.«

»Jap. Ich dachte, ich überrasche Brett und Sara damit, aber ich muss es noch unterschreiben. Welches Datum haben wir?«, fragte er mit erhobenem Bleistift.

»Ich bin nicht sicher. Rosalie weiß es. Sie behält das Datum für ihre Wildtierdatenbank im Auge. Deine Zeichnung ist hervorragend, Josh.«

Josh sprang auf. »Danke, ich frag sie mal.«

Molly ging in die Küche, wo Mr. Young Eier dämpfte. »Mr. Young, Josh hat mir eine Zeichnung gezeigt, die er von Joanna und ihren Küken gemacht hat. Sie war toll, aber er hat mich nach dem heutigen Datum gefragt, und ich wusste es nicht.«

»Rosalie würde es wissen«, sagte er.

Molly lachte. »Das habe ich ihm auch gesagt. Dann fiel mir ein, wie gern ich Geburtstage feiere. Wir müssen die Geburtstage von allen kennen.«

»Rosalie würde die Geburtstage verfolgen, wenn wir sie darum bitten würden«, sagte Mr. Young.

»Das dachte ich mir. Danke, Mr. Young, Sie sind brillant.«

Molly beeilte sich, den Raum zu verlassen, um Rosalie zu finden.

»Das hätte ich dir auch sagen können«, sagte Mr. Young mit einem Schmunzeln.

Molly kehrte zurück. »Mr. Young, ich habe vergessen zu fragen: Wann haben Sie Geburtstag?«

»März«, sagte er.

»Gute Neuigkeiten. Wir haben niemandes Geburtstag verpasst. Josh hat später in diesem Monat Geburtstag. Er wird neun.«

———◆○◆———

Einige Tage später traten Aimee Louise und Rosalie auf die Veranda und gesellten sich zu den Erwachsenen, die ihren Morgenkaffee tranken. Die Sonne lugte über dem Horizont hervor und erhellte den klaren Himmel, und eine leichte Brise und der Tau auf dem Gras deuteten auf kühleres Wetter hin.

Rosalie setzte sich auf die Stufen. »Interessante Neuigkeiten im Radio heute. Es gibt Gerüchte über Elektrizität. Mein Lieblingsgerücht ist, dass eines der größeren Elektrizitätsunternehmen offline war, als der große Stromausfall eintrat. Das Unternehmen testete ein Upgrade ihres Computersystems und installierte das Upgrade versehentlich auf ihrem Produktionssystem. Sie nahmen ihr Produktionssystem für ihren Test offline, und ihre Kunden erlebten einen versehentlichen Ausfall ein paar Minuten vor dem eigentlichen Ausfall, aber alle gingen davon aus, dass sie Teil des großen Ausfalls waren.«

Major lachte. »Ich liebe es. Ein schwerwiegender Fehler bringt einen Hoffnungsschimmer.«

Rosalie fuhr fort. »Was als Nächstes passierte, ist der interessanteste Teil, besonders wenn es wahr ist. Könnt ihr euch die Überraschung der Kunden vorstellen, als plötzlich der Strom dieses Unternehmens wieder anging? Ein Ingenieur, der an dem Test beteiligt war, brachte das Produktionssystem wieder online, nur um zu sehen, ob es funktionierte. Jedenfalls ist das das Gerücht. Funkamateure werden bei ihren Kontakten nachfragen, um jemanden zu finden, dessen Strom plötzlich wieder anging.«

Mr. Young lachte. »Frage mich, ob der Ingenieur gefeuert oder befördert wurde.«

»Ich stimme für befördert«, sagte Vanessa, »oder falls gefeuert, vielleicht hätte er oder sie Lust, an unserer Elektrizität herumzubasteln.«

Rosalie kicherte. »Ein zweites Gerücht ist, dass einige der kleineren regionalen Unternehmen ihre Systeme heruntergefahren oder isoliert haben, bevor alles andere zusammenbrach. Sie haben sich zusammengeschlossen, um zu sehen, wie man die nicht mehr funktionierenden Abschnitte umgehen kann, um ein Minimum an Strom im Rotationsprinzip bereitzustellen. Die Leute bekommen zum Beispiel morgens an drei Tagen in der Woche ein Stromkontingent.«

»Nur Gerüchte, aber zur Abwechslung mal gute Nachrichten«, sagte Aimee Louise. »Wir können nur mit gelegentlichem Strom rechnen, wenn wir überhaupt Elektrizität bekommen.«

»Nun, du hast recht. Definitiv interessant«, sagte Major. »Es ändert unseren Farmbetrieb noch nicht, aber es ist schön, gute Neuigkeiten zu hören.«

Beim Frühstück sagte Molly: »Josh, wusstest du, dass morgen dein Geburtstag ist? Das ist dein letzter Tag als Achtjähriger.«

Josh blinzelte. »Mein Geburtstag ist morgen?«

»Was sollen wir zu deinem Geburtstag machen?«, fragte der Sheriff. »Was kann ein Neunjähriger tun, was ein Achtjähriger nicht kann?«

Josh zog seine Augenbrauen zusammen und spitzte die Lippen. »Ich brauche ein Taschenmesser.«

»Okay«, sagte der Sheriff, »ich glaube, du hast recht. Ein Neunjähriger sollte ein Taschenmesser haben. Und einen Schleifstein, damit du verantwortungsvoll mit deinem Messer umgehen kannst.«

»Stimmt. Das einzige Messer, das dich schneiden wird, ist ein stumpfes«, fügte Mr. Young hinzu.

»Ich habe kein Messer, und ich bin zehn«, sagte Annie.

»Nun, Annie«, sagte Molly, »du kannst zu deinem Geburtstag im August ein Messer wünschen, wenn du das möchtest.«

»Ach so.«

»Nächste Frage, Josh«, sagte Molly. »Was möchtest du zum Geburtstagsessen haben?«

»Ich möchte...« Josh holte tief Luft. »Pizza.«

»Pizza? Okay, Josh. Pizza wird es sein.«

Nachdem die jüngeren Kinder nach draußen gegangen waren, blieben die Erwachsenen und die älteren Mädchen am Tisch und saßen schweigend da.

Molly verengte ihre Augen und sah den Sheriff an. »Woher willst du ein Taschenmesser bekommen?«

»Woher willst du Pizza bekommen?«, fragte der Sheriff zurück.

Vanessa hob ihre Augenbrauen. »Hier brauchen wir ein bisschen Magie.«

»Ich kann mit dem Schleifstein helfen«, sagte Mr. Young.

»Ich bin sicher, ich habe irgendwo ein Ersatztaschenmesser«, sagte Major.

»Pizza«, sagte Aimee Louise.

»Im Ernst?« Rosalie biss sich auf die Lippe. »Okay, Aimee Louise und ich können bei der Pizza helfen.«

»Ich helfe, wo ich kann. Sagt mir, was ich tun soll«, sagte Vanessa.

»Danke, Tante Vanessa«, sagte Rosalie. »Wir könnten etwas Hilfe brauchen.«

»Lasst uns planen«, sagte Tante Molly. »Ich mache einen Pizzateig. Es könnte eine extragroße Tortilla werden.«

»Wir haben selbst eingekochte Tomatensauce, Gewürze und Kräuter«, sagte Vanessa. »Ich kann eine Pizzasauce zusammenstellen.«

»Ich werde dünne Scheiben Spam schneiden und sie kross wie Speck braten«, sagte Mr. Young.

»Wir können Käse machen«, sagte Aimee Louise.

Alle Köpfe drehten sich zu Aimee Louise.

»Pastor John«, sagte Aimee Louise.

»Ich gehe mit dir zu Pastor John«, sagte der Sheriff. »Und dann?«

»Ziegenmilch«, sagte Rosalie. »Aimee Louise, du bist so schlau. Wir können Ziegenkäse machen; Aimee Louise und ich haben darüber gelesen. Haben wir etwas, das wir gegen Ziegenmilch tauschen könnten? Wir haben gelesen, dass die Leute früher Waren als Zahlungsmittel getauscht haben.«

»Ich habe etwas Erdbeermarmelade, die ich letzten Herbst eingekocht habe. Nehmt ihnen ein paar Gläser mit«, sagte Molly.

Der Sheriff fügte hinzu: »Gehen wir gleich morgen früh nach dem Frühstück. Wir nehmen Nummer 48. Das wäre schneller, als zu Mr. Youngs Hof zu laufen, und wir haben morgen viel zu tun.«

»Ja«, stimmte Aimee Louise zu.

Der Sheriff seufzte. »Perfekt. Ich wusste, wenn ich keinen guten Grund hätte, das Fahrzeug zu nehmen, müsste ich morgen mehr als dreißig Kilometer laufen.«

Major nickte und lächelte.

⬦

Kurz vor Tagesanbruch am nächsten Morgen schlich Josh nach unten und gesellte sich zu den Erwachsenen auf der hinteren Veranda.

»Jetzt, wo ich neun bin, kann ich etwas Kaffee haben?«

Der Sheriff goss ihm eine Vierteltasse ein, bevor Molly nein sagen konnte.

Josh hob seine Tasse, blies hinein und stellte sie auf die Veranda. Er blickte in den dunklen Himmel und nahm seine Tasse mit einer Hand und fächelte mit der anderen. Er hielt die Tasse mit beiden Händen, nahm einen winzigen Schluck, stellte seine Tasse ab und lehnte sich gegen die Stufe, wobei ein Fuß flach auflag und sein Knie gebeugt war. Josh hob einen Arm und legte ihn auf sein Knie. »So sieht ein kultivierter Neunjähriger aus.«

Mr. Young verschluckte sich an seinem Kaffee. Nachdem er sich die Kehle geräuspert hatte, sagte er: »Josh, ich habe in meinen jüngeren Jahren ziemlich viel Holz geschnitzt. Sag Bescheid, wenn du interessiert bist, und wir können ein Tier schnitzen, vielleicht einen Bären, wenn du dein Taschenmesser bekommst.«

»Mensch, ja. Danke. Ich zeichne gerne. Schnitzen ist wie Zeichnen in 3D, oder?«

Er blies auf seinen Kaffee.

»Weißt du«, sagte Vanessa, »in meiner Familie gibt es die Tradition, dass jemand, der neun wird, an seinem Geburtstag neun Schlucke Kaffee trinkt, um zu feiern, dass er nicht mehr acht ist.«

»Das haben wir in unserer Familie auch gemacht. Wie viele Schlucke Kaffee hattest du bisher, Josh?«, fragte Mr. Young.

»Nun, ich bin nicht sicher...«

»Ich habe mitgezählt«, sagte Vanessa. »Du hast gerade Schluck Nummer neun genommen.«

»Wirklich? Dann bin ich mit meinem Kaffee fertig?«

»Du bist offiziell neun Jahre alt. Herzlichen Glückwunsch, junger Mann.« Mr. Young stand auf und schüttelte Joshs Hand kräftig.

Josh strahlte, während alle anderen entweder lächelten oder eine Träne wegwischten.

Molly sagte: »Das Frühstück kocht sich nicht von allein.«

»Führe uns an, Chefköchin«, sagte Mr. Young. Nach dem Frühstück nahmen Aimee Louise, Rosalie und der Sheriff ihre Rucksäcke und Wasser.

»Tante Molly hat mir zwei Gläser Erdbeermarmelade zum Tauschen gegeben.« Rosalie kletterte auf die Ladefläche von Nummer 48.

»Aimee Louise, möchtest du Nummer 48 fahren?«, fragte der Sheriff.

Sie rannte zum Haus und kam mit ihrem Laplander-Hut zurück. »Danke.«

Der Sheriff dirigierte Aimee Louise zu Mr. Youngs Farm.

»Halt hier. Wir sind etwa einen halben Kilometer von der Staatsstraße entfernt. Hört auf meinen Pfiff, und kommt dann zu mir«, sagte er.

Er kauerte nahe der Straße und wartete einige Minuten im Gebüsch, bevor er pfiff. Die Mädchen schlichen sich hinter ihn.

»Wir laufen gemeinsam über die Straße«, flüsterte der Sheriff.

Auf der anderen Seite kauerten sie im Gebüsch und lauschten.

»Einzeln hintereinander«, sprach er mit leiser Stimme.

Als sie bei Mr. Youngs Farm ankamen, versteckten sich die Mädchen im Gebüsch, während der Sheriff sich dem Haus näherte.

Er pfiff, klatschte in die Hände und rief: »Hallo, das Haus! Sheriff hier.«

Chuck trat hinter dem Haus hervor. Pastor John kam von der Scheune herauf, und der Sheriff sah ein Gesicht am Fenster. Nachdem der Sheriff festgestellt hatte, dass die Gegend sicher war, rief er die Mädchen dazu.

»Schön, euch alle zu sehen«, sagte Chuck.

»Was führt euch her? Ihr seht aus, als wärt ihr auf einer Mission«, sagte Pastor John.

Rosalie wandte sich an sie: »Wir brauchen etwas Ziegenmilch, um Käse zu machen. Tante Molly schickt Erdbeermarmelade zum Tausch.«

»Ihr müsst nichts für Ziegenmilch tauschen«, sagte Pastor John. »Wir geben euch gerne etwas davon.«

»Sprich für dich selbst, Prediger-Mann«, sagte Vicki, als sie zu ihnen stieß. »Es ist unhöflich, ein Geschenk abzulehnen, besonders Mollys Erdbeermarmelade. Danke, Mädchen. Lasst uns euch etwas Ziegenmilch holen.«

Aimee Louise und Rosalie kehrten mit einem halben Liter Ziegenmilch zurück. Vicki begleitete sie.

»Seid ihr sicher, dass ihr genug habt?«, sagte Vicki. »Es scheint nicht viel zu sein.«

»Oh ja«, sagte Rosalie. »Wir brauchen nicht viel. Wir machen Käse. Heute ist Joshs Geburtstag, und er hat sich Pizza gewünscht.«

»Bitte richtet Molly meinen Dank für die Marmelade aus. Und wünscht Josh alles Gute zum Geburtstag«, sagte Vicki mit einem Lächeln.

Chuck sagte: »Mir gefällt die Idee von Pizza als Geburtstagsessen. Dieser Josh ist ein schlauer Kerl.«

Der Sheriff und die Mädchen kehrten zur Staatsstraße zurück, rannten zu Nummer 48 und fuhren nach Hause. Als sie wieder auf der Farm ankamen, winkten Molly und Vanessa von der Veranda.

»Pops hat ein perfektes Taschenmesser für Josh gefunden, und Mr. Young hat seinen Ersatz-Schleifstein entdeckt. Ich habe männliches Geschenkpapier im Abstellraum gefunden«, sagte Molly.

»Gut, ihr habt die Ziegenmilch. Ich habe das Käsetuch bereit; lasst die Käseherstellung beginnen«, sagte Vanessa. »Gut, dass wir Mozzarella machen und keinen Fancy-Käse; es dauert nur etwa eine Stunde.«

»Wusstet ihr, dass ein Käsehersteller ein Fromager genannt wird?«, fragte Mr. Young.

»La-di-da. Lasst den Fromager-Zauber beginnen«, sagte Molly.

»Mama hat uns auf eine geheime Mission geschickt, und es ist ein Geheimnis«, sagte Brett beim Mittagessen, und Sara strahlte.

Als Molly seufzte, lachten der Sheriff und Major, und Vanessa bedeckte ihren Mund.

»Habe ich etwas verpasst?«, fragte Mr. Young, als er sich an den Esstisch setzte.

»Es ist ein Geheimnis.« Sara legte ihren Finger auf die Lippen.

Mr. Young nickte. »Verstanden.«

Die jüngeren Kinder versammelten sich nach dem Mittagessen auf der Veranda, und die beiden älteren Mädchen halfen Vanessa bei der Wäsche.

»Zu Ehren deines Geburtstags, Josh«, sagte Annie, »werden wir Leitern und Schlangen für unsere Entspannungszeit spielen.«

Die jüngeren Kinder bauten das Brett auf der Veranda auf, um zu spielen. Josh gewann die meisten Spiele, aber Sara gewann eines, und Brett gewann zwei Spiele.

»Alles Gute zum Geburtstag, Josh. Du bist definitiv der ungeschlagene Leitern-und-Schlangen-Champion«, sagte Annie, als die vier losstürmten, um ihre Nachmittagsaufgaben zu erledigen. Der Duft von Pizza begrüßte sie, als sie zum Haus zurückkehrten.

Mr. Young sagte: »Nichts geht über Knoblauch, Zwiebel, Oregano und Basilikum, um die Stimmung für eine Pizza-Party zu setzen.«

»Ich dachte, ich hätte einen Pizza-Lieferanten gehört. Sieht aus, als hätte ich recht gehabt«, sagte der Sheriff, als er hereinkam.

Molly schnitt die Pizza und servierte die Stücke, das erste ging an Josh.

Alle warteten auf Josh. Er nahm einen großen Bissen und grinste mit einem Mund voller Pizza und einem Klecks Soße am Kinn.

Josh versuchte, ein ernstes Gesicht aufzusetzen. »Es ist nicht gut. Ich werde die ganze Pizza essen müssen.«

Mr. Young nahm einen Bissen, schloss die Augen, kaute und schluckte. Er schaute auf seinen Teller. »Unglaublich. Die säuerlich-süße Tomatensauce, der knusprige dünne Teig, die aromatischen, süßen Bänder von frischem Basilikum, gekrönt vom cremigen, erdigen Ziegenkäse; ich habe eine Party in meinem Mund.«

»Gourmet-Pizza«, sagte Vanessa. »Aber Mr. Young hat es besser ausgedrückt.«

Alle stimmten mit Kopfnicken und Brummen zu. Nachdem jeder satt war, blieb nur noch ein großes Stück übrig.

»Ich könnte das letzte Stück für Joshs Frühstück aufheben, wenn es in Ordnung ist, ein bisschen Propan für den Wohnwagenkühlschrank zu verwenden«, sagte Mr. Young.

»Hervorragende Idee«, sagte Major.

»Wow. Danke. Ein zweitägiger Geburtstag«, sagte Josh.

»Jetzt können wir unsere Farm-Cupcakes haben«, sagte Molly. »Wir haben Kekse mit Honig und Beeren, die Brett und Sara heute Morgen gesammelt haben.«

»Ooooh, Mama«, sagte Sara. »Das war ein Geheimnis.«

»Ist schon gut, Schätzchen. Du hast das Geheimnis bewahrt, wie du solltest. Jetzt können du und dein Bruder die Anerkennung für die süßen Beeren bekommen.«

Molly brachte die Farm-Cupcakes mit einer hellgrünen Kerze auf einem davon heraus. Sie zündete die Kerze an und stellte den Cupcake vor Josh. Josh schaute sich um und seine Augen glänzten. Nachdem die Familie »Happy Birthday« gesungen hatte, blies Josh die Kerze unter Jubel und Pfeifen aus.

Während alle einen Cupcake aßen, gab der Sheriff Josh sein Geschenk.

Josh riss das Papier weg und grinste über sein Taschenmesser und seinen Schleifstein. Er sprang vom Tisch auf, wedelte mit den Armen und tanzte. »Das ist mein Freudentanz für mein Taschenmesser.«

Eine Träne lief über Mollys Wange, während sie den Applaus anführte.

Nachdem Josh seinen Kuchen aufgegessen hatte, gingen er und Mr. Young nach draußen, um sein Messer zu schärfen und Holz zum Schnitzen zu finden.

Zur Schlafenszeit umarmte Josh Molly und den Sheriff.

»Danke. Neun zu sein ist voll krass.«

Er sah ihre leeren Gesichter an. »Ihr wisst schon, der absolute Hammer.«

Molly lachte. »Du bist zu witzig. Ich liebe dich, Josh.«

»Ich liebe dich auch.«

Der Sheriff sagte: »Ich liebe dich, Kumpel.«

»Ich liebe dich auch.« Eine Träne rann seine Wange hinunter. »Aber ich vermisse Mama und Papa.« Er brach in Schluchzen aus.

»Ich weiß, dass du das tust, und es tut mir so leid.« Der Sheriff umarmte Josh und hielt ihn, bis Joshs Tränen nachließen.

»Lass uns nach den Ziegen schauen«, sagte der Sheriff.

Auf dem Weg zum Ziegenstall sagte der Sheriff: »Dein Vater hätte die Ziegen geliebt. Er wäre stolz darauf, wie du dich um sie kümmerst.«

»Das ist mir egal. Ich will einfach nur, dass er hier ist.« Josh rannte zum Haus.

»Geht es dir gut?«, fragte Brett, als Josh sich auf seine Liege warf.

»Nein. Lass mich in Ruhe.« Josh bedeckte sein Gesicht mit seinem Kissen.

Der Sheriff winkte Brett zu, und die beiden gingen zur hinteren Veranda.

»Was ist los mit Josh? Ist er okay?«, fragte Brett.

»Er ist traurig. Er vermisst seine Mama und seinen Papa.«

Brett nickte. »Und es ist sein Geburtstag.«

Am nächsten Morgen teilte Josh seine Frühstückspizza mit den Zwillingen und Annie. Molly kochte Rührei als Beilage.

»Herzlichen zweiten Geburtstag«, sagte Molly.

In der folgenden Woche, nachdem der Sheriff früh an einem Morgen von seiner Stadtpatrouille zurückgekehrt war, brachte Molly ihm eine Tasse Kaffee, während er sich zu den Erwachsenen auf der Veranda gesellte.

Er ließ sich in einen Stuhl fallen. »Es gab weitere Todesfälle unter denen mit langfristigen Erkrankungen, deren verschreibungspflichtige Medikamente ausgegangen sind, und mehr Menschen haben die Stadt verlassen, um zu Verwandten zu gehen. Die meisten von ihnen sind zu Fuß gegangen, und ich fürchte, sie sind nicht auf die Wanderung vorbereitet, die vor ihnen liegt. Gelegentlich gibt es trotz der Blockaden raue Gestalten auf den Straßen, aber die Leute bleiben zu Hause oder gehen nur in Gruppen raus.«

»Klingt düster«, sagte Vanessa.

»Ja, aber auf der anderen Seite gibt es in der Stadt ein echtes Gemeinschaftsgefühl, wie bei Pete und seinen Kumpels im Diner. Hinter dem Diner gibt es einen alten Brunnen; als das Stadtwasser versiegte, hat Pete den Brunnen mit ein bisschen Hilfe von einigen Nachbarn wieder in Betrieb genommen. Sie ließen das Wasser laufen, bis es klar war, dann tranken sechs von ihnen drei Tage lang jeden Tag zwei riesige Gläser Wasser. Als keiner von ihnen krank wurde, erklärten sie den Brunnen für sicher.«

Molly unterbrach. »Darf ich etwas sagen? Das ist die verrückteste Idee, die ich je gehört habe. Wo hat Pete sechs... ach, vergiss es.«

Der Sheriff gluckste. »Pete hat den Leuten gesagt, sie könnten sich Trinkwasser nehmen, aber nur so viel, wie sie für den Tag brauchten. Jeder respektiert die Regel. Das Diner ist immer noch der beste Ort für Neuigkeiten und zum Tauschen von Sachen. Ein paar der Ärzte und ein Zahnarzt, die kleine Bauernhöfe in der Nähe besitzen, kommen etwa einmal pro Woche ins Diner, um Leute zu sehen.«

Rosalie und Aimee Louise traten auf die Veranda, und Rosalie gab den Morgenbericht.

Nachdem Rosalie fertig war, sagte Aimee Louise: »Saras Wolke; sie ist anders.«

»Anders? Wie? Ist sie krank?«, fragte Molly.

Nach einigen Minuten sagte Aimee Louise: »Nicht krank; traurig, aber nicht traurig. Anders traurig.«

Alle blieben still, um Aimee Louise Zeit zu geben, ihre Gedanken zu ordnen.

Herr Young nahm seine Brille ab, um sie abzuwischen. Er schaute zu Aimee Louise auf, die ihn anstarrte.

»Herr Youngs Wolke. Saras Wolke.«

Molly sagte: »Das ergibt keinen...«

Rosalie sprang ein. »Herr Young, bitte setzen Sie Ihre Brille wieder auf.«

Herr Young nickte und kam dem nach.

»Aimee Louise?«

»Ja.«

»Sara könnte Probleme mit ihrem Augenlicht haben«, sagte Rosalie.

Vanessa stöhnte. »Molly, ich wollte schon früher etwas sagen, habe es aber vergessen. Saras Lesen hat nachgelassen. Sie besteht darauf, dass Brett zuerst liest, und sie will, dass er laut vorliest, dann liest sie. Es ist fast, als würde sie auswendig lernen, was er sagt. Ich dachte, es wäre ein Zwillings-Ding oder eine Phase, aber jetzt, wenn ich darüber nachdenke, liest sie nie mehr alleine, und sie liebt es zu lesen.«

»Was machen wir?«, fragte Molly.

»Lass mich mit Sara reden«, antwortete Vanessa. »Ich kann ihre Sehkraft auf entspannte Weise überprüfen. Ich bin Anwältin, erinnerst du dich? Wir sind mitfühlende Seelen.«

Alle lachten außer Aimee Louise; Major lachte weiter, nachdem alle anderen aufgehört hatten.

Vanessa runzelte die Stirn und sprach mit strenger Stimme: »Major, ich habe versucht, die Spannung zu lösen. Du kannst aufhören zu lachen.«

Rosalie sagte mit sanfter Stimme: »Tante Vanessa und Pops haben einen Witz gemacht.«

Aimee Louise sagte: »Oh.«

Beim Abendessen sagte Vanessa: »Sara und ich denken, es wäre okay, wenn sie ihre Augen untersuchen lässt, weil sie vielleicht eine Brille braucht.«

»Ich kann gut sehen, aber Tante Vanessa sagt, vielleicht wäre es gut für mich, feiner zu sehen.«

»Klingt gut für mich«, sagte Molly.

»Sara kann morgen früh mit mir in die Stadt kommen«, sagte der Sheriff. »Wir werden sehen, ob Doc sie untersuchen kann. Wir werden herausfinden, was wir von dort aus tun.«

Am nächsten Morgen nach dem Frühstück bereiteten sich der Sheriff und Sara auf die Abreise vor. »Wir laufen zum Deputyhaus, machen eine Pause und laufen dann von dort in die Stadt«, sagte der Sheriff. »Es sieht so aus, als würde heute wieder ein bewölkter Tag werden. Unser Lauf wird ein bisschen leichter ohne die pralle Sonne.«

»Ich auch«, sagte Aimee Louise.

Der Sheriff schwieg für ein paar Minuten. »Major, was denkst du?«

»Niemand sonst hat Aimee Louises Perspektive. Sie ist eine gute Verstärkung. Natürlich ist es hier sicherer.«

»Richtig.« Nach ein paar weiteren Minuten des Nachdenkens fragte der Sheriff: »Warum, Aimee Louise?«

»Sara.«

»Ich bin mir nicht sicher warum, aber okay. Gehen wir.«

Die drei schnappten sich ihre Rucksäcke und rannten zum Deputyhaus.

»Ich möchte auch in die Stadt gehen«, sagte Stuart. »Ich werde nicht weit hinter euch sein, weil ich eure Verstärkung sein werde.«

Als sie die Stadt erreichten, hielt der Sheriff an und scannte die Straßen.

Aimee Louise sagte: »Besorgte Wolke.«

Der Sheriff nickte. »Nicht viele Kinder, und keine Mädchen. Nur ein paar Jungen.«

Aimee Louise zog zwei Baseballkappen aus ihrem Rucksack. Eine davon gehörte Brett. Sara setzte sie auf und steckte ihre Locken unter die Kappe.

Der Sheriff sagte: »Du könntest Bretts Zwilling sein.«

Sara kicherte. »Oh, Papa.«

Aimee Louise steckte ihr langes Haar unter die andere Kappe.

Als sie den Parkplatz des Diners erreichten, war Doc dort. Er winkte sie zum Diner, ging hinein und führte sie in die Küche. Pete stand in der Küche hinter einem Tisch, seine Hände versteckt.

Als Pete den Sheriff sah, legte er eine Schrotflinte auf den Tisch und kam herüber, um ihm die Hand zu schütteln. »Die Stadt ist gerade ein bisschen rau. Ich habe dich nicht gleich erkannt. Habe dich eine Weile nicht gesehen.«

Der Sheriff sagte: »Ich bin froh zu sehen, dass du vorsichtig bist.« Er zeigte auf Sara. »Doc, wir müssen ihre Augen untersuchen lassen.«

»Lies das für mich.« Doc reichte Sara eine Zeitung.

Sara las die Überschrift eines Artikels, bewegte die Zeitung auf zehn Zentimeter vor ihr Gesicht und las die ersten beiden Zeilen des Artikels.

»Kurzsichtig«, sagte Doc. »Nicht ungewöhnlich in diesem Alter. Wir müssen jemanden finden, der im Alter von sechs bis acht Jahren eine Brille getragen hat. Wir brauchen deren alte Brillen.«

»Die Bibliothek hat alte Brillen gesammelt«, sagte der Sheriff. »Wir können nachsehen, ob sie noch welche haben.«

»Ich schlage vor, ihr verlasst die Stadt und schickt jemand anderen«, sagte Pete. »Ich bin mir nicht sicher, wie sicher die Stadt für Kinder ist, besonders für Mädchen.«

»Danke, Doc. Danke, Pete. Wir werden die Stadt sofort verlassen.«

Stuart betrat das Diner. »Sofort verlassen?«

»Ja. Treff uns bei der Baumgruppe, wo wir letztes Jahr den Bärenköder gefunden haben.«

Als sie das Diner verließen, wandte sich der Sheriff von der Straße ab, die zur Farm führte.

»Wir gehen vorerst diesen Weg.«

Sie joggten die Straße entlang und bogen in eine Baumgruppe ab. Der Sheriff duckte sich ins Gebüsch, und die beiden Mädchen gingen hinter ihm in die Hocke. Drei Männer gingen zügig die Straße von der Stadt her entlang.

Der Sheriff fragte Aimee Louise: »Onkel Dan?«

Sie nickte, also warteten sie. Stuart tauchte im Gebüsch hinter ihnen auf.

»Doc sagt, Sara ist kurzsichtig und braucht eine Brille«, sagte der Sheriff. »In der Bibliothek wurden früher Brillen gesammelt. Könnten Sie nachsehen?«

»Klar. Ich schaue, was ich finden kann, und komme dann zur Farm.«

Stuart machte sich auf den Weg zurück in die Stadt, und der Sheriff, Sara und Aimee Louise liefen in Richtung Farm. Als Sara stehen blieb, erklärte Aimee Louise eine Trinkpause. Als sie auf der Farm ankamen, versammelten sich alle für den Bericht des Sheriffs.

»Wir waren beim Arzt, und er sagte, Sara ist kurzsichtig. Wir wollten in der Bibliothek nach Brillen suchen, aber Pete meinte, wir sollten nicht in der Stadt sein. Tatsächlich habe ich, als wir in die Stadt kamen, bemerkt, dass nur wenige Kinder draußen waren, und das waren alles ältere Jungen.«

Er hielt inne und runzelte die Stirn. »Aimee Louise, du hast diese Baseballkappen aus deinem Rucksack gezogen. Woher wusstest du, dass du sie mitnehmen solltest?«

»Rosalie«, sagte sie.

Rosalie neigte den Kopf. »Ich verstehe nicht. Warte... wir haben einmal über Verkleidungen gesprochen. Ich sagte, man könnte sich mit einem Hut tarnen. Ist das der Grund, warum du die Baseballkappen mitgenommen hast? Falls du und Sara eine Verkleidung brauchen würdet?«

»Ja.«

»Das hat alle verwirrt«, sagte der Sheriff. »Nicht einmal der Doc wusste, dass die beiden Mädchen waren, bis er aus der Nähe hinschaute. Kluger Schachzug, aber als wir aus der Stadt weg von der Farm gingen, wurden wir verfolgt.«

Er blickte zu Molly. »Wir haben sie abgeschüttelt; Stuart ist zur Bibliothek gegangen, um nach Brillen zu suchen. Er wird mit allem, was er finden kann, zur Farm kommen.«

»Es macht mir Sorgen, wenn ihr alle unheimliche Abenteuer erlebt, aber ich bin froh, dass ihr zurück und wohlauf seid«, sagte Molly. »Lasst uns essen; das Mittagessen ist fertig.«

Als sie zum Tisch gingen, zog Sara an Aimee Louises Hemd. »Danke, tapfere, kluge Aimee Louise.« Sie machte einen Knicks.

Aimee Louise sagte: »Gern geschehen, helle, strahlende Sara.«

Molly lächelte. »Sara wird ihre helle, strahlende Wolke wiederhaben, wenn wir eine Brille für sie bekommen.«

Später am Tag tauchte Stuart mit einem Dutzend Brillen auf der Farm auf.

»Ich bin zum Haus der Bibliotheksleiterin gegangen; sie war begeistert, dass jemand die Brillen gebrauchen kann, die sie gesammelt haben. Sie und ich sind zur Bibliothek gegangen, und sie hat alle Brillen mitgeschickt, die zu einem Kind passen könnten.«

»Ich werde die Brillen zurückbringen, die wir nicht brauchen«, sagte der Sheriff. »Nochmals vielen Dank für Ihre Hilfe.«

»Gern geschehen. Ich sollte besser zurückgehen.«

»Wasser?« fragte Aimee Louise.

»Das wäre großartig, Aimee Louise. Danke.«

Aimee Louise kam mit einem Glas Wasser aus der Küche zurück. Stuart nippte an seinem Wasser und beobachtete Saras Prozess, eine Brille auszuwählen.

Sara reihte die Brillen nach der Farbe der Gestelle auf. Zuerst probierte sie ein glänzendes silbernes Gestell und schaute auf eine Seite mit verschiedenen Schriftgrößen. Sie zeigte mit einem breiten Lächeln auf den Feindrucktext am unteren Rand der Seite.

»Glänzende, helle Wolke«, sagte Aimee Louise.

»Sara wird die Brille nur zum Lesen brauchen«, sagte Vanessa.

»Ich will sie für immer tragen, weil ich feiner sehen kann«, sagte Sara. »Ich liebe sie.«

Molly sagte: »Ich verstehe Wolken vielleicht ein bisschen besser. Bevor Sara diese Brille ausprobierte, war sie nicht sie selbst. Sie sah, ich weiß nicht, nicht wie Sara aus. Als sie diese Brille aufsetzte, erhellte sich ihr ganzes Gesicht. Helle, strahlende Sara. So müssen Wolken funktionieren.«

»Vielleicht ähnlich«, sagte Rosalie. »Wir haben niemanden, der sowohl Gesichter als auch Wolken sehen kann, also können wir nur mutmaßen.«

Major lächelte. »Meine Wissenschaftlerin.«

»Ja, das ist sie«, sagte Molly, »und eine gute noch dazu.«

Stuart schaute in sein leeres Glas. »Ich glaube, ich sollte zurückgehen. Nochmals danke für das Wasser, Aimee Louise.«

Aimee Louise legte den Kopf schief. »Gern geschehen.«

Stuart reichte sein Glas an Aimee Louise, grinste und ging.

Major runzelte die Stirn. Molly hob ihre Augenbrauen in Richtung des Sheriffs, und er zuckte mit den Schultern.

Kapitel Neunundzwanzig

Eine Woche nachdem Sara ihre Brille bekommen hatte, saßen Aimee Louise und Rosalie am Radio und warteten darauf, dass sich die Funkamateure anmeldeten.

»Ich glaube, Stuart mag dich«, sagte Rosalie. »Er ist wirklich süß, findest du nicht?«

»Was?«, fragte Aimee Louise.

»Entschuldigung.« Rosalie kicherte. »Mir ist gerade klar geworden, was ich gesagt habe, aber ich glaube wirklich, dass er dich mag.«

»Ich mag die Deputies auch«, sagte Aimee Louise.

»Das meinte ich nicht, aber manchmal vergesse ich, dass wir die Dinge nicht immer gleich sehen.«

Der erste Funkamateur meldete sich an, und Rosalie griff nach ihrem Notizbuch.

Die Mädchen gesellten sich während der morgendlichen Kaffeepause zu den Erwachsenen. »Wir haben viele Nachrichten und Gerüchte«, sagte Rosalie. »Ein Gerücht besagt, dass ein feindliches Land oder eine internationale Terroristengruppe den Strom lahmgelegt hat, um die Bundesregierung wegen Waffen zu erpressen. Ein anderes besagt, dass die Bösen ihre Leute in Schlüsselpositionen der Regierung wollten, oder sie würden den Rest des Stromnetzes lahmlegen.«

Mr. Young schüttelte den Kopf. »Manchmal haben Gerüchte einen wahren Kern.«

»Die große Neuigkeit ist, dass möglicherweise ein größeres Wettersystem auf uns zukommt«, sagte Rosalie. »Ein starker Hurrikan hat Puerto Rico, die Dominikanische Republik und Kuba verwüstet. Er streifte die Florida Keys, und der Golf könnte als Nächstes dran sein. Es gibt viele Vermutungen darüber, wohin er ziehen wird und wann, oder ob er sich in einen großen Regensturm verwandeln wird. Die Menschen, die in der Nähe des Golfs leben, sprachen über ihre Sieben-Tage-Pläne.«

»Der erste Schritt des Sieben-Tage-Plans ist die Vorbereitung«, sagte Major. »Es ist diese Zeit des Jahres. Wir müssen unsere Pläne für einen großen Sturm überprüfen.«

»Und die interessante Nachricht ist, dass das Gerücht über das Unternehmen, das sein System für Tests abgeschaltet hat, möglicherweise wahr ist. Es gibt Berichte über Stromversorgung, die in einem weiten Gebiet wieder funktioniert. Landesweit, sagte ein Funkamateur, aber er nannte den Staat nicht. Offensichtlich nicht bei uns.«

»Meine Schicht in der Stadt ist heute, aber ich werde Pastor John besuchen, bevor ich losgehe, um sicherzustellen, dass sie über den Sturm Bescheid wissen«, sagte der Sheriff. »Ich nehme Nummer 48.«

»Kann ich mitkommen?«, fragte Molly. »Ich würde gerne mal rauskommen. Und nicht laufen.«

Der Sheriff legte seinen Arm um Molly. »Ich würde mich über deine Gesellschaft freuen.«

Vanessa erhob sich von ihrem Stuhl. »Du hast dir sicherlich eine kleine Auszeit verdient. Sag uns, was du für heute Morgen geplant hast, und wir werden teilen und erobern.«

Molly und der Sheriff fuhren gemeinsam auf Nummer 48 los.

Auf dem Weg zur Scheune hielt Major im Garten an, um mit Vanessa zu plaudern. »Mr. Young ist mit dem Mittagessen beschäftigt, und Aimee Louise und Rosalie sind mitten in der Wäsche. Ich werde in der Scheune sein und schnell mein Sperrholz inventarisieren und meine Werkzeuge für die Sturmvorbereitungen organisieren.«

»Ich habe nach den jungen Leuten geschaut. Annie ist bei ihren Kaninchen, und die anderen drei sind bei den Hühnerställen. Alle sicher und wohlauf.«

Major und Vanessa hörten Aimee Louise rufen: »Nach drinnen!«

Alle rannten ins Haus.

Major hörte ein Auto, das auf das Farmhaus zukam. »Vanessa, nimm die Kinder und Penny mit nach oben ins hintere Schlafzimmer, haltet euch unten, und nimm die Schrotflinte und eines der Hofradios mit. Mr. Young, nimm eines der Hofradios und stell dich innen in der Nähe eines Fensters auf, aber außer Sichtweite. Halte Vanessa auf dem Laufenden über das, was du siehst. Aimee Louise und Rosalie, behaltet Shadow bei euch und bleibt mit dem dritten Hofradio in der Küche. Beobachtet die Rückseite. Alle, bleibt ruhig und außer Sichtweite. Niemand ist hier außer mir. Verstanden?«

Alle nickten und eilten zu ihren zugewiesenen Positionen.

Major rannte zur Scheune und fuhr mit dem Traktor vor das Haus. Die aufwirbelnde Staubwolke raste die Straße hinunter in Richtung der Farm. Der Fahrer hielt am Tor an, stieg aus und inspizierte das Schloss, dann kletterte er über das Tor.

Nachdem der Mann ein paar Meter gelaufen war, rief Major hinter dem Traktor hervor: »Das ist weit genug.«

Der Mann blieb stehen. »Major, ich bin's; ich bin gekommen, um Rosie zu sehen. Ich habe in der Stadt gehört, dass ihr Essen habt.«

Major bewegte sich nicht. »Marty, bist du allein?«

Marty blickte zurück zum Auto. »Ich habe ein paar Freunde dabei.«

Major runzelte die Stirn. »Was brauchst du?«

Marty scharrte mit den Füßen und kratzte und zupfte an seinem Gesicht. »Etwas zu essen und Jolenes Tochter zu sehen. Vielleicht nehme ich sie mit; ich bin sicher, sie vermisst mich. Vielleicht würde ihre Freundin Amber, ich glaube so heißt sie, auch gerne mitkommen.«

Majors Kiefer spannte sich an. Er holte tief Luft und blies langsam aus. »Mir geht das Essen fast aus. Die Dürre hat zugeschlagen, dann kamen Plünderer hier durch. Ich habe genug für heute, und das war's.

Ich war gerade dabei zu gehen, um jagen zu gehen. Jagst du, Marty?« Er hob das Jagdgewehr, das er niedrig gehalten hatte.

Martys Augen weiteten sich. »Nein.«

Major nickte und behielt das Jagdgewehr in Position. »Rosalie ist nicht hier. Sie und meine Enkelin sind zu einem Bauernhof nördlich von hier gegangen.«

Marty blickte zurück zum Auto und schüttelte den Kopf. »Keine Mädchen? Hat Rosalie ihre Sachen hier gelassen? Hat sie etwas für mich hinterlassen?«

Seine Augen verengten sich, aber Major hielt seine Stimme ruhig. »Nein, keine Mädchen. Sie hat all ihre Sachen mitgenommen; nichts für dich.«

»Bist du sicher, dass keine von Rosalies Sachen hier sind? Vielleicht sollte ich nachsehen. Sie hat etwas, das mir gehört.« Marty zeigte mit dem Finger. »Hey, da ist ein Huhn.«

»Das ist Buttercup. Sie ist mein Lieblingshuhn. Ich habe sie seit drei Jahren. Eine gute Legerin. Weißt du, wie man ein Huhn schlachtet, Marty?«

Marty blickte zu Boden und ging ein paar Schritte in Richtung Bauernhaus. »Ich? Nein.«

Major hob sein Gewehr, visierte in der Ferne das Auto an, bewegte es in Martys Richtung und schwenkte es wieder zurück zum Auto. »Nun, wenn es sonst nichts gibt. Schön, dich zu sehen. Schade, dass es unter diesen Umständen ist. Ich muss mich fürs Jagen fertig machen. Es wäre gut, wenn du deine Freunde zurück in die Stadt bringst, bevor es dunkel wird. Diese Gegend ist etwas rau geworden, besonders nachts. Bei mir gibt's nichts.«

Marty hielt inne, stand ein paar Minuten da und kniff die Augen zusammen, während er das Huhn betrachtete. »Na ja, vielleicht könnte ich das Huhn mitnehmen.«

Major unterdrückte ein Schnauben. »Hast du jemals ein Huhn gefangen?«

Martys Kopf zuckte. »Ich? Nein.«

»Du musst vorsichtig sein. Sie hacken dir die Augen aus.«

Marty kratzte sich im Gesicht, blickte zum Himmel und warf einen Blick zurück zum Auto. »Nun, ich sollte wohl zurückfahren. Ist nicht leicht, hierher zu kommen. Viele Straßensperren. Ich muss vor Einbruch der Dunkelheit zurück sein, wie du gesagt hast.«

Major hielt sein Gewehr weiterhin auf das Auto gerichtet.

Marty drehte sich um und eilte die Auffahrt hinunter. Er kletterte über das Tor, stieg ins Auto und führte ein lebhaftes Gespräch mit seinen Begleitern. Er startete den Motor, machte eine Kehrtwende und fuhr den Weg zurück, den er gekommen war.

Major hielt sein Jagdgewehr weiter auf das Auto gerichtet, bis es außer Sicht war. Nachdem er sicher war, dass das Auto nicht zurückkam, atmete er tief durch und ging zielstrebig zum Haus zurück.

Als er drinnen war, hörte Major Schluchzen vom hinteren Teil des Hauses.

Er eilte in die Küche. »Was ist los?«

Mr. Young stand neben Rosalie. Er drehte sich um und atmete auf, als er Major sah. »Rosalie hat Martys Stimme gehört, als er nah ans Haus kam. Sie wollte zur Haustür gehen. Aimee Louise war hinter ihr, aber Aimee Louise sah Marty zuerst. Sie packte Rosalies Hemd und sagte: ›Onkel Dan‹.«

Rosalie schluckte und schniefte Tränen zurück. »Ich war wirklich wütend. Es war mein Vater.«

»Gefahr«, sagte Aimee Louise.

»Rosalie ging weiter zur Tür«, sagte Mr. Young. »Aimee Louise zog sie zurück ins Wohnzimmer. Ich sagte ihr, sie solle auf ihren Posten zurückkehren.«

Rosalie nickte.

»Es tut mir leid, Rosalie. Dies sind schwere Zeiten, und dein Vater muss sein Leben in Ordnung bringen«, sagte Major. »Du hast alle Kinder beschützt, weil du ruhig geblieben bist und dich versteckt hast. Du hast unglaubliche Stärke und Loyalität gegenüber deiner Familie bewiesen.«

»Danke, Pops. Mir geht's jetzt besser«, sagte Rosalie. »Ich bin immer noch sauer auf dich, Aimee Louise.«

Aimee Louise sagte: »Nein, bist du nicht.«

Rosalie verdrehte die Augen. »Es ist nicht fair, meine Wolke zu überprüfen. Ich könnte immer noch sauer sein. Das weißt du nicht.«

Aimee Louise sagte: »Okay. Du bist sauer.«

»Nein, bin ich nicht.«

»Nennt man das widerspenstig?«, fragte Aimee Louise.

Rosalie kicherte, Mr. Young schmunzelte, und Major atmete aus.

Aimee Louise sagte: »Guter Witz.«

»Stimmt«, sagte Mr. Young.

Ich schätze, der Witz geht auf meine Kosten. Ich verstehe ihn nicht. Major ging zum Fuß der Treppe. »Ihr könnt jetzt alle runter kommen.«

Nachdem die Kinder die Treppe heruntergedonnert waren und Vanessa etwas langsamer folgte, kamen Sheriff und Molly ins Haus.

Der Sheriff sagte: »Pastor John und seine Familie werden Sturmvorkehrungen treffen. Ich bin froh, dass wir...«

Molly unterbrach. »Was ist hier passiert?«

»Lasst uns unsere Aufgaben zu Ende bringen«, sagte Vanessa. Sie, Mr. Young und alle Kinder eilten hinaus.

»Marty tauchte mit Begleitern auf«, sagte Major. »Wenn ich ihm den Vorteil des Zweifels gebe, würde ich annehmen, dass Martys ursprüngliche Absicht Essen war, aber seine Begleiter hatten wohl andere Ideen. Er war wirklich fixiert auf etwas, das Rosalie haben könnte, aber wenn er näher gekommen wäre, hätte ich ihm ins Gesicht geschlagen und wahrscheinlich nicht dort aufgehört. Ich weiß, wie schrecklich das klingt.«

Molly nickte. »Ich bin nicht sicher, ob ich mich hätte zurückhalten können. Wie furchtbar. Glaubst du, Rosalie hat gehört, was er gesagt hat?«

»Ich glaube nicht, aber ich habe vor, später mit ihr zu sprechen. Es war schlimm.«

Der Sheriff knurrte. »Ich werde meine Fahrt in die Stadt absagen.«

»Ich verstehe«, sagte Major, »aber wir müssen die Deputies über den nahenden Sturm informieren.«

»Du hast recht«, sagte der Sheriff. »Ich werde zuerst dort vorbeigehen und dann zum Diner fahren und mit Pete sprechen. Er wird eine Notiz am schwarzen Brett anbringen. Ich werde aber nicht lange weg sein; wir haben noch Arbeit zu erledigen.«

In den nächsten Tagen vernagelten der Sheriff und Major die Fenster im Erdgeschoss mit Brettern, ließen aber auf jeder Seite des Hauses ein Fenster frei, um für Luftzirkulation und ein wenig Licht zu sorgen, und brachten dann die Generatoren und den Traktor in die Scheune. Aimee Louise, Rosalie und die restlichen Kinder brachten lose Gegenstände von draußen in die Scheune, während Mr. Young und Vanessa den Wohnwagen so sturmsicher wie möglich machten.

Am Abend des fünften Tages fragte Rosalie: »Riechst du das?«

»Was riechst du?«, fragte Vanessa.

»Tropisch. Es riecht tropisch.«

Major sagte: »Wir könnten heute Nacht Regenbänder bekommen.«

»Vögel«, sagte Aimee Louise.

»Du hast recht«, sagte Annie. »Die Vögel haben aufgehört zu singen. Ich habe heute keine Vögel gehört.«

»Sie sind weiter ins Landesinnere oder nach Norden gezogen«, sagte Mr. Young.

Der Sheriff rieb sich das Kinn. »Gibt es noch etwas, das wir heute Abend erledigen müssen, falls der Sturm früher als erwartet kommt?«

Josh sagte: »Die Ziegen noch einmal überprüfen.«

Annie nickte. »Die Kaninchen in die Käfige in der Scheune bringen.«

»Die Hühner ins Haus bringen«, sagte Sara.

»Nein«, sagte Molly.

Brett lachte. »Guter Witz, Sara. Wir sollten aber das Futter und Wasser für die Hühner verdoppeln.«

Molly murmelte: »Diese wilde Bande hat einen schlechten Einfluss. Machen Witze; lachen.«

»Lasst uns gehen, Leute, bevor wir alle eine Auszeit bekommen«, sagte Vanessa, und sie kicherten und eilten hinaus.

Mr. Young sagte: »Lasst uns die Ersatzmatratze aus meinem Wohnwagen ins Wohnzimmer bringen, falls ich schneller als geplant nach drinnen umziehen muss.«

Der Sheriff tippte mit den Fingerspitzen an seine Stirn. »Matratze. Das hätte ich fast vergessen. Brad sagte, sie hätten ein Ersatzbett, das wir benutzen könnten. Ich werde es morgen früh als Erstes abholen. Es sei denn, ich sollte es heute Abend holen. Major?«

»Ich denke, hol es jetzt«, sagte Major. »Nummer 48 hat Scheinwerfer, aber benutze sie nur, wenn du sie brauchst.«

»Ich werde Josh helfen, die Ziegen unterzubringen, und ihn mitnehmen.«

Der Sheriff und Josh brachten die Ziegen in ihren großen Schuppen, füllten ihr Wasser auf und sicherten die Tür. Sie trugen eine große Plane und Gurte zu Nummer 48, falls es regnen sollte, und hängten den kleinen Anhänger an.

Sheriff und Josh waren innerhalb von dreißig Minuten zurück. Sie trugen die Einzelmatratze, den Lattenrost und das Bettgestell ins Wohnzimmer und stellten sie an die Wand.

»Josh, dein Gesicht ist schmutzig und verschwitzt«, grinste der Sheriff.

»Ein Bett zu bewegen ist harte Arbeit, aber wir haben es zusammen geschafft, oder?«, strahlte Josh.

✦

Als die Kinder in ihren Betten schliefen, versammelten sich die Erwachsenen auf der Veranda.

»Der Himmel sieht für mich nach drohendem Sturm aus«, sagte Major.

»Ich denke, wir werden in Ordnung sein, wenn der Sturm morgen kommt«, sagte Mr. Young. »Diese Truppe arbeitet wie eine gut geölte Maschine.«

Molly hörte auf zu schaukeln und runzelte die Stirn. »Wenn wir starke Winde bekommen, möchte ich, dass die Kinder unten schlafen.«

»Es wird einfach sein, die Feldbetten, das Ausziehbett und die Einzelmatratzen nach unten zu bringen«, sagte Major. »Sag einfach Bescheid.«

»Danke.«

Am frühen Morgen begannen die Regenbänder. Rosalie sagte, dass einige Funkamateure in der Nähe der Golfküste von Bändern mit starkem Regen und Windböen berichteten.

Nach dem Mittagessen sagte Molly: »Lasst uns die Betten von oben hierher bringen und Mr. Youngs Bett aufstellen.«

»Wird gemacht. Okay, Team. Packen wir's an«, sagte Major. »Es ist das Alle-Mann-an-Deck-Umzugs-und-Betten-Mach-Projekt.«

Molly gab Anweisungen. »Die Mädchenbetten ins Hauptschlafzimmer, die Jungenliegen ins Computerzimmer und das Einzelbett für Mr. Young ins Wohnzimmer.«

Nachdem die Mädchenbetten aufgestellt waren, brachte Molly Bettwäsche für Mr. Youngs Bett, und Vanessa half, es zu beziehen.

»Wir haben die meisten Fenster im Erdgeschoss vernagelt. Wir müssen etwas gegen diese Trostlosigkeit tun.« Vanessa schaltete die batteriebetriebenen Laternen im Wohnzimmer ein.

»Du hast recht. Wir brauchen Licht hier drin.« Molly zündete eine Öllampe an und stellte sie auf den Herd.

Major schlenderte ins Wohnzimmer, nachdem er den Jungen geholfen hatte, ihre Liegen zu bewegen.

»Hast du gesehen, was wir gemacht haben?«, fragte Vanessa. »Die Lichter haben den Trübsinn vertrieben.«

Er ging schnellen Schrittes zum Herd und stellte die Öllampe auf den Esstisch. »Keine gute Idee.«

Vanessa runzelte die Stirn. »Wovon redest du? Sie beleuchtet den ganzen Raum besser, wenn sie dort drüben steht.« Sie funkelte ihn an und griff nach der Lampe.

»Der Gasherd hat eine Zündflamme. Wenn Öl auf den Herd verschüttet wird, haben wir einen Brand.«

Vanessas Gesicht wurde rot, und sie stampfte ins Badezimmer und knallte die Tür zu.

Einen Punkt für mich. Major runzelte die Stirn, um nicht zu lachen.

Die Familie verbrachte den Nachmittag mit Lesen und Brettspielen. Josh spitzte einen Bleistift mit seinem Taschenmesser und zeichnete

Nutztiere. Vanessa saß bei ihm. »Josh, deine Bleistiftzeichnungen sind ausgezeichnet. Das ist Joanna und der stinkende Ziegenbock, nicht wahr? Gut gemacht. Wenn du möchtest, können wir Kunst zu unserem Unterricht hinzufügen. Wir haben irgendwo Kunstbücher hier.«

»Ich habe die Bücher«, grinste Josh. »Ich bin schon fast durch damit. Mama hat gesagt, ich habe mein Zeichentalent von Papa. Er hat ständig gezeichnet und war fantastisch darin, Menschen zu zeichnen.«

Am späten Nachmittag bemerkte Major, dass das Geräusch des aufkommenden Windes Aimee Louise störte, trotz der Ohrklappen an ihrer Lappländermütze. Sie las, aber sie bedeckte ihre Ohren mit den Händen und hielt ihr Buch mit den Ellbogen offen. Er holte zwei batteriebetriebene CD-Player und eine Sammlung von Büchern und Geschichten auf Audio-CDs heraus. Er gab Aimee Louise Kopfhörer und einen CD-Player. Ihre Hände entspannten sich, als sie den Geschichten lauschte.

Molly und Annie machten Tortillas für das Abendessen.

»Meine Tortillas sind winzig«, klagte Annie. »Sie schrumpfen, bevor ich sie zum Herd bringen kann.«

»Das braucht Übung. So haben meine auch lange Zeit ausgesehen. Sie werden trotzdem lecker sein.«

Molly erhitzte Schweineeintopf, und Annie öffnete die Pfirsiche aus Dosen, die Molly im Frühjahr eingemacht hatte. Annie stellte den Honig für die Tortillas auf den Tisch.

»Das ist mein Lieblingsessen«, sagte Josh.

»Da kann ich nicht widersprechen«, stimmte Mr. Young zu. »Gut gemacht, Annie.«

Annie strahlte.

Nach dem Essen gingen Aimee Louise und Rosalie in den Computerraum, um das Amateurfunkgerät abzuhören. Aimee Louise hielt ihre Hände über die Ohren.

Major und der Sheriff warfen sich Regenmäntel über und rannten nach draußen, um das Haus und die Tiere zu überprüfen. Sie kamen bald zurück.

Major lehnte sich an den Türpfosten, um Atem zu holen. »Der Wind. Es ist schwer zu gehen. Man kann kaum etwas sehen bei dem peitschenden Regen.«

Der Sheriff ließ sich in einen Stuhl fallen. »Fünf oder sechs große Äste liegen am Boden, aber bisher keine Schäden an Gebäuden.«

»Die Funker sagen, der Sturm ist ein Hurrikan. Niemand hat Daten über Windgeschwindigkeit oder Größe, aber alle sind sich einig, dass er groß ist«, sagte Rosalie. »Die meisten Gebiete an der Westküste Floridas wurden getroffen, aber es klingt, als würde das Schlimmste in Richtung Nordflorida und Südgeorgien ziehen.«

Saras Augen weiteten sich. »Das sind wir, Mama. Oder?«

Molly biss sich auf die Lippe, und Mr. Young sprang ein. »Jap, das sind wir. Aber wir sind die Best-Vorbereiteten der Vorbereiteten. Wir haben Bücher.«

Der Wind nahm zu und heulte, und das Geräusch der Regenbänder, die gegen das Haus geschleudert wurden, war beunruhigend. Major holte eine Schachtel mit Ohrstöpseln und Gehörschutz-Ohrenschützern hervor. Aimee Louise setzte einen Ohrenschützer auf, damit sie lesen konnte. Sara bat auch um Ohrenschützer und las ebenfalls. Rosalie hörte eine Audio-CD. Die übrigen Kinder spielten Monopoly mit Molly, Vanessa und Mr. Young.

»Ich liebe ein gutes, knallhartes Monopoly-Spiel«, sagte Mr. Young, »und diese Truppe würde jeden skrupellosen Piraten stolz machen.«

Molly lachte. »Da hast du Recht.«

»Aarrrgh«, sagte Vanessa, als sie Geld von Annie nahm, weil diese auf ihrem Grundstück gelandet war. »Fast pleite, meine Süße.«

Annie knurrte und wackelte mit den Augenbrauen. »Ich krieg dich noch, Tante Vanessa.«

»Muss oben nach undichten Stellen suchen. Braucht ihr etwas?«, fragte Major.

»Ich schreibe schnell eine Liste. Moment«, sagte Molly. Sie gab Major ihre Liste.

Major und der Sheriff gingen nach oben, um nach Anzeichen von Schäden oder undichten Stellen zu suchen. Major überprüfte den Dachboden. *Gut. Trocken.*

»Hier ist unsere Liste. Ich hole die Sachen der Mädchen«, sagte Major.

Der Sheriff warf einen Blick auf das Papier. »Ich kann die Sachen der Jungs holen, bevor ich das aus dem Badezimmer hole.«

Molly organisierte das Waschen für die Schlafenszeit, und bald waren alle Kinder im Bett. Aimee Louise und Sara trugen ihren Gehörschutz.

Molly sah nach allen Kindern. »Ich hatte Sorge, dass die Kinder nicht schlafen könnten, aber sie sind weg. Ich schätze, wir alle sind erschöpft von dem Hurrikan.«

Major nickte in Richtung Mr. Young, der im Sessel eingeschlafen war. »Das Tiefdrucksystem beeinflusst uns mehr, als wir merken. Die Tiere wirkten vorhin schreckhaft und nervös, aber sie haben sich beruhigt. Haben sich verkrochen, genau wie wir.«

»Wie lange, glaubst du, wird das anhalten?«, fragte Vanessa, ihre Angst deutlich in ihrem angespannten Gesicht erkennbar.

»Schwer zu sagen«, meinte der Sheriff, »aber es könnte schneller vorüberziehen als erwartet, da es einen Tag früher hier angekommen ist. Andererseits wissen wir nicht, wie groß es ist oder ob es verharren wird. Wir müssen abwarten.«

»Ich stimme für schnell vorbei«, sagte Molly. »Ich bin völlig fertig und auch bereit fürs Bett.«

»Major und ich werden uns mit der Wache abwechseln«, fügte der Sheriff hinzu.

»Mr. Young«, sagte Vanessa mit lauter Stimme, »Molly und ich gehen jetzt ins Bett. Gute Nacht.«

Mr. Young wachte auf. Nachdem Molly und Vanessa das Wohnzimmer verlassen hatten, kletterte er in sein Bett.

Major übernahm die erste Wache. Der Wind klang wie Wellen von aufdrehenden Düsentriebwerken. Er konnte nicht unterscheiden, ob Wind oder Regen gegen das Haus prallten. Der unerbittliche Sturm hämmerte gegen das Farmhaus wie ein Tier, das versuchte, sich hineinzukrallen, und das Sturmmonster setzte seinen außer Kontrolle geratenen Amoklauf die ganze Nacht hindurch fort.

Major lief auf und ab. *Das Schwierigste ist, dass ich nichts tun kann, um den Sturm aufzuhalten.*

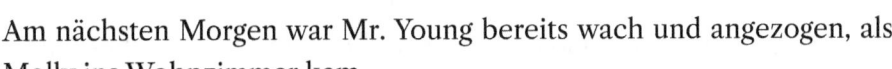

Am nächsten Morgen war Mr. Young bereits wach und angezogen, als Molly ins Wohnzimmer kam.

Er schenkte ihr eine Tasse frischen Kaffee ein. »Ich bin vor ein paar Stunden aufgewacht und habe die Wache von Major übernommen.« Sie tranken Kaffee und hörten dem Heulen des Windes und dem Ansturm des Regens zu. Es dauerte nicht lange, bis auch der Rest des Haushalts auf den Beinen war.

Beim Frühstück sagte Josh: »Hört ihr das?«

»Was?«, fragte Molly.

»Nichts. Der Wind und der Regen haben aufgehört.«

Brett sprang auf und rannte zur Hintertür. »Kann ich nachschauen? Kann ich rausgehen?«

Der Sheriff öffnete die Hintertür. Er und die beiden Jungen gingen nach draußen, um den Sonnenschein zu begrüßen, der den Regen und Wind ersetzt hatte.

Vanessa trat nach draußen und schaute in den Himmel. »Es ist lange her, dass wir hier einen großen Hurrikan hatten. Das ist fast unheimlich.«

Aimee Louise und Rosalie eilten ins Computerzimmer, und Annie folgte ihnen. Der Rest der Familie beeilte sich, nach draußen zu gehen, um nach Schäden zu suchen. Nach ein paar Minuten rannten die drei Mädchen heraus.

Rosalie rief: »Nach drinnen!« Alle rannten zum Haus.

»Das ist höchstwahrscheinlich das Auge des Hurrikans«, sagte Rosalie. »Der Sturm hat an der Westküste wieder eingesetzt.«

»Wir können die Tiere überprüfen und ihnen Futter und Wasser geben, aber wir haben wahrscheinlich weniger als eine Stunde. Vielleicht nur dreißig Minuten«, sagte Major. »Annie, nachdem du die Kaninchen gefüttert hast, komm mit deinem Hammer zu mir. Ich habe einige dringende Reparaturen gesehen, falls der Sturm uns wieder treffen sollte.«

»Brett und Sara, ich helfe euch mit den Hühnern, wenn ihr mir helft, einige Dinge aus dem Anhänger zu holen«, sagte Mr. Young.

Vanessa sagte: »Ich möchte den Garten überprüfen.«

»Ich komme mit dir und helfe dann der Hühnerbande«, sagte Molly.

Mr. Young, Sara und Brett lachten.

»Vorsicht vor der Hühnerbande«, sagte Brett.

Mr. Young lächelte. »Wir müssen Rosalie nach einem Hühnerbanden-Lied fragen.«

»Seid vorsichtig und bleibt von Bäumen weg«, sagte der Sheriff. »Wir wissen nicht, ob Äste herunterzufallen drohen. Ich helfe dir mit den Ziegen, Josh.«

»Annie, geh und hilf Pops. Aimee Louise und ich kümmern uns um die Kaninchen«, sagte Rosalie.

Major und Annie reparierten lose Bretter an einer Seite der Scheune und am Zaun um den Ziegenstall, wo ein Ast gefallen war. »Der Wind hat die Tür des Geräteschuppens aus den Angeln gerissen«, sagte Major. »Ich halte sie fest, wenn du sie zunageln kannst, Annie.«

Rosalie lief zu Pops. »Die Kaninchen sind versorgt. Ich kann dir jetzt helfen.«

Nachdem die Ziegen untergebracht waren, sagte der Sheriff: »Josh, hilf mir, Äste vom Haus wegzuziehen.«

Aimee Louise startete den Traktor und zog die größeren Äste weg.

»Wir können diese aufgestauten Wasserpfützen rund um die Hühnerställe ableiten. Zieh einfach den Schutt weg«, sagte Molly. Vanessa griff zu einer Schaufel, und Brett und Sara verwendeten

Gartenrechen, um Blätter und Stöcke zu entfernen. Mr. Young schuf mit einer Hacke einen Pfad, um das Wasser von den Ställen wegzuleiten.

Der Regen begann, der Wind frischte auf, und alle rannten nach drinnen.

»Ich dachte, der Sturm wäre vorbei. Ich bin mir nicht sicher, ob ich so bald für mehr Wind und Regen bereit bin«, sagte Molly.

»Lasst uns Mensch ärgere Dich nicht spielen«, sagte Mr. Young.

Molly lächelte. »Klingt perfekt.«

»Ich hole das Spielbrett. Wer will mitspielen?«, sagte Brett.

»Wie wäre es mit einer weiteren Runde Monopoly?«, fragte Vanessa. »Ich bin gestern als Erste ausgeschieden, also muss ich mich rehabilitieren.«

»Ich würde gerne Mensch ärgere dich nicht spielen«, sagte Annie.

Josh, Rosalie, Sara und Major gesellten sich zu Vanessa am Monopoly-Brett, während Mr. Young, Brett, Molly und Annie Mensch ärgere dich nicht spielten. Aimee Louise setzte ihre Kopfhörer auf und hörte eine CD. Der Sheriff nahm das Buch über Ziegen zur Hand. Jeder fand eine Beschäftigung für den Vormittag.

Der Wind frischte noch mehr auf. Bald peitschte das allzu vertraute, unerbittliche Heulen des Windes und das Getöse des Regens gegen das Haus, nur kamen Wind und Regen diesmal aus der entgegengesetzten Richtung.

Der Sheriff ersetzte Molly beim Mensch ärgere dich nicht, während sie Maisbrot fürs Mittagessen zubereitete. Sie öffnete selbst eingemachte Pintobohnen und Birnen aus der Dose. Als das Essen auf dem Tisch stand, waren alle bereit zu essen.

»Das ist mein Lieblingsessen«, sagte Josh.

Molly lachte. »Ich liebe es, wie anspruchslos du beim Essen bist, Josh.«

»Irgendwie regt ein Hurrikan den Appetit an. Ob es wohl am plötzlichen Abfall des Luftdrucks liegt? Ist es okay, wenn ich die restlichen Birnen esse?« Mr. Young griff nach der Schüssel.

Nach dem Mittagessen sagte Major: »Ich muss nach oben gehen und nach undichten Stellen suchen.«

»Ich kontrolliere den Dachboden«, sagte der Sheriff. Nachdem er hinaufgeklettert war und die Dachsparren inspiziert hatte, rief er zu Major hinunter. »Ich dachte, der Wind und der Regen wären laut, aber hier oben ist es ohrenbetäubend. Der Dachboden ist noch trocken.«

Major entspannte seine angespannten Schultern. »Keine Anzeichen von Wassereinbruch um die Fenster herum. Ich hole Kleidung für die Kinder.«

Als sie nach unten kamen, fanden sie Brett und Sara eng an Molly gekuschelt auf dem Sofa, während sie ihnen aus einem Narnia-Buch von C. S. Lewis vorlas. Sowohl Molly als auch Sara trugen »Ohren«, wie Sara die Gehörschutz-Ohrenschützer nannte. Mr. Young machte ein Nickerchen im Sessel. Annie, Josh und Vanessa spielten Leiterspiel. Aimee Louise und Rosalie lagen ausgestreckt auf dem Boden und hörten über Kopfhörer Audio-CDs. Shadow und Penny hatten sich zwischen den beiden Mädchen eingeklemmt.

Alle erschraken bei dem ohrenbetäubenden Krach eines Aufpralls an der Südseite des Hauses, als das Haus erzitterte. Annie und Sara schrien, Shadow knurrte und Penny bellte. Der Sheriff stürmte die Treppe zwei Stufen auf einmal nehmend hinauf. Major eilte ins Computerzimmer, um zu sehen, ob etwas in die Südwand gekracht war.

Der Sheriff rief nach unten: »Major, ich glaube, ein großer Ast hat das Haus getroffen.«

Ein weiterer Knall erschütterte das Haus. Der Sheriff sagte: »Das ist noch ein Ast. Der Wind hat zugenommen.«

Major eilte nach oben. Der Sheriff kletterte hinauf, um den Dachboden zu inspizieren. »Ich kann nicht erkennen, ob das Haus beschädigt wurde, aber der Dachboden sieht in Ordnung aus.« Als er hinabkletterte, bebte das Haus erneut durch einen weiteren Aufprall. Das Geräusch von zerspringendem Glas und ein noch lauteres Tosen von Wind und Regen hallte vom anderen Ende des Flurs herüber.

Major eilte zum Schlafzimmer der Jungen. Die Windkraft blies Regenschauer durch das zerbrochene Südfenster. Ein großer Baumast ragte in Richtung Decke und ruhte auf der Fensterbank.

Major rief dem Sheriff über den Wind hinweg zu: »Hol den Duschvorhang. Und schnapp dir ein paar Handtücher.« Er schob den Baumast aus dem Fenster und weg vom Haus und rief nach unten: »Annie, bring mir einen Hammer, Nägel, Holz und Klebeband.«

Annie stürmte nach oben und trug das Werkzeug, Materialien und Holzreste mit, die sie für den Kamin hatten.

»Gute Idee, Annie. Ich klebe den Duschvorhang über das Fenster und sichere ihn dann mit den Holzstücken.«

Der Sheriff hielt den Duschvorhang fest, während Major die Oberseite festklebte. Annie hielt den Vorhang mit beiden Händen fest. Der starke Wind riss eine Ecke des Vorhangs aus Annies Händen. Sie schloss die Augen und senkte den Kopf, um ihr Gesicht vor dem peitschenden Regen zu schützen.

»Wir brauchen ein großes Brett, um den Duschvorhang zu halten«, sagte Major. »Er droht zu reißen.«

Der Sheriff schnappte sich einen Schlitzschraubenzieher und den Hammer, nahm die Schranktür aus den Angeln und trug sie zum Fenster. »Großes Brett.«

Sie befestigten die Seiten des Duschvorhangs, nagelten die Tür über das Fenster und wischten das Wasser auf dem Boden mit Handtüchern auf. Annie lief los, um mehr Handtücher zu holen. Der Sheriff brachte die Handtücher ins Badezimmer und drückte sie in der Badewanne aus. Major zog die Bettwäsche ab und stellte fest, dass sowohl das untere Laken als auch die Matratze trocken waren. Nachdem sie den Boden so trocken wie möglich bekommen hatten und alle Handtücher und nasse Bettdecken im Badezimmer aufgehängt waren, nahmen sie ihr Werkzeug mit nach unten.

»Ihr seid ja völlig durchnässt«, sagte Vanessa. »Was ist passiert?«

»Ein Ast ist durch das Fenster im Schlafzimmer der Jungen gekracht«, sagte Major. »Wir haben es abgedeckt, um den Regen draußen zu halten.«

Vanessa stemmte die Hände in die Hüften. »Warum habt ihr mich nicht gerufen, um zu helfen?«

»Weil ich Annie brauchte. Sie weiß, wo all das Werkzeug ist und versteht etwas vom Bauen. Sie wusste, was sie holen sollte, als ich nach Holz fragte.«

»Ich gebe nicht zu, dass du recht hast«, sagte Vanessa. »Aber ich hätte nicht gewusst, wo ich etwas finden sollte, und habe nicht verstanden, warum Annie zum Kamin gerannt ist. Ich konnte mir nicht vorstellen, wofür ihr Holz brauchen würdet. Übrigens tropft ihr drei den ganzen Boden voll.«

Sie zogen trockene Kleidung an, und Molly hängte ihre nassen Sachen im Badezimmer im Erdgeschoss auf. Der Wind heulte weiter, und der Regen prasselte auf das Haus.

Brett sagte: »Wütende Riesen werfen Eimer voller Wasser auf unser Haus.«

Annie schmiegte sich an Vanessa und schauderte. »Das ist wie ein schrecklicher Albtraum, umgeben von außer Kontrolle geratenen Zügen, die auf dich zurasen, und du kannst nicht aufwachen.«

Sara blickte von ihrem Buch auf. »Es ist ein Wettbewerb, bei dem Windböen versuchen, sich gegenseitig zu übertreffen.«

»Herr Young, könnten wir vielleicht heiße Schokolade aufwärmen?«, fragte Major. »Ich glaube, wir könnten etwas Trost-Essen gebrauchen.«

»Klar doch.«

Die Zwillinge klammerten sich an ihre Mutter, die auf dem Boden saß und sie hielt. Obwohl sie einen Gehörschutz trug, wickelte Aimee Louise ein Kissen um ihre Ohren, um den Lärm zu blockieren. Sie und Rosalie saßen zu beiden Seiten von Major.

Vanessa saß auf dem Sofa eingequetscht zwischen Annie und Josh. »Ich bin froh, dass Annie und Josh auf mich aufpassen. Ich fühle mich viel besser.«

Sie erwiderte Majors Lächeln mit einem schwachen Lächeln.

Der Sheriff half Herrn Young, die heiße Schokolade zu servieren, und löste Molly ab, damit sie kochen konnte. Als der Sheriff die Zwillinge umarmte, entspannten sie sich.

Vanessa sagte: »Rosalie, bitte spiel auf deiner Gitarre und sing.«

Rosalie nahm ihre Gitarre und schlug die Saiten an. Annie setzte sich neben Aimee Louise.

Molly öffnete Gläser mit Obst und mischte Teig für einen Cobbler-Belag. »Warum singst du nicht ›Sie kommt um den Berg herum‹?«

Rosalie spielte Gitarre und sang. Die anderen Kinder stimmten ein, und Aimee Louise summte mit. Sie sangen alle Strophen, die sie kannten, dann brachte Rosalie ihnen eine neue bei.

»Oh, der Wind wird all meine Sorgen fortblasen. Wuusch! Wuusch!«

Alle machten mit, sogar die Erwachsenen. Die jüngeren Kinder und Vanessa schwenkten bei jedem »Wuusch« ihre Arme in der Luft.

Die Kinder und Vanessa sangen, während Molly und Herr Young kochten. Major und der Sheriff schlichen aus dem Raum, um andere Teile des Hauses auf eingedrungenes Wasser zu überprüfen.

Als er zurückkam, sagte Major: »Alles in Ordnung.«

Molly machte einen Pfirsich-Birnen-Cobbler und wärmte Dosensüßkartoffeln und grüne Bohnen auf. Herr Young briet Spam, denn alle waren sich einig, dass niemand es so gut braten konnte wie Herr Young.

Zwischen einigen Gabeln voll sagte Herr Young: »Ich liebe diesen Cobbler. Haben wir noch Eiscreme übrig?«

Molly lachte und schnipste mit ihrer Serviette nach ihm.

Nachdem alle mit dem Nachtisch fertig waren, sagte Brett: »Das ist Joshs Lieblingsmahlzeit.«

Josh klopfte Brett auf den Rücken und lachte. »Guter Spruch.«

»Du erhältst den Preis für den besten Witz des Tages, Brett«, sagte der Sheriff.

»Was ist mein Preis?«

»Was hättest du gerne?« Der Sheriff schaute zu Molly und wackelte mit den Augenbrauen. Sie kicherte.

Brett antwortete ohne zu zögern: »Pizza.«

Molly lachte. »Okay, Brett. Bei der ersten Gelegenheit gibt's eine Preis-Pizza.«

Alle beglückwünschten Brett zu dem außergewöhnlichen Preis.

Herr Young klopfte mit den Daumen auf seine Brust und verdrehte die Augen in Richtung Sara. »Nicht vergessen. Chicken Gang.« Sara nickte zustimmend.

Josh lehnte sich vor und stützte seinen Ellbogen auf Bretts Schulter. »Brett, Pizza ist meine Lieblingsmahlzeit.«

»Lasst uns aufräumen und für die Nacht fertig machen«, sagte Molly. »Wäre schön, vor dem Schlafengehen noch Zeit zum Lesen zu haben.«

»Herr Young, haben wir heißen Tee?«, fragte Vanessa.

Herr Young öffnete seine Teekiste. »Deine Wahl.«

Vanessa entspannte sich mit ihrer Tasse. »Nimm das, Monster-Sturm. Grüner Tee gewinnt.«

Major und der Sheriff gingen nach oben, um das zerbrochene Fenster und den Dachboden zu überprüfen.

»Der Boden im Jungenzimmer ist noch trocken«, sagte Major. »Keine Anzeichen von Undichtigkeiten an den Fenstern. Alles, was ich sehen kann, sind heftige, seitwärts peitschende Regenwellen.«

»Der Dachboden ist noch trocken.« Der Sheriff traf ihn im Flur.

Als sie nach unten kamen, warteten alle.

»Drinnen noch trocken. Draußen regnet es«, sagte Major.

Vanessa lachte. »Ich glaube, du solltest das Wetter Rosalie überlassen. Rosalie, regnet es?«

»Dafür gibt's ein Lied.« Rosalie kicherte, während sie sang: »Es regnet, es gießt. Der alte Mann schnarcht.«

»Ich bin wach. Ich bin wach«, sagte Herr Young.

»Guter Spruch, Herr Young. Du darfst meinen Preis teilen. Erste Wahl«, sagte Brett.

Aimee Louise und Rosalie gingen, um das Amateurfunkgerät abzuhören.

Major zeigte auf die Ts, wie Vanessa sie nannte, die am Einnicken waren. »Molly.«

»Schlafenszeit«, sagte Molly. Die vier jüngeren Kinder schleppten sich ins Bett. Alle trugen ihre »Ohren« zum Schlafen. Mr. Young zog seine Schuhe aus, legte sich auf sein Bett und zog das Laken hoch.

»Gute Nacht«, sagte Molly. »Ich gehe auch ins Bett und nehme meine Ohren mit.«

Aimee Louise und Rosalie kehrten ins Wohnzimmer zurück.

»Die Funkamateure an der Golfküste glauben, dass Wind und Regen nachgelassen haben«, sagte Rosalie. »Alle sind vom Sturm erschöpft. Aimee Louise hat nach den Schäden gefragt, und einige berichteten von Fensterschäden, wie bei uns. Es gab Gerüchte über zerstörte Mobilheime, abgerissene Dächer und umgekippte Sattelschlepper. Vorerst nur Gerüchte.«

»Danke«, sagte Major. »Wie geht es euch beiden?«

»Uns geht's gut«, sagte Rosalie. »Wirklich.«

»Familie macht den Unterschied«, sagte Aimee Louise.

»Wir fühlen uns sicher«, sagte Rosalie.

»Sicher«, wiederholte Vanessa. »Das ist auch, was ich hier fühle.«

Nachdem die Mädchen ins Bett gegangen waren, sagte Vanessa: »Ich habe so viel von diesen Kindern gelernt. Sie sind erstaunlich: stark, mutig, lustig und brilliant. Ich möchte so sein wie sie, wenn ich groß bin.«

Major nickte. »Ich verstehe; wir sind wirklich gesegnet, Teil ihres Lebens zu sein. Soll ich die erste Wache übernehmen, Sheriff?«

»Nein, geh du schlafen. Ich bin noch nicht ganz bereit. Bin noch ein bisschen aufgedreht.«

Ein paar Stunden später ging Major ins Wohnzimmer, wo der Sheriff im sanften Licht einer kleinen Kerze auf dem Küchenherd saß.

»Keine Veränderung; es ist immer noch laut. Gute Nacht, Major.«

Major saß im flackernden Licht der Kerze.

Ich frage mich unweigerlich, was mit den Gastons und Russells Stiefbruder Lee ist. Was hat Lee gesagt, dass Russell seine Meinung geändert hat? Warum hat Russell seine Kinder allein weggeschickt? Russell war immer so vorsichtig und hätte seine Kinder nicht mal allein über die Straße gehen lassen, geschweige denn sie am Rand einer Landstraße zurücklassen. Er muss einen verdammt guten Grund gehabt haben. Margo hat ihre Kinder immer beschützt; überbeschützt sogar. Margo hätte nicht zugestimmt, wenn sie nicht auch verzweifelt gewesen wäre.

Vor seinem geistigen Auge sah er das Bild von Menschen in einem Zug auf dem Weg in ein Todeslager, Menschen, die ihre Kinder Fremden am Bahngleis übergaben. Er konnte das beklemmende Gefühl verzweifelter Eltern nicht abschütteln, die alles taten, um ihre Kinder zu retten, selbst wenn das bedeutete, sie wegzuschicken oder wegzugeben.

Ich frage mich, wie ihre Wolken aussehen würden. Verzweiflung? Qual? Ich hoffe, Aimee Louise sieht nie solche Wolken.

»Alles in Ordnung, Major?«, fragte Mr. Young. »Irgendwas auf dem Herzen?«

Major hatte nicht gehört, wie Mr. Young aufgestanden war. Er hatte Mühe, das Gefühl des elterlichen Schmerzes abzuschütteln. »Ja. Ich denke nur an die Gastons und Russells Stiefbruder.«

»Es gab Geschichten über Lee«, sagte Mr. Young. »Er war mit einer üblen Bande unterwegs. Kanntest du ihn? Er und Russell waren Stiefbrüder, aber sie sind nicht zusammen aufgewachsen. Russells Eltern waren Afroamerikaner. Seine Mutter kannte ich nicht. Sie starb jung. Russell war etwa zehn Jahre jünger als Lee. Lees Vater war weiß, seine Mutter war Hispanierin, vielleicht Mexikanerin. Ich bin mir nicht sicher. Lees Mutter ließ sich von seinem Vater scheiden, nachdem er ins Gefängnis kam, und heiratete später Russells Vater.«

Major nickte.

»Ich nehme an, du kennst die ganze Geschichte«, sagte Mr. Young. »Russell liebte seine Stiefmutter und wuchs in einem liebevollen Haushalt auf. Über Lee weiß ich nicht viel. Ich habe gehört, er war verheiratet, hatte ein paar Kinder und ließ sich dann scheiden. Diese Kinder wären jetzt erwachsen. Ich habe auch gehört, er hat wieder geheiratet, aber das ist nur vom Hörensagen.«

»Ich weiß nicht, warum mir das so schwer auf der Seele liegt. Bist du bereit, die Wache zu übernehmen?«

»Ja. Ich mache tagsüber immer ein Nickerchen. Bin fit und munter.«

Nachdem Major gegangen war, setzte Mr. Young einen Topf Kaffee auf und zog sich dann im Dunkeln an.

Während Molly und Mr. Young ihren frühmorgendlichen Kaffee genossen, atmete sie das frische Aroma ein. »Ich genieße unseren Kaffee und die Erwachsenenunterhaltung, bevor die Welle unbegrenzter Energie, die wir *Die Familie* nennen, durch das Haus braust.«

Sie hörte, wie der Sheriff und die beiden älteren Mädchen sich regten. Molly schenkte dem Sheriff Kaffee ein. Die Jungen stürmten ins Wohnzimmer, und Vanessa und die Mädchen folgten ihnen.

»Der Morgen ist offiziell angebrochen, Mr. Young«, sagte Molly.

Während Aimee Louise und Rosalie im Computerraum das Amateurfunkgerät abhörten, erzählte Sara die Details ihres verworrenen Traums. »Und dann kam die Fee und vertrieb das böse Monster.«

Die beiden älteren Mädchen gesellten sich zum Frühstück zur Familie.

»Die Küste ist sturmfrei«, sagte Rosalie. »Die Leute haben bereits die Schäden begutachtet. Ein Funkamateur meinte, seine Bäume wurden kahl wie Zahnstocher gerupft. Nur die meisten seiner Palmen sind okay. Andere berichteten von vielen Schäden an Fahrzeugen und Außengeräten. Und natürlich an Bäumen und Strommasten. Ein paar alte Scheunen sind eingestürzt. Das ist die erste Einschätzung. Und wie ein Funkamateur sagte, das sind die Leute, die auf den Sturm vorbereitet waren.«

»Also, ich bin bereit für Saras Fee, die unseren Wind vertreibt. Puff«, sagte Vanessa.

»Puff«, sagte Sara.

Auf einmal bemerkten alle: Es gab keinen Wind und keinen Regen mehr.

Molly lachte. »Wurde auch Zeit, Fee.«

Sie rannten alle zur Tür. Der Sheriff war als Erster draußen.

»Sonne«, sagte Aimee Louise.

»Das ist wunderschön«, sagte Vanessa. »Das Wetter war nach einem Sturm immer schön, aber das ist herrlich. Schaut euch den klaren Himmel an. Und keine Luftfeuchtigkeit. Unglaublich.«

Sheriff und Major liefen in Richtung Scheune und Hühnerställe, und Vanessa und die Kinder folgten ihnen.

Molly wandte sich zu Mr. Young. »Ihr Frühstück wird kalt.«

Er lachte. »Unseres auch.«

Sie nahm seinen Arm, und die beiden umgingen Trümmerteile, um nach dem Wohnwagen zu sehen.

Als Major und Sheriff hereinkamen, waren alle anderen bereits zum Tisch zurückgekehrt.

Major sagte: »Wir haben das Haus rundherum überprüft. Es gibt Schäden an der Seite des Hauses, aber sie scheinen nicht strukturell zu sein. Wir haben ziemlich viel Arbeit mit der Kettensäge, um diese Äste und Zweige zu beseitigen. Heute müssen wir uns aber mit einer dauerhafteren Reparatur für das Fenster im Obergeschoss beschäftigen.«

»Ein großer Ast liegt quer über dem Wohnwagen«, sagte Mr. Young. »Molly ist hochgeklettert und hat das Dach untersucht. Es ist eingedellt, aber wir hoffen, dass es noch intakt ist. Keine Wasserschäden oder Lecks im Inneren des Wohnwagens, aber wir wissen nicht, wie es in den Wänden aussieht. Wir sollten den Ast entfernen und das Dach flicken.«

»Das hat heute Priorität«, sagte Major. »Die Scheunen waren in Ordnung. Die Ausrüstung ist gut. Der Hof ist ein Durcheinander mit Trümmern, hauptsächlich Bäume und Äste.«

»Den Hühnern geht's gut. Sie wollten unbedingt aus ihren Ställen raus und haben mir erzählt, dass der Sturm meine Schuld war«, sagte Vanessa. »Die Ställe sind in Ordnung. Ein paar Äste sind heruntergefallen, aber keine Schäden. Der Garten hat einiges abbekommen, aber ich denke, das meiste wird zurückkommen. Wir sollten in den nächsten Tagen vielleicht unser Schattennetz wieder aufhängen. Unsere Obstbäume sind für diese Saison vielleicht erledigt. Wir werden sehen, wie es ihnen geht.«

»Die Ziegen und Kaninchen wollten auch raus«, sagte der Sheriff. »Nur minimale Schäden an den landwirtschaftlichen Gebäuden, soweit ich gesehen habe. Wir können die Reparaturen in ein oder zwei Tagen erledigen. Ich möchte nach den Deputies schauen.«

»Wir wollen laufen«, sagte Rosalie.

»Okay«, stimmte der Sheriff zu. »Wir werden nicht lange weg sein. Wir können mit der Arbeit anfangen, wenn wir zurück sind.«

Mr. Young sagte: »Ich möchte nach meinem Haus und Pastor John sehen.«

»Wir könnten die Nummer 48 nehmen, und du kannst buchstäblich auf dem Beifahrersitz mitfahren«, sagte Vanessa.

Major runzelte die Stirn. »Ich bin nicht begeistert von der Idee, aber kein Einwand von mir. Macht Sinn; nehmt ein Hofradio und eine Pfeife mit. Die Funkreichweite beträgt nur etwa eineinhalb Kilometer. Wir werden euch nur hören, wenn ihr in der Nähe seid, aber es ist besser als nichts.«

Der Sheriff, Aimee Louise und Rosalie nahmen ihre Rucksäcke. Aimee Louise schnappte sich Wasser, und Rosalie fügte Trockenfrüchte hinzu. Shadow stellte sich bereit, um mit ihnen zu laufen.

Vanessa warf sich ihren Rucksack über die Schulter, und Mr. Young packte ein paar Sachen in seinen Rucksack. Rosalie gab ihnen Wasser und Trockenfrüchte.

Nachdem sie gegangen waren, schickte Molly Annie, Josh, Brad und Sara los, um die Tiere zu füttern und die Tiergehege und Hühnerställe zu reinigen.

Sie sagte: »Bleibt zusammen.« Penny stand Wache.

Molly fand Major dabei, wie er Bretter von den Fenstern entfernte. »Ich denke, wir werden in den nächsten Tagen Kettensägen hören, oder?«

»Nun ja, ich glaube, du hast recht.«

»Also wäre ein bisschen mehr Motorenlärm in Ordnung, richtig?«

»Was hast du vor, Molly?«

»Ich würde gerne die Generatoren laufen lassen. Ich möchte Wäsche mit der Waschmaschine und dem Trockner waschen. So holen wir alles nach und es ist nicht arbeitsintensiv. Während die Maschinen die Wäsche waschen, können wir viele andere Dinge erledigen.«

»Gute Idee. Lass mich mit dir gehen, um sicherzustellen, dass genug Benzin in den Generatoren ist, und ich werde sie für dich starten.«

Sie starteten die Generatoren für den Brunnen und die Waschmaschine, und Major stellte sicher, dass der Generator für den Trockner bereit war.

»Es wäre ein echter Luxus, wenn wir heute Abend einen Generator für den Warmwasserbereiter laufen lassen könnten, für Duschen im Haus«, sagte Molly.

»Gute Idee. Das wäre eine tolle Überraschung für alle.«

Molly zog alle Betten ab, sammelte alle Handtücher zum Waschen ein und fegte und wischte die Böden, während sie von Zimmer zu Zimmer ging. Als die Waschmaschine fertig war, startete sie den Generator für den Trockner und warf die nächste Ladung in die Maschine.

Nachdem Herr Young und Vanessa zurückgekehrt waren, eilte Vanessa in die Küche, während Herr Young anhielt, um mit Molly zu sprechen, die nach draußen gekommen war, um sie zu begrüßen.

»Vanessa hat das Glas Ziegenmilch, das Vicki uns gegeben hat; wir werden Pizza als Überraschung machen.«

»Wie hat dein Haus den Sturm überstanden?«, fragte sie.

»Ich bin froh, dass mein Haus die Familien geschützt hat; der einzige Schaden war an einem Zaun, und der war relativ gering.«

»Was ist mit dem Ritt?« Molly schaute Herrn Young prüfend an.

Herr Young verdrehte die Augen. »Definitiv Raum für Verbesserungen.«

Molly kicherte. »Lass mich wissen, wenn du Hilfe mit der Pizza brauchst.«

Der Sheriff und die Mädchen kamen rechtzeitig zum Mittagessen zurück. »Das Haus ist in Ordnung, aber der Wind hat den Fünften-Rad-Anhänger umgeworfen«, sagte er. »Niemand verletzt. Stuart und Jim sind vor dem Sturm ins Haus gezogen. Sie werden Hilfe brauchen, um den Anhänger aufzurichten und auf Schäden zu überprüfen. Ich habe ihnen gesagt, dass ich morgen da sein werde.«

»Ich komme auch mit. Wir können den Traktor mitnehmen, wenn das hilft«, sagte Major.

»Gute Idee. Wir könnten gleichzeitig das Einzelbett zurückbringen, wenn Herr Youngs Anhänger in Ordnung ist.«

»Ich denke, das wird er sein, nachdem wir den Baum weggeräumt haben«, sagte Herr Young.

»Lass uns uns organisieren«, sagte Molly. »Ich stelle die Betten zurück.«

»Wir helfen dir«, sagte Rosalie.

Annie fügte hinzu: »Ich will Pops helfen, das Fenster zu reparieren.«

»Ich kann dem Sheriff helfen, den Ast vom Anhänger zu entfernen, weil ich den Anhänger inspizieren und reinigen möchte«, sagte Vanessa.

»Ich will beim Flicken des Anhängerdachs helfen«, sagte Josh.

»Sara und ich können die Wäsche zusammenlegen«, sagte Brett.

»Ich kümmere mich um das Abendessen«, meldete sich Herr Young freiwillig.

KAPITEL DREIßIG

Das Gremium kontaktierte den Boss durch einen Nachbarn. »Ich habe einen Brief für Sie. Ein Typ tauchte auf, während ich einen Zaun reparierte. Er sagte, der Brief sei für den Schwiegersohn meines Nachbarn. Das sind Sie.«

Der Boss schritt zu einem nahegelegenen Schattenbaum, ließ sich auf einem alten Baumstamm nieder und öffnete den Umschlag. In dem Brief stand, dass Howie verschwunden sei, also hatte das Gremium eine Eskorte beauftragt, um mit dem Doktor die fehlenden Informationen zu beschaffen, aber sie scheiterten. Es lag nun am Boss, den Doktor zu finden.

Der Boss seufzte. Alle seine Ressourcen aus der guten alten Zeit waren weg.

»Aus der guten alten Zeit«, sagte er mit einem zynischen Lachen. »Erst ein paar Monate her.«

Der Boss wusste, wie belastend die Informationen waren. Gaston hatte seinen Laptop gelöscht, bevor er ihn verkaufte, aber Howie kaufte ihn, und der Boss stellte die Dokumente über die Partner und Pläne des Gremiums wieder her. *Das Gremium weiß nichts von der Laptop-Kopie oder von Gaston.* Der Boss war sicher, dass der Doktor Gaston gebeten hatte, die Kopie auf seinem Laptop zu behalten. Wenn die Informationen öffentlich würden, würde jeder, der mit dem Gremium verbunden war, enttarnt werden.

Ich würde dem Gremium geben, was ich von Gaston habe, und fertig. Aber wenn es unvollständig ist, würde das Gremium denken, ich hätte sie betrogen. Am besten besorge ich, was sie wollen, und halte über das, was ich habe, den Mund.

Der Boss hatte den vorhersehbaren Absturz des Doktors in die Drogenwelt beobachtet: erst als Konsument, dann als Süchtiger und schließlich als kleiner Dealer und einer der besten Kunden des Bosses.

Der Doktor hätte Gaston vertraut, weil er jemand außerhalb seiner täglichen Kontakte zu Konsumenten und Lieferanten war. Gaston war schon immer ein Gutmensch gewesen. Der Boss hatte Glück, dass der Doktor nichts von seiner Verbindung zu Gaston wusste. *Fast eine direkte Linie. Nur einen Schritt entfernt.*

Der Boss wusste nicht, wo der Doktor die Informationen versteckt hatte, aber er wusste, wo der Doktor war. *Es sei denn, irgendein inkompetenter, freiberuflicher Schläger hat die eine Person ausgeschaltet, die hat, was das Gremium will.*

Der alte Truck des Bosses sah aus, als wäre er auf seinen letzten Beinen, aber er war zuverlässig und sparsam. Seine versteckten Fächer waren perfekte Orte, um Treibstoff, Wasser, Nahrung und Munition zu verstauen. Die Seiten, Windschutzscheibe und Fenster waren kugelsicher. Er sah aus wie ein Penner, während er wie ein König reiste.

Ich bleibe auf Landstraßen und Kreisstraßen. Meine alten Kumpels werden mich zu sicheren Reiserouten leiten.

Seine Frau bereitete ihm ein Frühstückssandwich zu, und er brach vor Tagesanbruch auf. Er ließ seine Kupplung knallen, um zu stottern und Fehlzündungen zu produzieren, wenn er dachte, dass jemand in der Nähe sein könnte. Selbst mit Stopps und Umwegen erwartete er, bis zum Einbruch der Nacht mit dem Doktor zu sprechen.

Der Boss stieß nur auf einen ungeplanten Halt: eine provisorisch errichtete Straßensperre aus Verkehrsleitkegeln. Er hielt an und ließ sie zu ihm kommen. Der Boss plante zu warten, bis sie näher kamen, bevor er schoss, aber er erkannte den Anführer.

Er rief aus dem Fenster: »Du armseliger Haufen Redneck-Erdnuss. Weiß deine Mama, dass du von der Veranda runter bist?«

»Loser, bist du das?«

Der Boss stieg aus seinem Truck. »Der Einzige und Wahre.«

Sein alter Kumpel Peanut ging zum Fahrzeug, und seine Begleiter folgten ihm.

»Leute, das ist mein alter Kumpel Loser. Du musst für einen Job unterwegs sein, um hier durchzukommen.«

»Ja. Ich habe eine Nachricht zu überbringen.«

Peanut nickte. »Etwa zwei Meilen weiter nimmst du die Kreisstraße nach links. Ein paar verrückte Selbstjustizler in der nächsten Stadt denken, jeder, den sie sehen, gehört zur James-Bande.«

»Ich sollte in den nächsten paar Tagen hier wieder durchkommen. Werdet ihr Jungs hier sein? Etwas, das ich mitbringen soll?«

Peanut rieb sich das Kinn und spuckte auf die Straße. »Wir könnten Gemüsesamen gebrauchen, wenn du welche finden kannst. Wir haben Familien, und wir kommen im Moment zurecht, aber die Zukunft sieht düster aus.«

»Ich halte die Augen offen.«

»Danke, Loser. Sehr geschätzt.«

Der Boss nahm die empfohlene Abzweigung und setzte seine Fahrt zum Ziel ohne weitere Unterbrechung fort. Er fuhr zu einer kleinen Stadt außerhalb von Mickleton und bog in eine Wohnstraße ein, wo die Häuser verlassen wirkten. Der Boss hielt an einem mittelgroßen Haus am Ende der Straße und blieb ein paar Minuten in seinem Truck sitzen, um den Bewohnern Zeit zu geben, ihn zu bemerken. Er stieg aus und schlenderte zur Tür, die Hände tief, aber vom Körper weg. Er war ein Experte darin, so ungefährlich wie möglich zu wirken.

Während er ein paar Minuten wartete, bevor er klopfte, inspizierte der Boss beiläufig seine Umgebung. Die billige Farbe war an der Seite des Hauses abgeblättert und rissig. Das Fallrohr war von der Dachrinne getrennt. *Typischer Drogen-Schlamper.* Er schnaubte. Niemand hatte das hohe Gras seit Monaten gemäht. Im Vorgarten und seitlich vom Haus lagen Papiere, Dosen und anderer Müll herum. Er klopfte an die Tür und behielt seine entspannte, lässige Haltung bei.

Marty öffnete die Tür. Sein Gesicht war von dunkelvioletten und gelblichen Blutergüssen und einem offenen Schnitt am Kinn entstellt. Sein linkes Auge war geschwollen. »Sind Sie allein?«

»Ja.«

»Kommen Sie rein.«

Der Boss rümpfte die Nase. Das Haus stank nach altem Müll, und das Wohnzimmer war mit Abfall und abgelegten Kleidern vollgestopft. Schmutzige Tassen und Teller trugen zum säuerlichen Geruch des Ortes bei.

Marty humpelte, um einen Stuhl freizumachen. Er ließ sich auf das fleckige Sofa fallen und erzählte von seinen Problemen. Der Boss hörte zu und nickte an den passenden Stellen.

»Also, was ist dein Plan?«, fragte der Boss. »Was wollen sie?«

»Ich hätte dich zuerst fragen sollen: Warum bist du hier? Was willst du?«

»Ich brauche etwas Stoff. Du hast wohl keinen, sonst hättest du es mir bereits gesagt. Also bin ich einfach hier.«

Marty nickte. »Sie wollen Informationen, aber ich habe sie nicht mehr. Sie gehörten von Anfang an nicht mir. Ich weiß nicht, was ich mir dabei gedacht habe. Ich dachte, es wäre eine Absicherung, aber ich lag falsch. Es wird mich umbringen.«

»Soll ich sie für dich besorgen? Wo ist das Zeug?«

Marty rieb sich durchs Gesicht. »Ich weiß es nicht. Wenn ich ihnen die Informationen gebe, bin ich tot. Wenn nicht, bin ich auch tot. Aber es ist egal, weil ich nicht weiß, wo sie sind.«

Der Boss starrte auf den Boden und wartete.

»Die Sache ist die. Ich hatte diese Informationen. Meine Versicherung, weißt du. Auf einem USB-Stick. Ich hab ihn an einem sicheren Ort versteckt. Dann kam meine Frau ins Krankenhaus, und ich konnte ihn nicht finden. Er war nicht da, wo ich ihn versteckt hatte. Meine Frau starb. Ich habe praktisch das ganze Haus auseinandergenommen. Konnte ihn trotzdem nicht finden. Ich habe alles überprüft, was meine Tochter aus dem Haus mitgenommen hat.«

»Könnte deine Frau ihn irgendwo hingelegt haben?«

Marty kratzte sich im Gesicht und zupfte an einem Schorf auf seinem Arm. »Nein. Sie war zu schwach, um sich vom Sofa zu bewegen, und als sie starb, habe ich ihre Sachen im Krankenhaus durchsucht. Nichts. Ich bin zu dem Mädchen gegangen, meiner Tochter, um sie zu fragen, ob sie etwas darüber wüsste, aber der alte Mann hatte sie weggeschickt, sagte aber nicht wohin. Ich sehe nicht, wie sie ihn haben könnte. Sie war gar nicht im Haus. Aber, ich dachte, ich weiß nicht. Sie hat diese Freundin. Ich glaube, sie sieht Dinge. Vielleicht kann sie es mir sagen. Ich weiß nicht.«

Der Boss stellte noch ein paar Fragen. »Ich werde sehen, was ich tun kann.« Er hörte ein Geräusch vom hinteren Teil des Hauses. »Wer ist hier?«

»Das ist meine Freundin. Sie hat mir bei meinem Problem geholfen.«

»Sonst niemand?«

»Nein. Nur sie und ich.«

»Okay.«

Der Boss stand auf und schoss Marty in den Kopf, bevor er zum Flur ging. Die Freundin stand wie erstarrt im Schlafzimmerdurchgang, ihre Augen weit vor Entsetzen. Er erschoss sie. *Zwei weniger.*

Er zog Latexhandschuhe an, bevor er ins Schlafzimmer ging. Er stieg über den Körper des Mädchens und um die am Boden verstreuten Klamotten herum.

Nun, Marty, mal sehen, wie vorhersehbar du bist. Ich gebe mir fünf Minuten, dann bin ich weg hier.

Er fand die Drogen, die er auf dem überfüllten Nachttisch erwartet hatte. Er kicherte und leerte eine schwarze Sporttasche aus, die er auf dem Boden entdeckte.

Medizinisches Zeug. Genau das, was ich von einem Arzt erwarten würde, der Sachen in eine Tasche geworfen hat. Nichts Brauchbares.

Er steckte das Päckchen mit Drogen in die Sporttasche.

Jetzt zur Toilette und dem Medizinschrank. Marty hat gute Arbeit mit seiner sauberen, respektablen Fassade für die Außenwelt geleistet. Das muss ich ihm lassen. Aber er war ein schlampiger Junkie in seinem Leben.

Er entfernte den Deckel des Toilettentanks und zog das darunter festgeklebte Drogenpaket ab. Nachdem er im Medizinschrank nachgesehen und verschreibungspflichtige Betäubungsmittel gefunden hatte, warf er die Pillen und alle frei verkäuflichen Medikamente in die Sporttasche. *Ich bin sicher, er hat mehr Drogen in der Küche. Gefrierschrank, Ofen, Kaffeedose. Aber ich habe noch andere Dinge zu erledigen, und meine fünf Minuten sind um.*

Er schloss die Haustür hinter sich ab und schlenderte zu seinem Truck.

Gute Wahl der Nachbarn, Marty. Sie kümmern sich um ihre eigenen Angelegenheiten.

Er wusste, wo er Martys Tochter finden konnte. Aber zuerst Plainview. Er parkte hinter einem leerstehenden Gebäude und ging zu Martys Haus.

Nachdem er das Schloss geknackt und sich durch die Hintertür eingelassen hatte, durchsuchte er jeden Raum, zuerst die Schlafzimmer. Er fand mehr Drogen und mehrere Pistolen, aber keine Munition.

Der Boss schnaubte. *Was war dein Plan, Marty? Die Leute zu Tode zu erschrecken, wenn du deine Waffe schwingst?*

Er durchsuchte die Küche nach Drogen im Gefrierschrank und hinter dem Kühlschrank. Er legte alles, was er gefunden hatte, in einen Recyclingbeutel.

Das langweilt mich, Marty. Überall Drogen, aber es gibt keinen Grund, all diesen Stoff für irgendeinen Kleinkriminellen zu hinterlassen.

Der Boss ließ das Bargeld aus einer Computerschreibtischschublade in die Computertasche fallen. Er blätterte durch das Druckerpapier und durchsuchte den Müll. Er entriegelte den Aktenschrank und entdeckte teilweise Ausdrucke von Martys Informationen.

Das muss das gewesen sein, was du dem Vorstand gezeigt hast. Großer Fehler. Du kannst nicht klein anfangen und es mit den Großen aufnehmen.

Er stopfte die Papiere in die Computertasche und beendete seine Suche. Er fand kein Kinderspielzeug auf einem USB-Stick, wie Marty es beschrieben hatte. Ein Einhorn. Der Boss schloss die Tür ab, als er ging.

Die Dämmerung brach herein, und Der Boss fuhr mit seinem Pickup aus der Stadt und in einen Graben. Er stieg aus und ging die Straße entlang.

Man kann den Truck von der Straße aus in keine Richtung sehen, selbst wenn ich mit einer Taschenlampe gehe und in Richtung Graben leuchte. Ich kann heute Nacht schlafen. So müde.

Er kehrte zum Truck zurück, packte ein Sandwich aus und schluckte eine Flasche Wasser hinunter. Nachdem er gegessen hatte, machte er einen kurzen Spaziergang im Wald. Er untersuchte die Gegend, kletterte in seinen Truck und schlief ein.

Als er im Morgengrauen aufwachte, stieg er aus dem Truck und rieb sich die Arme gegen die Morgenkälte. Der frühe Morgennebel hing tief über dem Boden.

Ich brauche einen kurzen Spaziergang, um diese Steifheit loszuwerden. Ich bin zu alt, um in einem Truck zu schlafen.

Nach seinem Spaziergang kehrte er zum Truck zurück, um einen Energieriegel und Wasser zu holen.

Dass man mich hier kennt, könnte mir zugutekommen. Ich muss das Einhorn schnappen und abhauen. Einfach rein. Schnell raus. Kinder sind der Schlüssel. Kinder sind schlau. Sie wissen Bescheid.

Der Boss ging in die Stadt zum Diner. Er sah niemanden, den er kannte. Er betrachtete die Listen an der Tafel und ging zu den Tischen, die mit Tauschartikeln übersät waren. Etwas fiel ihm auf.

»Würdest du eine Flasche Allergiemedikamente für die Samentütchen nehmen?«

»Drei Tütchen? Du kannst dir aussuchen, welche drei.«

Und der Tausch war abgeschlossen. Er schlenderte von Tisch zu Tisch und hörte den Gesprächen zu, die meisten über den Hurrikan und wie viel Schaden die Stadt erlitten hatte.

Ein alter Mann an einem Tisch mit Handwerkzeugen wandte sich an den Mann am nächsten Tisch, der mit altem Campingzubehör beladen war. »Hast du schon von Mr. Youngs altem Wohn- und Stahlanhänger gehört, der felsenfest im Hurrikan auf Majors Farm stand, während der fast neue Wohnwagen mit Anhängerkupplung bei den Gastons umkippte?«

»Die bauen die Sachen einfach nicht mehr wie früher. Gib mir jederzeit einen alten Truck oder einen alten Anhänger. Wurden die Deputies verletzt?«

»Nee. Sie waren vor dem Sturm mit den anderen Deputies ins Haus gezogen.«

Danke für die Information. Jetzt weiß ich, wo ich die Gesetzeshüter finde, falls ich sie brauche. Ich werde das Gaston-Grundstück umgehen.

Er ging weg von der Stadt und weg von der Straße zum Gaston-Haus und zu Majors Farm. Am Stadtrand ging er in den Wald und folgte den Stromleitungen nach Süden. Er wusste, dass die Leitungen zu Majors Farm führten. Als er in die Nähe kam, änderte er die Richtung und steuerte auf den Feldweg nahe der Farm zu. Er wollte dort sein, wo er das Haus, den Garten und die Hühnerställe beobachten konnte. Er kannte die Farm.

Ich habe lange nicht mehr an Dad gedacht. Mein alter Herr sagte immer, Major hatte ein Herz für Kinder. Er sagte, ich hätte ihn mehr als einmal aus einer Situation gerettet, aber wenn Major mich ansah, schienen seine Augen bis in meine Seele zu blicken. Er wusste, warum Dad mich mitgebracht hatte.

Der Boss schüttelte das kriechende Gefühl des Zweifels ab.

Er fand einen bequemen Platz mit klarer Sicht auf die Farm im Gebüsch nahe am Tor, aber nicht zu nah. Nachdem Der Boss sich niedergelassen, etwas Wasser getrunken und einen weiteren Energieriegel gegessen hatte, döste er ein, aber das Gefängnis hatte ihn gelehrt zu schlafen und dennoch auf Geräusche zu achten. Als ihn Kinderstimmen weckten, schaute er durch das Gebüsch in Richtung der Hühnerställe und entdeckte sie: ein junges Mädchen und ein jüngerer Junge. Sie waren viel größer als beim letzten Mal, als er sie sah, aber er wusste, wer sie waren. *Russells Kinder.* Es waren mehrere Erwachsene da; er erkannte Mr. Young und die Frau des Sheriffs, aber die andere Frau konnte er nicht einordnen.

Dann sah er sie. *Jolene. Nein, es ist eine junge Jolene.*

Jeder kannte Jolene. Sie war die Schönheit der Stadt, selbst als sie ein kleines Mädchen war.

Ich wusste nie, dass Marty Jolene geheiratet hat. Da ist Jolene Junior. Das größere Mädchen muss Teds Kind sein. Schade, dass Jolenes Kind das Einhorn hat.

Er erfasste ihre Routine. Zwei Hunde wachten und blieben in der Nähe der Kinder. Ein Border Collie kreiste um die Kinder und erinnerte ihn an einen Schäferhund. Der andere Hund, ein Deutscher Schäferhund, blieb in aufmerksamer Haltung. Der Boss war ein Hundeflüsterer und ein Meister darin, Ruhe auszustrahlen. Hunde liebten ihn. *Nur zwei Hunde. Gut.*

Als es fast dunkel war, gingen alle ins Farmhaus. Der Boss stand auf, ging zur Straße, ging schnell zur Bewegung und kehrte zu seinem Platz zurück. Er hatte genug Mondlicht, um zu sehen, aber es war kein heller Vollmond. Der Boss baute sein Einmannzelt auf und zog den Reißverschluss zu. Es war eng, was wieder einmal eingeschränkte Bewegung bedeutete, aber zumindest war er vor dem Ansturm der Mücken geschützt. Später hörte Der Boss, wie jemand mit einem Hund, den er für den Deutschen Schäferhund hielt, um das Haus, die Hühnerställe und die Scheune ging. Er hörte, wie sie zum Haus zurückkehrten, die Veranda betraten und hineingingen.

Späte Nachtkontrolle. Ich wette, sie halten trotzdem Nachtwache.

Der Boss wachte bei Tagesanbruch auf und stöhnte.

Oh Mann. Ich fühle mich, als hätte ich in einer Kiesgrube auf kleinen Felsbrocken geschlafen. Es mag Sand sein, aber ich schwöre, ich konnte jedes Korn spüren, als wäre es eine Rasierklinge.

Er öffnete den Reißverschluss seines Zeltes und kroch hinaus. Sein Rücken schmerzte, und seine Beine waren steif. Er machte die wenigen Yoga-Dehnübungen, die er kannte. Er bewegte sich zu einer Position, von der aus er das Farmhaus beobachten konnte, ohne entdeckt zu werden, und richtete sich für den Tag ein, trank Wasser und aß einen Energieriegel.

Während es noch früher Morgen war, beobachtete er, wie Major einen Anhänger an den Traktor anschloss. Major und Russells Junge luden Zaunbretter und Draht auf. Der Sheriff ging zur Scheune. Er fuhr mit einem UTV zum Haus, und seine Frau gesellte sich zu ihm. Major ging in Richtung des Gaston-Hauses. Der Sheriff und seine Frau fuhren nach Süden, vielleicht zur Farm von Mr. Young.

Die Gaston-Kinder und ein paar jüngere Kinder waren alle im Hof. *Sie müssen sich um die Tiere kümmern. Sieht aus, als wäre jetzt meine Gelegenheit.*

Er kletterte über das Tor und ging zum Hühnerstall.

Der Boss war etwa auf halbem Weg zum Hühnerstall, als der Deutsche Schäferhund auf ihn zustürmte. Er blieb stehen, hielt dem Hund seine Hand zum Schnüffeln hin und sprach mit seiner ruhigen Hundestimme. »Braver Junge.« Der Boss hatte erwartet, dass der Hund zahmer sein würde, aber alle seine Gliedmaßen waren noch intakt, also war er zufrieden.

Er ließ sich Zeit, während er zum Haus schlenderte. Der Hund blieb bei ihm und beäugte ihn misstrauisch.

Schlauer Hund.

Der Boss schlenderte zum Hof. »Lass uns die Kinder besuchen gehen, Junge.« Shadow blieb dicht bei ihm.

Annie sagte überrascht: »Onkel Lee.«

Als Josh aufblickte und den Mann in Annies Nähe sah, rannte er zu ihnen. Die drei unterhielten sich, während Onkel Lee sich langsam Annie und Josh näherte.

»Bist du sicher, dass du es nicht weißt?«, sagte Onkel Lee.

»Absolut. Wir sollten dich besuchen kommen. Wusstest du das?«, fragte Annie.

»Wie war Papa so? War er dein bester Freund?«, fragte Josh.

»Rein ins Haus!«

Annie, Josh und alle Kinder rannten wortlos zum Haus.

»Was zum Teufel?«, sagte Lee zum Hund.

Der Hund rannte zum Haus. Zum ersten Mal seit langem war Lee verwirrt. Er wusste nicht, ob er zum Haus rennen oder zum Tor flüchten sollte. In seiner Unentschlossenheit erstarrte er.

Eine Männerstimme kam vom Haus. »Was willst du?«

Lee hob seinen Arm, um seine Augen zu beschatten. »Wer ist da? Sind Sie das, Mr. Young?«

»Sie können gehen. Jetzt.«

Eine doppelläufige Schrotflinte zielte vom Fenster im ersten Stock auf ihn.

»Okay. Ich gehe. Sagen Sie mir, ist hier alles in Ordnung?«

»Geh«, sagte eine Frauenstimme.

Er trabte zum Tor, drehte sich um und winkte. »Entschuldigung für die Unannehmlichkeit. Tschüss, Kinder.«

Lee kletterte über das Tor und ging auf der Straße nach Norden. Er ging weiter, bis er außer Sichtweite war. Er trat in den Wald und ging zur Stadt.

Lee schüttelte den Kopf. *Wie konnte ich das Überraschungsmoment verlieren?* Er verlor nie das Überraschungsmoment.

Ich war nah dran. Es war verrückt. Wie ein Löwe, der bereit ist, in eine Herde Gazellen zu springen, aber sie rannten alle auf einmal davon. Ich habe aber bestätigt, dass die Kinder nichts von einem Einhorn wissen. Das Board ist sicher. Ich bin sicher. Zeit, nach Hause zu fahren.

Lee ging den Weg zurück und hielt im Diner an, um seine Wasserbehälter aufzufüllen. Er schaute wieder auf die Tische und sah, dass jemand ein paar Süßkartoffel-Stecklinge zurückgelassen hatte. Sie waren klein und ausgetrocknet, und nachdem er sich umgesehen hatte, steckte er sie in seinen Rucksack.

Als er zu seinem Truck zurückkehrte, aß er und wickelte eine Decke um seine Schultern, um zu schlafen. Er träumte von einem Einhorn, das lachte und ihn jagte, und wachte schweißgebadet auf.

Ich bin fertig damit. Ich muss nach Hause.

Er fuhr den Weg zurück, den er gekommen war. Er wurde langsamer, als er sich Peanuts Standort näherte. Nachdem er die

Kupplung abrupt losgelassen hatte, gab sein Truck einen Fehlzünder von sich, und drei Männer traten vor ihm auf die Straße. Er verlangsamte noch mehr und hielt an.

»Hey, Erdnussschale. Hast du deine Crackerjacks dabei?«

»Ha. Du warst schon immer gut mit Worten, Loser.«

Lee lächelte, während er die mitgebrachten Gegenstände aus seinem Rucksack holte und ausstieg.

Er schlenderte mit den Samentüten und Süßkartoffel-Stecklingen in der Hand auf Peanut zu.

»Hab dir was mitgebracht«, sagte er.

»Hast du das Einhorn?«

Lee wurde innerlich kalt. *Wie schnell könnte er alle drei ausschalten?*

Er seufzte. *Peanut zuerst.*

Lee war blitzschnell. Sie sahen seine Waffe nicht, als er feuerte, bis Peanut zu Boden ging, dann fiel der zweite Typ. Der dritte Typ schwankte, als Lee auf den Asphalt fiel.

Die Wunde des dritten Mannes befand sich auf der rechten Seite seines Oberbauchs, unterhalb des Rippenbogens. Er presste seine Hand auf die Wunde, während das Blut durch seine Finger sickerte und sein Hemd und seine Hose durchtränkte.

Er taumelte zu Lee hinüber, um zu sehen, was Lee noch immer in seiner toten Hand umklammerte. Der Mann hebelte Lees Finger auf und schnappte sich dann die Samen und Süßkartoffelsetzlinge.

»Danke dir, Versager«, sagte er, während er zusammenbrach.

Kapitel Einunddreißig

Joshs Gesicht war rot, als er mit den Füßen stampfte. »Aimee Louise, warum hast du uns reingerufen? Du hast alles ruiniert. Onkel Lee wollte mit uns reden.«

Annie funkelte sie an und verschränkte die Arme. »Das war unsere einzige Chance, mit Onkel Lee zu sprechen. Jetzt ist er weg. Das ist nicht fair.«

Aimee Louise schluchzte, während sie zitterte. »Onkel Dan. Gefahr.« Rosalie half ihr zum Sofa und setzte sich neben sie.

Rosalie sagte: »Dreifach-gebändigt, hol tief Luft, Aimee Louise; alle sind in Sicherheit. Annie, würdest du bitte bei Aimee Louise sitzen?«

»Okay, aber ich verstehe das nicht.« Annie rutschte neben Aimee Louise. »Tut mir leid, Aimee Louise.«

Rosalie ging zur Hintertür, um Wache zu halten.

Während Vanessa am Fenster blieb, stand Mr. Young weiterhin an der Vordertür. Als Lee den Hof verließ, ging Mr. Young mit seinem Jagdgewehr zur Vordertür hinaus. Vanessa hielt die Schrotflinte auf Lees Weg gerichtet. Shadow rannte vor Mr. Young her. Penny blieb an der Vordertür, um die Kinder zu bewachen.

Mr. Young ging zum Vordertor und steuerte einen kleinen Hügel an, um einen besseren Blick auf die Straße zu haben. Vanessa blieb zurück. Als Mr. Young sicher war, dass Lee nicht umgekehrt war, ging er vorsichtig zum Haus zurück.

Als Sheriff, Molly und Major zum Bauernhaus zurückkehrten, wurden ihre Augen groß, als sie hineingingen und die Kinder entdeckten, die am Esstisch saßen mit Süßigkeiten vor ihnen und leeren Süßigkeitenverpackungen auf dem Tisch.

»Was zum Teufel? Woher habt ihr Süßigkeiten?« sagte Major.

»Was ist hier los?« fragte Molly. »Was jetzt?«

Die Antworten purzelten durcheinander: »Onkel Lee.« »Rein.« »Einhorn.« »Tante Vanessa.« »Schrotflinte.« »Mr. Young.« »Krass.« »Aimee Louise.«

Major hob seine Hände. »Whoa, whoa. Einer nach dem anderen. Vanessa? Mr. Young?«

Vanessa saß am Tisch neben Aimee Louise. »Aimee Louise hat *Rein* gerufen. Natürlich sind wir alle reingerannt. Aimee Louises Reaktion auf den Mann im Hof war ziemlich heftig. Ich weiß nicht, wie er so weit kommen konnte, ohne dass die Hunde Alarm geschlagen haben. Er tauchte plötzlich auf und sprach mit Annie und Josh.«

»Es war Onkel Lee«, sagte Annie. »Er benahm sich seltsam und fragte uns nach einem Einhorn. Er kam auf uns zu mit Shadow ganz nah bei ihm. Ich dachte, Shadow würde ihn vielleicht angreifen.«

Josh fügte hinzu: »Er sagte, Mamas Lieblingsspielzeug war ein Einhorn, und er wollte wissen, ob wir etwas darüber wüssten. Wie wer es hat. Völliger Quatsch. Mamas Lieblingsspielzeug war der flauschige Hund, mit dem sie geschlafen hat, als sie klein war. Ich habe Mamas flauschigen Hund.«

»Wir haben ihm gesagt, dass wir nichts über ein Einhorn wissen«, fuhr Annie fort, »und Josh fragte ihn, wie Papa war, als er ein kleiner Junge war, aber Onkel Lee sagte, zuerst müssten wir ihm von dem Einhorn erzählen und wer es hat. Ich sagte ihm noch einmal, dass wir nichts über ein Einhorn wissen. Dann rief Aimee Louise *Rein*, und wir rannten. Ich wollte noch mehr mit ihm reden. Ich wollte auch von Papa hören und wie er als kleiner Junge war.«

Josh murmelte mit gesenktem Kopf: »Ja. Ich war sauer auf Aimee Louise. Tut mir leid.«

»Rosalie war cool«, sagte Brett. »Sie war die Wache an der Hintertür.«

»Das wusste ich nicht. Danke, Rosalie«, sagte Vanessa. »Mr. Young hat Lee gesagt, er soll verschwinden.«

»Und Vanessa hat mir Rückendeckung gegeben«, fuhr Mr. Young fort. »Wir haben sichergestellt, dass er weg war und nicht zurückkam, zumindest nicht sofort.«

Sara hob ihre Hand, um ihren mit Süßigkeiten gefüllten Mund zu verbergen. »Dann hat Mr. Young uns gesagt, wir sollen uns an den Esstisch setzen. Brett sagte, es sei nicht Zeit zum Essen, aber er sagte nichts mehr, nachdem Mr. Young Süßigkeiten auf den Tisch gelegt hatte.«

»Hey, es ist immer Zeit für Süßigkeiten«, sagte Brett.

Major schaute die Kinder an. »Also, weiß irgendjemand etwas über ein Einhorn?«

Annie und Josh schüttelten die Köpfe. Major bemerkte, dass Rosalie ihn anstarrte. Sie nahm eine Nähschere, bevor sie den Raum verließ, und kehrte ein paar Minuten später mit einem kleinen Gummieinhorn in der Hand zurück.

»Als Mama im Krankenhaus krank war. Das letzte Mal, als ich sie besuchen ging...« Rosalie würgte, dann räusperte sie sich.

Sie nahm zwei tiefe Atemzüge, bevor sie fortfuhr. »Mama hat mir gesagt, sie hat ein kleines Einhorn in das Futter meiner Winterjacke eingenäht. Ich sollte niemandem davon erzählen, besonders nicht Papa. Sie sagte, Papa sei krank und an einem schlechten Ort, und ich sollte ihm nicht vertrauen. Mama sagte, ich könnte Opa und Aimee Louise vertrauen, und ich würde den richtigen Zeitpunkt erkennen, um über das Einhorn zu sprechen und wem ich es sagen sollte. Sie sagte, es sei ein USB-Stick, den Papa seine 'Versicherung' nannte. Mama hat ihn an dem Tag in meine Jacke eingenäht, als sie ins Krankenhaus ging.«

Sie reichte das Einhorn an Major.

Vanessa wischte sich eine Träne weg. »Deine Mama war mutig. Und stark.«

Major sah Sheriff an. »Lass uns einen Generator starten und einen Computer anschließen. Ich will sehen, was auf diesem USB-Stick ist.«

Nachdem Rosalie den Generator gestartet hatte, schaltete Aimee Louise den Computer ein und steckte den USB-Stick hinein. Major und der Sheriff saßen zu beiden Seiten von ihr, während sie Dokument um Dokument durchscrollte.

»Schau dir das an«, sagte Major, als Aimee Louise Seite um Seite der Dateien anzeigte. »Wir haben unwiderlegbare Beweise dafür, warum das Stromnetz lahmgelegt wurde und von wem.«

Sheriff schüttelte den Kopf. »Es ist eine Studie über verwerfliche kriminelle Aktivitäten und Hochverrat. Russell hat viel Zeit und Recherche da reingesteckt. Das sind prominente Leute, und die Details sind belastend.«

Major hielt den Atem an, während er las. Er atmete mit einem lauten Seufzer aus. »Dieses kleine Einhorn ist ein feuerspeiender Drache.«

Der Sheriff schob seinen Stuhl zurück. »Wir müssen das sofort zu jemandem bringen, dem wir vertrauen.«

»Was hältst du vom Sonderbeauftragten, der das staatliche Feldbüro leitet, Charles McNeil?«, fragte Major.

»Er hat einen guten Ruf, was Ermittlungen angeht, aber ich kenne ihn nicht persönlich. Die County-Sheriffs, die ihn kennen, sprechen sehr positiv von ihm.«

»Ich kannte Charlie vor Jahren. Er und ich haben damals ein paarmal zusammengearbeitet«, sagte Major. »Manchmal werden Menschen sauer. Schön zu wissen, dass sein Ruf immer noch gut ist.«

»Du weißt, dass das staatliche Feldbüro mehr als hundert Meilen entfernt ist. Wie planst du, das Einhorn dorthin zu bringen?«

Major lachte. »Ich habe keine Ahnung. Lass uns die Truppen um ein Brainstorming bitten. Immerhin haben wir die besten Köpfe des Bundesstaates in diesem Haus.«

Aimee Louise kopierte die Dokumente auf ihre USB-Sticks.

Major gab Mr. Young und Vanessa je einen USB-Stick und rief ein Familientreffen ein.

»Es gibt kritische Informationen über das Einhorn. Erinnert ihr euch, dass Rosalies Mutter sagte, wir sollen niemandem davon erzählen, bis die Zeit reif ist?«, fragte Major. »Rosalie wusste, dass jetzt der richtige Zeitpunkt war. Es ist wichtig, dass wir uns alle daran erinnern, dass Rosalies Mutter gesagt hat, niemandem davon zu erzählen. Wir werden nicht untereinander darüber reden, und wir werden mit niemandem sonst jemals über ein Einhorn sprechen. Ist das jedem klar? Ist jeder einverstanden?«

Alle nickten.

»Gut«, sagte Major. »Der Sheriff und ich müssen diese Informationen zu den richtigen Leuten bringen, damit wir nie wieder darüber nachdenken müssen. Wir möchten es zu einem Büro bringen, das fast hundert Meilen von hier entfernt ist. Wir brauchen einige Ideen, wie wir hin und zurückkommen können.«

»Ihr könntet meinen alten Truck nehmen, um dorthin zu fahren«, sagte Mr. Young. »Er hat einen vollen Tank.«

»Ihr könntet Nummer 48 nehmen«, sagte Molly. »Es ist etwas langsamer, aber es könnte weniger Benzin verbrauchen. Es könnte auch abseits der Straße fahren, wenn das sicherer ist.«

»Ich bin dran«, sagte Brett. »Ihr könntet Fahrräder nehmen. Die brauchen kein Benzin.«

Josh stand auf und hob die Arme. »Meine Antwort auf jedes Problem ist Pizza. In diesem Fall könntet ihr eine Staffel von Pizzalieferanten haben, die es über hundert Meilen transportieren. Aber, ach, vergesst es. Das Trinkgeld wäre gigantisch.« Er runzelte die Stirn und setzte sich hin.

»Ihr könntet Pferde reiten«, sagte Annie. »Sie sind leiser als ein Truck oder Nummer 48 und wären fast genauso schnell. Ich würde mitkommen und mich um die Pferde kümmern.«

Sara tätschelte Annies Schulter. »Brett und ich kümmern uns um deine Kaninchen, während du weg bist, Annie.«

Molly öffnete ihren Mund, um zu sprechen, sah dann aber, wie der Sheriff eine Augenbraue hob.

Major nickte. »Wir sammeln hier Ideen. Jeder Blickwinkel gibt eine neue Perspektive auf das Problem.«

Molly schloss ihren Mund und funkelte den Sheriff an.

»Ihr könntet rennen«, sagte Rosalie. »Oder gehen und rennen.«

Brett nickte. »Ich würde mit euch laufen. Vielleicht Sara auch. Wir würden Essen und Wasser entlang des Weges verstecken für den Rücklauf, wie Hänsel und Gretel. Ich glaube, sie waren Zwillinge.«

Molly legte ihre Hand auf ihre Brust und biss sich auf die Lippe.

»Was ist mit Funkgeräten?«, fragte Major. »Es scheint, als ob es da irgendwie eine Möglichkeit gäbe.«

»All die guten Ideen sind schon vergeben. Was ist mit einem Boot?«, sagte Vanessa. »Gibt es verbindende Flüsse, die ihr nehmen könntet?«

»Für Nord und Süd ja, aber nicht von West nach Ost«, sagte Mr. Young.

»Kennt jemand das Fliegen eines Flugzeugs? Vielleicht ein Ultraleichtflugzeug?«, fragte Sara. »Kann ein Ultraleichtflugzeug hundert Meilen fliegen?«

»Ich kenne die Antwort«, sagte Josh. »Ein Ultraleichtflugzeug ist auf fünf Gallonen Kraftstoff begrenzt. Bei einem durchschnittlichen Kraftstoffverbrauch von fünfeinhalb bis sechs Gallonen pro Stunde kann ein Ultraleichtflugzeug etwa sechzig Meilen fliegen. Mit Rückenwind könnte es bis zu achtzig Meilen schaffen. Mit Gegenwind vielleicht nur dreißig Meilen.«

Als Josh sich umsah und all die heruntergefallenen Kinnladen und ungläubigen Blicke sah, sagte er: »Was? Ich möchte irgendwann ein Ultraleichtflugzeug fliegen.«

»Motorräder«, sagte der Sheriff. »Sie würden weniger von unserem Benzin verbrauchen, um die Hin- und Rückreise zu machen.«

»Wollt ihr eine Liste aller Ideen?«, fragte Rosalie. »Ich habe sie alle aufgeschrieben.«

»Klar«, sagte Major.

»Okay. Hier habt ihr sie. Eins, Truck. Zwei, Nummer 48. Drei, Fahrräder. Vier, Pizzalieferanten-Staffel. Fünf, Pferde. Sechs, Rennen und Gehen. Sieben, Funkgeräte. Acht, Boot. Neun, Ultraleichtflugzeug. Zehn, Motorräder.«

»Elf, Alles«, fügte Aimee Louise hinzu.

Zuerst sagte niemand etwas.

Major kratzte sich am Kopf. »Alles?«

»Ja, natürlich. Alles, oder zumindest das Beste von jedem«, sagte Rosalie. »Aimee Louise, du bist brillant; ich verstehe es. Wir müssen alles zu Papier bringen.«

»Ich bin verwirrt«, sagte Vanessa. »Ich kann die Teile nicht zusammenfügen. Wie kann alles die Antwort sein?«

»Mr. Young, kommst du auch mit?«, fragte Aimee Louise, während sie und Rosalie den Raum verließen, und Mr. Young strahlte, als er aufstand und den Mädchen folgte.

»Lass uns die Morgenarbeit zu Ende bringen, dann mache ich das Mittagessen. Wir haben heute viel zu tun«, sagte Molly.

Nachdem Aimee Louise, Rosalie und Mr. Young sich zum Mittagessen zu den anderen am Tisch gesellt hatten, sagte Mr. Young: »Wir haben alle Vorschläge durchgesehen und glauben, dass wir später vielleicht etwas haben werden. Vielleicht noch heute. Wir denken aber, dass jede Lösung von der Kommunikation mit dem Spezialagenten abhängen wird. Wir machen uns jedoch Sorgen um die täglichen Arbeiten. Sollten wir heute Nachmittag mit anpacken?«

Molly sagte: »Wir haben das für heute im Griff. Keine Sorge. Arbeitet ihr am Plan, und wir kümmern uns um die Aufgaben.«

»Ich werde Special Agent McNeil kontaktieren, um ihm mitzuteilen, dass wir ihm einen Besuch abstatten werden«, sagte der Major. »Er ist Amateurfunker. Ich habe ihn im Radio gehört. Ich vermute, er hört jeden Tag mit, so wie wir.«

»Lasst uns das Wasser und Futter für die Tiere und Hühner überprüfen«, sagte Molly. »Ich denke, alles andere kann bis morgen früh warten, wenn es kühler ist.«

Beim Abendessen sagte Mr. Young: »Nach dem Essen werden wir unsere Ergebnisse erklären.«

Es dauerte nicht lange, bis alle gegessen, den Tisch abgeräumt hatten und sich auf der Veranda versammelten, um zuzuhören. Die Erwachsenen besetzten die Schaukelstühle, und die Kinder saßen auf der Veranda.

Mr. Young sagte: »Wir werden euch nicht durch unsere gesamten Ergebnisse führen. Wir haben viele technische Details, aber vorerst gehen wir nur die Höhepunkte durch. Wir dachten, es wäre gut, euch bis morgen früh Zeit zu geben, um über alles nachzudenken.«

Rosalie hob ihre Hand. »Nur fürs Protokoll: Ich wurde überstimmt. Ich wollte alle Details durchgehen.«

Mr. Young lächelte. »Stimmt. Wir waren uns einig, dass unser Ziel ist, die Daten an die Außenstelle zu liefern, und unsere Prioritäten sind Geschwindigkeit und Sicherheit. Wir haben alle Ideen aufgelistet und die Vor- und Nachteile jeder einzelnen.«

»Es gibt zwei Arten zu reisen. Auf der Straße und abseits der Straße«, sagte Rosalie. »Da Straßen eine kartierte Reiseroute haben, haben wir uns für Straßen entschieden.«

Penny ließ sich zwischen Josh und Brett auf der Veranda fallen. Sara und Annie setzten sich zusammen auf die Stufen.

»Wir sahen zwei grundlegende Fortbewegungsarten: laut und leise«, sagte Aimee Louise. »Da laute oder motorbetriebene Transportmittel schneller sind und weniger körperliche Ausdauer erfordern, haben wir uns für laut entschieden, was nicht meine erste Wahl gewesen wäre.«

Major kicherte und nickte.

Mr. Young fuhr fort: »Wir haben den Truck, Nummer 48 und ein Motorrad verglichen, indem wir die Kapazität ihrer Kraftstofftanks, die erwartete Reichweite mit einer Tankfüllung und den zusätzlichen Kraftstoffbedarf für die 320 Kilometer lange Hin- und Rückfahrt untersucht haben. Übrigens war das mein einziger Beitrag. Die Mädchen haben alles andere erarbeitet. Auf jeden Fall zeigt unsere Bewertung, dass die Reise mit dem Truck sicherer und am kosteneffektivsten wäre, und der Truck hat die beste Kapazität, um die für die Reise benötigten Vorräte zu transportieren.«

Rosalie sagte: »Hier ist Aimee Louises Variante des Pizza-Lieferungs- und Staffelteils: Funkkommunikation mit den vier Sheriffbüros der Counties zwischen uns und der Außenstelle. Im Minimum könnten die Sheriffs den Truck auf sichere Straßen leiten und bei Bedarf zur Verfügung stehen.«

Brett stieß Josh an und sagte: »Pizza-Lieferung.«

Josh wollte Brett in den Schwitzkasten nehmen, bemerkte Mollys finsteren Blick und legte seine Hände in den Schoß. Der Sheriff und Major lächelten.

Aimee Louise ergänzte: »Aber wir empfehlen, jeden County-Sheriff zu bitten, eine Eskorte für den Truck von einer County-Grenze zur nächsten zu stellen, wie eine Staffel-Pizzalieferung.«

Alle waren für ein paar Minuten still, während sie die Informationen verarbeiteten.

Major räusperte sich. »Ich bin beeindruckt. Ich hätte nie an die Hälfte der Dinge gedacht, die ihr erwähnt habt. Klingt großartig; ich habe Special Agent McNeil kontaktiert, und er wird darauf warten, dass wir ihm mitteilen, wann wir in seinem Büro sein werden.«

»Ich werde die anderen Sheriffs kontaktieren, um zu sehen, ob sie uns helfen können, und ich werde unsere Deputies über den Plan informieren«, sagte der Sheriff. »Major und ich können darüber sprechen, wann wir aufbrechen und was wir mitnehmen wollen.«

Mr. Young lächelte. »Wir haben eine Liste mit Vorräten für die Reise, falls ihr interessiert seid.«

Major lachte. »Natürlich habt ihr die.«

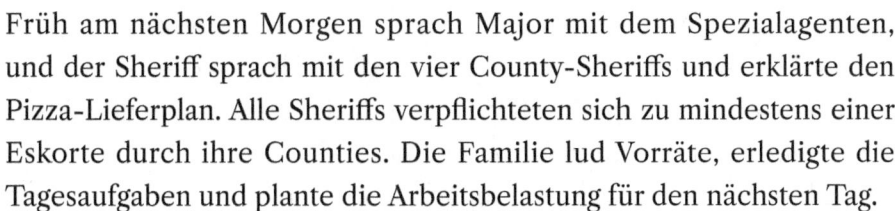

Früh am nächsten Morgen sprach Major mit dem Spezialagenten, und der Sheriff sprach mit den vier County-Sheriffs und erklärte den Pizza-Lieferplan. Alle Sheriffs verpflichteten sich zu mindestens einer Eskorte durch ihre Counties. Die Familie lud Vorräte, erledigte die Tagesaufgaben und plante die Arbeitsbelastung für den nächsten Tag.

Am Ende des Tages luden Major und Sheriff die restlichen Vorräte. Aimee Louise und Rosalie beendeten die Küchenreinigung, bevor es Zeit wurde, Radio zu hören. Molly, Vanessa und Mr. Young schaukelten auf der Hinterveranda, während die Kinder und Hunde herumliefen.

Molly seufzte. »Wisst ihr, ein Teil von mir möchte mit ihnen gehen, um sicherzustellen, dass sie in Sicherheit sind.«

Mr. Young lachte. »Ja, und der andere Teil von dir möchte hier bleiben, weil du weißt, wie viel Ärger wir bekommen, wenn du weg bist.«

»Guter Punkt. Ich bleibe hier.«

— ◆○◆ —

Als Major und Sheriff am nächsten Morgen früh aufstanden, hatte Molly ihren Kaffee bereits fertig.

»Glaubst du, wir könnten ein Frühstück zum Mitnehmen haben?«, fragte Major. »Ich möchte so früh wie möglich auf die Straße.«

Molly und Mr. Young machten Tortilla-Wraps mit Rühreiern und Spam.

Bevor Major und der Sheriff aufbrachen, gab Aimee Louise Major eine kleine Papiertüte. »Für Deputy Stuart und die anderen Sheriffs.«

Die Deputies Brad und Stuart warteten auf sie an der Straße. Stuart sagte: »Hey, Sheriff. Wir wollten nicht, dass du die Stadt ohne Parade verlässt. Wir eskortieren euch bis zur Bezirksgrenze.«

Major sprach mit Stuart, bevor sie losfuhren. Die vier freuten sich, als sie an der Bezirksgrenze den Sheriff und die Deputies des nächsten Bezirks warten sahen.

»Sheriff Starr, Sie wissen doch, dass wir für diese Lieferung ein ordentliches Trinkgeld erwarten, oder?«, kicherte ein Deputy.

»Nein«, sagte ein anderer Deputy, »wir brauchen Pizza.«

»Ich habe eine Frage: Weiß jeder Deputy im Bundesstaat über Joshs Pizzalieferung Bescheid?«, fragte der Sheriff.

»Oh, nein«, sagte der erste Deputy.

Der zweite Deputy lachte. »Nur die, die die E-Mail gelesen haben.«

An jeder Bezirksgrenze wurden Mr. Youngs alter Truck von ein oder zwei Deputies, einem Sheriff und Pizzakommentaren begrüßt. Major unterhielt sich mit jedem Bezirkssheriff, und Sheriff Starr dankte den Deputies.

Auf der Straße vor der letzten Bezirksgrenze schnippte der Sheriff mit den Fingern. »Major, mir ist etwas eingefallen. Erinnerst du dich, dass Aimee Louise nach einer Sicherheitskamera für den Lagerplatz hinter Jennifers Laden gefragt hat? Ich habe am Montag vor dem Stromausfall Kontakt mit ihnen aufgenommen. Am nächsten Tag hörte ich von ihnen. Ihre Sicherheitskamera speicherte die Bilder auf ihrer Festplatte, und sie machten eine Kopie für mich. Soweit ich weiß, ist meine Kopie noch im Büro des Lagerplatzes. Vielleicht finden wir Zeit, meine Kopie zu holen.«

»Schade, dass es nicht auf dem Rückweg vom Außenbüro liegt«, sagte Major.

Der Sheriff grinste. »Ich weiß, aber wir können unsere Reiseexperten bitten, einen weiteren Ausflug für uns zu planen.«

Sie erreichten das Außenbüro gegen Mittag. Special Agent Charlie McNeil und zwei weitere Agenten warteten im Parkplatz auf sie. Die beiden Agenten trugen Jeans und T-Shirts mit ihren Regierungsausweisen an Bändern. McNeil trug Jeans und ein weißes Hemd mit offenem Kragen.

McNeil sagte: »Sie haben gute Zeit gemacht, Major. Diese Jungs bleiben bei Ihrem Truck, während wir reingehen.«

Die drei Männer betraten das Gebäude. »Mein Büro ist im vierten Stock, aber wir haben uns ins Erdgeschoss verlagert und die Laptops aufgeladen. Lassen Sie uns sehen, was Sie haben.«

Special Agent McNeil steckte den USB-Stick ein und prüfte die Informationen. Um den Agenten eine Pause zu geben, aßen Major und der Sheriff ihr Mittagessen am Truck.

Nach fast drei Stunden kam Charlie zum alten Truck und sagte: »Wir haben eine sichere Datenverbindung zwischen den Außenstellen. Ich werde das an alle Außenstellen schicken. Das ist das Original, richtig? Keine weiteren Kopien im Umlauf?«

»Das ist das Original. Keine Schwimmer«, sagte Major.

»Gut zu wissen, dass keine Gefahr von Sicherheitsverletzungen besteht«, sagte Charlie. »Jede Außenstelle hat einen Spezialbereich. Ich denke, unser bester Ansatz ist, von allen Seiten anzugreifen. Dank Ihnen haben wir das jetzt.«

Die Männer schüttelten sich die Hände, und Charlie sagte: »Nochmals vielen Dank. Und gute Reise. Meine Leute bleiben bei Ihnen, bis Ihre Bezirkseskorten eintreffen.«

Zehn Minuten später waren Sheriff und Major mit ihren Bezirtseskorten unterwegs.

»Ich atme erst auf, wenn wir zu Hause sind«, sagte Major.

»Keine Schwimmer, hmm?«, fragte der Sheriff.

»Kein einziger; keine Leiche, die irgendwo mit dem Gesicht nach unten treibt, und ich möchte nicht, dass jemand denkt, es könnte eine geben. Ich habe Jolenes Anweisungen befolgt.«

Der Sheriff lachte. »Ich fand es brilliant. Du warst offensichtlich in Aimee Louises Nähe; du hast es wörtlich genommen. Gut gemacht, Major.«

»Ich kann es nicht erklären, aber irgendwas stimmt nicht. Wieder Aimee Louises Einfluss. Sag es weder ihr noch Vanessa, aber ich wünschte, sie wäre hier gewesen. Jedenfalls, Mission erfüllt. Wir haben Pizza an die richtigen Leute geliefert.«

Als sie zur zweiten Bezirksgrenze kamen, wartete niemand aus dem dritten Bezirk auf sie.

»Ihr müsst nicht bleiben«, sagte der Sheriff zu ihrer Eskorte. »Wir kommen klar. Ich bin sicher, sie werden bald hier sein.«

»Nein, Sir«, sagte der jüngste Deputy. »Wir bleiben. Tatsächlich, wenn sie nicht da sind, wenn ihr bereit seid zu gehen, werden wir mit euch fahren, bis wir eure Deputies treffen. Wir erwarten dann ihren Anteil an dieser Pizza und ein großzügiges Trinkgeld.«

Sie mussten nicht lange warten. Die nächste Gruppe von Deputies tauchte bald auf und musste sich gutmütige Sticheleien über ihr verlorenes Trinkgeld gefallen lassen. Die Karawane setzte sich fort. Am späten Nachmittag erreichten sie ihre Bezirksgrenze. Wally und Jim warteten auf sie.

Als sie auf den Hof fuhren, warteten die Hunde und Mr. Young am Tor, und die Familie stand auf der Veranda. Als sie die Auffahrt herunterfuhren, hüpften die Kinder auf und ab und überfielen sie mit Umarmungen, als sie aus dem Truck stiegen. Sheriff und Major kämpften sich mit Mühe ins Haus.

Molly scheuchte die Kinder von den Männern weg. »Gebt ihnen etwas Raum.«

Als sich alle beruhigt hatten, fragte Major: »Was ist passiert, während wir weg waren?«

»Nur die üblichen Arbeiten. Alles ist in Ordnung«, sagte Vanessa. »Ich weiß, es klingt unglaublich, angesichts unserer Geschichte, aber es stimmt. Wie war die Reise?«

Aimee Louise und Rosalie brachten den Reisenden etwas Wasser und setzten sich zusammen mit den anderen Kindern auf den Boden.

Major trank sein Glas Wasser in einem Zug aus. »Wir hatten überhaupt keine Probleme. Die Idee mit den Straßeneskorten war genial. Wir haben den USB-Stick abgeliefert, und die Informationen sind in den richtigen Händen.«

»Ich war froh, dass es nur eine Tagesreise war«, fügte der Sheriff hinzu. »Ein bisschen nervenaufreibend, aber durch die Straßeneskorten fühlten wir uns wie der Pony Express bei der Postzustellung.«

»Pizza Express«, sagte Josh.

»Da hast du recht«, sagte Major. »Der berühmte Pizza Express.«

KAPITEL ZWEIUNDDREISSIG

Anfang September fasste Rosalie den morgendlichen Funkverkehr beim Frühstück zusammen. »Es gibt viel Gerede über einen großen Umbruch auf Bundes- und Staatsregierungsebene. Die Funkamateure kamen zum Schluss, dass die Gerüchte über eine ausländische Regierung mit Plänen, die USA zu stören oder zu übernehmen, nur Gerüchte waren. Sie sagten, der große Umbruch sei wegen des Stromausfalls.«

Eine Woche später sagte Rosalie: »Die Nachrichten heute Morgen drehten sich wie üblich hauptsächlich ums Wetter. Es war überall zu lange trocken, und alle brauchen Regen für Feldfrüchte und Gärten. Wetter und Elektrizität. Rollender Strom taucht in mehr Gebieten auf; der Strom geht für ein paar Stunden jeden Tag oder jeden zweiten Tag an.«

Gegen Ende des Monats sagte Rosalie: »Es gibt immer weniger Funkamateure bei den regelmäßigen täglichen Updates. Ein Stammgast sagte, alle wollten die harten Zeiten vergessen und weitermachen. Als Aimee Louise fragte, was sie geändert hätten, sagten sie, es gäbe nichts zu ändern. Alles sei wieder normal.«

»Nachbesprechung«, sagte Aimee Louise.

Der Sheriff hob die Augenbrauen und atmete aus. »Aimee Louise hat recht. ‚Es gibt nichts zu ändern. Alles ist wieder normal.' Sehr beunruhigende Worte, die mir eine Gänsehaut bereiten. Das sind dieselben Worte, die der Stadtrat nach der Explosion sagte. Wir kommen immer am besten davon, wenn wir auf das Schlimmste vorbereitet sind und auf das Beste hoffen.«

»Warum entspannen wir uns nicht nach dem Mittagessen und reden darüber, was wir gut gemacht haben und was wir ändern würden«, sagte Molly. »Ich backe umwerfende Brownies. Schließlich sind Brownies Gehirnnahrung.«

Die Kinder brachen in begeisterte Jubelrufe aus.

Mr. Young gluckste. »Gut gemacht, Molly. Diese Truppe ist eine gut geölte Maschine, und ich glaube, du hast das Zauberöl gefunden.«

KAPITEL DREIUNDDREIßIG

Special Agent Charles McNeil teilte Sheriff und Major mit, dass sie Anerkennungsauszeichnungen für ihren Dienst während des Nationalen Notstands, wie es genannt wurde, erhalten würden. Die beiden Männer wurden in die Hauptstadt des Bundesstaates eingeladen, um ihre wohlverdienten Auszeichnungen entgegenzunehmen.

Nach einem kurzen Gespräch mit Major rief der Sheriff den Agenten an: »Wir schätzen die Ehre, Sir, aber keiner von uns ist bereit, unsere Familien jetzt zu verlassen.«

»Das ist in Ordnung, Sheriff. Ich komme zu Ihnen.«

<hr />

Aimee Louise und Rosalie standen zusammen nahe dem Seitenausgang in der Kirchenhalle, dem größten Versammlungsraum der Stadt. Aimee Louise zählte die Reihen der grauen Metallklappstühle, während die Leute ihre Plätze wählten. Die vordersten und hintersten Reihen füllten sich zuerst. Uniformierte Männer und Frauen versammelten sich im hinteren Teil des Raumes und unterhielten sich mit Major und dem Sheriff. Major legte seine Hand auf Stuarts Schulter, und die beiden Männer gingen beiseite und plauderten.

»Ich wusste gar nicht, dass noch so viele Menschen in unserer Gegend übrig sind«, sagte Aimee Louise.

»Alles okay bei dir?«, fragte Rosalie.

Aimee Louise beobachtete Rosalies weiche, aufwärts spiralförmige, besorgte Wolke.

Sie drückte Rosalies Hand. »Viele Leute, aber mir geht's gut hier. Ich hab genug Platz und einen Ausweg.«

Rosalie ging, um Annie und die anderen zu finden. Ein Mann betrat mit mehreren anderen Männern den Raum.

Aimee Louises Augen weiteten sich, und sie keuchte. Ihre Hände zitterten, und ihr Gesicht wurde heiß. Sie konnte dem Drang zu fliehen kaum widerstehen.

Das ist die massivste Gefahrenwolke, die ich je gesehen habe. Sieht fast aus wie eine blubbernde Magmawolke kurz vor dem Ausbruch... beeindruckend, auf eine schreckliche Art und Weise.

Sie versteifte sich und hob ihr Kinn.

Stuart erschien neben ihr. »Soll ich bei dir stehen bleiben?«

Sie schaute ihn kurz an. *Beschützerwolke.*

Aimee Louise nickte und verengte ihre Augen, während der Mann Pops und dem Sheriff die Hand schüttelte. Die drei gingen zusammen nach vorne. Aimee Louise holte tief Luft und atmete aus; Stuart rückte etwas näher zu ihr.

Rosalie winkte Aimee Louise zu, damit sie sich mit ihr und Annie in der Nähe der ersten Reihe hinsetzte. Aimee Louise schüttelte den Kopf und behielt ihre Position neben Stuart am Ausgang.

Der Raum wurde ruhiger, und der Bürgermeister sprach, und während er sprach, kamen sechs Beamte der Florida State Trooper herein und stellten sich hinten auf. Aimee Louise hörte nicht, was der Bürgermeister sagte. All ihre Sinne konzentrierten sich auf den Mann mit der Gefahrenwolke.

Stuart lehnte sich vor, sodass nur Aimee Louise ihn hören konnte. »Lass mich wissen, was du brauchst.«

Aimee Louise nickte.

Der Bürgermeister sagte: »Es ist mir eine Ehre, Special Agent Charles McNeil vorzustellen.«

Der Redakteur der Lokalzeitung, der auch Fotograf und Journalist war, trat vor und machte Fotos vom Bürgermeister und dem Lava-Mann, die sich die Hände schüttelten, während alle applaudierten.

Aimee Louise schwankte und sagte leise: »Wow.«

Stuart griff nach ihrem rechten Ellbogen und stützte sie. »Was ist los?«

»Großonkel Dan, Magmawolke.«

Stuart hielt ihren Ellbogen fest, dann sah Aimee Louise, wie er Brad ein Zeichen gab. Brad ging zum hinteren Teil der Halle und flüsterte einem State Trooper etwas zu.

Lava-Mann sprach und überreichte dem Sheriff und Major beeindruckende Plaketten. Mehr Applaus, dann sprach der Sheriff, Major winkte, und es war vorbei. Lava-Mann, Sheriff und Major standen am hinteren Ende der Halle und schüttelten den Leuten die Hände.

Lava-Mann ging auf Aimee Louise zu, und sie spannte sich an. Stuart legte seine rechte Handfläche an seinen Gürtel, nahe seinem Holster.

Lava-Mann blieb vor Aimee Louise stehen. »Ich verstehe, dass Sie diejenige sind, die für das Einhorn und den Erfolg des Pizza Express verantwortlich ist, junge Dame. Alle unsere Ermittlungen sind dank Ihnen abgeschlossen.«

Aimee Louise schluckte und sagte: »Danke.« Und sie tat ihr Bestes, um in die brodelnde Wolke zu schauen.

Nachdem Lava-Mann weggegangen war, flüsterte Brad dem Sheriff etwas zu, und die beiden gesellten sich zu Aimee Louise und Stuart. Major runzelte die Stirn und schlenderte herüber.

»Major, warum hat McNeil gesagt, Aimee Louise sei für ein Einhorn verantwortlich?«, fragte Stuart.

Major knurrte. »Er hat was gesagt?« Er ballte seine Fäuste und machte einen Schritt in Richtung Tür, hielt aber inne, als Stuart seinen Ellbogen berührte.

Der Sheriff verengte seine Augen. »Wir haben das Einhorn vom USB-Stick entfernt, bevor wir ihn ihm gegeben haben. Niemand außerhalb der Farmfamilie wusste von dem Einhorn, außer den Schlägern, die versucht haben, es zu finden.«

»Zeit für Pizzastücke«, sagte Aimee Louise.

»Pizza Express, Pizzastücke. Ich glaube, ich verstehe«, sagte Stuart. »Aimee Louise, du meinst die USB-Sticks, die die Bezirkssheriffs und ich von Major bekommen haben, richtig?«

Der Sheriff runzelte die Stirn. »Major, ist das was du meintest, als du sagtest, wir hätten Pizza an die richtigen Leute geliefert?«

»Es war ein guter Weg, die Laufwerke an alle Sheriffs zu verteilen, ohne dass es danach aussah, und Aimee Louises Einfall hat mir die Idee gegeben. Das Beste, was mir kurzfristig einfiel, aber ich hatte nicht erwartet, dass McNeil involviert sein würde.«

»Der Vorstand, von dem Herr Gaston in seinen Dokumenten gesprochen hat, wird von Lavaman geleitet, Großonkel Dan«, sagte Aimee Louise.

»Lavaman ist Special Agent McNeil, richtig?«, fragte Stuart.

Aimee Louise nickte.

Stuart fuhr fort: »Er muss die belastenden Dateien gelöscht haben, bevor er die Dateien verschickt hat, aber die County-Sheriffs haben Kopien der Originale, und wir auch.«

Der Sheriff schüttelte den Kopf. »Schwer zu hören, aber es ergibt Sinn. Ich war überrascht, als Charlie den Fall für abgeschlossen erklärte. Aimee Louise, du bist brilliant, und Major, ich sehe, woher sie das hat. Pizzastücke. Ich werde die anderen Sheriffs zu einer Pizzaparty zusammenrufen.«

Aimee Louise sagte: »Die Details über den Vorstand stehen auf Seite 317 in Herrn Russells Dokument.«

Major schlenderte nach hinten, um sich Brad und den staatlichen Polizisten anzuschließen.

Special Agent Charles McNeil blieb an der Tür stehen. Er drehte sich um, um Aimee Louise anzusehen. Seine Augen verengten sich. *Seltsames Mädchen. Schaut Menschen nicht in die Augen, aber sie scheint etwas zu sehen. Könnte sie eine Bedrohung sein?*

Die Staatspolizisten näherten sich McNeil, und McNeil lächelte. *Noch mehr Bewunderer. Wollen wahrscheinlich Autogramme.*

»Charles McNeil?«, fragte ein Polizist.

McNeil gluckste. *Ein von mir begeisterter Fan.* »Sie können mich Charles nennen.«

»Sie sind verhaftet.«

Zwei der Polizisten stellten sich hinter McNeil, während die uniformierten Männer ihn umringten. Nachdem die Polizisten McNeil Handschellen angelegt hatten, führten sie ihn ab.

Der Sheriff schlenderte zu Major. »Sind diese Polizisten alte Freunde von dir?«

»Jep. Ich konnte das Gefühl nicht abschütteln, das ich hatte, als wir McNeil sahen, und wie sehr ich bereute, dass wir Aimee Louise nicht mitgenommen hatten. Auf unserem Heimweg bat ich einen Sheriff, seinen USB-Stick mit den richtigen Leuten zu teilen, und als ich hörte, dass McNeil hierher kommen würde, haben Herr Young und ich meine alten Kollegen und Freunde eingeladen.«

Was als Nächstes lesen?
  Majors Buch 2!
  GEFAHR IM WIND
  Major stellt einem Drahtzieher des Menschenhandels eine Falle. Sein Gegner plant Majors Tod.

Verfolgt von der Erinnerung an verängstigte Kinder auf der Ladefläche eines rasenden Lastwagens, schwört Major, sie zu finden. Während sein Feind einen tödlichen Hinterhalt plant, legt Major mit seinem Team eine Falle für den egozentrischen Verbrecher. Aber wenn ihre Falle scheitert, wird Major in den Hinterhalt geraten und sterben.

ÜBER DIE AUTORIN

Judith A. Barrett, preisgekrönte Autorin, lebt auf einem Bauernhof in Georgia, USA, mit ihrem Mann, zwei Hunden und Hühnern. Sie schreibt Buchreihen für ihre Leser: Thriller, Krimi, Cozy Mystery und Überlebensromane. Geschichten mit einem Twist: keine typischen Charaktere von keiner typischen Autorin!

Ihr Motto: *Ihr lest weiter; ich schreibe weiter!*

Wenn sie nicht gerade schreibt, erledigt Judith Hofarbeiten, wandert oder zeltet mit ihrem Mann und den Hunden oder entspannt auf ihrer Veranda, während sie den Sonnenuntergang beobachtet und sich fragt, was ihre Charaktere als Nächstes tun werden.

judithabarrett.com

Abonnieren Sie ihren Newsletter

judithabarrett.com/newsletter

Exklusive Rabatte und Angebote finden Sie unter

BarrettBookShop.com

www.ingramcontent.com/pod-product-compliance
Lightning Source LLC
Chambersburg PA
CBHW050123030726
47505CB00007B/2005